KB150905

셜록 홈즈와
베일에 가린 탐정

SHER LOCK HOLMES

셜록 홈즈와 베일에 가린 탐정

데이비드 스튜어트 데이비스 지음
하현길 옮김

책에이름

이 책을 나의 소중한 친구, 토니 하울렛을 기억하며

그의 영전에 바친다.

| CONTENTS |

1장

아프가니스탄, 1880년 6월 27일 저녁

보름달이 현미경을 들이대는 관찰자처럼 영국군 야영지 위를 맴돌았다. 부상당하고 죽어가는 병사들의 희미한 신음이 따스한 밤바람에 실려 메마른 황무지로 퍼져나갔다. 존 워커는 말라붙은 피와 땀으로 뒤범벅이 된 얼굴로 의무대 막사에서 비틀거리며 걸어 나왔다. 그는 해답을, 설명을 찾기라도 하듯 얼굴을 들어 별이 하나도 보이지 않는 하늘을 잠시 동안 올려다봤다. 조금 전에 또 한 명의 동료 병사를 잃었던 것이다. 워커가 구해내지 못한 부상병이 최소한 여섯 명은 됐다. 그는 숫자를 세는 걸 포기한 상태였다. 그리고 그런 사소한 숫자를 세는 게 무슨 소용이 있겠는가? 오늘만 해도 수백 명의 영국군들이 아프간 전사들에게 학살당했는데……. 영국군은 아유브 칸의 군대와 마이완드에서 벌인 비극적인 전투에서 수적으로 압도당한 채 측면 공격을 당해서 궤멸하다시피 했다. 교활하기 짝이 없는 이 부족은 유니언잭을 사막의 먼지처럼 박살내버렸다. 중대원 3분의 1이 목숨을 잃었다. 그건 아프간 전사들이 더 이상의 학살을 주저했기 때문이지, 그렇지 않았더라면 영국군은 몽땅 저세상으로 갈 뻔했었다. 아유브 칸은 승리를 거뒀다. 자신의 목적을 달성한 셈이었다. 자신이 무적이라는 소식을 생존자들이 보고하도록 내버려둔 것이었다.

영국이 취할 수 있는 대안이라고는 치욕적인 후퇴뿐이었다. 사막으로 도망쳐서 허겁지겁 상처를 싸매고 절룩거리며 칸다하르로 돌아갈 수밖에 없었다. 피로 물든 황무지 여기저기에 흩어져 있는 전사자들이 곧 날짐승과 들짐승의 먹이가 될 게 뻔하다는 걸 알면서도 그대로 두고 떠나야만 했다.

워커는 너무나 피곤하고 속도 아파서 분노나 고통이나 좌절감을 느낄 힘도 없었다. 그가 아는 것이라고는, 의사가 되기 위한 교육을 받은 목적은 목숨을 살리기 위해서라는 것뿐이었다. 더 이상 어떻게 해줄 방도가 없어서 내장이 쏟아져 나오는 뻥 뚫린 상처를 멍하니 보고 있는 가운데, 피범벅이 된 젊은이들의 창백한 얼굴이 고통으로 인해 일그러지고 생명이 서서히 빠져나감에 따라 점점 눈이 감기는 모습이 안타까울 따름이었다.

워커는 술을 퍼마시고 싶었다. 다시 막사로 기어 들어가서 의료용 기구가 들어 있는 가방을 집어 들었다. 아직도 세 명의 부상병들이 급조된 침대에 누워 있었지만, 어떠한 치료를 해주더라도 사신의 손아귀에서 그들을 구해낼 수는 없었다. 워커는 부상병들의 면전에서 멀쩡히 서 있다는 것에 죄책감을 느꼈다. 피할 수 없는 죽음이 찾아올 때까지 고통이나 줄일 수 있도록 이들에게 충분한 양의 아편정기를 투여하라고 의무병에게 지시해놓은 상태였다.

워커가 난장판이 된 야영지의 가장자리로 천천히 걸어가는 동안, 다른 장교는 한 명도 만나지 않았다. 몇 명만 남아 있어서 얼굴을 보기 힘든 것도 당연했다. 사령관이었던 맥도널드 대령은 전투가 벌어지자마자 아프간 전사가 휘두른 칼날에 목이 잘려버렸다. 지금 버크셔 연대의 패잔병들을 지휘하는 사령관 역할을 맡고 있는 알리스테어 손턴 대위는 자신의 막사에서 부상을 치료하고 있는 게 분명했다. 그는 아프가니스탄인의 장총에서 발사된 총탄을 어깨에 맞아 뼈가 박살나버렸다.

야영지를 막 벗어난 곳에서 워커는 형체만 남은 나무의 거칠거칠한 껍질에 등을 기대고 무너지듯 주저앉았다. 의료 가방을 열고 브랜디 병 하나를 꺼냈다. 마개를 따고 병목을 잡은 다음 알코올의 향기가 콧속으로 스며들도록 코를 벌름거렸다. 그러고는 잠시 망설였다.

그의 양심 깊은 곳에 자리한 무엇인가가 그의 다음 동작을 멈추게 한 것이었다. 죽을 정도로 지친 이 군의관은 자신이 결정적인 운명의 순간에 직면하고 있다는 걸 전혀 깨닫지 못하고 있었다. 자신의 인생역정을 영원히 변화시킬 수도 있는 행위를 저지르려는 참이었다. 워커는 이마를 찌푸리고, 막연한 불안감을 불러일으키는 생각을 떨쳐버린 다음 다시 술병에 집중했다.

감질나게 하는 향기가 위력을 발휘했다. 그 향기는 안락함과 망각을 약속했다. 워커는 병 주둥이를 입에 갖다 대고 한 모금 크게 들이켰다. 불길이 목구멍을 타고 내려가서 신경계를 타고 달렸다. 브랜디의 뜨거움이 내부의 긴장을 녹여버리자 순식간에 몸이 나른해지며 편안해졌다. 한 모금 더 마시자 그 효과는 한층 더 커졌다. 열기와 선혈과 고통의 신음과 잔학한 학살 장면으로부터의 도피처를 발견한 것이었다. 축복받은 도피처였다. 워커는 한 모금을 더 마셨다. 20분이 채 지나기도 전에 술병은 텅 비었고, 존 워커는 그윽한 술 향기가 풍겨오는 쾌적한 꿈나라로 둥실둥실 떠갔다. 또한 자신이 알고 있는 인생으로부터도 떠나가고 있는 중이었다. 자신을 매어놓은 밧줄을 끊고 폭풍우가 몰아치는 미지의 바다를 향해서 흘러가고 있는 중이었다.

그로부터 몇 시간 후, 워커는 의식이 서서히 돌아오자 다리에서 급작스럽게 전해오는 찌르는 듯한 날카로운 통증을 느꼈다. 또다시 통증이 느껴졌다. 한 번 더 반복됐다. 억지로 눈을 뜨자 밝은 햇살에 눈이 부셨다. 노란 햇살의 파편이 뇌를 쑤시는 듯했다. 두 눈을 꼭 감고 다시 어둠의 세계로 빠져들었다. 그러자 또다시 다리를 타고 통증이 올라왔다. 이번에는 단호한 목소리도 함께였다.

"워커! 빌어먹을, 얼른 일어나지 않고 뭐 하고 있어!"

워커는 그게 누구의 목소리인지 얼른 알아차렸다. 손턴 대위의 목소리였다. 이번에도 억지로 눈을 뜨긴 했지만, 강한 햇살로 인해 눈이 멀지 않도록 조심스럽게, 천천히 떴다. 새벽이 찾아온 아프가니스탄의 선명한 파란 하늘을 배경으로 세 명의 형체가 눈앞에 서 있었다. 그들 중 한 명이 워커를 깨우려고 사정없이 다리를 걷어차고 있는 중이었다.

"워커, 이 비열한 돼지 새끼야!" 피가 번진 삼각건에 왼팔을 걸고 있는 중간의 형체가 악을 썼다. 사령관인 손턴이었다.

워커는 두 발로 일어서려고 버둥거렸지만, 아직도 알코올의 영향을 받고 있는 몸뚱이는 협조를 거부했다.

"이놈을 일으켜 세워!" 손턴이 소리쳤다.

두 명의 병사가 워커의 양쪽 팔을 잡고 강제로 일으켜 세웠다. 손턴은 성한 손에 든 빈 브랜디 병을 워커의 얼굴 앞으로 불쑥 내밀었다. 잠깐 동안이긴 하지만, 워커는 대위가 술병으로 후려치는 게 아닌가 하고 생각했다.

"근무 중에 술을 마셨나, 워커? 아니, 그것보다 더 나쁜 짓을 저질렀어. 동료 병사들이 내 녀석의 치료를 간절히 바라고 있는데도 술을 처먹었으니까. 넌 그들을 내버려 네가 고주망태가 되어 가는 중에 그들이 죽도록 방치했단 말이다! 이 일의 책임을 물어서 널 총살시켜야겠지만 총살은 네게 너무 과분하다고 생각한다. 난 네가 살아남기를 바란다. 죄책감을 안고 평생을 살아가기를!" 손턴은 끓어오르는 분노를 억제하지 못하고 속사포처럼 퍼부어댔다.

"그들을 위해 할 수 있는 일이 전혀 없었습니다."

워커는 사정을 설명하려고 했지만, 입 밖으로 튀어나온 말은 술주정을 하는 것처럼 분명하지 못했다.

"해줄 수 있는 일이……."

손턴은 술병을 모래바닥에 집어 던졌다.

"넌 정말 구역질나는 놈이구나, 워커. 이 일이 군법회의 감이라는 건 알고 있겠지? 네 녀석이 불명예제대 처분을 받고 군대에서 쫓겨나도록 하는 게 내 의무라고 생각하고 있다는 걸 분명히 말해두겠다!"

변명하는 데에는 실패한 워커였지만, 자신이 매우 큰 실수를, 인생 항로를 바꿀 수 있는 실수를 저질렀다는 인식이 흐리멍덩한 머릿속으로 파고들기 시작했다.

런던, 1880년 10월 4일

"저 녀석을 정말로 믿을 수 있다고 생각하는 거야?"

아서 심스는 코를 킁킁거리고, 희미한 가스등 불빛을 받으며 골목 끝에 서 있는 그림자를 향해서 고개를 끄덕였다.

시커먼 더벅머리의 가운데를 따라 달리는 선명한 흰색 머리

털 때문에 '오소리(배저)'라는 별명으로 불리는 존슨이 고개를 끄덕이며 씩 웃었다.

"그래. 좀 단순하긴 하지만, 우리 목적에는 아주 적합한 녀석이지. 그리고 만약 문제가 된다면……."

존슨은 안주머니로부터 시퍼렇게 날이 선 면도칼을 꺼내며 말을 끊었다. 칼날이 찰칵 소리와 함께 펼쳐지며 공기를 갈랐다.

"목에서 피가 철철 흐르도록 해주면 되지. 안 그래?"

심스는 그 말을 듣고도 의심이 가시지 않았다.

"저런 녀석을 어디에서 찾아낸 거야?"

"어디라고 생각해? '블랙 스완'에서였지. 걱정하지 마. 이전에도 저 녀석을 그곳에서 본 적이 있어. 슬쩍 소매치기 하는 걸 본 적이 있단 말이야. 솜씨가 끝내주던데? 그리고 저 녀석은 복역도 했어. 원즈워스에서. 소버린(영국의 1파운드짜리 금화) 다섯 개를 준다니까 얼른 끼워달라고 하더군."

"저 녀석에게 뭘 말해준 거지?"

"말해준 게 거의 없어. 도대체 날 뭐로 보는 거야? 핸슨 레인에 있는 어떤 집을 털려고 하는데 망보는 사람이 필요하다고 했을 뿐이야. 이전에도 그런 일을 했던 적이 있는 놈이고."

심스는 또다시 코를 킁킁거렸다.

"난 잘 모르겠어. 저 녀석을 이용해먹기 전에 '그분'이 직접 심사해야 한다는 걸 너도 나만큼이나 잘 알고 있었을 텐데……. 만약 일이 잘못된다면 우린 둘 다 목에서 피를 철철 흘리든가 아니면 더 나빠질 수도 있어."

오소리는 재미있어 죽겠다는 듯이 낄낄거렸다.

"너, 겁먹었구나. 그렇지?"

"그냥 주의하자는 것뿐이야. 이번 일이 우리에게 아주 중요한 거라서."

"게다가 수입도 짭짤할 거고. 걱정하지 마. 게다가 네가 말한 것처럼 조심하려면 눈을 크게 뜨고 망볼 녀석을 하나 두는 게 더 낫지 않겠어? '그분'이 이번 작업에 얼마나 공을 들여 계획을 세웠는지는 신경 쓰지 말라구. 잘못되면 교수대의 올가미에 목을 집어넣어야 하는 건 우리니까."

심스는 그 생각만 해도 몸이 부들부들 떨렸다.

"알았어. 무슨 말인지 충분히 알아들었어. 그런데 저 녀석의 이름은?"

"조던이야, 해리 조던." 오소리는 특별히 제작된 주머니에 면도칼을 밀어 넣고 회중시계의 뚜껑을 열었다.

"움직일 시간이야."

오소리는 열쇠가 자물쇠 구멍으로 부드럽게 들어가자 낄낄거렸다.

"이렇게 당당히 걸어 들어가면 범죄라고 할 수 있겠어?"

아서 심스는 동료를 집 안으로 밀어 넣었다.

"얼른 들어가지 않고 뭐 해?" 그는 속삭이듯 말하고 근처에서 있던 희미한 형체를 돌아봤다.

"오케이, 조던, 네가 할 일을 잘 알고 있겠지?"

해리 조던은 장난을 하듯 경례를 올려붙였다.

일단 집 안으로 들어서자 오소리는 꼬마전등을 켜고 지도를 들여다봤다.

"금고는 나선계단을 올라가서 2층 맨 끝의 사무실에 있어." 이론이 현실로 바뀌는 지금, 그는 다짐이라도 하듯 이미 수십 번 봐서 세세한 부분까지 기억하고 있는 정보를 중얼거렸다.

두 사람이 적막에 싸인 집 안을 걷기 시작하자 전등에서 쏟아져 나온 가느다란 노란 광선이 앞쪽의 어둠을 가르며 길을 만들었다. 가늘고 기다란 철제 나선계단이 불빛을 받아 모습을 드러내자, 계단 바로 아래쪽에 있는 장애물이 나타났다. 대머리 사내의 축 늘어진 몸뚱이였다.

심스가 얼른 그 사내의 곁에 무릎을 꿇고 앉았다.

"야간 경비원이군. 집 안의 불이 다 나간 것처럼 이 녀석도 정신을 잃었어. 오늘 저녁에 아주 특별한 차를 마셔서 이래."

심스는 조심스럽게 경비원의 눈꺼풀을 들춰서 흰자위가 드러나도록 했다.

"이 녀석은 이제 경계 대상이 아니야, 오소리. 내일 아침밥을 먹을 때쯤이면 골이 지끈지끈 아픈 채 깨어날 것 같아."

오소리는 낄낄거리며 웃었다. 모든 일이 계획대로 진행되고 있었다.

계단을 다 올라가자 두 사람은 금고가 있는 방으로 다가갔다. 오소리가 또다시 주머니에서 열쇠뭉치를 꺼내 그중 하나를 자물쇠 안으로 밀어 넣었다. 순식간에 문이 활짝 열렸다. 방 맨 안쪽 귀퉁이에 도도하게 자리 잡고 있는 스미스-앤더슨 금고가 꼬마 전등의 불빛에 모습을 드러냈다. 난공불락이라고 소문난 거대한 강철 금고였다. 거의 어른 키만 한 높이에 무게가 3톤 가까이 나가는 괴물이었다. '그분'은 경험상 이런 금고에 침투하는 유일한 방법이 열쇠, 아니 복수의 열쇠라는 걸 알고 있었다. 총 다섯 개의 열쇠가 필요했다. 이 거대한 금고를 옮기려고 든다면 수십 명의 장정이 나서야 할 것이고, 문을 열어젖히려면 얼마나 많은 다이너마이트가 필요할지는 신만이 아실 터인데다가 폭발음이 너무 커서 수십 야드까지 들릴 게 뻔했다.

오소리에게서 꼬마전등을 넘겨받은 심스는 팔을 단단히 고정시켜서 불빛이 똑바로 철제문과 다섯 개의 자물쇠를 비치도록 했다. 기분이 좋아진 오소리는 또다시 작은 웃음소리를 터뜨리며 바지 주머니에서 각기 다른 형태로 깎인 다섯 개의 열쇠가 걸려있는 황동 고리를 꺼냈다. 각 열쇠의 머리 부분에는 금고의 자물쇠 배열과 일치하는 번호가 새겨져 있었다.

오소리는 쏟아지는 불빛의 가운데에 무릎을 꿇고서 1번 열쇠를 밀어 넣었다. 철컥하고 물리는 선명한 소리와 함께 열쇠가 부드럽게 돌아갔다. 2번 열쇠도 마찬가지였다. 3번 열쇠도 나름대로의 역할을 훌륭하게 해냈다. 하지만 4번 열쇠는 협조를 거부했다. 오소리는 근심스러운 눈길로 동료를 힐끗 쳐다봤지만, 어느 누구도 입을 열진 않았다. 오소리는 열쇠를 뽑았다가 다시 돌려봤지만, 결과는 마찬가지였다. 오소리의 이마에 땀이 번지기 시작했다. 염병할! 뭐가 문제인 거지? 이런 게 계획에 포함되어 있을 리가 없었다. 3번 열쇠까지는 아무런 문제가 없었다. 오소리는 '그분'이 이런 실수를 했다는 게 믿어지지 않았다. '그분'이 실수 했다는 말은 한 번도 들어본 적이 없었다.

"5번 열쇠를 꽂아봐." 오소리 못지않게 어리둥절한 표정을 짓고 있는 심스가 근심스러운 어조로 말했다.

오소리는 뭔가라도 해봐야 한다는 절박한 심정에 심스의 말을 따랐다. 놀랍게도 5번 열쇠는 이전 세 번째까지의 열쇠들과 마찬가지로 시원스러운 찰칵 소리와 함께 부드럽게 돌아갔다. 희망의 날개자락이 오소리의 풀이 죽은 마음을 다독거리자, 그는 용기를 내서 금고 손잡이를 비틀었다. 아무런 반응이 없었다. 금고가 협조를 거부하고 있었다. 오소리는 욕설을 내뱉으며 털썩 주저앉았다.

"염병할! 이젠 어떻게 하란 말이야?"

"4번 열쇠를 다시 넣어봐."

어둠 속에서 동료의 목소리가 들려왔다.

오소리는 호흡을 멈추고 동료의 말을 따랐다. 열쇠는 전혀 걸리지 않고 구멍 속으로 쏙 들어갔다. 혹시나 또 실패할까 두려운 나머지 손이 덜덜 떨리는 오소리는 열쇠를 돌리지 못하고 잠시 그대로 있었다.

"어서 해, 오소리."

오소리는 열쇠를 돌렸다. 처음에는 저항이 좀 느껴졌지만, 이내 움직임이 있었다. 열쇠가 돌아가고 철컥 소리가 났다.

"이런 망할 자식들!"

기쁨을 참지 못한 아서 심스가 쉰 목소리로 속삭였다.

"순서대로 하면 열리지 않도록 자물쇠의 배열을 바꾼 거로구만. '그분'의 머리로도 이런 가능성을 예측하지 못했군."

오소리는 이제 두 발로 일어서서 커다란 금고 문을 끌어당기고 있었다.

"우라질! 엄청 무겁네!" 그는 육중하기 짝이 없는 문짝이 움직이기 시작하자 중얼거렸다.

"이건 내 마누라보다도 훨씬 크단 말이야." 그는 마음이 다시 가벼워졌는지 시시껄렁한 농담을 지껄였다. 금고 문이 정말 답답할 정도로 천천히 열리기 시작했다. 오소리가 그렇게 용을 썼는데도 활짝 열리기까지에는 거의 1분이나 걸렸다.

마침내 아서 심스가 금고의 내부로 전등 불빛을 비출 수 있게 됐다. 바로 그 순간, 심스는 입을 딱 벌리고 목이 졸린 듯한 신음소리를 쏟아냈다.

"뭣 때문에 그래?"

땀을 줄줄 흘리고 있는 오소리가 헐떡거리며 물었다.

"네가 직접 들여다봐." 얼이 빠진 듯한 대꾸가 돌아왔다.

오소리가 상체를 쑥 내밀어서 육중한 금고 문의 귀퉁이 너머로 금고 안을 들여다본 순간, 두 번째의 전등 불빛이 원래의 불빛에 합류했다.

"선반이 텅 비어 있지 않을까 걱정되는군."

날카롭고 선명하며 권위적인 목소리가 뒤쪽에서 들려오자 두 명의 밤손님은 후다닥 몸을 돌려서 말이 들려온 곳을 노려봤다.

꼬마전등은 문간에 서서 얇은 입술에 조롱하는 듯한 미소를 살짝 짓고 있는 장신의 젊은이를 비췄다. 해리 조던이었다. 아니, 그 녀석이 맞나? 젊은이는 조던이 입고 있던 것과 같은 추레한 체크무늬 양복을 걸치고 있긴 한데, 너부죽한 주먹코와 큼지막한 콧수염은 어디로 간 거지?

"신사 여러분, 난 게임이 더 이상 진행되지 않을까봐 조마조마 했다네. '너희들은 현장에서 잡혔다'라는 문구가 떠오르는군. 이제 도망치려는 어리석은 시도는 하지 말게나. 경찰 병력이 건물 밖에서 내 신호를 기다리고 있으니까."

아서 심스와 오소리 존슨은 입을 딱 벌린 채 젊은이가 재킷 호주머니에서 은제 호루라기를 꺼내 힘껏 세 번을 부는 모습을 멍하니 쳐다보고만 있었다. 날카로운 소리가 그들의 귀청을 파고 들었다.

달콤하고 뜨거운 홍차가 들어있는 주석 머그잔을 양손으로 잡고 있는 스코틀랜드 야드의 자일스 레스트레이드 경위는 만족스럽다는 듯 얼굴 가득 미소를 짓고 있었다.

"하룻밤의 일거리치고는 아주 잘된 것 같습니다."

오소리 존슨과 아서 심스를 체포하고 한 시간이 흐른 후, 경위가 야드 내의 비좁은 자기 집무실에 느긋하게 앉아서 하는 말이었다.

좋은 시절 다 보내고 지금은 낡아빠진, 점잖지 못한 체크무늬 양복을 입고 경위의 맞은편에 앉아 있는 젊은이는 아무런 대꾸도 하지 않았다. 젊은이가 침묵을 지킴에 따라 레스트레이드의 얼굴에서 미소가 사라지고 찌푸린 눈썹으로 대체되었다.

"당신은 내 말에 동의하지 않는 모양이군요, 홈즈 씨?"

젊은이는 대답을 하기 전에 잠시 동안 입술을 꽉 다물었다.

"뭐, 어떻게 보면 성공적인 모험이었다고 할 수 있겠죠. 경위님은 솜씨가 일류인 도둑 두 명을 철창 안에 집어넣었고, 어마어마한 금전적 손해를 입을 뻔한 메레디스 상회를 구해냈으니까요."

"암, 그렇고말고요." 경위의 얼굴에서 미소가 피어올랐다.

"하지만 아직도 풀리지 않는 의문이 남아 있단 말입니다."

"어떤 걸 말하는 겁니까?"

"우리의 두 친구가 건물의 열쇠와 금고가 설치된 사무실의 열쇠와 금고를 열 수 있는 다섯 개의 그 귀중한 열쇠를 어떻게 손에 넣은 거죠?"

"그게 그리 중요한 문제인가요?"

"정말로 중요한 문제죠. 이번 사건을 완벽하게 해결하기 위해서는 그런 의문들에 대한 대답이 꼭 있어야 합니다. 열쇠를 얻어 내고 야간 경비원에게 마취약을 먹인 공범이 있을 게 분명합니다. 오소리 존슨이 나를 망보는 동료라고 여겼을 때는 꽤나 많은 걸 떠벌였었는데, 내가 더 많은 정보를 짜내려고 하자 마치 조개처럼 입을 닫아버리더군요."

레스트레이드는 홍차를 한 모금 마셨다.

"홈즈 씨가 그런 하찮은 일에 골머리를 썩일 필요는 없어요. 이 일에 또 다른 녀석이 가담했다고 하더라도 오늘 밤중으로 모습을 감춰버릴 게 분명하고, 그 녀석을 공범이라고 콕 집어 말할 증거도 손에 넣기가 어려울 게 뻔하니까요. 런던에서 가장 솜씨가 뛰어난 도둑들 중의 두 명을 체포했다는 점에서 우린 만족하고 있어요. 정말 감사를 드립니다, 홈즈 씨. 어쨌든 간에 이제부터는 우리 전문가들에게 맡겨주시죠."

젊은이는 스코틀랜드 야드 형사의 지혜를 수긍이라도 하는 것처럼 너그럽게 고개를 끄덕였다. 하지만 속으로는, 레스트레이드가 그리 멍청한 건 아니지만 강도 미수라는 점에 눈이 팔려서, 대물은 유유히 헤엄쳐서 도망가고 있는데 중간급의 물고기 두 마리가 그물에 걸린 것에 흡족해하고 있는 것이라고 생각했다. 범죄라는 건 레스트레이드나 그의 동료들이 생각하는 것처럼 겉으로 보이는 게 다인 경우가 거의 없었다. 바로 이런 이유 때문에 이 젊은이는 자신이 경찰 조직의 제약 속에서 형사로 일할 수 없다는 사실을 잘 알고 있었다. 현재로서는 경찰에 도움이 되는 것으로 상당히 만족하고 있었지만, 그의 야망은 그보다 훨씬 높은 곳을 꿈꾸고 있었다.

레스트레이드는 자신이 생각하는 바를 거의 드러내지 않는, 무엇이든 꿰뚫어볼 것 같은 회색 눈동자와 매처럼 날카로운 얼굴을 가진 이 호리호리한 젊은이를 어떻게 받아들여야 할지 갈피를 잡기 어려웠다. 젊은이에게는 경위를 불편하게 만드는 차갑고, 절대로 뚫을 수 없을 것 같은 뭔가가 있었다. 지난 6개월 동안, 홈즈는 사건 몇 가지를 스코틀랜드 야드로 들고 와서 주위를 끌었고, 레스트레이드 자신과 동료인 그렉슨 경위가 그것들을 수사해서 몇 건의 체포를 달성하는 쾌거를 올렸다. 레스트레이드는 셜록 홈즈가 이런 행동을 함으로써 범죄를 예방하고 해결하여 모든 선량한 시민들에게 만족감을 준다는 점을 제외하고 무엇을 얻는 것일까 궁금하지 않을 수 없었다. 홈즈는 자신의 개인적인 문제에 대해서는 입도 뻥긋하지 않았고, 경위는 일부러 물어보고 싶다는 생각을 해본 적도 없었다.

스코틀랜드 야드에서 이와 같은 대화가 진행되고 있을 때, 런던의 다른 곳에서는 '교수'가 조직의 2인자인 세바스찬 모런 대령으로부터 메레디스 상회에 대한 야간작전이 실패했다는 보고를 받고 있었다.

'교수'는 앉아 있던 라운지체어(등받이가 뒤로 젖혀지는 긴 의자)에서 일어서서 열심히 들여다보고 있던 수학책을 옆으로 치우고 유리창 쪽으로 걸어갔다. 그는 커튼을 젖히고 아래쪽에서 은색 달빛을 반사하고 있는 흐릿한 강물을 응시했다.

"사실 그건 별로 중요한 문제가 아닐세."

교수는 음울하지만 평정한 목소리로 말했다.

"우리 조직이라는 몸뚱이를 벼룩이 한 번 문 정도라고나 할까? 하지만 최근에 벼룩에 물리는 게 너무 잦단 말일세. 슬슬 짜증이 나기 시작하는구만." 교수는 갑자기 휙 돌아섰다. 그의 두 눈에서는 분노의 불꽃이 번쩍거렸다.

"이번 작전이 실패로 돌아간 이유가 어디에 있다고 보나?"

모런은 돌변한 교수의 태도에 깜짝 놀랐다.

"확실히는 모르겠습니다." 그는 더듬거리며 대답했다.

교수의 지독히 잘생긴 얼굴이 분노로 어두워졌다.

"음, 자넨 잘 알고 있어야 하는 것 아닌가, 모런? 실패의 이유를 정확히 알고 있어야지. 알고 있어야 하는 게 자네의 일이란 말일세. 그런 일을 하기 때문에 내가 보수를 지불하는 것이고."

"그게 저……. 어떤 놈이 경찰에 슬쩍 귀띔한 것 같습니다."

교수는 조롱이 가득한 웃음을 터뜨렸다.

"아주 훌륭한 추론일세, 모런. 자네가 퍼블릭스쿨에서 받았던 교육이 제대로 효력을 발휘하는 모양이군. 불행히도 천재가 아니라도 그런 당연한 결론에 도달할 수 있다는 게 문제지만……. 내가 유일하게 신뢰할 수 있는 스카울러가 오늘 초저녁에 나를 찾아왔었네. 그런 똑똑한 부하가 한 명이라도 있어서 하느님께 감사를 드리고 있네만."

스카울러의 이름이 언급되자 모런의 안색이 핼쑥해졌다. 스카울러는 교활하고 매우 약삭빠르며 야심만만한 녀석이었다. 이 건방진 놈은 서서히 교수의 신뢰를 얻어가다가 결국 측근의 자리까지 꿰찼다. 모런은 자신의 위치가 유지될 수 없을 것 같은 위기감을 느꼈다. 조직 내에선 강등이라는 게 없다는 것도 잘 알고 있었다. 두목의 신뢰를 잃으면 목숨도 잃어버리는 법이었다.

"스카울러가 무엇을 원했습니까?"

"내게 해달라는 것은 없었고, 짜증나는 그 벼룩에 대한 정보를 가져왔더군. 외견상으로는 해리 조던이라는 이름을 사용하고 있는 녀석이라고 해. 이스트엔드의 선술집들, 특히 '블랙 스완' 같은 곳에서 놀고 있다가 존슨이나 심스 같이 잘 속아 넘어가는 멍청이들에게서 정보를 얻어내 경찰에 밀고하는 모양일세."

"그 녀석의 속셈이 뭐라고 하던가요?"

모리아티는 어깨를 으쓱했다.

"난 모르겠어. 음, 스카울러 자신도 모르고 있는 것 같았네. 우리가 밝혀내면 되지. 안 그런가? 호킨스를 이 일에 투입하게. 머리 회전이 빠른 녀석이니 뭘 해야 할지를 잘 알고 있을 걸세. 이번 상황을 잘 알려주고, 어떤 정보를 가지고 오는지 기다려보자고. 난 조던 씨가 며칠 내로 상당한 수익을 보장하는 블랙 스완의 보금자리로 돌아올 것이라는 데 한 점의 의혹도 없다네. 난 정보만 있으면 돼. 이 조던이라는 작자를 해쳐서는 안 된다는 말일세. 내가 어떤 행동을 취하기 전에 이 녀석에 대해서 모든 걸 알고 싶을 뿐이니까. 어때, 자넨 실수 없이 이 일을 제대로 해낼 수 있을 것 같은가?"

모런은 치솟아 오르는 분노와 불만 때문에 두 주먹을 꽉 쥐었다. 자신은 두목에게서 이런 식으로 지시를 받아서는 안 되는 일이었다. 이건 마치 상관이 진흙투성이 군화를 신고 있는 멍청한 병사에게 하는 명령 같지 않은가! 모런은 교수의 얼굴에서 빈정거리는 비웃음을 싹 지워버리고 싶었지만, 그와 같은 경솔한 행동이 치명적인 실수가 될 거라는 걸 잘 알고 있었다.

"즉시 시행하겠습니다."

모런은 무뚝뚝하게 대답하고 방에서 나갔다.

교수는 껄껄 웃고 다시 창 쪽으로 돌아섰다. 밤의 어둠으로 인해 캄캄해진 유리창에 비친 자신의 모습이 자신을 빤히 쳐다보고 있었다. 교수는 키가 컸고, 검은 머리카락이 풍성했고, 각진 얼굴의 소유자였다. 잔인해 보이는 입과 냉정해 보이는 회색 눈만 아니었더라면 매우 매력적인 모습이었을 것이다.

"조던 씨,"

교수는 유리창에 비친 자신의 모습을 향해서 조용히 말했다.

"당신은 정말 호기심을 동하게 만드는군. 최대한 빨리 당신을 내 집 응접실에서 만날 수 있기를 기대하겠네."

셜록 홈즈는 어둠이 막 가시는 시각에 피곤한 발걸음으로 대영박물관을 지나 자신이 하숙하고 있는 몬태규 가로 접어들었다. 그는 해리 조던으로 행동할 때 입었던 싸구려 양복은 더 이상 입고 있지 않았다. 지금 입고 있는 건 그처럼 허름하진 않았지만, 그리 눈에 띄는 것도 아니었다. 경찰을 돕는 건 탐정 업무의 경험을 넓힐 수 있는 방법인 건 확실하지만, 그 일을 한다고 해서 식탁에 빵과 치즈가 저절로 올라오는 것도 아니고, 비좁은 두 개의 방에 대한 임차료가 들어오는 것도 아니었다. 홈즈는 자신이 직접, 품격 높은 탐정 수사를 하고 싶었다. 자문탐정의 세계로 들어서는 길을 닦기 위해서 대학교를 졸업하자마자 런던으로 온 이후로 의뢰인을 끌어모으기 위해 고군분투했다. 하지만 홈즈의 진정한 능력을 원하는 의뢰인들은 거의 없었고, 맡겨진 일거리라고는 실종된 남편, 브로치 절도, 소송이 걸린 유언장 등등의 재미없는 것들뿐이었다. 이런 일에 맥이 빠지고, 스코틀랜드 야드의 전문가랍시는 동료들의 근시안적인 안목에 실망하기도 했지만, 언젠가는 목표를 달성해서 수입이 보장되고 성공적인 탐정 업무를 수행하게 될 것이라는 홈즈의 믿음은 흔들리지 않았다. 그리고 그 일은 빠른 시일 내에 이루어질 필요가 있었다. 지금까지는 활동자금을 친형인 마이크로프트에게서 빌려 충당했는데, 이제는 불가능해질 것 같아서였다.

홈즈는 몬태규 가 14번지로 들어서서 3층에 있는 자신의 초라한 숙소로 올라갔다. 일단 방 안으로 들어서자, 홈즈는 서둘러 재킷을 벗어던지고 셔츠 소매를 걷어 올렸다. 벽난로를 가로질러가서 모로코가죽 케이스에서 작은 병 하나와 주사기 하나를 꺼냈다. 기대감에 부풀어서 코를 벌름거리며 주사기 바늘의 뾰족한 끝을 자신의 근육질 팔뚝에 찔러 넣기 전에 세밀하게 조정했다. 그의 팔뚝에는 이미 수많은 바늘구멍들이 수를 놓고 있었다. 희고 신경질적인 긴 손가락이 주사기의 피스톤을 누르자, 홈즈는 희열에 들뜬 신음소리를 내며 닳아빠진 안락의자에 풀썩 주저앉았다. 그의 피곤한 얼굴 위로 공허한 미소가 번져나갔다.

2장

존 워커의 일기에서

손턴 대위는 나를 애먹게 만들어주겠다던 약속을 그대로 지켰다. 살아남은 피투성이 패잔병들이 비틀거리며 칸다하르 요새의 문을 들어서자마자 나는 감옥에 처넣어졌다. 그러고는 까맣게 잊힌 것 같았다. 그곳에서 석 달이나 갇혀 있는 동안, 나를 담당하고 있는 이곳 토박이 간수에게 매일 항의했음에도 불구하고 어떤 장교도 날 보러오지 않았다. 난 가로와 세로가 2.4미터에 불과한 독방에 홀로 수감되어 지냈다. 내 머리 위쪽으로 약 60센티미터 떨어진 곳에 쇠창살이 쳐진 구멍이 있고, 그곳을 통해서 아주 약한 햇살이 근근이 스며들 뿐이었다. 황혼이 영원히 지속되는 듯한 나날을 보내고 있었다. 군사법정에 서기도 전에 형벌을 받고 있는 셈이었다.

난 그 운명적인 날 밤의 기억을 없애려고 얼마나 많은 노력을 기울였는지 모른다. 그때의 기억은 하고 싶지도 않은데, 제멋대로 선명한 모습으로 다가왔다. 마치 내가 자신의 몰락을 관찰하는 사람이기라도 하는 것처럼. 그곳에서의 나는 의무대 막사를 빠져나가고 있었는데, 피와 죽음의 냄새가 보이지 않는 독기처럼 코에 달라붙어 있었다. 그러고서는 잎이 하나도 없는 나무 아래에서 내가 웅크리고 앉아 브랜디를 한 모금 마시는 광경으로 옮겨갔다. 그 뜨거운 액체가 메마른 목구멍을 따라서 내려가는 감촉과 그 액체가 가져다준 아름다운 망각이 그리웠다. 하지만 지금은 그 액체가 수치와 불명예도 가져다줬다는 걸 알고 있었다. 내가 정말로 겁쟁이였을까? 내가 정말로 탈영병이었을까? 내가 책임져야 할 사람들을 정말로 돌보지 않았던 것일까? 그러한 질문들은 고장 난 기계처럼 내 머릿속을 뒤흔들며 반복되었다. 남이 아니라 자신이 자신에게 하는 취조가 가장 고통스러운 법이다. 난 분명히 그날 밤에 취약했고, 무엇엔가에 대한 신뢰를 잃어버렸다. 아무런 걱정근심이 없어야 할 사내들이, 아직 인생을 제대로 즐기지도 못한 젊은이들이 신음을 내다가 죽는 걸 지켜봤던 것이다. 회복의 가능성이 거의 없는, 더 이상 도움을 줄 수 없을 정도로 상처를 입은 부상병들이 내게 맡겨졌다. 그리고 난, 손도 댈 수 없는 상처를 어떻게든 치료해보려고 노력했었다. 그 빌어먹을 밤에는, 신체적으로 워낙 큰 손상을 입은 병사들에게는 약품이 전혀 소용이 없다는 게 사무치도록 분명했었다.

그러던 9월 하순의 어느 날, 손턴이 감방에 있는 나를 찾아왔다. 왼쪽 팔이 약간 경직되어 있긴 하지만 아주 건강해 보였다. 이전에 큰 부상을 당했다는 표시는 전혀 보이지 않았다. 나름 차분하게 예절 바른 태도로 날 대하기는 했지만, 그날 밤으로부터 몇 달이 지난 지금에도 나에 대한 분노를 삭이지 못한 것 같았다. 손턴은 군법회의의 날짜가 잡혔다고 알려주고, 내가 할 수 있는 최선의 행동양식은 '신사답게' 변명을 늘어놓지 않는 것이라고 충고했다.

"그래야만 재판이 신속하게 진행되어 자네가 얼른 귀국할 수 있어. 그리고 우리 영국군은 자네를 영원히 제거할 수 있게 되고!"

난 손턴과 말다툼을 벌이고 싶지도 않았고, 어떠한 항변을 늘어놓든 간에, 또 그것이 아무리 설득력이 있다고 하더라도 내게는 이미 유죄의 낙인이 찍혔다는 걸 절실히 느꼈다. 난 손턴이 제안한 모든 것들에 대해서 다 동의했다. 그 결과, 3개월 동안 날 사회와 단절시키고 있는 회색 벽들과 작별인사를 했다. 순진하게도 일단 인도를 벗어나기만 하면 산산이 조각난 내 삶의 일부라도 건질 수 있을 것이라고 생각했었다. 나의 범죄기록이 본국에까지 전달되기 때문에 평생 오명과 악취를 지니고 살아야 한다는 걸 그 당시에는 전혀 인식하지 못했었다.

런던, 1880년 10월

셜록 홈즈는 창가로 이동해 밝은 햇살 아래에서 편지지를 확대경으로 세세히 살폈다. 그의 손가락은 흥분으로 인해 바르르 떨렸다. 홈즈는 지금, 마침내 진정한 미스터리로 가는 열쇠를 손에 들고 있다는 걸 깨달았다. 편지는 무척이나 흥미를 불러일으키는 간결한 암호문이었다. 그리고 홈즈만이 이 암호문을 다룰 수 있는 인물이었다. 난 아직까지 시험해보지 못한 천재성을 보유하고 있어. 홈즈는 속으로 생각했다. 이제 때가 된 것 같군.

홈즈는 터져 나오려는 웃음을 간신히 억누르며, 편지를 가져온 사람에게로 돌아서서 자신의 의견을 말했다.

"이 메시지는 왼손잡이 사내가 쓴 것입니다. L자의 구부러진 모양이 그렇다는 걸 여실히 보여주고 있죠. 그리고 종이는 싸구려 제품이지만, 글씨는 하층민들이 쉽사리 소유할 수 없는 만년필로 썼습니다. 이 글을 쓴 사람은 왼손 약지에 커다란 반지를 끼고 있어서 종이 표면에 자잘하게 긁힌 자국을 남겨놨군요."

홈즈는 편지를 코에 갖다 대고 냄새를 맡았다.

"누가 이걸 썼던 간에 코담배를 피는 습성이 있는 사람이고요. 오리지널 모로칸인 것 같긴 한데……. 코담배 종류에 대한 지식은 아직 많이 부족해서요."

홈즈는 연극적인 과장된 동작으로 그 편지를 테이블 위에 내려놓고 방문객의 맞은편인 자신의 의자에 앉았다. 실망스럽게도 방문객은 자신의 분석에 감동하는 기색을 전혀 보이지 않았다.

"방금 말씀하신 건 잘 알겠습니다, 홈즈 씨."

방문객이 불만스러운 목소리로 말했다.

"메시지 자체에서 알아내신 건 없는 건가요? 난 어떻게 해야 합니까?" 그렇게 말하는 사람은 자신을 조나스 애버크롬비라고 소개했었는데, 옷깃에 카네이션 한 송이를 꽂은 멋들어진 도시인의 복장을 한, 뚱뚱한 중년 사내였다. 그의 얼굴은 걱정으로 인해 창백했고, 불안한 감정을 감추지 못한 채 양손으로 잡은 모자 테두리를 연신 돌리고 있었다. 그는 못된 술책을 간파해달라는 것이 아니라, 필사적으로 도움을 필요로 했다. 빌어먹을 이 편지를 쓴 작자가 코담배를 피우고 왼손잡이라는 걸 아는 정도로 어떻게 마음속의 고통을 가라앉힐 수 있단 말인가?

홈즈는 이 사람이 극도로 고통받고 있다는 걸 눈치채긴 했지만, 정작 본인은 이 사건에, 이 편지에 담겨 있는 미스터리에 홀딱 정신이 팔려 있었다. 그는 자신과 면담하고 있는 의뢰인에게 동정심을 보이고 있지 않다는 것을, 예절이 부족하다는 것을 알아차리지 못하고 있었다. 설혹 알아차렸다고 하더라도 그런 것들은 사건과 아무런 관련이 없다고 판단했을 것이다. 지금 그가 하고 있는 생각의 핵심은, 마침내 자신의 재능에 진정으로 도전하는 사건이 등장했다는 점이었다.

홈즈는 그 편지를 집어 들어 큰 소리로 읽었다.

"우린 당신의 딸을 데리고 있다. 딸의 무사 귀환을 보장받으려면 우리의 부탁을 한 가지 들어줘야 한다. 곧 다시 연락하겠다. 경찰에는 신고하지 마라."

"이건 녀석들이 내 딸을 죽이겠다는 뜻이 아니고 무엇이겠소? 오, 하느님 맙소사!"

"범인들이 왜 그런 짓을 하겠습니까, 애버크롬비 씨? 따님을 죽여서 얻을 수 있는 이득이 무엇일까요?"

애버크롬비는 어리둥절한 표정을 지으며 고개를 저었다.

"모르겠어요. 도대체 내 딸을 납치한 이유가 무엇일까요?"

셜록 홈즈는 조바심이 나서 한숨을 내쉬었다. 의뢰인이라는 사람들이 어떻게 이처럼 둔할 수 있는 거지?

"애버크롬비 씨, 귀하가 바로 씨티은행 포틀랜드 스트리트 지점의 지점장이기 때문이죠. 따라서 놈들이 귀하의 딸과 무엇인가를, 놈들에게 엄청난 액수의 돈을 가져다줄 무엇인가를 교환하는 도구로 사용할 가능성이 높은 것처럼 보이는군요."

애버크롬비는 홈즈의 이러한 분석에 정말 깜짝 놀랐다.

"당신의 말은……. 녀석들이 은행강도를 계획하고 있다는 뜻이군요."

맞아, 의뢰인들은 이처럼 둔할 때가 많아.

"일단 그렇게 보고 있습니다. 현재로서는 자료가 부족해서 은행 금고에 들어 있는 현금을 어떤 방법으로 빼내려는지까지는 알 수 없지만, 귀하의 도움을 필요로 한다는 건 확실합니다."

은행가는 눈썹을 찌푸렸다.

"그럼 내가 무엇을, 어떻게 해야 하는 건가요?"

"지금 당장은 따로 할 일이 없습니다. 그들이 다시 접촉할 때까지 진득하게 기다리면 됩니다. 그리고 연락을 받는 즉시 내게 알려주면 됩니다."

"할 일이 없다고요? 녀석들이 내 딸을 데리고 있는데 어떻게 가만히 있으라는 겁니까?"

"내가 그렇게 말씀드렸기 때문이죠. 만약 나 자신이나 내 판단을 믿지 못하겠다면, 마음의 위안을 받을 수 있는 다른 곳을 찾아보시죠!"

그건 다소 격정적인 반응이긴 했지만, 인정머리가 없는 말이었다. 홈즈는 처음부터 사건을 다룰 때 모든 감정을 단절할 수 있도록 자신을 단련했다. 로봇 같은 사람이 되도록 노력했다. 때로는 밤이 되면 촛불을 얼굴 가까이에 대고 거울을 뚫어져라 쳐다보곤 했다. 인간성이나 감정이 사라진 차디찬 마스크가 거울 속에서 자신을 빤히 쳐다봤다. 심지어 얼굴에 촛불을 너무 가까이 갖다 대서 노란색의 뜨거운 혓바닥이 피부를 태우기 시작하는 것을 느끼기도 했다. 그러한 무감각이 홈즈를 기쁘게 했다. 범죄를 해결하는 데 있어서 홈즈가 가장 중요하게 여기고 있는 요소인 정밀성과 객관성은 감정에 의해서 오염될 수 있었다.

홈즈는 조금 전에 애버크롬비에게 쏘아붙인 말 때문에 쓸데없는 위험을 부담해야 한다는 걸 알고 있었다. 무슨 일이 있어도 이 의뢰인을 붙잡아야만 하지만, 그건 자기 방식대로일 때만 의미가 있는 것이고 그렇지 않다면 게임이고 뭐고가 성립될 여지가 없었다.

애버크롬비는 입을 딱 벌리고 아무런 대꾸도 하지 못했다.

"귀하는 내게 조언해달라고 왔습니다."

홈즈는 이제 일부러 화를 냈던 게 효과적이었다는 걸 깨닫고는 당당하게 말했다.

"그리고 난 그걸 제공하고 있고요. 악당들이 다음 행동을 하도록 우린 기다리는 겁니다. 날 믿으세요. 녀석들은 지금 미지의 바다로 항해하고 있는 셈이거든요. 자신들의 계획이 완전히 실패했다는 걸 깨닫기 전까지는 서투른 짓은 하지 않을 겁니다. 녀석들이 원하는 건 돈이지 귀하의 딸이 아닙니다. 녀석에게서 연락이 오자마자 내게 알려줘야 합니다."

애버크롬비는 풀이 죽고 당혹한 표정으로 고개를 끄덕였다.

"귀하와 연락을 하려면 어떻게 해야 하죠?"

홈즈의 질문이 악몽을 꾸고 있는 은행가를 흔들어 깨운 것 같았다.

"내 집으로 연락을 주시오. 은행으로 직접 찾아오면 위험할 수도 있으니까."

애버크롬비는 조끼 주머니에서 황급히 명함 한 장을 꺼내 탐정에게 건넸다. 홈즈는 명함을 힐끗 훑어보고는 주소가 '클래팜 커먼' 근처임을 확인했다.

"내 딸은 말이오, 홈즈 씨……."

"내가 시키는 대로 하고, 경찰에 신고하지 않는 한 따님은 무사할 거라고 확신합니다. 자, 이제 날 위해서, 이번 일을 머릿속에서 명확하게 정리할 수 있도록 귀하를 내 집까지 찾아오도록 만든 일련의 사건들을 최대한 정확하게 설명해주셨으면 합니다."

애버크롬비는 고개를 끄덕였다.

"최선을 다하리다. 오늘 아침에 이것을 받았소. 은행의 내 사무실 책상 위에 놓여 있는 걸 발견했다오. 이게 어떻게 그곳에 놓여 있게 된 건지는 알 수가 없었소. 난 즉시 집으로 달려가 내 딸 아멜리아가 안전한지 알아봤다오. 난 아내를 잃고 홀로 살고 있고, 딸애는 눈에 넣어도 아프지 않을 보물이었소."

그는 눈물이 차오르기 시작하는 눈을 손수건으로 토닥거렸다.

홈즈는 고개를 끄덕였다.

"집으로 돌아가자마자 보물이 사라진 걸 발견하셨군요."

"하녀의 말에 의하면, 아멜리아가 점심을 함께하자는 내 편지를 받았고, 그 즉시 나갔다는 거였소."

"그 편지를 가지고 있습니까?"

"아니오. 딸애가 가지고 간 게 아닌가 싶소만……."

"이런 식으로 따님을 종종 점심식사에 초대했습니까?"

"한 달에 한두 번 정도는요."

"그렇다면 악당들은 귀하를 꽤 오랫동안 관찰해온 게 틀림없습니다. 주로 어디에서 점심 식사를 했죠?"

"매러번 하이스트리트에 있는 작은 레스토랑인 '카를로스' 에서요. 즉시 그곳으로 달려가서 확인해봤지만, 딸애를 잘 알고 있는 그곳의 직원들은 오늘 딸애를 보지 못했다고 하더군요."

"따님의 인상착의를 알려주시죠."

"키가 크고, 아주 마른데다가, 머리카락은 적갈색인데 보통은 틀어올려 쪽을 찌고 있어요. 상당히 심한 근시라서 도수가 높은 안경을 끼고 있고요. 눈동자는 파랗죠. 정말 사랑스러운 아입니다." 애버크롬비는 고개를 돌리고 손수건에 코를 세게 풀었다.

"따님이 어떤 옷을 입고 있었는지 알고 있나요?"

"가장자리를 모피로 장식한 갈색 투피스와 베일이 달린 작은 모자 차림이 아닐까 싶네요. 그게 아멜리아가 가장 좋아하는 복장이었으니까요."

홈즈는 자신의 의자에 깊숙이 몸을 파묻고 손가락들을 마주쳐 뾰족탑 형태를 만들었다.

"지금은 이것으로 충분하다고 생각합니다. 귀하가 직장으로 돌아가서 최대한 아무 일도 없다는 듯이 행동하는 게 중요합니다. 마음을 단단히 먹고 인내심을 발휘해야 합니다, 애버크롬비 씨. 악당들이 적절한 때에 연락을 할 것이라고 확신합니다. 놈들이 귀하에게 어떤 요구를 할지는 모르겠지만, 귀하의 저항을 약화시키기 위해서 좀 뜸을 들일 가능성이 높습니다. 하지만 난 이 사건이 행복한 결말을 맞으리라고 믿고 있습니다."

"나도 그랬으면 좋겠소. 딸애가 무사히 돌아올 수만 있다면 무슨 일이든 다하리다."

애버크롬비는 눈물을 흘려서 눈이 벌게진 채 일어서며 홈즈의 손을 굳게 잡았다.

"고맙소. 정말 고마워요. 당신의 도움과 확신이 없었더라면 어찌 할 바를 몰랐을 것이오."

애버크롬비는 더 이상 주절대지 않고 방을 나섰다.

셜록 홈즈는 신이 나서 환하게 미소 지으며 손바닥을 비볐다.

"아, 아……." 그는 꽉 잠긴 목소리로 속삭였다.

"마침내! 마침내…… 게임이 진행되는구만."

때마침 포장도로 위로 올라선 애버크롬비도 만족스러운 듯 입가에 미소를 지었다.

다음 날, 씨티은행의 포틀랜드 스트리트 지점에서는 불쾌한 사고가 발생했다.

허름한 옷차림에 술 냄새를 풀풀 풍기는, 점잖지 못해 보이는 사내가 달랑 1파운드짜리 금화 한 개를 들고 와서 계좌를 열고 싶다며 떼를 썼다. 그런 소액으로는 계좌를 열 수 없다는 은행원의 설명을 듣고는 화를 버럭 내더니 폭력적으로 돌변했다. 그 사람은 길길이 날뛰며 서류를 사방으로 날려 보내고, 고래고래 고함을 지르며 화분에 심어져 있는 야자나무를 바닥에 내동댕이쳤다. 결국 새로 찾아온 중요한 고객과 상담 중이던 지점장이 불려왔고, 지점장은 경찰을 불러야만 했다. 그 무지막지한 술주정뱅이는 수갑을 차고 끌려나갔다. 이러한 소동이 벌어지고 있는 동안, 마치 자신의 클럽에라도 온 것처럼 창가의 한쪽 구석에 앉아서 필터가 없는 시커먼 궐련을 피우면서 〈파이낸셜 타임스〉를 읽고 있는, 얼굴이 보기 좋게 햇볕에 탄 노신사에게 특별히 주의를 기울이는 사람은 없는 것 같았다.

그날 저녁, 애버크롬비는 또다시 셜록 홈즈를 찾아갔다. 그는 젊은 탐정이 희미하게 빛을 던지는 벽난로 앞의 의자에 다리를 꼬고 앉아서 체리나무 파이프를 피우고 있는 걸 발견했다. 홈즈는 이렇게 찾아오길 기대하고—사실은, 열렬히 바라고—있었지만, 그의 지루한 표정에는 그런 감정이 전혀 묻어나지 않았다.

"놈들에게서 다시 연락이 왔소!"

은행가는 입고 있던 코트를 서둘러 벗어던지고 벽난로 앞에 있는 홈즈의 곁으로 다가갔다.

"그거 잘됐군요. 편지를 보여주시죠."

홈즈는 애버크롬비의 수중에 있는 편지봉투를 낚아채다시피 했다. 편지는 이전 것과 동일하게 우아한 필체로 적혀 있었지만, 내용은 이전보다 훨씬 더 암울했다.

"오래 사용된 은행권으로 1만 파운드를 자정에 인디아 독 로드 끝에 있는 웨일런드 부두로 가져와라. 혼자 오도록! 정해진 시각에 그 돈을 받지 못하면 네 딸의 발목을 잘라버릴 것이다." 홈즈는 편지를 소리 내어 읽었다.

"난 어떻게 해야 하죠? 내겐 1만 파운드가 없단 말입니다."

"귀하야 없겠지만, 은행에는 있지 않습니까?"

"하지만 그건 내 돈이 아니잖소. 그걸 내 마음대로 사용한다면 범죄를 저지르는 거라고요!"

홈즈가 가만히 파이프를 빠끔거리자 그의 얼굴 일부가 잠시 동안 하늘거리는 담배연기에 가렸다가 다시 드러났다.

"지난번에 오셨을 때는 따님이 무사히 돌아올 수 있도록 무슨 일이라도 다 하겠다고 하셨는데……."

"물론 그렇게 할 것이오." 퉁명스러운 대꾸가 즉시 돌아왔다. "하지만 내가 은행을 털어야 한다는 건 예상하지 못했더랬소. 이런 미친 짓으로부터 날 구해달라고 선생을 믿었건만……."

홈즈는 생각에 잠긴 채 턱을 문질렀다.

"믿음에 보답할 수 있을 겁니다. 귀하 혼자서 웨일런드 부두로 가는 건 몹시 위험합니다."

"하지만 내가 가지 않는다면, 아멜리아가 어떠한 화를 입을지 누가 알겠소?"

"아, 누군가는 가야겠죠. 하지만 그게 꼭 귀하여야 한다는 법은 없고요."

애버크롬비는 혼란스러운 듯 고개를 살래살래 저었다.

"무슨 말인지 모르겠소이다. 그럼 누가……?"

홈즈는 자신감으로 가득한 미소를 지었다.

"물론 내가 가는 거죠. 난 쉽사리 귀하의 흉내를 낼 수 있습니다. 변장에 일가견이 있거든요. 현대의 탐정이라면 당연히 갖춰야 할 재능 중의 한 가지죠. 안에 솜을 좀 집어넣고, 귀하의 오버코트와 모자를 이용하고, 좀 신중하게 메이크업을 한다면 어두워진 거리에서는 틀림없이 귀하라고 오인할 겁니다."

"말도 안 되는 소리요. 만약 놈들이 당신을 어딘가로 데려가서 당신의 정체가 탄로 나면 어떡할 거요? 그럼 난 딸애뿐만 아니라 돈도 잃어버리게 될 텐데!"

홈즈는 의자에서 벌떡 일어서서 방문객에게서 등을 돌렸다.

"날 믿든가 말든가 알아서 하세요. 아직 스코틀랜드 야드에 신고할 시간은 있으니까요."

"이거, 어떻게 해야 할지……."

홈즈는 애버크롬비 쪽으로 돌아서서 앉아 있었던 의자 등받이에 상체를 기댔다.

"달리 해볼 대안이 있는 겁니까?"

애버크롬비는 이러지도 저러지도 못한 채 창백한 얼굴로 머뭇거렸다.

"좋습니다." 마침내 그의 입에서 콱 잠긴 목소리가 흘러나왔다.

"그럼 내 의견대로 하는 겁니다."

"하지만 돈 문제는 어떻게……?"

"1만 파운드라면 틀림없이 은행 금고에 보관되어 있겠죠?"

애버크롬비는 고개를 끄덕였다.

"그렇다면 내가 그걸 훔쳐야겠군요."

"당신이?"

"내가 돈을 전달할 사람이라면, 그걸 꺼내는 것도 내가 되어야 하지 않겠어요? 귀하에겐 당연히 은행 출입문과 금고에 접근

할 수 있는 열쇠들을 가지고 있겠죠?"

"그거야 그렇긴 하지만……."

"좋습니다. 그것들을 내게 넘겨주시죠. 그런 다음 은행 내부를 상세히 보여주는 지도를 한 장 그려주시고요. 귀하는 오늘 밤에 호텔에 투숙하는 게 좋을 겁니다. 감시되고 있을 가능성도 있으니 집에는 가지 않아야 합니다."

애버크롬비는 고개를 가로 저었다.

"일이 너무나 빨리 진행돼서 갈피를 잡을 수 없군요."

"모든 일을 세세히 다 아실 필요는 없습니다. 지도를 그려주시고, 오늘 밤을 지낼 호텔로 가시기만 하면 됩니다. 내일 아침이 되면, 따님과 돈을 돌려받으시게 될 겁니다."

"그렇게만 된다면 기적이 일어난 것과 다를 바가 없겠죠."

홈즈는 이마를 찌푸렸다.

"기적은 신의 작품! 난 좀 더 현실적인 수준에서 일을 합니다."

몇 시간 후, 애버크롬비로 변장한 셜록 홈즈는 의뢰인이 건네준 열쇠를 이용해서 씨티은행 포틀랜드 스트리트 지점의 옆문으로 들어서고 있었다. 10월 하순이 다 되어가는 날 밤치고는 비정상적일 정도로 따뜻해서 무거운 코트를 걸치고 솜을 잔뜩 집어넣은 홈즈는 벌써부터 땀을 뻘뻘 흘리기 시작했다. 은행 금고실을 향해 어두컴컴한 복도를 따라서 소리 하나 내지 않고 걸어가는 홈즈의 신경은 흥분으로 인해 저릿저릿했다. 사악한 생각이 머릿속을 스치고 지나갔다. 사립탐정이 되겠다는 욕망을 포기하고 그냥 돈을 훔치면 어떨까? 돈을 빼내서 그냥 나가면 되잖아. 1만 파운드면 꽤나 오랜 세월 동안 안락한 생활을 보장할 텐데……. 24시간 내에 대륙으로 쉽사리 피신할 수도 있고. 유럽에는 부자가 이름을 숨긴 채 만족스러운 생활을 즐길 수 있는 곳들이 천지사방에 널려 있었다. 홈즈는 전혀 의도하지 않았던 이런 생각에 실소를 흘렸다. 그리고 자신에게서 때때로 발휘되는 놀라운 이중인격이 즐겁기만 했다. 범죄자처럼 생각하는 능력이 범죄를 탐지하는 전문가에게는 필수적이었다.

홈즈는 금고실 문 앞에서 걸음을 멈추고 가지고 온 커다란 여행가방을 열었다. 그러고는 손목시계를 들여다봤다. 11시가 되기 직전이었다. 얼른 작업에 착수해야 할 것 같았다.

20분 후, 잔뜩 불룩해진 여행가방을 짊어진 흐릿한 인영 하나가 포틀랜드 스트리트의 모퉁이를 돌아섰다. 잔뜩 긴장한 태도로 서두르고 있는 것처럼 보였다. 안개가 낀 밤이라서 그가 재빨리 걸음을 옮길 때마다 바스라지기 쉬운 회색 깃털 같은 것들이 덩굴손처럼 들러붙었다. 그의 발자국 소리는 젖은 포장도로에 날카롭고 리듬감 있는 문신을 새겼다.

워터 스트리트로 접어드는 순간, 그는 어슬렁거리며 차고로 돌아가는 택시 한 대를 목격했다. 그는 택시를 불러 세우고, 운전기사에게 한 번만 더 운행해달라고 부탁했다. 기사는 작은 소리로 불만을 표시했지만 마지못해 고개를 끄덕였고, 그는 얼른 택시에 올라탔다. 하지만 그가 올라타는 순간, 어디선가 두 개의 형체가 모습을 드러내면서 억지로 올라탔다.

"어이, 홈즈 씨."

두 사람 중 하나가 못 배운 티가 확연히 드러나는 으르렁거리는 목소리로 말했다.

"우리에게 줄 작은 가방을 가져왔겠지?"

홈즈는 반항하려고 했지만, 리볼버의 총구가 갈비뼈를 찌르는 걸 느끼고는 포기했다.

"당신이 비협조적으로 나오지 않는 한 다치게 하지 말라는 지시를 받았어. 그러니 당신도 고분고분 그 가방을 넘겨주시지."

홈즈는 갑자기 습격해온 녀석들의 얼굴을 볼 수는 없었지만, 그냥 해보는 위협이 아니라는 걸 확신했다. 그는 꽉 잡고 있던 여행가방을 놓았다.

"착한 애로군. 이제 됐으니 잠이나 푹 주무시지!"

갑작스럽게 날카로운 통증과 함께 머릿속이 폭발하자 눈앞에서 번개가 번쩍거렸다. 홈즈는 몸이 축 늘어져서 정신을 잃은 채 택시 바닥에 쓰러졌다.

"좋은 꿈꾸라고, 홈즈."

탐정의 늘어진 몸을 택시 밖으로 밀어내던 습격자들 중 한 명이 낄낄거리며 말했다. 홈즈의 몸은 배수로로 굴러 들어갔다.

"됐어, 해리." 두 명 중 한 명이 운전기사를 불렀다.

"임무를 완수했으니 교수님 계신 곳으로 달려가자고!"

3장

귀국하는 여행

난 1881년 1월에 기선 오론테스 호를 타고 인도를 떠났다. 귀국하는 여행은 끔찍했다. 지금의 난 '민간인'이고 나름 '자유인'이어야 함에도 불구하고 군법회의에 회부됐었다는 오명을 벗어버릴 수 없었다. 신문에 여러 건의 기사가 실렸었고, 배에 탄 모든 승객들이 나와 눈을 마주치기를 꺼리는 것처럼 보였다. 그들의 얼굴 표정은 내가 누구인지, 그리고 무슨 짓을 했는지 다 알고 있다는 기색이었다. 입에서 입으로 전해지면서 내가 저지른 범죄의 추악한 본성이 눈덩이처럼 부풀려졌을 게 뻔했다.

난 대부분의 시간을 홀로 비좁은 선실에서 보내거나 배의 난간에 기대어 발밑에서 소용돌이치는 시커먼 바닷물을 멍하니 내려다보곤 했다. 나 자신이 원망스러웠고 참담하기 그지없었다.

난간 너머로 몸을 던져서 차가운 바닷물 속으로 잠기면 고통스러운 현실에서 쉽사리 탈출할 수 있지 않을까 하는 생각도 한두 번 해본 게 아니었다. 조금만 있으면 난 런던에서, 대영제국의 온갖 놈팡이와 백수들이 유혹에 못 이겨서 몰려드는 오물통에서 하선해야 한다. 환영의 손을 흔들면서 부둣가에서 기다리는 친구나 가족도 없을 터였다. 내게 도움을 주거나 날 소중하게 여겨줄 사람이 단 한 명도 없었다. 재정적으로 안정감을 줄 수 있는 예금도 거의 없어서 미래가 정말 암담해 보였다.

어쨌거나 영국에 도착하기까지 이틀밖에 남지 않은 날 저녁, 바닷물 속에 빠져 사람들의 뇌리에서 영원히 사라질 수 있다는 전망이 한층 더 매력적으로 보이는 작은 사건이 발생했다. 식당에서 만난, 북부지역에서 사업을 하고 있다는 뚱뚱한 사내가 귀에 거슬리는 큰 목소리로 말했다.

"내가 너무 직설적이라고 생각할지는 모르겠소만, 선생이 우리 테이블에 앉지 않았으면 하오."

누군가가 나에 대한 감정을 실제로 드러낸 건 처음이었는데, 이렇게 모든 사람들이 지켜보는 가운데 막말을 해대니 입이 딱 벌어지고 말았다. 대꾸를 하려고 입을 열었지만, 말이 목구멍을 넘어오지 못했다. 식당에서 허둥지둥 빠져나올 때 얼굴에서 핏기가 가시고 있다는 게 느껴졌다. 헐떡거리며 숨을 깊이 들이쉬고 난간에 몸을 기대자 당장이라도 눈물이 쏟아질 것 같았다.

"남들 앞에 나서기 좋아하는 허풍선이의 말에 신경 쓸 필요

없어요."

난 눈길을 들어 호리호리하게 키가 크고 관자놀이의 머리카락처럼 약간 회색으로 변해가는 콧수염을 깔끔하게 다듬은 잘생긴 중년의 사내를 올려다봤다. 그는 주름 하나 없이 말끔한 야회복 차림이었는데, 가슴에는 여러 개의 메달이 공적을 자랑하듯 주렁주렁 매달려 있었다. 그는 은으로 된 담배케이스의 뚜껑을 열고 내밀었다.

"한 대 피우시구려, 친구. 기분이 훨씬 나아질 거요."

이번에도 쏟아지려는 눈물을 간신히 참아냈다. 내 감정은 미친 듯이 널뛰는 시소를 탄 것처럼 오르락내리락했다. 뚱뚱한 사업가로부터 그처럼 잔인한 대접을 받은 후, 지금 몇 달 만에 처음으로 친절한 대우를 받게 됐으니……. 그리고 그러한 대우를 장교이자 신사인 게 분명한 사내로부터 받으니 마음이 울컥할 수밖에 없었다.

난 조심스럽게 담배 한 개비를 집어 들고, 고개를 끄덕여서 감사의 마음을 전했다.

"가슴을 펴고 그렇게 하면 됩니다. 왓슨 씨죠?"

"워커입니다. 존 워커요."

"물론 그렇겠죠."

'물론 그렇겠죠'라는 말을 듣는 순간, 이 사람이 나에 대해서 모든 걸 알고 있다는 생각이 들었다.

"만나서 반갑소이다." 그는 축 늘어진 내 손을 잡고 흔들었다.

"난 리드요. 알렉산더 리드. 리드 대위라고 불린 적도 있어요. 좀 오래 전 일이기는 하지만."

난 그의 말을 그대로 따라 했다.

"불린 적이 있었다……?"

리드는 자신의 담배에 불을 붙이고 씩 웃었다. 그건 기분 좋은 웃음으로, 햇볕에 탄 팽팽한 피부를 여러 개의 주름살로 갈라놓았다.

"당신과 마찬가지로 나도 제5 노섬벌랜드 소총부대의 군의관 보였소." 리드의 미소가 한층 더 환해졌다.

그렇다면 리드도 군대에서 강제 전역을 당했다는 뜻이었다.

리드는 담배연기를 길게 뿜어냈다. 연기는 불어오는 바람을 타고 어둠 속으로 자취를 감췄다.

"맞아요, 워커, 부대의 상관들은 내가 장교들의 연금을 다루는 방법이 별로 마음에 들지 않았던 모양이오. 우리가 전쟁에서 이겼더라면 그 문제에 대해서 좀 더 관대하게 대했을 것이라는 생각이 들긴 한다오."

이번에는 리드의 얼굴에서 맴돌던 미소가 큰 웃음소리로 변했다. 그 웃음이 워낙 매력적이고 전염성도 강해서 어느새 나 자신도 그를 따라서 웃고 있었다.

"바로 그렇게 하면 되는 것이오, 친구. 이번 여행을 통틀어서 찡그리거나 우울한 표정이 당신 얼굴에서 사라진 걸 처음 보는 것 같소. 아, 맞아요, 당신을 처음부터 지켜보고 있었소이다. 난 나랑 비슷한 생각을 가지고 있는 사람에게 관심이 많다오. 난 당신이 무슨 일을 겪었고, 지금 어떤 기분인지 잘 알고 있어요. 그리고 저건,"

리드는 아래쪽에서 출렁거리고 있는 바닷물을 향해 고개를 끄덕였다.

"분명히 그 해답이 아니오. 나 자신이 그러한 불명예로부터 살아남았을 뿐만 아니라 성공할 수 있다는 걸 보여주는 살아 있는 증인이라오."

지금까지 전혀 안면이 없었던 사내의 진솔한 고백에 난 입이 딱 벌어지고 말았다. 하지만 그와 동시에 그의 말은 내 마음속에서 꺼져버렸던 희망과 도전 정신의 불꽃을 다시 점화하기 시작했다. 리드는 내가 6개월 이상 동안 받아보지 못한, 따스함과 친절이 가득 담긴 목소리로 말했다.

"바(bar)로 갑시다, 워커. 내, 술 한 잔 사리다. 당신을 도울 수 있는 방법이 있을 것 같소."

리드는 피리 부는 사내처럼 유혹의 신호를 보냈고, 난 그저 멍하니 그의 뒤를 따랐다. 바에 들어서자, 큼직한 벨벳 가운에 휘감기다시피 해서 우습게 보이는 거구의 아내를 동반한 좀 전의 그 뚱뚱한 사업가와 마주쳤다. 새로 맞이한 동료 덕분에 마음의 짐을 훌쩍 털어버린 난, 그들에게 아주 경박스러운 태도로 손을 흔들어줬다.

"벼락부자가 된 것들은 항상 싸가지가 없어요, 워커. 제깟 것들이 언제부터 있었다고 행세를 하는지, 원…….”

리드는 다른 사람들에게 다 들리도록 큰소리로 말했다. 뚱뚱한 사업가는 툭 불거진 눈으로 우릴 노려보다가 자신의 아내를 바의 맨 끝 쪽으로 몰고 갔다.

“꼴 보기 싫은 것들이 사라졌으니 브랜디 한잔하겠소?”

난 고개를 가로 저었다. 난 앞으로 살아 있는 동안에는 저주받은 브랜디를 다시는 입에 대지 않겠다고 맹세했었다.

“탄산수면 충분합니다.”

리드는 끙 하고 앓는 소리를 냈다.

“말도 안 되는 소리요. 애들이나 마시는 음료수를 홀짝거리고 있는 동료 장교와 시시덕거리며 앉아 있고 싶지 않소. 당신은 과거를 떨쳐버릴 필요가 있어요. 과감하게 저항해야 한단 말이오. 과거가 당신을 끌어내리도록 둬서는 안 돼요. 지금이 바로 새로운 시작을 할 시간이란 뜻이오.”

리드는 바텐더 쪽으로 얼굴을 돌렸다.

“여기 이 친구에게 대접해야 하니 소다수를 눈곱만큼만 탄 브랜디를 두 잔 주게. 큰 것으로.”

난 리드의 말을 들어야 할 것 같아서 어깨를 으쓱하고 말았다. 단호하지만 자애로운 교장 선생님의 처분을 기다리는 학생 같은 기분이 들었다. 브랜디 두 잔을 받아든 새로 사귄 친구는 날 조용한 테이블로 인도했다. 리드는 자신의 잔을 들어 올리고 내게도 똑같이 하라는 듯 고개를 끄덕였다. 이번에도 난 그의 지시에 따랐다. 머리가 아찔할 정도로 달콤한 브랜디의 향기를 맡으니, 몸과 마음이 피곤하고 무감각해진 상태에서 아프가니스탄의 창백한 달빛을 받으며 형체만 남은 나무 아래에 멍하니 앉아있는 내 모습이 다시 떠올랐다. 산들거리는 밤바람이 내 머리카락을 희롱하고 있는 가운데 내 손은 술병의 목을 꼭 쥐고 있었다. 그 광경을 떨쳐버리려고 잠시 눈을 감았다.

난 브랜디가 작은 소용돌이를 이루도록 술잔을 살살 돌렸다. 지금 이 술을 팽개칠 수 있다면……? 브랜디를 쏟아버리고 의무대 막사로 돌아간다면……?

나의 몽상은 내 귓가에 속삭이는 리드 때문에 깨지고 말았다.

"돌아갈 방법은 없어요, 친구. 남아 있는 유일한 방향은 전진하는 것뿐이오. 그러니, 마십시다!"

난 브랜디에 사래가 걸려 캑캑거렸다.

리드는 폭소를 터뜨렸다.

"곧 다시 브랜디에 익숙해질 게요, 왓슨."

난 어색한 표정으로 턱을 문질렀다.

"워커라니까요." 난 리드가 내 이름을 틀리게 부른 걸 점잖게 정정했다.

"아, 알고 있소. 하지만 무엇 때문인지는 모르겠지만 내게는 당신이 왓슨으로 보이는구려. 우습지 않아요?"

셜록 홈즈는 얼어터진 정수리의 혹을 만지고는 통증 때문에 움찔했다. 홈즈를 살펴보고 있던 자일스 레스트레이드는 터져 나오는 웃음을 참아내기 힘들었다.

"메추리알만큼 큰데, 기분은 두 배쯤 나쁘겠군요."

그는 다시 폭소를 터뜨렸는데, 이번에는 자신의 비유가 적절하지 못한 것 같아서였다.

지금은 자정이 훌쩍 지난 때였고, 두 사람은 다시 스코틀랜드 야드에 있는 레스트레이드의 사무실에 앉아 있었다. 홈즈는 변장을 지웠지만, 그의 얼굴에는 아직도 메이크업의 흔적이 희미하게 남아 있었다.

"이것 봐요, 홈즈 씨,"

레스트레이드는 의자에 깊숙이 등을 기대며 말했다.

"앞으로도 위험한 게임을 하려고 든다면 마지막에 상처를 입고 끝날 수도 있다는 걸 알아야 합니다."

"난 불평을 하려는 게 아닙니다, 경위님. 얼마나 손상을 입었는지 그 정도를 파악하려는 것이죠."

"죽지는 않을 겁니다. 잠시 동안 두통이 심하고 일주일가량 정수리가 물렁거리며 쑤시고 나면 그 이후에는 멀쩡해질 테죠."

"말씀, 감사합니다. 경위님이 경찰일 뿐만 아니라 의학에도 조예가 깊으신 줄은 몰랐군요."

레스트레이드는 미끼를 덥석 물지 않았다.

"현대의 경찰관은 다양한 재능을 보유하고 있답니다."

홈즈는 씁쓸한 미소를 지었다.

"경위님이 표현하신 대로 내 머리에 메추리알만한 혹이 생기긴 했지만, 나름 꽤 많은 성과를 거둔 셈입니다."

"홈즈 씨가 그렇게 주장하니 그렇다고 봐야겠죠. 하지만 난 아직도 이번 일에 무슨 의미가 있는지 잘 모르겠군요."

"이게 경위님께 위안이 될지 모르겠지만, 나도……. 아직까지는 확신하지 못하고 있습니다. 좀 전에도 말씀드렸지만, 이번 일은 마치 누군가가 날 시험한 것 같습니다. 날 떠본 것 같다는 말씀입니다."

레스트레이드는 고개를 절레절레 흔들었다. 그에게는 전혀 그런 확신이 들지 않았다.

"누군가가 왜 그렇게 하기를 원했을까요?"

"나도 모릅니다."

"홈즈 씨에게서 그런 말이 나오다니 놀랍기만 합니다. 어쨌거나 내 눈에는 이 모든 게 꼴사나운 추태로밖에 보이지 않는군요. 가짜 은행 지점장이 등장하질 않나, 원. 그건 그렇고 우린 당신의 셋방을 나서는 녀석을 체포했습니다. 본명이 어니스트 브랜드라는 자로, 연극적인 재능이 뛰어난 악당이죠."

"연극적인 면은 많이 내세웠지만, 재능은 별로더군요."

홈즈는 담배에 불을 붙이며 의견을 내놓았다.

"그자는 지시를 받고 움직이고 있었죠. 내 두개골을 빠갤 뻔한 두 녀석도 당연히 그랬었고요." 그는 혹을 또다시 만졌다.

"이번 일을 누가 꾸몄던 간에 나에 대해서 꽤나 많이 알고 있는 게 분명합니다. 내 정신이 어떻게 움직이는지를 아는 녀석이에요."

"맙소사!" 레스트레이드는 경악에 가득 찬 탄성을 터뜨렸다. "그렇다면 녀석은 굉장한 천재라는 말 아닙니까!"

"녀석은 내가 애버크롬비를 대신해서 은행을 털려고 할 거라고 정확히 짚어냈어요. 그게 계획의 가장 중요한 부분이었고요."

"애버크롬비가 아니라 브랜드라니까요."

"아, 그랬죠. 이러다 보니 탐정이 녀석들을 위해서 도둑질을 감행하는 상황에 처한 겁니다. 이 얼마나 아이러니한 일입니까! 적어도 녀석의 계획이 제대로 작동만 됐더라면 그런 꼴을 면하기 어려웠겠죠."

"하지만 홈즈 씨 당신이 녀석들보다 더 뛰어났단 말입니다."

"내가요?"

레스트레이드는 이마를 찌푸렸다.

"그거야 당연한 것 아닙니까?"

홈즈는 타오르고 있는 자신의 담배 끝을 멍하니 쳐다봤다.

"이번 책략의 어떤 부분은 대단히 기발하지만, 취약한 요소들이 너무 많았어요."

"어떤 것들 말입니까?"

"애버크롬비가 정말로 씨티은행 포틀랜드 스트리트 지점의 지점장인지, 그리고 애버크롬비가 점심 식사를 하려고 카를로스 레스토랑으로 데려간 아멜리아라는 딸이 있는지 내가 확인해볼 수도 있다는 걸 녀석들은 전혀 고려하지 않았어요. 그리고 애버크롬비가 자신이 살고 있다고 말한 클래팜으로 내가 찾아갈 가능성도요."

"확인해봤나요?"

홈즈는 짜증이 잔뜩 묻어나는 한숨을 내쉬었다.

"당연히 했죠. 탐정 업무의 가장 기본적인 규칙 중의 하나가 남에게서 들었던 말이 사실이라는 확신을 갖기 위해서 정보의 출처를 확인하는 것이잖아요? 난 퇴역한 늙은 대령으로 변장하고 씨티은행 포틀랜드 스트리트 지점에서 아주 유쾌한 오후를 보냈죠. 진짜 지점장이 누구인지를 알아보려고 했을 뿐만 아니라 악당이 어떻게 은행의 열쇠들을 손에 넣을 수 있는지를 보고 싶었거든요."

레스트레이드가 자리에서 벌떡 일어섰다.

"그걸 어떻게 하던가요?"

"또 다른 일련의 연기가 관련되어 있었습니다. 한 녀석이 아주 거액의 예금 계좌를 개설하려는 시늉을 했죠. 그자는 지점장 집무실로 안내됐고요. 내 경험상, 은행 지점장들은 부자에게 아주 비굴한 태도를 취하기 마련이죠. '고객' 연기를 한 녀석은 꽤 오랜 시간 동안 찬찬히 집무실과 금고실을 살펴볼 수 있었습니다. 그러다가 은행 로비에서 소동이 벌어졌고, 지점장이 불려갔으니……."

"고객이라는 자를 자신의 집무실에 내버려뒀겠군요."

"말씀대롭니다. 녀석이 필요로 하는 모든 상세한 부분들을 다 취할 수 있을 정도로 오랜 시간동안을요. 어쩌면 지점장이 허둥거리다가 챙겨가지 못한 열쇠들까지 왁스에 찍었을 수도 있죠. 아무 방해도 받지 않고 잠시 동안만 홀로 있으면, 숙련된 금고털이범은 작업을 수행하는 데 필요한 모든 것들을 쉽사리 손에 넣을 수 있습니다."

"정말 기발하군요."

"그렇습니다. 그리고 바로 그 점 때문에 내가 딜레마에 빠진 겁니다. 그처럼 기발한 계획을 고안해낸 두뇌가 왜 허술한 구멍들을 그냥 내버려둔 것인지를 지금도 모르겠습니다. 쉽사리 보완할 수 있는 멍청한 취약점들이었거든요. 물론 그런 요소들이 뭔가를 속이려고 삽입된 것일 수도 있죠. 그래서 내가 얼마나 영리한지를 알아보기 위한 어떤 테스트에 끌려 들어간 게 아닌가 하는 생각이 든다는 겁니다."

"그게 사실이라면 당신은 당당히 통과한 셈이로군요."

"꼭 그런 것도 아닙니다. 두 명의 공범이 체포되지 않았고, 내가 다소 끔찍한 트로피를 받아들었으니까요."

홈즈는 자신의 상처를 가리켰다.

"때론 당신이 수사하는 사건보다 당신 자신이 더 날 혼란스럽게 만들고 있습니다, 홈즈 씨. 실제로 수사를 담당하는 전문적인 경찰관인 내가 보기에는, 당신이 도둑들을 위해서 일을 해주는 얼간이 역을 맡도록 매우 교묘하게 고안된 계획을 당신 자신이 좌절시킨 겁니다. 나머지는 당신이 만들어낸 좀 괴이한 상상물일 뿐이고요. 홈즈 씨, 당신에게 진심으로 묻고 싶습니다. 당신이 한 말을 그대로 인용하겠는데, 세상에 어느 누가 당신을 테스트하고 싶어 할 것이며, 당신이 얼마나 뛰어난 탐정인지를 알아보기 위해 일종의 시험을 치른단 말입니까?"

"내가 알고 싶은 게 바로 그 점입니다."

제임스 모리아티 교수는 입술에 희미한 미소를 지은 채 여행가방을 노려봤다.

"셜록 홈즈 씨에게 실망했네."

교수는 부드러운 목소리로 말했다.

"이걸 우리 손에 들어오도록 해주리라고는 한 번도 생각해보지 못했거든."

"그래도 브랜드의 연기를 꿰뚫어볼 정도로는 똑똑한 놈이었습니다." 세바스찬 모런 대령이 옆에서 한 마디 거들었다.

모리아티는 조롱기가 가득한 웃음을 터뜨렸다.

"그렇다면 놈은 이류쯤 되는 연극평론가의 재능을 가지고 있는 셈이군. 모런, 난 녀석에게 너무 많은 걸 기대했나 봐. 내 눈앞을 확 밝혀줄 천재성을 기대했으니까. 어쨌거나 이번 건은 꽤나 흥미로운 실험이었어."

"죄송합니다만, 교수님, 당신이 왜 이 사내에게 그렇게 큰 관심을 보이는지 이해할 수가 없습니다."

"당연히 이해할 수 없겠지." 교수는 조롱하듯 대꾸했다.

"자넨 절대로 이해할 수 없을 거야. 모런, 이건 두뇌와 관련된 일이네. 세상에는 이런저런 이유로 자신의 삶에 갇혀 사는 인간들이 있지. 난 나 자신을 천재라고 생각하는데, 그건 자만이 아닐세. 어쨌거나 난 방대한 범죄조직을 구상하고 설립하는 탁월한 재능을 가진 사람이니까. 이처럼 가장 세련되고 특수한 직업을 위한 특별한 지적 능력을 가지고 있단 말일세. 이 세상에는 나 같은 사람이 없네. 하지만 나와 동등한 능력을 보이는 사람이 없다면, 동등한 지적 수준을 가진 사람이 없다면 아주 외로운 자리라는 게 문제지."

모리아티는 모런 쪽으로 돌아섰다.

"이건 자네를 모욕하자는 게 아닐세, 친구. 모욕이란 감정적으로 남의 마음에 손상을 주는 것이지. 내가 지금 말하고 있는 건 냉정한 사실일세. 이 셜록 홈즈란 작자가 나와 동일한 지적 수준에 있을 뿐만 아니라 그자가 추구하는 게 나와 정반대이기까지 하다면 어떨지 상상해보게. 얼마나 기분이 좋겠나! 그자는 법과 질서라는 거대한 체스판에 올라앉은 적수란 말일세. 내가 그자를 혼란에 빠뜨리고 패배하게 만들 계획과 책략을 만들어낼 수 있다면 얼마나 흥분이 되겠나? 이렇게 되면 우리 둘 사이에 게임이 시작되는 것이고, 그동안 나의 삶에서 빠진 것으로 보이곤 했던 전율을 주게 될 걸세."

"하지만 녀석은 교수님의 첫 번째 테스트에서 실패하지 않았습니까?"

모리아티는 여행가방을 향해 팔을 쭉 뻗었다.

"그자는 실패했지. 우리가 세운 계획을 못 쓰게 만들어버렸어."

"교수님의 노력이 다 헛수고로 돌아간 건 아닙니다. 1만 파운드를 벌어들였으니까요."

모런의 이 말에 교수는 대꾸하지 않았다. 모런은 앞으로도 절대로 이해하지 못할 것이다. 동등한 능력을 가진 적수와 지혜의 대결을 벌일 수 있는 기회에 비교할 때 1만 파운드가 얼마나 하잘 것 없는 것이라는 걸! 모런은 가방을 열고 손을 집어넣었다.

"잠깐만요!"

그의 목소리에는 불안과 공포의 기색이 가득했다.

교수의 눈에서 흥미의 불꽃이 일어났다.

"무슨 일인가?"

모런은 아무 말도 하지 않고 황급히 가방을 들어 올려 내용물을 교수의 책상에 털었다. 아무것도 찍혀있지 않은 백지 뭉치가 쏟아져 나왔다. 뭔가가 적혀 있는 것 같은 한 장의 종이를 제외하고는 다 백지였다. 모리아티는 종이 뭉치로부터 이 한 장을 교묘하게 빼냈다. 그는 그걸 책상 위의 램프 가까이에 갖다 대고 큰소리로 읽었다.

"미안하게 됐네. SH."

교수는 그 종이를 맵시 있게 접고는 폭소를 터뜨렸다.

4장

포기하지 마라

알렉산더 리드는 정말 매력이 넘치고 설득력이 강한 동료여서 석 잔째의 브랜디를 마실 때쯤에는 지금까지 살아온 나의 인생사를 모조리 다 털어놓았을 뿐만 아니라, 마이완드에서 벌어졌던 전투와 그 후에 내 군대 경력을 끝장내고 남아 있는 여생을 엉망진창으로 만들어버릴 것 같은 끔찍한 사건에 대해서도 시시콜콜 떠들어댔다. 리드는 내가 말하는 동안 거의 입을 열지 않았고, 때때로 동정한다는 듯이 고개를 가만히 끄덕이거나 말하고 있는 게 무슨 뜻인지를 충분히 이해한다는 걸 보여주기라도 하듯 몇 마디를 되풀이하기만 했다. 이 사람이 왜 내가 하는 이야기에 그런 깊은 관심을 보였는지 그때는 알지 못했다. 하지만 내 마음속의 짐을 덜어버리고, 지금까지 차곡차곡 쌓아놓기만 했던 고통과 절망을 몰아낼 좋은 기회라고 생각했다. 의학적인 관점에서는 일종의 치료가 아니었을까? 어쨌거나 이야기를 마치자 난 기분이 좀 나아진 것 같았다.

나 혼자서 떠들어대는 이야기가 마무리되자, 리드는 잠시 동안 아무 말도 하지 않고 무슨 생각을 하는지 자신의 술잔만 멍하니 쳐다보고 있었다. 내가 괜한 멍청한 짓을 한 게 아닌가 하는 의문이 들었고, 선실로 돌아가려고 작별 인사를 하려는 순간, 리드는 한숨을 내쉬며 나를 똑바로 쳐다봤다.

"당신은 힘든 시간을 보냈고, 내 생각이지만 아주 부당한 대우를 받은 것 같구려. 그런 전쟁터에서는 그런 일이 허다하게 발생할 수 있어요. 그래도 '포기하지 마라(nil desperandum)!' 이건 우리 학교 크리켓 팀이 경기에서 지고 있을 때 내 아버님이 늘 하셨던 말씀이었소. 내가 당신을 도울 수 있는 방법이 있어요. 아, 좀 더 자세히 말하자면 당신에게 도움이 될 수도 있는 친구들이 있다는 뜻이오. 당신이 모든 고난을 훌훌 털고 일어서도록 도와줄 친구들이!"

"무척이나 고마운 말씀입니다만, 리드, 도움을 주는 손이라고 덥석 받아들일 수는 없는 입장이라서요."

리드는 껄껄 웃었다.

"체면깨나 차리는 양반이라니까! 당신의 신념이 그런 걸 허용하지 않는다는 말이겠죠?"

난 어색하게 고개를 끄덕였다.

"뭐, 대충 그렇습니다."

"그렇다면 내 말이 무작정 도움을 받으라는 게 아니면 마음이 홀가분하겠소? 그 친구들은……. 당신에게 어떤 일을 하도록 제안할지도 모르죠."

"어떤 일이라뇨? 의사로서의 일인가요?"

리드는 어깨를 으쓱했다.

"나도 확실히는 몰라요. 정확하게 아는 건 없지만, 선생을 좋은 말로 추천하면 그들이 선생에게 꼭 맞는 일을 마련해줄 것이오. 어쨌거나 단순히 그럴 가능성이 있다는 게 아니라 거의 확실하다고 보증할 수 있소. 난 때때로 그들을 위해서 사람을 모집하는 일도 하고 있거든요. 어때요, 흥미가 있어요?"

리드의 말은 괴이하기 짝이 없어서 정상적인 상황 하에서라면 그런 모호한 제안을 쉽사리 받아들이지 않았겠지만, 지금은 전혀 정상적인 상황이 아니었다. 꽤나 오랫동안 정상적인 상황이라는 게 어떤 것인지를 잊고 있었다. 난 지금 물에 빠진 사람이었고, 속담에도 등장하는 지푸라기가 눈앞에서 살랑거리고 있었다. 난 그 지푸라기를 꽉 움켜쥐었다.

"그분들이 도와주신다면 정말 기쁘겠네요."

리드는 활짝 웃었다.

"아주 좋아요. 난 이 배에서 내리자마자 방금 언급했던 친구들 중의 한 사람인 스카울러라는 신사를 만날 예정이라오. 그 친구에게 선생을 소개하고, 스폰서 노릇을 좀 해달라고 부탁할까

해요. 그럼 잘 처리될 것입니다."

"이거 어떻게 고맙다는 말씀을 드려야 할지 모르겠군요."

리드는 윙크하고 자신의 빈 술잔을 들어올렸다.

"음, 그렇다면 우선 이 작은 녀석을 좀 채워주겠소?"

난 그날 밤 아주 푹 잠이 들었다. 실로 여러 달 만에 처음 있는 일이었다. 한 번도 악몽을 꾸지 않고 숙면에 들었던 것은 단순히 알코올 때문만이 아니라 알렉산더 리드를 만남으로써 내 마음속에서 생성된 새로운 희망의 영향이 더 컸다. 이제 두어 시간만 지나면 리드는 나의 삶이 끝장나지 않았다는 걸, 어떤 식으로든 성공적이고 행복한 미래를 가질 수 있다는 걸 확인시켜 줄 것이다. 그뿐만 아니라 리드는 이전에는 불가능하다고 생각했던 일—나의 과거를 지워버리고 새로운 삶을 만들어내는 일—을 성취하려고 애쓰는 내게 우정의 손길을 내밀어줄 것이었다. 새로운 삶이라는 그 문구는 꿈나라의 바다에서 부유물처럼 둥둥 떠다니다가 마침내 날 집어 삼켜버렸다.

의심으로 회색의 아침이 시작됐다. 희미하고 차디찬 햇빛을 받으며 리드와 했던 대화 내용을 곰곰 되짚어보니 내가 활기를 되찾은 것은 새로운 친구가 제시했던 애매한 제안들보다는 브랜디의 효과가 더 컸다는 걸 인정하지 않을 수 없었다. 배 위 어디에서도 리드를 볼 수 없게 되자 의심은 한층 더 커졌다. 갑판과

식당, 바를 샅샅이 뒤졌지만 증발해버린 물방울처럼 리드는 모습을 드러내지 않았다. 심지어 사무장에게 리드의 선실 번호를 물어봤지만, 오론테스 호에는 그런 이름의 승객이 한 명도 승선하지 않았다는 대답이 돌아왔다. 기가 막힐 수밖에! 어젯밤의 일을 돌이켜보니 꿈같은 요소가 있었다는 느낌이 들기 시작했다. 어쩌면 내가 그런 상황을 상상했는지도 모르겠다. 내가 소망하던 모든 것—동정심을 가지고 내 말을 들어주는 귀, 우정, 직업 소개—을 그대로 채워주는 게 현실에서 가능하기나 한 일인가…….

초저녁이 되자 오론테스 호는 템스 강을 거슬러 올라가고 있었고, 난 몇 가지 되지도 않는 소지품을 꾸리며 하선 준비를 했다. 내 영혼의 시계추는 암울한 지역으로 되돌아가 있었고, 우울하기 짝이 없었다. 절망적인 기분을 떨쳐버리지 못한 채 갑판에 몰려 있는 승객들의 무리 속에서 런던의 눈에 익은 랜드마크들을 멍하니 쳐다보고 있었다. 그것들은 어둑어둑해진 하늘빛에 감싸여서 희미한 윤곽만 드러내고 있었다.

"아, 여기 계셨군. 선생을 한참 찾아다녔더랬소."

바로 내 옆에서 목소리가 들렸다. 얼른 고개를 돌려보니 놀랍게도 리드가 바로 눈앞에서 미소 짓고 있었다. 그는 아스트라한 모피 깃이 달린 값비싼 검은색 코트를 걸치고 실크해트를 쓰고 있었다.

"나 또한 당신을 찾고 있었습니다."

순식간에 튀어나온 대답에는 분노의 기색이 역력했다.

리드는 무례한 나의 반응에 별로 신경 쓰지 않았다.

"그렇다면 우리 두 사람은 숨바꼭질을 한 모양이군요. 음, 어쨌든 연인을 만나며 여정을 끝내게 된 건가요? 나랑 함께 하선하십시다. 내 친구 스카울러가 기다리고 있을 것이니 우리 세 사람이 함께 내 클럽으로 몰려가서 폭찹 두어 개를 먹어 치운 후에 미래를 논의해 보십시다. 혹시 다른 의견이라도……?"

아무 일도 없었다는 듯 편안하게 말하는 리드의 태도는 내 마음으로부터 분노와 짜증과 좌절을 순식간에 몰아냈다. 난 씩 웃고 말았다.

"기쁜 마음으로 당신의 계획에 따르겠습니다."

"좋소, 좋아."

긴 여정에 지친 몸으로 자신들의 조국에 다시 발을 내딛는 여행객들을 환영하기라도 하듯 저 멀리에서 빅벤의 우울한 차임벨 소리가 들려왔다.

부두에 몰려선 환영객들의 시끌벅적한 환호성에 맞춰 건널 판자가 내려졌다. 사람들은 손을 흔들며 연신 소리를 질렀고, 아이들과 젖먹이 아기들을 공중으로 들어올렸다. 곧 있을 상봉의 기대감으로 달궈진 공기는 당장에라도 활활 타오를 것만 같았다. 잔뜩 흥분한 채 미소 짓는 얼굴들을 내려다보고 있자니 질투로 인해 속이 무척이나 쓰렸다. 날 기다리고 있는 포옹이나 키스, 굳센 악수는 없었다. 나의 귀국을 반기고 환영해줄 사람이 단 한 명도 존재하지 않았다.

"내게 딱 달라붙어 있으시오, 친구."

리드가 내 옷소매를 잡으며 말했다.

"차단선이 치워지면 사람들이 득달같이 내려갈 테니까요."

리드의 말이 옳았다. 배라는 한정된 공간을 벗어나려는 승객들이 거대한 파도가 되어 좁은 통로를 꽉 메운 채 몰려 내려갔다. 이건 마치 매서운 강물의 흐름에 사로잡혀 자신의 뜻과는 상관없이 쓸려 내려가는 것 같았다. 리드와 난 물살에 떠내려가는 나무처럼 이리 쏠리고 저리 쏠렸다. 그 물살에 지지 않으려고 안간힘을 써야 했다.

"나 자신이 동료의 연인이라고 자처하고는 있지만," 우리가 떠밀려 통로 가까이 갔을 때 리드는 내 귓가에 속삭였다.

"이 사람들이 이처럼 가까이 있는 건 별로란 말이오."

어쨌거나 숨이 막히고 옷차림도 흐트러지긴 했지만 5분이 채 지나기도 전에 우린 부두에 내려설 수 있었다.

"자, 드디어 왔구려, 워커. 우리의 조국에. 이 축축하고 냄새나는 공기를 흠뻑 마셔봐요. 굉장하지 않소?"

난 환한 웃음으로 대답을 대신했다. 리드는 거의 모든 일에서 즐거움과 행복을 찾아내는 사람인 것 같았다. 그 어떠한 것도 그의 평정심을 흩트릴 수 없고, 인생에 대한 낙관적인 전망에 먹구름을 드리울 수 없을 것 같았다. 난 새로 사귄 친구를 점점 더 좋아하고 존경하는 내 자신을 발견했다. 가슴이 터지도록 공기를 들이마셨다. 여러 가지 냄새와 증기로 범벅이 된 공기는 아프가니스탄의 건조하고 먼지 섞인 공기와는 너무나도 달랐지만, 그래도 싫지는 않았다.

승객들이 황급히 스쳐 지나가고 짐꾼들이 커다란 트렁크들을 탈것에 실어 나르는 동안, 우린 부두에 잠시 서 있었다. 이제는 완전히 어두워졌고, 우리의 주변은 일련의 가로등이 쏟아내는 노란색의 부드러운 광선으로 밝혀지고 있었다. 리드와 난 일부러 대화를 할 필요를 느끼지 못했고, 그저 묵묵히 서서 우리의 새로운 현실을 받아들이는 시간을 보내고 있었다. 인공적으로 만들어진 폐쇄된 공간에서 수주일 동안 시달림을 받다가 이제 우리의 조국인 영국으로 막 돌아온 참이었다. 앞으로 내가 알지 못하는 어떠한 문제에 부딪히더라도 다른 곳이 아닌, 이곳 영국에서 당했으면 하는 생각이 간절했다.

북적이던 사람들이 다 빠져나가자 키가 크고 눈길을 끄는 형체 하나가 어둠 속에서 모습을 드러내더니 가스등 불빛 아래쪽에서 잠시 동안 우릴 지켜봤다. 키가 180센티미터는 훌쩍 넘어 보였고, 머리에 쓰고 있는 실크해트 때문에 키가 더 커 보였다. 리드는 그 사람을 쳐다보고 반갑다는 표시로 손을 들어올렸다. 리드의 손짓을 보고 그 낯선 사람은 우리에게로 다가왔다. 축축하게 젖은 포장석을 밟으면서도 아무런 소리도 내지 않고 늘씬한 근육을 부드럽게 움직였는데 마치 고양이의 움직임을 보는 듯했다. 얼굴 윤곽이 구분될 정도로 다가오자 그 사람이 눈이 번쩍 뜨일 정도로 잘생긴 흑인이라는 걸 알아볼 수 있었다. 그는 우리와 좀 떨어진 곳에서 걸음을 멈추고 리드의 인사에 답하듯 은으로 씌운 지팡이 손잡이를 실크해트 챙에 갖다 댔다.

리드의 얼굴이 환해졌다.

"내 오랜 친구인 스카울러, 자넬 보니 정말 반갑구만." 그는 앞으로 걸어가서 그 사내의 손을 잡고 열정적으로 흔들었다. 하지만 그런 리드에 비해서 그 사내는 눈에 띄는 반응을 보이지 않았다. 마주 보고 짓는 미소나 따뜻한 말들이 흘러나오지 않았다. 그 사내의 얼굴 표정은 전혀 변하지 않았다. 그 사내는 리드를 지나 날 똑바로 쳐다봤다. 그의 눈에는 내가 그곳에 있는 게 흥미롭다는 표정이 떠올라 있었다. 리드는 이러한 상황을 알아차렸고, 그의 몸이 순식간에 뻣뻣이 굳어버렸다. 리드는 내가 있는 쪽을 바라보며 신경질적인 미소를 지었다.

"잠시 실례하겠소, 워커. 오랜 친구와 단 둘이 할 얘기가 좀 있어서……."

난 선생님 한 분과 교장선생님이 내게 어떤 처벌을 내릴지 의논하는 동안 교장실 문밖에 서 있어야 하는 학생이 된 것 같은 기분을 안고 고개를 끄덕였다.

리드와 그 사내는 좀 더 떨어진 곳으로 자리를 옮겼고, 그곳에서 리드는 열을 올리며 속사포처럼 말을 쏟아냈다. 리드의 말소리가 들리지는 않았지만, 그가 무표정한 사내에게 나에 관한 이야기를 하고 있는 건 분명했다. 리드와 그 사내는 마치 경매에 나온 물품을 두고 의논을 나누는 입찰자들처럼 때때로 내가 있는 쪽을 힐끗힐끗 쳐다보곤 했다. 리드는 내가 그의 친구로부터 받을 수 있는 환영과 도움을 과대평가했고, 냉정한 스카울러에게 내가 가치가 있다는 걸 열나게 설득하고 있는 게 틀림없었다. 난 심기가 불편했고, 그냥 이 자리를 훌쩍 떠나고 싶었다. 하지만 훌쩍 떠나고서도 갈 곳이 없다는 사실이 내 발목을 잡았다. 결국 오도 가도 못할 신세였다.

리드는 장황한 설명을 마치고 초조하게 스카울러의 반응을 기다렸다. 그 사내는 잠시 동안 아무 말도 하지 않고 서 있다가 결국 몇 가지 질문을 했다. 사방이 조용한 가운데 밤하늘을 가로지르며 비단처럼 부드럽고 나직한 목소리가 내 귀에 들어왔다.

그러던 어느 순간, 내가 알아차리기도 전에 표범처럼 재빠른 동작으로 다가온 스카울러가 내 곁에 서서 장갑 낀 손을 내밀었다. 그의 잘생긴 검은 얼굴 위에는 밝은 미소가 활짝 피어올라 있었다.

"워커 선생, 만나서 반갑습니다. 난 링컨 스카울러입니다."

난 입도 뻥긋하지 못한 채 그와 악수했다. 가스난로의 불길이 꺼지듯 스카울러의 얼굴에서도 미소가 재빨리 사라졌다.

"마차를 대기시켜 놓았어요. 리드의 클럽으로 가서 먹고 마시고 휴식을 취한 다음, 오늘 밤 지낼 숙소를 마련해드리죠. 식사를 하면서 선생의 미래에 대해서 논의를 하죠. 이렇게 하는 게 선생의 바람과 일치한다고 생각합니다만……."

난 고개를 끄덕였다.

"사실입니다." 난 정말 그런지 혹은 아닌지에 대해서는 자신이 없었다. 사실 달리 선택할 방법이 전혀 없다는 게 문제였다. 앞으로 내 삶을 영원히 바꾸어놓을 결정을 또다시 내린 것이었다.

"그는 지금 어디에 있나?" 모리아티 교수는 자신의 커다란 책상 뒤에 앉은 채 자신을 찾아온 두 사람에게 브랜디 잔을 한 개씩 건넸다.

"제 클럽에서 코를 골며 곯아떨어졌을 겁니다."

리드가 브랜디 잔을 두 손으로 감싸며 씩 웃었다.

"녀석이 충분히 먹고 마시도록 손을 썼거든요." 모리아티는 고개를 끄덕이고 다른 방문객에게로 고개를 돌렸다.

"첫인상은?" 스카울러는 입술을 오므렸다.

"본질적으로 배짱과 열정이 있는 놈입니다. 지금은 의기소침해 있지만, 시간이 흐르면 불사조처럼 본성이 살아날 겁니다."

"우리의 도움이 있어야 그렇게 되지 않겠습니까, 교수님?" 리드는 마치 건배하는 것처럼 술잔을 들어올렸다.

교수는 별로 즐거운 표정이 아니었다.

"리드, 자넨 조직을 위해서 필요한 인원을 모집하는 데 거의 실수를 하지 않았네. 하지만 이번의 이 사람에 대해서는 절대적인 확신이 필요하네. 이 사람이 해줬으면 하고 생각하는 특별한

프로젝트가 있기 때문일세. 물론 이 자가 적합한 사람이라는 가정하에서이지만."

"이 자의 경력이 세세한 부분까지 다 사실이라는 데는 의심의 여지가 없습니다. 칸다하르의 지역 신문에 실린 이 사람에 관한 기사를 모두 다 읽고서 영입하면 좋을 후보자라고 생각했죠. 제가 이 자와 같은 배를 타고 귀국한다는 걸 알게 됐을 때 이 자에 대한 모든 걸 파악하는 게 제 임무라고 생각하며 열심히 조사했었습니다."

그 말을 듣고서야 모리아티는 입가에 미소를 지었다.

"자네의 철저함은 정말 칭찬할만하군. 하지만 사실이라는 게 항상 어떤 사내의 본모습을 다 드러내는 건 아닐세."

리드는 두목의 칭찬에 한껏 부푼 기분으로 말했다.

"아, 전 여행을 하는 동안 내내 이 사람을 가까이에서 지켜봤고, 여러 시간 대화도 나눠봤습니다. 우리가 영입하는 데 있어서 고려해야 할 충성심과 용기 같은 조건을 다 갖추고 있었습니다. 다만 인생의 고배를 마시고 속이 부글부글 끓고 있는 상태이긴 했지만요. 하여튼 준비된 사내라는 건 확신하고 있습니다."

"저도 리드가 옳다고 믿고 있습니다."

스카울러가 부드러운 목소리로 동의했다.

"현재 워커의 마음 상태는 막 살해되려던 순간에 구조된 개와 다를 바가 없습니다. 친절함과 관대함으로 대해주는 사람이라면 그 누구에게도 복종하고 충성심을 발휘할 겁니다."

모리아티는 브랜디를 한 모금 입에 넣고 혀가 타는 듯한 느낌이 날 때까지 입안에 머금고 있다가 목구멍으로 넘겼다.

"자네들의 의견을 듣고 용기를 얻었네. 자네들의 말이 정확하다면, 이처럼 특별한 때에 딱 들어맞는 사내가 해변으로 쓸려왔다는 게 정말 믿어지지 않을 행운인 셈이지. 이 사람은 내가 마음에 두고 있는 일을 수행하는 데 필요한 모든 자질을 다 갖추고 있는 것처럼 보이는군."

"그게 어떤 일인지 여쭤봐도 되겠습니까?" 리드가 물었다.

모리아티는 씩 웃었다.

"물론 물어볼 수는 있네. 하지만 대답은 기대하지 말게. 적어도 아직은 아닐세."

리드는 당황한 표정으로 눈길을 돌리고 브랜디를 한 모금 크게 들이켰다.

실내는 적막에 잠겼다. 두 명의 방문객은 이러한 적막을 먼저 깨뜨리는 게 도리가 아니라는 걸 잘 알고 있었다. 지금 교수는 뭔가를 생각하는 중이었고, 교수 본인이 먼저 입을 열어야 마땅했다. 스카울러와 리드는 무표정한 얼굴로 자리에 앉아 있었다. 적막에 잠긴 실내에서는 벽난로 속에서 타고 있는 석탄이 내는 달그닥거리는 소리와 벽난로 위에 놓인 시계의 바늘이 돌아가면서 내는 부드러운 틱틱 소리가 한층 더 크게 들렸다. 마침내 교수는 손가락으로 책상 표면을 빠른 속도로 두들기기 시작하면서 입을 열었다.

"자네들 두 사람은 정말 뛰어난 보좌관들일세. 따라서 자네들의 말과 판단을 가감 없이 그대로 받아들이고 있었네. 하지만 이번 경우에 한해서 이 일을 더 진전시키기 전에 나 자신이 판단해볼 필요가 있어. 리드, 내일 정오에 자네의 클럽을 방문하겠네. 존 H. 워커 의사 선생과 내가 대면할 수 있는 특별실을 하나 마련해놓도록 하게."

"지시하신 대로 준비하겠습니다."

"좋아. 신사 양반들, 이처럼 늦은 시간에 잠들지 못하게 하거나 마음에 두고 있는 다른 일을 하지 못하도록 자네들을 잡아두지 않겠네. 그러니 이만 작별 인사를 해야겠네."

두 사내가 방을 나가자 모리아티는 그날 밤에 리드가 가지고 왔던 〈템플 바〉 잡지를 집어 들었다. 1878년이라는 날짜가 찍혀 있었다. 그는 리드가 표시해놓은 페이지를 펼쳤다. 존 H. 워커가 쓴 《사라진 단검》이라는 미스터리 소설이었다. 제임스 모리아티 교수는 의자에 몸을 파묻고 그 소설을 읽기 시작했다.

5장

리드로부터 온 편지

난 제임스 모리아티 교수를 두 번 만났을 뿐이었다. 그 첫 번째는 영국에 도착한 바로 다음 날 아침, 리드의 클럽에 있는 작고 어두운 방에서였다.

어젯밤에는 리드와 스카울러와 함께 식사를 했는데, 스카울러는 표면적으로는 친근한 척 행동했지만 식사하는 동안 내내 내가 살아온 과정이라든가 정치적인 견해, 가족 관계, 모든 분야에 걸친 관점 등을 물어보는 데 여념이 없었다. 난 이들이 뭔가를 심사하기 위해서 나 자신의 전기(傳記)를 작성하고 있다는 걸 깨달았다. 하지만 싫지는 않았다. 비난 받을까 두려워하지 않고 내 자신에 관해서 자유롭게 이야기할 수 있다는 것도 좋았고, 이름깨나 있는 회사나 조직 같은 곳에서는 채용 가능성이 있는 사람의 가치를 평가하는 나름대로의 방법이 있다는 걸 알고 있어서였다. 단 한 가지 의문이 드는 부분은 이들이 날 어떤 곳에 활용하려고 마음을 먹고 있는지에 관한 것이었다. 하지만 난 궁금증을 참고 견딜 준비가 되어 있었다. 시간이 없다고 재촉하는 다른 사람이나 조직이 있는 것도 아니니…….

다음 날 아침, 내가 묵고 있는 객실로 가져온 아침식사가 담긴 쟁반에 편지 한 통이 놓여 있었다. 어젯밤에는 클럽에서 늦게까지 시간을 보냈고, 짚과 천으로 된 군 형무소의 침대에서 수개월을 보내고 기선의 비좁은 침대에서 수주일을 보낸 뒤에 제대로 된 침대라는 호사를 누리며 늦잠을 잤다. 오전 10시가 지났다는 걸 알고는 깜짝 놀랐다.

편지는 리드로부터 온 것이었다.

> 친애하는 워커,
>
> 잘 주무셨을 거라고 믿고 있소. 내가 직접 주관해야 할 사업 관계로 영국을 두어 달 떠나 있어야 할 것 같소. 언제 다시 만나게 될지는 기약하기가 어렵구려. 하지만 내가 대표하고 있는 기관의 우두머리가 정오에 클럽으로 선생을 방문할 것이오. 그리고 그 사람이 선생에게 우리 조직의 수입이 좋은 자리를 제공하리라 믿고 있소. 선생의 약속 장소는 2층의 '레드 룸'이오. 시간을 엄수할 것을 권하는 바이오.

이번 기회가 선생에게 최대의 행운이 되시길…….

진심을 가득 담아,

(퇴역) 대위 A. 리드

편지의 어조는 새로 사귄 친구를 다시는 만나서는 안 된다는 걸 암시하고 있었다. 그건 마치 필요한 사람을 영입하는 괴이한 절차에서 리드의 역할이 끝났고, 이제는 무대에서 퇴장할 시간인 것 같았다. 이 절차가 날 어디로 이끌려는지 아직 파악하지 못했지만, 정오가 되어 중요한 방문객과 자리를 함께 하면 그들의 속셈을 좀 더 알아낼 수 있을 거라고 나 자신을 위안했다.

약속시간이 되자 종업원 하나가 날 레드룸으로 안내했다. 주홍색 가구들과 더불어 책들이 쭉 진열되어 있는 작은 방이었다. 커다란 안락의자가 벽난로 양쪽에 놓여 있는데, 이제 막 불을 피운 듯 곧 꺼질 것 같은 작은 불꽃이 세력을 확장시키려고 안간힘을 쓰고 있었다. 방 안에 홀로 남겨진 난 책장 쪽으로 다가서기 시작했다. 그 순간, 뒤쪽에서 목소리가 들려왔다.

"흥미로운 게 별로 없을 겁니다, 선생. 되지도 않은 주제를 다룬 구닥다리 책들만 잔뜩 모아놓은 보잘 것 없는 장서라서요. 모험소설 같은 건 단 한 권도 없습니다."

난 부리나케 몸을 돌렸고, 내게 등을 돌리고 있던 의자에 앉아 있는 음침한 젊은이와 눈길이 마주쳤다. 그가 일어섰고, 우린 악수했다.

"선생이 모험소설을 엄청 좋아한다는 걸 알고 있습니다."

그의 입술이 점점 벌어지며 얼굴 전체로 미소가 번졌다.

"어젯밤에 선생이 쓴 '사라진 단검 사건'을 읽으며 즐거운 시간을 보냈죠."

"정말입니까?" 난 깜짝 놀라 말을 더듬거렸다.

"그건 내가 오래 전, 일반의로 개업하고 있었을 때 쓴 소설인데요. 환자들을 진료하던 틈틈이 시간이 좀……."

그 사람의 미소가 한층 더 밝아졌다.

"난 제임스 모리아티 교수이고, 만나서 반갑습니다, 존 H. 워커 의사 선생. 앉으시죠."

난 하라는 대로 했다.

"난 선생에 대한 걸 다 알고 있습니다. 흠, 어떤 사람에 대해서 모든 걸 다 알 수는 없는 법이니 좀 과장된 표현인지도 모르겠군요. 사람이라면 어느 누구에게도 드러내지 않는, 어둡고 사적인 마음과 정신의 영역이 항상 존재하니까요. 그러니 표현을 좀 바꾸기로 하죠. 난 선생에 대해서 상당히 많은 걸 알고 있습니다. 그와는 상대적으로 선생은 나에 대해서 아는 게 하나도 없고요."

"당신의 이름은 조금 전에 들었고, 알렉산더 리드와 링컨 스카울러와 알고 지내는 사람이라는 사실만 알고 있을 뿐이죠."

모리아티의 눈은 즐거움을 듬뿍 머금고 반짝거렸다.

"그게 사실이긴 하지만, 별로 중요하지도 않고 의미가 없어요. 앞서 언급한 신사들과 내가 알고 지낸다는 주장을 증명하기 위해 아무리 애를 써봐도 증명할 방법이 전혀 없을 테니까요."
그의 얼굴에서 미소가 사라지고, 눈에서는 냉기가 흘러나오기 시작했다.

"죄송합니다만, 무슨 말씀인지 전혀 이해가 안 되는군요……."
난 고개를 살래살래 저었다.

"당연히 이해할 수 없겠죠, 친애하는 의사 선생. 내가 조금 도와드리죠. 난 어마어마한 규모를 자랑하는 범죄조직의 우두머리입니다. 강도질, 위조뿐만 아니라 심심찮게 살인도 저지르는 아주 효율적인 조직이죠."

모리아티는 한쪽 눈썹을 치켜세운 채 말을 멈추고 이처럼 놀라운 폭로에 대한 나의 반응을 기다렸다. 난 이게 괴상망측한 농담인지, 아니면 이 자가 미쳤는지 종잡을 수가 없었다. 얼굴 표정에 내 생각이 그대로 드러난 게 분명했다.

"난 진실만을 이야기하고 있어요. 이 거대한 회색 도시에서 발생하는 범죄들 중 적어도 절반 정도는 내 부하들에 의해서 저질러지고 있죠. 그리고 수익성이 극도로 높은 이 기업을 책임지고 있는 사람이 바로 나고요."

"이게 좀 괴이한 테스트이거나 질이 나쁜 농담……."

모리아티는 고개를 가로 저었다.

"농담이 아닙니다. 내 직업이 좀 그렇긴 하지만, 일단 입을 열면 사실을 그대로 말해야 한다고 굳게 믿고 있는 사람이죠. 필요할 때는요. 요즘에는 찾아보기가 어려워서 그렇지, 정직은 미덕이잖습니까? 분명히 말해두지만, 난 선생을 오해하도록 만들 의도는 전혀 없습니다."

난 속에서 화가 치밀어 벌떡 일어서며 거칠게 쏘아붙였다.

"그 점은 아주 감사하군요, 교수님. 하지만 무슨 이유로 그런 정보를 내게 들려주려는 생각이 들었는지 전혀 모르겠고, 한 걸음 더 나아가 알고 싶지도 않군요. 어쨌거나 이 문제에 대한 오해가 없도록 분명히 말해두겠습니다. 날 당신의…… 활동에 참여시키려는 의도가 조금이라도 있다면, 그런 생각을 확실히 바로잡아드리리다."

모리아티는 그 말에 반응을 보이지 않았다. 하지만 수동적인 자세를 취하고 있으면서도 그의 눈에는 재미있다는 기색이 떠올랐다.

"그럼, 그 점을 분명히 했으니 이 면담을 계속해나갈 필요가 없을 것이오. 따라서 괜찮다면 난……."

난 문 쪽으로 움직였다.

"그자리에 서시오, 의사 양반."

교수의 목소리는 채찍이 휘둘러진 것처럼 거칠고 딱 부러졌다.

"나에 대해서뿐만 아니라 선생이 고상하게 불러준 내 '활동'에 대해서 다 알게 된 지금, 선생은 아주 유리한 위치에, 난 아주 위태로운 처지에 놓여 있다는 걸 알아야 해요. 선생은 그동안 이름을 숨기고 있던 나의 안전에 위협적인 사람이 됐단 말이오. 분명히 말하지만, 선생이 이 상태로 이 방을 나간다면 한 시간 내로 목숨을 잃을 것이오. 또 하나의 사망자가 템스 강에 둥둥 떠다니게 될 거요."

"뭐라고요?" 교수의 말에 피가 얼어붙는 듯했다. 얼토당토않은 악몽 속에서 허우적대는 게 아닌가 하는 생각이 들기도 했지만, 모리아티의 태도에서는 자신이 경고한 걸 그대로 실행할 거라는 느낌이 확 다가왔다.

"날 믿으시오. 그냥 해본 위협이 아니오. 그러니 이젠 앉으시죠, 의사 양반. 화가 치밀어 어쩔 줄 몰라 하는 모습은 좀 자제하시고. 선생은 이야기를 다 듣지 않는 실수를 저질렀어요. 의사나 작가라면 절대로 저지르지 않을 것으로 봤던 실수를요."

난 뭐라고 설명하기 어려운, 악마가 쳐놓은 음모의 거미줄에 걸린 듯한 기분을 느꼈다. 두렵기도 하고 머리가 뱅글뱅글 도는 것 같기도 해서 의자에 털썩 주저앉았다. 도대체 어떤 함정에 스스로 걸어 들어온 것이지? 이 사내에게는 내게 말한 모든 것이 사실이고 내 목숨이 정말로 이 자의 손아귀에 달려 있다는 확신을 심어주는 뭔가—그의 존재 자체가, 그리고 그를 둘러싸고 있는 것처럼 보이는 험악한 기운이—가 있었다.

"난 잘 모르는 아무에게나 내가 하는 일의 비밀을 털어놓지 않아요. 하지만 어떤 면에서 선생은 잘 모르는 사람이 아니죠. 충실한 동료인 리드 대위와 스카울러 씨 덕분에 선생에 대해서 아주 많은 걸 알고 있으니까요."

리드의 이름이 언급되고서야 혼란스럽기 짝이 없던 내 정신은 눈앞의 괴물과 리드를 연결시켰을 뿐만 아니라, 갑자기 수많은 작은 조각들이 머릿속에서 떠다니며 대단히 충격적인 그림을 만들어냈다. 리드가 해먹었던 장교들의 연금! 한번 도둑은 영원한 도둑이고, 유유상종이라고 도둑들은 도둑들과 어울리는 법이었다. 그리고 리드 그 녀석은 침울하고 의기소침한 내가 범죄 쪽으로 쉽사리 손을 내밀고 자신들의 더러운 집단에 가입할 거라고 봤던 것이다. 또다시 가슴속에서 분노가 치밀었다. 만약 리드가 이 자리에 있었다면 그 비열한 악당을 주먹으로 후려갈겨 바닥에 나동그라지도록 만들었을 것이다.

"안심하시구려, 의사 양반." 모리아티는 복잡한 내 머릿속을 충분히 짐작했다는 듯 말을 이어갔다.

"선생 손에 짧은 쇠막대를 쥐어주고 검은색 마스크를 씌운 다음 도둑질을 시킬 의도는 전혀 없으니까 말이오. 그것보다는 훨씬 세련되고, 본질적으로 법에도 어긋나지 않는 일을 선생이 해줬으면 하고 바라고 있어요. 남의 집에 침입하는 것보다는 한층 더 선생의 재능에 적합한 것이죠." 그는 큰 웃음을 터뜨렸다.

내가 입을 열어 대꾸하려고 하자 교수는 장갑 낀 한 손을 들어 내 말을 막았다.

"성급하게 판단하지 말고 내 이야기를 다 듣고 대답하시오, 워커. 일단 내가 제공하는 사실들을 다 듣고 나서 신사답게 이 문제를 논의하기로 합시다."

앰브로스 존스는 목이 말랐다. 자신이 소유한 다양한 건물들의 임대료를 걷어들이기 위해 오전 내내 시내를 가로질렀으니 목이 마른 것도 당연하다고 속으로 생각했다. 존스는 그것들을 '건물들'이라고 생각하고 있었지만, 사실 그것들 대부분은 런던 내에서도 가장 빈곤한 지역인 하운즈디치, 화이트채플, 베스널 그린에 위치한 곧 허물어질 듯한 여인숙이었다. 습기가 많고 음울한 이 지역의 생쥐, 시궁쥐와 각종 해충들이 가난하기 짝이 없는 가족들과 함께 살고 있었다. 앰브로스 존스는 자신의 건물에 거주하는 쥐와 해충들에게 임대료를 물릴 수 없다는 게 안타까울 뿐이었다.

그것들 중에서 거대도시의 중심지에 위치하고 상당히 상태가 좋아서 존스 자신이 거주하고 있는 건물이 한 채 있었는데, 2층의 방 두 개를 남에게 소개할 때 '젊은 신사 양반'이라고 부르는 사람에게 세를 놓고 있었다. 그곳은 맨 마지막으로 방문하면 되니까 느긋하게 회중시계를 들여다보고는 이제 막 정오가 지났음을 확인했다. 오전의 작업이 차질 없이 잘 수행됐으니—체납자는 한 명도 없었고, 단 한 곳에서만 내쫓겠다는 위협을 했을 뿐이었다—즐겨 찾아가는 선술집인, 홀번에 있는 '스패로스 네스트(참새 둥지)'에서 맥주 한 잔과 몇 가지 맛있는 음식물을 먹어야겠다고 생각했다. 그 선술집은 시내의 대로에서 좀 떨어진 좁은 골목에 자리 잡고 있었다. 존스가 골목길로 접어들자 멋들어진 마차 한 대가 바짝 다가왔고, 타고 있던 사람이 상체를 내밀고 말을 걸어왔다. 그 승객은 근육질의 몸매에, 존스가 세인트폴 성당 근처에서 자주 봤던 개미떼처럼 바쁘게 오가는 수많은 사업가들처럼 잘 차려입고 있었다.

"죄송합니다만, 선생님," 그 승객이 입을 열었다.

"절 좀 도와주셨으면 합니다만……."

존스의 독수리처럼 날카로운 눈은 그 사내의 손에 동전 한 잎이 쥐어져 있다는 걸 알아차렸다. 존스는 기름때가 묻은 홈부르크 해트를 살짝 들어 올리고 씩 웃으며 한 걸음 앞으로 나섰다.

"도움이 될 수 있다면 기쁘겠습니다, 선생님."

건장한 승객은 마주 웃어 보이며 마차의 문을 열었다.

"좀 조심스럽게 다뤄야 할 질문이라서요." 그 사람은 목소리를 낮췄다. 그러고는 존스에게 가까이 다가오라고 손짓했다. 탐욕스러운 집주인은 멍청하게 그의 말을 그대로 따랐다. 마차 안에는 그림자 속에 들어앉아서 형체가 분명하지 않은 또 다른 승객 한 명이 있는 게 존스의 눈에 들어왔다.

"뭘 물어보실 건가요?" 존스가 물었다.

무슨 일이 벌어졌는지 존스가 알아차리기도 전에 그 승객은 팔을 뻗어 존스의 목을 잡고 확 끌어당겼다. 집주인을 깜짝 놀라게 했을 뿐만 아니라 목젖을 강하게 압박해서 소리를 지르지 못하도록 하는 걸로 봐서 여러 번 해본 솜씨인 듯했다.

"이젠 얌전히 하라구." 습격자는 존스를 한 번 더 끌어당겨 마차 안으로 내팽개치며 속삭였다.

문이 닫혔다. 블라인드가 내려오고 마차가 달리기 시작했다. 존스는 마차 바닥에 널브러진 채 헐떡거리면서 이제 이 세상도 하직해야 하는 건가 하고 생각했다. 그는 오늘 아침에 받아서 허리에 찬 복대에 쑤셔 넣은 현금이 있다는 걸 인지하고 있었고, 수전노인 그로서는 정말 드문 경우이긴 하지만 돈보다는 이 악당들에 의해서 잃을지도 모르는 자신의 목숨에 대해서 더 걱정했다.

"돈은 가져가세요."

존스는 목이 잠겨 꺽꺽거리는 소리로 말했다.

"내 목숨은 해치지 말고요. 제발 절 죽이지 마세요."

"우리가 원하는 건 당신 돈이 아니오, 존스 씨."

어둠 속에서 목소리가 흘러나왔다. 그건 습격자의 목소리가 아니었다. 괴이하고 음울한 음색이었고, 어딘지 모르게 외국인의 억양이 있는 것 같았다.

그 사람의 말은 존스를 진정시키기는커녕 공포에 질리게 만들었다. 돈을 원하는 게 아니라면 목숨밖에 더 있을까? 존스는 두 발로 일어서려고 안간힘을 쓰면서 젖 먹던 힘까지 써서 고함을 질렀다.

"살려줘요! 살인이요!"

존스는 뭔가로 머리 옆을 얻어맞았다. 리볼버 개머리판 같은 묵직한 뭔가가 관자놀이를 후려갈겼다. 존스의 살려달라는 비명은 더 이상 목구멍에서 나오지 않았고, 다시 바닥에 쓰러졌다. 멍한 상태로 축 늘어진 채 거칠게 숨을 몰아쉬었다.

두 사내 중 한 명이 담배에 불을 붙이자 마차 안이 아주 잠깐 동안 밝아졌다가 다시 어두워졌고, 그 순간에 존스는 흐릿하긴 하지만 납치자들의 얼굴을 볼 수 있었다. 처음에 말을 걸었고, 지금 손에 들고 있는 권총으로 미뤄봐서 자신을 후려갈긴 건장한 사내가 있었다. 담배를 피우면서 마차 귀퉁이에 몸을 비스듬히 기대고 있는 다른 사내는 눈이 번쩍 뜨일 만큼 잘생긴 흑인이었다.

"진정하시오, 존스 씨, 우린 선생을 해칠 의도가 전혀 없소."

"잘도 그러겠다! 방금 내 머리통을 깰 뻔했으면서도 그런 소리를 해!"

"포로를 날뛰지 못하게 하는 가장 간단한 방법이잖소. 좀 들어줬으면 하는 부탁이 한 가지 있는데, 그대로 해주면 기꺼이 대가를 지불해드리리다."

돈 이야기가 나오자 앰브로스 존스의 맥박이 더 빨라졌다.

"부탁이라고요? 어떤 부탁인데요? 몬태규 가에 있는 내 사무실로 찾아오지 그랬소. 단순히 부탁할 게 있다면서 왜 날 납치한 거요?"

"우린 나름대로의 방법이 있어요, 존스 씨." 어둠 속에서 위협적인 목소리가 쏟아져 나왔다.

"이렇게 하면, 우리 제안대로 하지 않을 때 선생에게 어떤 일이 생길지 충분히 인식시킬 수도 있고 말이오."

"어떤 일이라니 그게 무슨……?"

"내가 뭘 말하는지 충분히 알 수 있을 텐데요?"

존스는 리볼버의 차가운 총구가 자신의 이마를 세게 누르는 걸 느꼈다. 겁에 질려 딱 달라붙은 그의 입에서는 말이 제대로 나오지 않았다.

"제게…… 뭘…… 바라시나요?"

"선생의 집에 세 들어 사는 어떤 사람에 대한 것이오. 몬태규가에 있는."

"세 들어 사는 사람이요?"

"맞아요, 셜록 홈즈라고 하는."

6장

즐길거리를 찾아

"난 쉽사리 싫증을 내는 사람이오, 워커 선생. 당신도 보다시피 난 내가 하는 일에서 크게 성공을 거뒀고, 성공하면 일정한 안정이 보장되는데 그게 지루하단 말입니다. 난 살아가면서 반복적으로 해야 할 따분한 일을 아주 싫어하거든요. 때때로 실패하는 데에 따른 흥분과 좌절을 열렬히 바라는데, 그러한 시련을 극복하고자 하는 의욕이 불타오르기 때문이죠. 나 정도의 지적 능력을 소유한 사내라면 끊임없이 힘껏 헤치고 나아갈 그러한 도전, 나를 자극시킬 무엇인가를 필요로 하는 법이니까요. 난 위험이나 손실, 수수께끼를 만나면 완전히 물 만난 물고기처럼 신이 나는 사람이란 말입니다."

모리아티 교수는 의자 등받이에 몸을 깊숙이 파묻고 난로의 불꽃을 멍하니 쳐다봤다. 교수가 내게 말을 하고 있긴 했지만, 그의 표정과 태도는 한동안 가슴속에 묻어뒀던 생각을 표출하는데 단지 날 이용하고 있다는 걸 보여주고 있었다. 교수가 말하고 있는 내용의 대부분은 일종의 고백이었고, 존재 자체가 자신의 손아귀에 쥐어져 있는 낯선 사람보다 고백을 더 잘 받아줄 사람이 있을까? 괴상하게도 난 일반 사람들이 이해할 수 없는 독특한 세계에서 자신이 가장 낫다는 망상에 사로잡혀 있는 이 사내가 안쓰럽게 느껴지기 시작했다.

"내 지적 능력이 뛰어나다고 말하는 날 오만하다고 생각하지 말아주시오. 난 진실만을 이야기하고 있어요. 좀 전에도 말했지만, 정당한 이유가 있다고 생각되는 상황에서는 진실만을 추구하는 사람이니까요. 따라서 내가 세련된 지능을 가지고 있다는 건 허풍이나 호언장담이 아니라 사실인 것이오. 여러 가지 미덕들 중에서 겸손을 높게 평가하는 사람이 아니라는 말입니다."

교수는 다시 말을 멈추더니 갑자기 눈을 가늘게 뜨고 뭔가를 응시했다. 꿈결 속을 헤매는 듯한 분위기가 사라졌다. 그는 주머니에서 담배케이스를 꺼내 내게 내밀었다. 난 고개를 가로저어 거절했다.

"안됐군요. 특별히 혼합한 우크라이나 산인데요. 아주 맛이 기가 막힙니다." 교수는 담배에 불을 붙이고 연기를 깊게 들이마셨다. 그런 다음 가벼운 회색의 소용돌이가 입에서 천천히 흘러나가도록 했다.

"그래서 말입니다, 워커," 잠시 시간이 흐른 후에 교수가 입을 열었다.

"내 인생은 지속적으로 자극을, 위험 요소를, 특이한 즐길거리를 찾아가는 과정이죠. 내가 미치지 않도록 막아주는 뭔가를 말입니다. 미친 사람과 천재는 종이 한 장 차이라고 하지 않나요? 결과에 대한 두려움이 없다 보니 이런저런 것들을 자기 맘대로 하고 있으니까요. 아마 내가 소유한 천재성의 일부도 그런 걸 겁니다."

모리아티는 다시 담배를 한 모금 빨아들이고 자신만이 아는 의미심장한 미소를 지었다.

"내가 미치지 않도록 막아주는 뭔가를 말입니다." 그는 그 말을 조용히 되풀이했다.

"그런데 선생은 내가 그런 자극제를 발견했다고 생각한다는 걸 알고 있나요? 셜록 홈즈라는 젊은이에 대해서 들어본 적은 있는지……?"

난 다시 고개를 저었다.

"당연히 들어보지 못했을 겁니다. 아직까지는 극소수의 사람들만이 알고 있죠. 하지만 선생의 도움으로 다른 사람들도 들어보게 될 거라고 확신합니다."

"내 도움으로요?" 난 앵무새처럼 교수의 말을 따라 했다.

"이야기를 끝까지 들어보시라니까요, 워커. 질문은 나중에 하고요. 셜록 홈즈는 사립탐정입니다. 꽤나 영리한 녀석이고요. 오늘날 런던에서 법과 질서를 위해 힘을 다하는 지성인이죠. 녀석의 지적 능력은 나만큼이나 뛰어납니다. 우린 마치 쌍둥이 같은 데다가, 거대한 분수령을 사이에 두고 마주 서 있는 두 개의 웅장한 조각상이라고나 할까요? 녀석은 나보다 다섯 살쯤 어립니다. 그래서 지금은 내가 녀석보다 우세한 입장에 있지만, 곧 녀석의 천재성이 발휘될 겁니다. 이게 날 기쁘게도 하지만, 동시에 걱정도 된단 말입니다. 무척이나 아름답게 발상이 이뤄지고 교활하게 고안된 녀석의 행동은 생각만 해도 가슴이 저릴 정도로 기쁘지만, 그와 동시에 나에게 문제를 초래하고 있죠. 이미 내가 세운 계획 몇몇 가지를 '투시'해서 실패하게 만들었단 말입니다. 이런 이율배반적인 상황이 날 황홀하게 만들어주죠. 물론 내 살갗에 박힌 가시 같은 존재는 쉽사리 뽑아낼 순 있어요. 내가 한마디만 하면 녀석을 간단히 저세상으로 보낼 수 있으니까요. 하지만, 그건 너무 쉬운 일일뿐만 아니라 도전과 두통거리를 동시에 없애버리게 된단 말입니다. 그렇게 자극적인 것들을요. 이거, 멋들어진 딜레마 아닙니까, 워커? 난 이 상황을 아주 오랫동안 심각하게 고민했어요. 내 자신과 셜록 홈즈, 두 사람 모두에게 득이 되는 훌륭한 타협안을 생각해낼 수 있을 거라는 확신을 가지고서요. 그런데 이 홈즈라는 청년은 적어도 지금까지는 내가 존재한다는 사실이나 내 역할을 조금도 알아차리지 못하고 있는 게 분명합니다.

그래서 홈즈의 재능이 계발되고 직업적인 경력이 향상되는 걸 확인하는 기쁨을 주는 동시에 녀석이 나와 내 조직에 초래하는 위험을 감소시킬 수 있는 실험을 해보기로 결심했죠. 선생 같은 작가라면 으레 쓸 법한 문구이겠지만, 난 녀석을 '현미경' 아래에 둘 생각입니다. 바로 이곳에서 선생이 등장하게 되는 거죠. 간단히 말해서 선생이 녀석의 진지에 침투한 스파이가 된다는 말입니다. 녀석과 안면을 트고, 함께 하숙하고, 동료가 된 다음 녀석의 행동 하나하나를 내게 보고하라는 겁니다. 선생은 두뇌가 번쩍번쩍 빛을 발하는 녀석의 행동에 대한 이야기로 날 기쁘게 해주는 동시에 녀석이 내 영역에 지나치게 가까이 다가와 코를 킁킁거리면 얼른 경보를 발령해주면 되는 거죠."

"당신은 미쳤소!" 난 소리를 꽥 질렀다.

"이런 얼토당토않은 계획을 세우다니!"

모리아티는 이마를 찌푸렸다가 내 고함소리에 빈정이 상했는지 분노에 찬 목소리로 말했다.

"난 지금까지 선생이 내 자신의 도덕적인 면을 어떻게 보고 있든 간에 내가 세운 계획이 모든 걸 다 고려했고, 전체적인 과정이 효율적으로 이루어졌으며, 앞으로 생길 일에 대한 전망도 믿을 만하다는 걸 알아차리길 기대하고 있었소. 선생이 그렇지 못했다면 지금 이곳에 갇힌 채 내 앞에 나서지 못했을 것이오. 선생이 아프가니스탄에서 명예스럽지 못한 행위를 했다는 걸 알고 난 이후로 쭉 지켜보며 기다렸단 말입니다. 그리고 내 부하들을 통해서 내가 쳐놓은 거미줄로 살살 끌어들인 사람이었고요. 지금은 완전히 내 처분에 목을 매달도록 만들어놨죠. 그런데도 이게 얼토당토않다는 건가요?"

교수는 말을 하면서 상체를 앞으로 내밀고 얼굴을 내 쪽으로 들이밀었다. 그의 포효하는 듯한 목소리가 방 안을 쩌렁쩌렁 울렸다. 교수와 함께 있는 별로 길지 않은 시간 동안에 난 또다시 할 말을 잃어버렸다.

"내가 세운 계획은 대담하고, 위험하고, 특이하긴 하죠."

이제 교수의 목소리는 귀에 거슬리는 속삭임으로 들릴 정도까지 낮아졌다.

"하지만 얼토당토않은 건 아니란 말이오. 우리가 대화를 나누고 있는 중에도 내가 구상한 모든 것들을 달성하기 위한 조치가 취해지고 있으니까요."

"도대체 어떻게 이 계획이 수행될 수 있단 말이오? 당신이 말한 것처럼 그 사람이 똑똑하다면 책략을 눈치챌 것 아닙니까?"

"아, 맞아요. 바로 그 점이 재미있는, 오락의 여지가 있는 부분이죠. 항상 위험이 따른다는 것 말입니다. '항상 위험이 따르지' 않는다면 살아가는 데 무슨 재미가 있겠습니까? 하지만 그러한 위험을 감소시키는 게 선생의 임무가 될 겁니다. 선생은 나와 동맹을 맺었다는 사실만 제외하고 모든 면에서 홈즈의 진정한 친구가 되는 거죠. 나와 아무런 관련이 없는 범죄가 발생하면, 선생은 홈즈가 범인을 정의의 심판대 앞에 세울 수 있도록 모든 힘을 다해 돕는 겁니다. 하지만 내 조직이 관련된 범죄라면 선생은 내게 홈즈의 수사 진전 상황을 알려주고 그를 방해하기 위해서 전력을 경주해야 합니다. 한번 생각해보시오, 친애하는 왓슨. 아, 선생 자신의 이름과 비슷하긴 하지만 근무 중에 술을 퍼마시고 곯아떨어졌던 악당과는 연결 지을 수 없을 것 아닙니까? 리드의 아이디어였죠. 왓슨이라……. 이만 하면 훌륭한 위장이 되지 않겠어요?"

"만약 내가 거절하면요?"

"일 년 중 이때는 템스 강의 물이 아주 차갑죠."

"무슨 말인지 알겠소이다."

난 풀 죽은 목소리로 대꾸했다. 두려움과 좌절감으로 인해 눈앞에 막이 낀 것처럼 뿌옇게 보였다. 앞에 있는 녀석을 향해 돌진해서 머리통을 박살내버리고 싶었지만, 그게 얼마나 허망한 행동인지 너무나도 잘 알고 있었다.

"친애하는 왓슨, 선생은 무작위로 선택된 게 아니오. 선생이 이 일에 딱 들어맞는 사람이라는 걸 잘 알고 있단 말이오. 선생은 남들에게서 찾기 어려운 특이한 자질을 많이 가지고 있어요. 아, 선생의 협조에 대해서는 당연히 충분한 대가가 주어질 겁니다. 한 끼의 식사를 할 수 있는지, 혹은 하룻밤을 지낼 방세를 낼 수 있는지 확인하기 위해서 잔돈을 일일이 세어볼 필요가 전혀 없게 만들어드리죠. 지금까지 살아오면서 처음으로 풍족한 삶을 누리게 될 겁니다."

“내가 당신의 계획에 대해서 이 셜록 홈즈라는 사람이나 경찰에 털어놓을까 걱정되지 않아요?”

“경찰이 선생의 말을 믿을까요? 경찰은 지적 능력이 빈약해서 자신들의 조직만큼이나 거대한 범죄조직이 있다는 걸 상상조차 하지 못할 겁니다. 홈즈로 말하자면……. 그런 사실을 알아내는 순간, 선생과 함께 시체안치소에 누워 있겠죠. 이제 그 녀석의 목숨은 선생 손에 달려 있어요.”

“이런 후레자식 같으니!”

“뭐, 틀린 말은 아니오, 왓슨 선생. 하지만 매우 영리하고 강력한 후레자식이라는 걸 명심하시오. 난 선생이 내 말에 동의할 것으로 확신합니다.”

“물론 당신도 알다시피 난 과거에 교수님을 위해 작은 일들을, 우리가 쓰는 용어로는 ‘단역’이라고 합니다만, 이번 건 좀 큰 역할인 것 같군요.”

“가장 중요한 역할 중 하나요, 키티, 그리고 장기공연을 하도록 되어 있고요.” 리드는 특기로 삼고 있는 친근한 미소를 활짝 지으며 그녀의 말에 동의했다.

키티 허드슨은 리드의 미소에 자신도 미소로 답했다.

“극장과는 영영 이별을 한 것으로 생각하고 있었어요. 당신도 알다시피 내가 마지막으로 무대에 오른 게 5년도 넘었으니까요. 그 사람들은 삐쩍 마른 과부를 원치 않더라고요. 특히나 쉰 살이 넘으면요."

"교수님이 당신의 연기를 기대하고 선택한 그 역할에 완벽하게 들어맞을 거예요. 오디션도 볼 필요가 없고요."

"이런 감사할 데가 있나!" 키티 허드슨은 자신이 느끼고 있는 감정을 강조하려고 두 눈을 꼭 감았다. 그녀는 어렸을 때부터 극장이라는 곳에 홀딱 반해버렸다. 분장을 하고, 무대에 올라 전혀 다른 어떤 사람이 되는 모든 과정에 사로잡혔다. 그건 아주 추레하고 따분한 현실을 탈출하는 경로였다. 키티는 어린 소녀였을 때 자신이 태어나고 자란 에든버러의 음악당 합창단원이 됐었고, 이후에 시골 변두리를 돌아다니며 작은 극장에서 촌극과 멜로드라마를 공연하는 '해리 사빌 악극단'이라는 유랑극단의 단원이 됐다. 그녀가 리버풀에서 출연하는 동안, '리버풀-더블린 정기 기선회사'에서 승무원으로 근무하고 있던 잘생긴 거한인 프랭크 허드슨을 만났다. 로맨스와 결혼이라는 마법에 홀린 키티는 잠시 동안 무대를 떠났지만, 태아를 유산하자 프랭크는 술을 퍼마시며 학대하기 시작했고, 그녀는 다시 무대에 올라 공상의 세계로 탈출했다. 그녀는 리버풀과 프랭크 허드슨을 떠나 런던으로 흘러 들어갔고, 결국 크레이븐 스트리트 극장에서 공연하는 스탠리 도킨스 작 '람베스의 게으름뱅이'라는 코믹 연극에 참여했다. 그녀의 코믹 연기가 아주 자연스러워서 고정 고객들이 환호하는 배우가 됐다. 도킨스는 기분이 좋을 때면 '난 넘치는 활력을 찾고 있어요'라는 익살스러운 곡을 단원들이 합창할 때 키티가 독창할 수 있는 부분을 지정해주곤 했다.

키티 자신이 인생의 절정기라고 기억하고 있고, 사랑과 비극이 다시 찾아든 것도 크레이븐 스트리트 극장 시절이었다. 그녀는 친절하고 세심한—자신의 남편이었던 사람과는 정반대인—무대 조감독 테드 볼드윈과 사귀다가 살림을 합쳤다. 키티는 그 당시를 "좁은 우리 집 뒷마당에서는 모든 게 아름답게 보였다"라고 회상했다.

그러던 어느 날 밤, 테드는 술에 잔뜩 취한 깡패들의 공격을 받아 가지고 있던 몇 푼 되지도 않은 돈을 털렸다. 깡패들은 머리가 깨진 테드를 내버려두고 줄행랑을 쳐버렸다. 테드는 이틀 후에 숨을 거뒀다.

한동안 슬픔에 잠겨 있던 키티는 결국 크레이븐을 떠났다. 그 극장은 친절하고 사랑스러운 테드를 자꾸 떠올리게 만들어서였다. 키티는 여러 해 동안 이곳저곳을 떠다니며 비를 피할 수 있고 피곤한 몸을 누일 수 있는 돈만 손에 쥘 수 있다면 어떤 일이든 닥치는 대로 했다. 극장 일을 거의 할 수 없게 된 그녀는 결국 좀도둑질까지 하게 됐고, 바로 그때 '교수'의 시야에 들어섰던 것이다. 교수는 키티에게 여러 가지 역할을 맡겼는데, 주로 망을 보게 하거나 한창 털리고 있는 집으로 주인이 돌아오는 걸 방해하는 역할이었다. 키티의 연기가 얼마나 훌륭했던지 주인들은 자신이 방해받고 있다는 걸 거의 알아차리지 못했다. 키티는 이러한 일들이 '적절한 연기 활동'이라고 생각했기 때문에 즐거운 마음으로 행했고, 자신이 불법적인 행위를 저지르고 있다고는 단 한 번도 생각하지 않았다. 그리고 바로 지금, 그녀는 리드 대위와 함께 멋들어진 마차를 타고 런던 서부의 거리들을 돌아다니면서 지금까지 해보지 못했던 일, 가장 큰 역할을 제안받고 있는 중이었다.

"고맙기도 해라!"

키티는 감사의 말을 되풀이했다. 마차는 말끔한 주거지에 위치한, 테라스가 있는 3층짜리 건물 앞에 멈춰 섰다.

"다 왔어요, 키티. 앞으로 당신이 살게 될 집을 둘러봐요." 리드는 마차에서 가볍게 뛰어내리고는 손을 내밀어 키티가 내리는 걸 도와줬다. 키티는 자신을 공작 미망인이나 그와 비슷한 숙녀로 항상 대접해주는 리드를 좋아했다. 키티의 의견으로는, 여자가 정말로 숙녀이든, 아니면 막돼먹은 여자든 간에 그렇게 대우하는 것이 바로 신사의 행동이었다. 리드는 자신의 프록코트 주머니에서 열쇠뭉치를 꺼내들고 문 쪽으로 다가갔다. 키티는 그 건물을 올려다봤다. 꽤나 좋은 건물이었다. 키티는 이처럼 멋진 집을 한 번도 본 적이 없었다. '베이커 가 221B'라는 집 주소조차 마음에 들었다.

7장

이미 세워진 계획

"당신의 무지막지한 책략이 제대로 먹힐 거라고 어떻게 확신하는지 모르겠군요. 내가 열성을 가지고 당신의 조직에 투신한다고 하더라도 난 배우가 아닙니다. 지시에 따른다고 하더라도 감정이나 표정을 가장할 수가 없단 말입니다. 만약 이 셜록 홈즈라는 사람이 당신이 말했던 것처럼 아주 뛰어난 탐정이라면 즉각적으로 내가 협잡꾼이라는 걸 알아차릴 겁니다. 내 자신의 행동에 문제가 있어서 게임이 파탄나겠죠."

내가 모리아티 교수에게 하는 말 하나하나는 진심이었지만, 교수에게 계획이 비현실적이라는 걸 납득시킴으로써 이 미친 짓을 포기하도록 설득할 수 있기를 간절히 바라는 마음에 좀 과장할 수밖에 없었다. 그게 제대로 받아들여지면 교수의 올가미로부터 벗어나서 자유인의 신분으로 이 방을 나설 수 있을 터였다. 그런데도 교수의 태도가 침착한 것으로 미뤄보아 내가 애써 한 말이 허사로 돌아간 게 분명했다. 교수의 자신감은 단 한 순간도 흔들리지 않았다.

"그런데 말입니다, 의사 양반, 선생은 협잡꾼이 될 필요가 없어요." 교수는 아주 느긋하게 대꾸했다.

"이름을 약간 바꾸고 최근의 경력에 약간 손질을 하는 것 이외에는 아프가니스탄으로부터 최근에 귀국한 퇴역 군의관인데 아주 가난해서 값싼 하숙집을 찾고 있다는 건 지금 내 앞에 앉아 있는 사람과 전혀 다를 바가 없으니까요."

"나의 최근 경력에 어떤 '손질'을 한다는 겁니까?"

"징계를 받고 불명예제대를 한 것보다는 마이완드 전투에서 중상을 입고 회복되던 중에 아프가니스탄의 풍토병인 장티푸스에 감염된 것으로 하려고요. 그 결과, 더 이상 군대에 도움이 되지 않아 전역해서 귀국한 것이죠."

"그런 일이 가능하겠습니까?"

"벌써 기정사실화된 겁니다. 오늘 아침에 〈더 타임스〉를 비롯한 런던 지역의 몇몇 신문에 그런 소식을 전하는 기사가 실렸으니까요. 영국 사람이라면 누구나 〈더 타임스〉에 실린 기사는 그 내용이 어떠하든 간에 한 점의 의혹도 없는 사실이라고 믿고 있죠. 게다가 셜록 홈즈는 열렬한 신문 애독자입니다."

"그 기사가 사실이 아니잖습니까?"

교수는 어깨를 으쓱했다.

"진실을 약간 호도한 것뿐이죠. 선생은 아프가니스탄에서 부당한 대우를 받았다고 생각하지 않나요?"

나는 고개를 끄덕였다.

"그래서 내가 그걸 바로잡은 것이라고 보면 됩니다."

난 두 손에 얼굴을 파묻고 끙끙 신음 소리를 냈다.

"오, 맙소사, 이젠 그만 깨어나고 싶어. 이건 끔찍한 악몽인 게 틀림없어."

"왓슨, 이건 꿈이 아니오. 오히려 일종의 구원이라고 할 수 있소. 정말로 멋진 기회이고, 이번에 준비한 것이 선생에게 제공하는 무한한 가능성에 마음을 활짝 열 때입니다. 그리고 선생이 쓰고자 하는 모험소설도 고려해야죠. 런던에서 가장 뛰어난 탐정과 함께 수사에 나선다면 미스터리 소설의 영역이 엄청나게 확장될 것 아닙니까? 홈즈의 사건을 기록함으로써 그의 이름을 유명하게 만들고 선생 또한 이름을 날릴 수 있게 될 거고요."

"나의 본명은 아니잖아요."

난 무뚝뚝하게 문제점을 지적했다.

"그건 사소한 문제일 뿐이죠. 별 일도 아닌 것에 불만이 너무 많군요. 선생의 머릿속은 너무나 세세한 부분들로 꽉 차 있고, 이번 일의 대담성과 참신성이 선생의 사고력을 둔화시킨 것 같아요. 시간을 두고 충분히 생각할 기회를 가져야겠군요."

"그게 무슨 뜻이죠? 내겐 선택권이 없잖아요?"

모리아티는 씩 웃었다.

"비록 제한되어 있긴 하지만 선택권이 있긴 합니다. 내가 허용하는 범위 내에서요."

"내가 어떻게 이 사람을 만나야 합니까? 내가 이 사람과 방을 함께 사용할 거라고 했는데……. 이 사람이 동의하지 않는다면요? 불확실한 요소가 너무나 많단 말입니다."

"그런 건 선생이 골머리를 썩일 필요가 없어요. 이미 세워진 계획에 따라 착착 진행되고 있으니까요. 운에 맡기는 그런 촌스러운 일은 벌어지지 않을 거라는 걸 보증하죠. 내가 일하는 방식은 이렇습니다."

이러니 내가 뭘 할 수 있겠는가? 잔뜩 얼이 빠져 있는 상태인데도 당분간은 이 상황을 받아들이고 교수와 손을 잡아야 한다는 걸 깨달았다. 그렇지 않으면 또다시 해가 뜨는 광경을 보지 못할 거라는 것도 실감하고 있었다. 잠시 생명을 연장하는 동안, 스스로 이 곤경을 헤치고 나갈 계획을 짤 수 있지 않을까? 새로운 주인에 대한 쿠데타를 일으키는 데 이 셜록 홈즈라는 사람의 도움을 받을 수 있을지도 모르지. 그와 동시에 내가 정말 마지못해 이 게임에 뛰어드는 게 아니라는 점을 모리아티에게 인식시켜야 한다는 점을 깨달았다. 그렇지 않다면 날 신뢰하도록 만들어서 감시의 눈길을 늦추는 게 더 힘들어질 수도 있었다.

"아까 이 일에 보수를 지급한다고 하셨는데……."

난 상체를 앞으로 내밀며 물었다.

"했죠. 매달 1일에 상당한 액수의 돈이 왓슨이라는 이름으로 개설된 은행구좌에 입금될 겁니다."

"상당한 액수라면……."

"매달 100파운드입니다."

교수의 그 말에 입이 딱 벌어지고 말았다. 입에 간신히 풀칠을 하고 있는 지금 같은 상황에서는 막대한 액수가 아닐 수 없었다. 새로이 찾아낸 금맥이 내뿜는 광채에 잠시 넋을 잃고 있다가 그 돈이 어디에서 나오는 것인지를 상기시켜 주는 내부의 속삭이는 목소리에 정신을 차렸다.

"난 신뢰하는 부하에게는 아주 넉넉하게 보수를 지급하고 있소, 왓슨. 그리고 지금 선생이 맡아줘야 할 새로운 지위는 가장 중요하고 가장 신뢰하는 부하만이 감당할 수 있어요."

교수는 경고의 표시로 손가락 하나를 들어올렸다.

"따라서 나의 신뢰에 어긋나지 않도록 주의하시오."

"난…… 최선을 다하겠습니다." 그 말은 목구멍에 달라붙어 있다가 간신히 빠져나왔고, 엄청난 불안감을 느껴야 했다.

"선생이 충분하다 싶을 정도로 최선을 다해줄 것으로 믿고 있소. 난 어떤 사람을 판단하는 데 실수를 한 적이 거의 없거든요. 그렇다면 우린 합의가 된 겁니까?"

난 최대한 용기를 짜내서 미소를, 영혼 없는 미소를 지었다.

"그렇습니다. 우린 합의한 겁니다."

“좋습니다!” 교수는 환호성을 터뜨리며 내 손을 잡았다.

셜록 홈즈는 초저녁에 몬태규 가에 있는 자신의 숙소로 돌아가고 있었다. 그의 머릿속에서는 숫자와 공식이 소용돌이치고 있었다. 그는 오늘 하루 종일 세인트 바르톨로뮤 병원의 한 실험실에서 아무리 적은 양이라도 핏자국이 있었다는 걸 입증할 수 있는 용액을 만들어내려고 실험을 거듭했다. 헤모글로빈에만 반응해서 인간의 피가 흩뿌려졌다는 명백한 증거를 제공해줄 수 있는 시약을 만들어내는 게 목적이었다. 오래 전부터 사용하던 과이어컴 검사(guaiacum test, 유창목 수지를 이용하는 혈액검사 방법. 검사하고자 하는 대상의 수용액에 유창목 수지를 넣고 과산화수소를 첨가할 때 혈액이 함유되어 있으면 청색으로 변한다)는 용이하지도 않고 불확실해서 범죄를 확정짓는 데 믿고 사용할 수 없었다. 만약 혈흔이 얼마나 오래됐든 간에 작동되는 확실한 검사 방법을 만들어낼 수 있다면 최근 몇 년 동안 있었던 법의학의 발견 중에서 단연 으뜸을 차지할 것이고, 범죄수사의 세계에서 명성을 떨칠 게 분명했다. 홈즈는 작년에 프랑크푸르트에서 있었던 폰 비숍 사건에 대해서 읽었고, 당시에 이러한 검사 방법을 사용할 수 있었다면 그 작자를 교수대에 세웠을 거라고 확신했다. 익히 아는 바와 마찬가지로 그자는 증거불충분으로 풀려났다.

홈즈는 자신이 목표에 거의 다 도달했다고 믿고 있었다. 2, 3일만 지나면 가능할 것으로 봤다. 다양한 가루와 결정체들의 양을 조절해가면서 조금만 더 실험하면 될 것 같았다. 결국에는 목표에 도달할 거라는 확신이 있었지만, 항상 그랬듯이 조바심이 나는 건 어쩔 수가 없었다. 숙소로 올라가는 홈즈의 머릿속은 이런 생각들로 복잡했다.

거실로 들어서는 순간, 홈즈는 문 밑으로 밀어넣은 게 분명한 봉투 한 장이 바닥에 놓여 있는 걸 목격했다. 집주인인 앰브로스 존스의 것으로 알고 있는 구불구불 기어가는 거미 모양의 글씨체로 홈즈의 이름이 봉투 겉에 적혀 있었다. 홈즈는 코트를 벗어 던지고 가스등을 켠 후, 의자에 몸을 파묻고 봉투 입구를 찢어 열었다. 안쪽에 들어 있는 편지의 내용은 간결하고 단도직입적이었다.

> 홈즈 씨께,
>
> 이 편지를 오늘부터 7일 이내로 현재 묵고 있는 방에서 나가달라는 통고로 받아들여줬으면 합니다.
>
> 앰브로스 존스

홈즈는 턱을 문지르며 이마를 찌푸렸다. 이게 무슨 일이야?

문에서 노크 소리가 들릴 때 앰브로스 존스는 저녁식사용으로 수프를 막 데우고 있는 참이었다. 그는 데우던 수프를 가스불 위에서 치우고, 약간 골이 난 채로 너덜너덜한 낡은 가운을 걸치며 문 앞으로 다가가 4, 5센티미터쯤 열었다. 복도에 셜록 홈즈가 서 있었다. 홈즈는 존스가 쓴 편지를 들고 있었다.

"무슨 일이오?" 집주인이 쌀쌀맞게 쏘아붙였다.

"이 편지에 대해서……."

"그게 뭐가 어째서요? 글을 읽을 줄 모르슈?"

"아주 잘 읽습니다. 당신의 필적이 엉망이라도 문장과 전하려는 뜻은 분명하고요. 흠, HB 연필을 사용했고, 평소 하던 대로 합승마차를 탔겠죠. 그리고 마차가 움직임에 따라 글씨가 너무 흔들릴까 봐 마차가 멈출 때만 몇 단어씩 황급히 적었고요."

"날 지켜보고 있었던 게로군!"

홈즈는 고개를 가로저었다.

"추리해낸 겁니다."

존스는 '추리'가 무슨 말인지 잘 모르는 것 같았고, 따라서 그의 반응은 화가 난 것 같으면서도 이상하게 어정쩡했다.

"하!"

존스는 문을 닫기 시작했는데, 홈즈는 손으로 문을 꽉 잡고 강하게 버텼다.

"뭣 때문에 이러는 거요?" 존스가 화를 벌컥 냈다.

"왜 내게 방을 비우라고 한 건지 그 이유를 알고 싶습니다. 내가 알고 있는 범위 내에서는 문제를 일으킨 적도 없었고, 방세도 제때에 꼬박꼬박 내고 있었으니까요."

"난 당신의 질문에 대답할 이유가 없어요. 당신은 내 집에 입주해 있고, 집주인인 난 일주일의 여유를 두고 통고하면 방을 뺄 수 있는 권리가 있으니까요. 난 바로 그 권리를 행사하는 거라오, '추리' 씨."

홈즈는 지금 존스가 엄청 화를 내고 있다는 걸 분명히 알아볼 수 있었다. 하지만 그 분노는 그것보다 훨씬 더 강력한 감정인 두려움을 가리려는 얄팍한 허식이라는 점도 알아차렸다.

"이 일이 너무 급작스러워서요, 존스 씨. 어쩌면 이러한 통고를 하도록 강요받으신 건 아닌지요."

존스의 얼굴이 좌절감으로 인해 벌게졌다.

"난 내 집 문제에 관해서 당신이나 그 어떤 누구에게도 대답할 필요가 없어요. 그러니 당신은 그냥 나가주면 됩니다. 더 많은 돈을 내고 그 방들에 들어올 사람이 있으니까요."

"정말로요? 그게 누군데요?"

존스는 한 걸음 뒤로 물러서더니 문을 활짝 열었고, 그와 동시에 가운 주머니에서 잭나이프를 꺼내 홈즈의 얼굴 앞으로 들이밀었다. 희미한 가스등 불빛을 받아 칼날이 둔중하게 빛났다.

"이것 봐, 홈즈, 행진하라는 명령을 받았으면 시키는 대로 해! 내 인내력을 더 이상 시험하려들지 말고! 안 그러면……."

홈즈는 얼굴 가득 미소를 지었다.

"안 그러면?"

존스는 나이프를 홈즈 얼굴 쪽으로 바짝 갖다 댔다.

"안 그러면, 네가 묵을 다음 장소는 땅 속 2미터쯤이겠지."

홈즈는 재빨리 팔을 쳐들어 존스의 손목을 틀어쥐고 꽉 조였다. 존스는 고통스러운 듯 비명을 내지르고 나이프를 떨어뜨렸다. 그러고는 팔목을 문지르며 비칠비칠 뒤로 물러섰다.

"떠나긴 하겠소." 홈즈는 바닥에서 나이프를 집어 들며 부드러운 목소리로 말했다.

"일주일 이내에. 하지만 언제, 어떻게 떠날지는 내가 알아서 할 테니 신경 쓰지 마시고. 우리의 만남에 대한 기념품으로 이 나이프를 잠시 보관하도록 하겠소." 홈즈는 말을 마치자마자 위층에 있는 자신의 방으로 되돌아갔다.

존스는 문을 닫고, 문짝에 등을 기대고 섰다. 그의 얼굴은 진땀으로 번들거렸고, 온몸을 부들부들 떨고 있었다. 한참 후에, 존스는 찬장으로 비틀거리며 걸어갔다. 찬장에서 진이 들어 있는 술병을 한 개 꺼내 길게 한 모금 들이켰다. 그의 눈에 술병들 사이에서 살짝 모습을 드러낸 작은 캔버스 천 가방이 들어왔다. 존스는 진을 한 번 더 들이켠 다음 가방을 집어 들고 내용물을 살폈다. 12개의 1파운드짜리 금화였다. 그는 씩 웃었다. 조금 전에 별로 기분 좋지 않은 일을 당하긴 했지만, 그래도 하루의 일거리치고는 나쁘지 않았다.

3월의 드센 바람을 맞으며 헨리 스탬포드는 세인트 바르톨로뮤 병원의 입구로 통하는 계단을 터벅터벅 걸어 올라갔다. 눈이 콕콕 쑤시고, 머릿속에서는 천둥이 치는 듯했다. 또다시 밤을 꼴딱 새우며 카드를 친 탓이었다. 스탬퍼드는 아침에 밝은 햇살을 받을 때마다 별로 이겨본 적도 없고, 피곤해서 하는 일에도 나쁜 영향을 미치는 그런 멍청한 게임에 빠져드는 자신을 도저히 이해할 수가 없었다. 특히나 어젯밤은 재앙이나 다를 바가 없었다. 20파운드 이상을 잃었는데, 그건 외과 수련의가 감당하기에는 너무나 큰 액수였다. 다음 월급날까지 어떻게 살아갈 수 있을지 생각만 해도 골치가 아팠다.

스탬퍼드는 머릿속에서 천둥소리가 더 크게 들리자 다시 움찔거렸다. 병동으로 들어서기 전에 진통제를 복용해야 할 것 같았다. 스탬퍼드가 웅장한 병원 건물의 정문에 도달했을 때, 키가 큰 흑인 한 명이 그림자 속에서 나오더니 그에게 다가왔다.

"말씀 좀 나눠도 될까요, 스탬퍼드 씨?" 나지막한 흑인의 목소리는 비단처럼 매끄럽고 설득력이 있었다.

"우리 두 사람에게 모두 이득이 될 수 있을 겁니다."

스탬퍼드는 흑인의 장갑 낀 손에 쥐어져 있는 하얀 수표를 알아차렸다.

두어 시간 후, 이제 20파운드씩이나 더 부유해진 스탬퍼드가 해부실로 가기 위해 병원 복도들을 가로지르고 있었다. 그는 셜록 홈즈를 찾고 있는 중이었다. 스탬퍼드는 홈즈와 그냥 좀 아는 사이였다. 병원 주변에서 몇 번 본 적이 있었고, 두어 번 별 의미도 없는 대화를 나눈 적이 있었다. 스탬퍼드는 홈즈가 어떤 사람인지 종잡을 수가 없었다. 홈즈는 병원 직원이 아니지만, 병원 시설을 사용할 수 있었다. 대학원에 재학하며 연구를 하고 있을 가능성이 가장 높았다. 스탬퍼드는 홈즈가 해부에 대해서 통달했고 일류 화학자라는 사실을 알게 됐지만, 홈즈의 연구 목적이 무엇인지에 대해서는 털끝만큼도 알아내지 못했다. 그는 홈즈가 냉정하다는 사실도 눈치챘다. 사람이라면 도저히 가능할 것 같지 않은 극도의 객관적인 입장으로 실험을 하고 있었기 때문이었다. 이 사람이 의사가 될 목적으로 의학을 공부한다면 정말 끔찍한 일이 벌어질 것만 같았다. 홈즈라면 과학적인 지식을 얻기 위해서 모르모트 역할을 하는 환자에게 어떤 후유증이 나타날지 전혀 고려하지 않고 가장 최근에 만들어낸 혈청을 쉽사리 실험해볼 사람이었다. 스탬퍼드는 그런 생각에 쓴웃음을 짓다가 그래도 홈즈에게 믿을만한 구석도 있다는 걸 인정했다. 홈즈는 자신의 연구에 도움이 된다는 생각이 든다면 그 혈청을 자신에게 기꺼이 투입할 게 분명했다.

해부실에 가까이 다가간 스탬퍼드는 안쪽에서 들려오는 이상한 소리에 걸음을 멈췄다. 그리고 가만히 귀를 기울였다. 젖 먹던 힘을 짜내는 듯한 거친 신음에 이어 손뼉을 거세게 마주치는 듯한 소리가 들렸다.

문을 밀어서 열자 스탬퍼드의 눈에 괴기하기 짝이 없는 광경이 들어왔다. 테이블 위에 벌거벗은 시체가 놓여 있고, 재킷을 벗고 셔츠 소매를 걷어붙인 홈즈가 지팡이로 시체를 두들기고 있었다.

"이게 무슨 짓이오!" 스탬퍼드가 소리를 꽥 질렀다.

"당신, 미쳤소?"

셜록 홈즈는 지팡이를 공중으로 쳐든 채 동작을 멈추고 고개를 스탬퍼드 쪽으로 돌렸다. 벌게진 그의 얼굴은 땀범벅이었다.

"스탬퍼드, 오시는 소리를 못 들었습니다." 홈즈는 지팡이를 시체 옆에 내려놓고 셔츠 소매로 눈썹을 훔쳤다.

"도대체 무슨 짓을 하고 있는지 알고는 있는 겁니까? 미치기라도 한 겁니까?"

홈즈는 껄껄 웃었다.

"전혀요. 그런 식으로 보일 거라는 점은 인정하지만, 지금 과학적인 실험을 수행하고 있다고 자신 있게 말씀드릴 수 있습니다."

"과학적인 실험이요? 지팡이로 시체를 때리는 것이?"

홈즈는 고개를 끄덕였다.

"죽은 후에는 멍이 얼마나 드는지를 증명하려는 실험이죠. 그런 정보는 살인사건에 아주 중요하거든요. 그리고 이 늙은 양반은," 홈즈는 시체의 가슴을 찰싹 내려치면서 말했다.

"내 연구를 돕는다는 데 아무런 반대를 하지 않았고요."

스탬퍼드는 고개를 절레절레 저었다.

"내가 본 것 중에서 가장 괴기한 장면이었습니다."

"진실은 아주 간단히, 혹은 정상적인 경로를 통해서 오는 법이 거의 없죠. 내 행동에 기분이 상했다면 사과드립니다."

"다소 충격을 받긴 했지만, 당신 설명을 듣고 보니……."

"그래도 여전히 날 미친놈이라고 생각하지 않나요?"

두 사람은 얼굴을 마주보고 폭소를 터뜨렸다. 두 사람 사이의 분위기가 한층 부드러워졌다.

"이곳을 사용할 겁니까, 스탬퍼드?"

"아니오, 사실은 당신을 찾고 있었어요."

"나를요?"

"맞아요, 당신이 새로운 하숙집을 찾고 있다고 들었는데……?"

"그걸 어떻게 안 겁니까?"

"어떤 수련의에게서 들은 것 같소만……. 그런 사실이 없는 건가요?"

"아, 사실입니다. 이번 주말까지 지금 묵고 있는 곳에서 나가야 합니다."

"아, 그렇다면 내가 도울 수 있을지도 모르겠네요. 베이커 가에서 나란히 붙어 있는 방 두 개에 입주할 사람을 구한다는 소문을 들었거든요."

"방 두 개짜리요? 내 얇은 지갑으로는 감당하기 어려울 정도로 비쌀 텐데……."

"그래도 한 번 찾아가 볼 가치는 있지 않겠어요? 특히 그렇게 촉박하게 방을 비워줘야 한다면요."

"촉박하다고요? 맞아요, 걱정이 많이 되죠. 사실 지금은 이곳에 있지 말고 털레털레 거리를 돌아다니며 밤에 머리를 눕힐 곳을 찾아 헤매야 할 때죠. 하지만 멍에 대한 가설을 검증하고 싶은 마음이 워낙 간절한 터라……."

"그렇다면 지금 베이커 가로 달려가는 게 어때요? 어쩌면 당신의 걱정이 한꺼번에 다 해결될지도 모르잖아요. 받아요. 이 쪽지에 그곳 주소를 적어놨어요. 베이커 가 221B에요. 집주인은 여자인데, 허드슨 부인이라고 합니다."

8장

새로 만든 은행 통장

레드 룸에서 제임스 모리아티 교수와의 면접을 마친 직후에 어떤 일이 있었는지에 대한 내 기억은 다소 모호했다. 그건 내가 잊어버렸기 때문이 아니라, 정신이 극도로 혼란스러운 상태라서 세세한 부분을 저장하지 못했기 때문이었다. 그건 마치 현실을 벗어나 어둡고 환상적인 꿈속으로 빨려 들어가서 깨어날 수 없는 것과 비슷했다.

기억에 남아 있는 건, 약간의 현금이 손에 쥐어지고, 스트랜드에 있는 고급 호텔에 묵으면서 지시를 기다리라는 말뿐이었다. 여러 해가 지난 다음에 모리아티 교수를 한 번 더 봤을 뿐이지만 그의 그림자는 내 인생 전반에 걸쳐 영향을 미쳤고, 앞으로도 영원히 그 자리를 지키고 있을 게 뻔했다.

그로부터 이틀 동안, 난 런던 시내를 오랫동안 산책하며 거대 도시에 다시 익숙해지려고 애썼다. 영국 땅을 다시 밟게 된 것도 기뻤고, 남의 시선을 끌지 않고 자유롭게 거리를 쏘다닐 수 있어서 좋았다. 그동안 영국의 광경과 소리를 얼마나 그리워했는지 깨닫지 못하고 있었던 것이다. 합승마차의 덜컹거리는 소리, 코벤트 가든 주변에 자리 잡고 런던 사투리로 떠들어대는 노점상들의 호객 소리, 스트랜드 거리를 꽉 메우고 어깨를 부딪치며 걸어가는 사람들……. 난 이 도시의 회색 소음과 아담한 카페에서 차 한 잔을 마시거나 트라팔가 광장에서 아이들이 비둘기에게 먹이를 주는 걸 지켜보는 소소한 즐거움에 푹 빠져들었다. 밤에는 윌튼 뮤직홀에 가서 포근하고 화려한 색채의 쇼에 심취했고, 아는 노래가 나올 때면 사회자의 격려에 힘입어 합창단과 함께 큰 소리로 노래를 불렀다.

지시를 받은 건 모리아티와 만나고 사흘이 지난 때였다. 그때는 벌써 어린애들이 으레 하는 것처럼 내가 사실로 인정하지 않으면 없어져버릴 것이라는 희망을 품고 어두운 비밀을 기억의 한쪽 구석에 가둬버린 채 현재의 생활을 즐기고 있었다. 하지만 원한다고 해서 꼭 다 이루어진다는 법은 없었다.

세인트 제임스 파크에서 오랜 시간 동안 산책하고 돌아왔을 때 침대 옆 작은 테이블에 봉투 하나가 놓여 있었다. 겉에는 '존 H. 왓슨에게'라고 적혀 있었다. 그건 바로 내가 새롭게 사용하는 이름이었다. 이 호텔 숙박부에 기재된 이름이었다. 새로 만든 은행 통장에 올라 있는 이름이었다. 모리아티가 날 부르기로 한 이름이었다. 내가 제정신을 유지하며 살아남기 위해서 기필코 되어야 할 사람이었다. 봉투를 찢으며 존 워커에게 마지막 작별을 고했다.

안에 들어 있는 메시지의 내용은 간단했다.

"이 호텔은 임시 거처였다. 오랫동안 머물 수 있는 곳을 찾고 있다는 걸 명심할 것. 곧 도움의 손길이 다가갈 것이다. 내일 크라이티리언 바에서 점심시간에 술을 한잔하고 있을 것. M."

"방은 어떻든가요?"

셜록 홈즈는 어떤 사람의 목소리가 자신의 생각을 방해하며 들려왔을 때, 세인트 바르톨로뮤 병원의 휑뎅그렁한 직원식당에서 〈더 타임스〉를 숙독하며 막 아침식사를 끝낸 참이었다. 그는 눈을 들어 잔뜩 기대에 부푼 모습으로 자신을 내려다보는 헨리 스탬퍼드와 눈길을 마주쳤다. 스탬퍼드는 어깨가 넓고 뚱뚱한 체격에, 제멋대로 흐트러진 텁수룩한 검은색 곱슬머리 아래쪽에 멍한 기색의 커다란 푸른 눈이 자리 잡고 있었다.

홈즈가 미처 대답을 하기도 전에 스탬퍼드는 의자를 끌어당겨 테이블에 앉았다.

"허드슨 부인의 베이커 가 집에 갔다 온 것 같습니다만……."

홈즈는 얼굴 가득 미소를 지으며 신문을 접었다.

"예, 가봤습니다. 감사합니다. 여러 모로 마음에 드는 곳이긴 하지만 불행히도 그걸 차지할 순 없을 것 같습니다."

"아, 그것 참 안됐군요. 무엇이 문제입니까?"

"한 사람이 사용하기에는 너무 크더군요. 내가 가지고 있는 책과 화학실험 장비가 상당하지만, 그 방에서는 좀 헤매고 다녀야 하지 않을까 싶더라고요. 그런 점이야 쉽사리 극복할 수 있겠는데, 임대료라는 면을 고려한다면 허드슨 부인이 그 방들을 함께 사용할 두 명의 하숙인을 구하지 않을까 하는 걱정이 들었단 말입니다."

"결국 임대료가 너무 비싸다는 거로군요."

"이 사람의 주머니 사정을 고려할 때 그렇다는 겁니다."

"그렇다면 함께 지낼 사람을 구하기만 하면 되겠군요."

홈즈의 눈썹이 살짝 찌푸려졌다. 그럴 수도 있다는 걸 전혀 고려하지 못해서였다.

"방을 나눠서 사용하라는 뜻이군요?"

"맞아요, 그게 아주 이상적으로 보이는데요? 임대료를 절반만 물어도 되고 경우에 따라서는 동료도 생기는 셈이니까요."

"난 동료를 많이 만드는 사람이 아닙니다. 오히려 고독을 즐기는 타입이라고나 할까요? 게다가 나의 색다른 취미와 지저분함을 참고 견딜 수 있는 사람이 별로 없을 겁니다."

스탬퍼드는 지나치다 싶을 정도로 마음껏 웃어젖혔다.

"요는 총각 생활을 즐기고 있다는 말인데……. 결혼하지 않은 사내치고 당신이 묘사한 '색다른' 취미를 갖지 않고 깔끔하게 정리할 수 있는 사람이 몇 명이나 되겠어요? 거의 없을 것 같은데요."

홈즈는 스탬퍼드에게 멋쩍은 미소를 지어 보였다.

"당신 말이 맞을지도 모르겠군요."

"아, 틀림없다니까요. 이제 방을 나눠서 사용할 깔끔한 사람만 구하면 허드슨 부인의 집을 차지할 수 있겠군요. 현재 내가 살고 있는 치즈윅의 하숙집이 정말로 편안하지 않았다면 즉시 끼워달라고 했을 겁니다!"

홈즈는 비록 하찮기는 하지만 이런 자비를 베풀어준 신께 속으로 감사의 기도를 드렸다. 홈즈는 스탬퍼드를 거의 알지 못했지만, 눈곱만큼 알고 있는 사실만으로도 절대로 방을 함께 사용하고 싶지 않은 사람이었다. 홈즈가 보기엔, 스탬퍼드가 구제불능성 도박중독자였다. 그의 차림새가 수중에 돈이 있었다 없었다 하는 걸 극명하게 보여주는 지표였다. 아주 값비싼 재킷을 걸치고 있는 반면에 구두는 당장 수선할 필요가 있었다. 물어뜯긴 손톱과 눈 밑의 다크서클은 밤늦게까지 잠을 이루지 못하고 안간힘을 썼다는 걸 여실히 말해주고 있었다. 그건 그렇다 치고, 스탬퍼드의 말이 일리가 있었다. 두 개가 연결된 베이커 가의 안락한 방들을 나눠서 사용할 수 있는 마음에 드는 사람을 구할 수만 있다면, 지금 가장 급박한 문제가 간단히 해결될 게 분명했다. 홈즈는 스탬퍼드에게 자신의 속마음을 순순히 털어놓았다.

"그럼 당신과 함께 살 수 있는 친구가 있나요?"

홈즈는 고개를 가로저었다. 진실을 꼭 털어놓아야 할 상황이었다면 친구가 한 명도 없다는 걸 고백해야만 했을 것이다. 우정이라는 건 감정과 비논리적인 행동을 포함하는 너무도 비과학적인 것이라서 홈즈는 최대한 가까이 하지 않으려고 몸을 사렸다. 하지만 셜록 홈즈도 때때로 함께 대화를 나눌, 자신이 하는 실험이나 수사를 논의할, 그리고 자신의 생각과 가설과 믿음을 공유할 수 있는 누군가를 갈망하는 것도 사실이었다.

"당신을 위해서 눈을 부릅뜨고 내가 한번 찾아보죠. 혹시 또 누가 압니까?"

"그러게요." 홈즈는 조용히 대꾸하고, 대화가 끝났다는 듯 다시 신문을 펼쳐 들었다.

스탬퍼드는 홈즈를 더 이상 설득할 필요가 없었다. 그는 미소를 지으며 일어섰다.

"결코 포기하지 마시오, 나의 친구 홈즈여." 스탬퍼드는 그렇게 소리쳐 말하고, 몸을 돌려 출구 쪽으로 다가갔다.

스탬퍼드가 눈앞에서 사라지자 홈즈는 신문을 다시 내려놓고 아무것도 없는 허공을 멍하니 쳐다봤다. 찌르는 듯한 날카로운 눈동자는 생각에 잠겨 초점을 잃고 있었다.

그날 정오에 헨리 스탬퍼드가 피커딜리에 위치한 크라이티리언 바에 들어섰을 때, 실내는 떠들썩한 소음으로 몸살을 앓고 있었다. 원래 의도했던 것보다 좀 늦게 도착한 셈인데, 그건 그를 태운 이륜마차가 옥스퍼드 서클 주변의 지독한 교통체증에 막혀 할 수 없이 나머지 거리를 걸어왔기 때문이었다. 스탬퍼드는 문가에 서서 손수건으로 눈썹을 두드리고 숨을 고르며 실내를 꽉 채운 담배 연기를 꿰뚫어보려고 안간힘을 썼다. 잠시 후, 그는 그곳에서 만나려고 했던 사람을 찾아냈다.

"안녕하시오, 선생!" 스탬퍼드는 빈둥거리며 카운터에 상체를 기대고 있는 한 사람에게 다가가며 정답게 소리쳤다.

인사를 건네받은 사내가 누군지 확인하려고 급작스럽게 돌아섰다. 처음에는 어리둥절해 하는 것 같더니 이내 알겠다는 기색이 떠올랐다.

"이런! 이거 스탬퍼드 아닌가!"

"맞네, 저……."

"왓슨이잖아." 그 사람이 재빨리 말을 이었다.

"존 왓슨." 두 사람은 악수를 나눴다. "자네가 바트(세인트 바르톨로뮤 병원)에서 외과조수를 할 때 보고 나서 못 봤으니 벌써 4년이 흘렀구만."

"아직도 그곳에 있네. 지금은 수련의일세."

"축하하네. 내가 술 한잔 사야겠구만. 이 삭막하기 짝이 없는 거대도시에서 아는 얼굴을 보니 기분이 좋군."

"클라레(프랑스 보르도 산 적포도주) 한 잔이면 좋겠네."

왓슨이 바텐더를 부르려고 얼굴을 돌리는 순간, 스탬퍼드는 예전에 알고 지냈던 사람을 찬찬히 살폈다. 예전보다는 분명히 더 말랐고, 피부는 햇볕에 탔지만 얼굴은 핼쑥해서 어디가 아픈 듯했다. 나이도 훨씬 들어 보였는데, 그걸 증명이라도 하듯 까만 곱슬머리의 관자놀이 부근이 이미 희끗희끗했다. 스탬퍼드는 예전의 워커를—그때는 왓슨이 아니라 워커였다—머릿속에 떠올렸다. 항상 쾌활한 미소를 짓고 자신만만하게 걸음을 내딛는 강한 사내였는데……. 지금 적포도주를 건네는 사내는 과거의 자신을 흉내 내고 있는 창백한 유령에 불과했다.

스탬퍼드는 술잔을 들어올렸다.

"미래를 위하여!"

왓슨은 수줍게 고개를 끄덕이며 건배의 말을 그대로 따라하더니 단숨에 술잔을 비웠다.

"이보게, 스탬퍼드, 이곳은 사람이 너무 많고 시끄러워서 조용히 이야기를 나눌 분위기가 안 되는군. 홀번으로 가서 점심을 먹세. 식대는 내가 내겠네. 어떤가?"

"아, 난……."

"사양하지 말게. 바트에서 보냈던 과거의 즐거운 시간에 대해서 함께 떠들어줄 사람이 있다는 것만으로도 난 기분이 좋아진다네. 게다가 자넨 정말 오랜만에 만난 친숙한 얼굴일세."

"음, 나도 마찬가지라는 걸 인정해야겠구만. 이 신통치 않은 클라레를 처분할 테니 잠시만 시간을 주게. 그런 다음 홀번으로 가세."

일단 마차에 자리를 잡자 스탬퍼드는 왓슨의 팔을 건드렸다.

"내가 이런다고 무례하다고 여기지 말았으면 좋겠네, 친구. 자네가 좀 아픈 것 같아서 말일세. 삐쩍 마른 데다가 상태까지 별로 좋아 보이지 않으니, 원. 도대체 무슨 일을 하고 지냈던 건가?"

"점심을 먹으면서 이야기해주겠네."

스탬퍼드는 왓슨이 적절히 수정해서 늘어놓은 아프가니스탄의 경험을 경청했다. 왓슨은 마이완드 전투에 대해서는 자세한 부분을 하나도 빼놓지 않고 말했지만, 자신이 입은 부상과 회복 도중에 장티푸스에 걸려 영국으로 귀환한 것에 대해서는 아주 간략하게 슬쩍 짚고 넘어갔다. 왓슨은 자신에게 거짓말을 하는 재능이 없다고 생각했었는데, 일단 입을 열기 시작하자 사실에 약간의 허구를 섞어 원하는 형태로 이야기를 꾸미는 데 재미를 느끼고 열성을 다하는 자신을 발견했다.

"정말 안됐군." 스탬퍼드는 친구의 불행에 대해서 이야기를 다 들은 후에 탄식을 터뜨렸다.

"몸이 좋아 보이지 않은 게 놀라운 일이 아니구만. 다 이유가 있었어. 그럼 지금은 무슨 일을 하고 있나?"

"하는 일은 무슨! 일당 11실링 6펜스의 군인연금을 받으며 백수 생활을 하고 있네. 지금 하고 있는 가장 중요한 일은 거처를 찾는 일일세. 적당한 가격으로 차지할 수 있는 적당한 방을 구할 수만 있다면 큰 근심을 덜 수 있을 것 같네."

스탬퍼드는 자신이 연극에서 배우로 활동하고 있는데, 이제 막 큐 사인을 받은 것 같은 느낌이 들었다.

"이런 이상한 일도 다 있군."

그는 흥분에 들뜬 목소리로 말했다.

"자네가 오늘 그와 똑같은 표현을 내게 한 두 번째 사람일세."

"누가 첫 번째 사람인가?"

"병원의 화학연구실에서 일하고 있는 사람일세. 오늘 아침에 아주 좋은 방들을 찾아냈는데 자기 혼자서는 감당하기 힘들다며 한탄을 늘어놓더구만. 함께 사용할 사람이 있으면 좋겠다고도 했고. 셜록 홈즈라는 사람이지."

그 이름을 듣자, 왓슨은 목덜미의 머리카락이 곤두서는 걸 느꼈다. 자신이 여전히 위장극에 가담하고 있고, 완벽한 솜씨에 의해 꼭두각시처럼 조종을 받으며 목표에 다가가고 있음을 바로 깨달았다. 셜록 홈즈의 이름이 언급되기 전까지는 스탬퍼드도 이 게임에 가담하고 있다는 걸 알아차리지 못했었다. 왓슨은 이 친구와의 만남이 미리 예정되어 있던 것이 아니라 우연히 이뤄진 것으로 생각할 정도로 천진난만했었다. 스탬퍼드가 총체적인 계획을 얼마나 많이 알고 있는지 궁금해졌다. 거의 없을 거라고 스스로 결론을 내렸다. 스탬퍼드는 그저 단순한 촉매제 노릇을 하는 졸때기일 게 분명했다. 하지만 그 역할을 하도록 매수된 것도 사실이리라. 전적으로 신뢰할 수 있는 사람은 단 한 명도 없는 것 같았다. 왓슨은 한숨을 내쉬며 연기를 계속했다.

"이런 감사할 데가!" 왓슨은 목소리를 높였다.

"그 사람이 정말로 방을 함께 사용하고 비용을 분담할 사람을 구한다면, 내가 바로 적임자일세. 난 혼자 사는 것보다 룸메이트가 있는 걸 더 좋아한다네."

"자넨 셜록 홈즈가 어떤 사람인지 모르잖은가?"

왓슨은 고개를 가로 저었다.

"뭐 안 좋은 게 있는 사람인가?"

"내가 아는 한에서는 아주 품위가 있는 사람일세. 하지만 좀 괴상한 면이 있긴 하네. 일정 분야의 과학을 좀 지나치게 열정적으로 추구한다고나 할까?"

"의대생인가 보지?"

"아니네. 솔직히 말하자면, 그 사람의 직업이 무엇인지 잘 모르고 있네. 해부학에 조예가 깊고, 화학자로서는 일류일세. 하지만 내가 아는 바로는 체계적으로 의학을 공부한 적은 없어. 그 사람 연구는 종잡을 수 없고 별나지만, 교수들도 경악시킬만한 진귀한 지식을 엄청나게 많이 축적하고 있단 말일세."

"그 사람에게 무엇을 추구하는지 물어본 적이 없나?"

"없네. 흥이 나면 말이 많아지긴 하는데, 뭔가를 물어서 대답을 이끌어내기가 쉬운 사람이 아니라서……."

"꽤나 흥미로운 사람인 것 같구만. 만약 다른 사람과 함께 방을 쓴다면, 난 지루한 사람보다는 재미있는 사람과 지내고 싶네. 이 사람을 어떻게 하면 만날 수 있는 건가?"

"지금쯤이면 분명히 실험실에 있을 걸세. 여러 주일 동안 그곳을 찾지 않다가도, 일단 나오면 아침부터 밤까지 자리를 거의 뜨지 않으니까. 자네만 괜찮다면 점심을 먹고 함께 가보는 게 어떤가?"

"나야 그래 주면 고맙지." 왓슨은 밝은 목소리로 대꾸했다.

홀번에서 식사를 마친 후 두 사람은 마차를 잡아타고 세인트 바르톨로뮤 병원으로 향했다. 점심 때 마신 포도주 탓인지, 스탬퍼드는 갑자기 셜록 홈즈에 대해서 왓슨에게 더 말해줘야겠다고 생각했다. 고통 받고 허약해진 의사에게 감상적인 연대감을 느꼈고, 홈즈에 대해서 충분히 경고를 주는 것 자체가 이들 두 사람이 만나도록 중간에서 다리를 놓은 흑인의 신뢰를 깨뜨리는 게 아니라고 믿었기 때문이었다. 그리고 자신에게 내려진 지시는 왓슨과 홈즈가 서로를 좋아하도록 만들라는 게 아니라 베이커 가에 입주하는 문제로 두 사람을 확실히 만나도록 해주라는 것뿐이어서였다.

스탬퍼드는 마차 좌석에 깊숙이 몸을 파묻고 입을 열었다. "이 홈즈라는 사람과 잘 지내지 못한다고 해서 날 비난하면 안 되네. 병원 주변에서 이따금 만났을 때 알게 된 사실 이외에는 더 이상 아는 게 없으니까 말일세. 자네가 이런 만남을 제안했으니 내게 책임을 물으면 안 된다는 걸 명심하게."

"함께 잘 지내지 못한다면 그냥 갈라서면 되는데 뭘 걱정하는 건가? 하지만 스탬퍼드, 자네가 이 문제에서 발을 빼려는 어떤 이유가 있는 것처럼 보이는데 그게 뭔지 말해주지 않겠나? 이 사람의 성질이 도저히 참고 견딜 수 없을 정도로 개차반인가? 응? 무슨 문제가 있다면 두루뭉술하게 넘어가서는 안 되지."

"말로 표현하기 곤란한 것을 표현하는 게 쉽지 않아서 그러네." 스탬퍼드의 혀가 살짝 꼬였는지 말이 불분명해지고, 눈꺼풀은 발작적으로 파르르 떨렸다. 그는 작게 소리 내어 웃고 나서 말을 계속 했다.

"그건……. 내 기준으로 볼 때 홈즈가 좀 지나치게 과학적이라는 점일세. 냉정하기 짝이 없단 말일세. 음……. 도마뱀 같다고나 할까? 가장 최근에 발견된 식물성 독극물 소량을 친구에게 먹이는 모습이 쉽게 상상된다면 이해할 수 있겠나? 아, 물론 무슨 악의가 있어서 그런 건 아니고, 단지 독극물의 효력에 대한 정확한 지식을 갖겠다는 욕구 때문이겠지. 홈즈에게 불리한 이야기만 한 것 같은데, 홈즈도 똑같은 이유로 그걸 꿀꺽할 수 있다는 건 알아줬으면 하네."

"확실하고 정확한 지식을 추구하는 열정을 가진 사람인 모양이군."

"내 말이 그 말이네, 왓슨, 하지만……." 스탬퍼드는 상체를 불쑥 앞으로 내밀어 왓슨의 얼굴 가까이에 대고 속삭이는 소리지만 들릴 정도로 목소리를 낮췄다.

"너무 지나칠 수 있다는 게 문제란 말일세. 해부실에서 지팡이로 시체를 두들겨대는 상황에 이르렀다면 지식에 대한 갈증이 좀 괴기한 길을 택한 게 아니겠나?"

"시체를 두들긴다고?"

"그렇다니까! 죽은 다음에 멍이 얼마나 드는지를 증명하려고 한다더군. 내 눈으로 똑똑히 목격한 사실일세."

"상당히 괴상하긴 하군."

"그러니 스스로 결정을 해야만 하네, 왓슨. 자네가 꼭 알아야 한다고 생각해서……. 아, 오랜 친구인 바트에 다 왔군."

스탬퍼드는 거대한 병원의 미로 같은 통로를 가로질러 홈즈가 여전히 작업하고 있을 거라고 생각한 화학실험실로 왓슨을 인도했다. 여기는 왓슨에게도 익숙한 장소여서 사실 안내인이 필요하지 않았지만, 그럼에도 불구하고 두어 발자국 떨어진 뒤쪽에서 묵묵히 동료를 따라 걸었다.

마침내 두 사람은 흰색으로 칠해진 벽과 회색의 문들이 늘어선 기다란 복도로 접어들었다. 복도의 거의 맨 끝에서 낮게 아치형을 이룬 통로가 갈라져 나가 화학실험실로 이어졌다. 실험실은 천장이 아주 높은 방인데, 또렷한 색상의 용액이 들어 있는 무수한 병들이 무지개를 이루며 줄지어 서 있거나 흩어져 있었다. 널찍하고 높이가 낮은 테이블이 여기저기에 흩어져 있는데, 그 위에는 증류기와 시험관, 파란 불꽃을 펄럭이고 있는 작은 분젠등이 널려 있었다.

실험실 내에는 한 사람만 있었는데, 작업대 위에 허리를 굽히고 자신의 일에 푹 빠져 있는 젊은이였다. 두 사람의 발자국 소리를 들었는지 그 사람은 고개를 들어 힐끗 쳐다보고는 스탬퍼드라는 걸 확인하자 허리를 펴며 환호성을 질렀다.

“드디어 발견했어요!” 고음으로 터져 나온 그 사람의 목소리가 실내를 가득 채웠다. 그는 손에 시험관을 든 채 우리에게로 달려왔다.

“내가 그걸 발견했다고요, 스탬퍼드. 다른 것에는 일체 반응하지 않고 헤모글로빈에만 반응하는 용액을 발견했단 말입니다!”

스탬퍼드는 이 뉴스에 눈도 깜빡하지 않고 자신이 이곳을 방문한 목적만 달성하려고 했다. 그는 한 걸음 뒤로 물러서며 자신의 양팔을 두 사람에게 하나씩 내뻗었다.

“신사 여러분,” 스탬퍼드는 장난기가 가득 찬 목소리로 정중하게 말했다.

“닥터 왓슨과 셜록 홈즈 씨를 소개합니다.”

시내 맞은편의 어느 곳에서, 제임스 모리아티 교수는 의자에 몸을 파묻고 커다란 체스판을 노려보고 있었다. 얼굴 가득 미소를 지은 그는 상체를 앞으로 숙이며 말 하나를 집어 들었다.

“룩(rook)이 기사를 잡았어. 내가 이겼군.”

9장

절 아십니까?

"닥터 왓슨과 셜록 홈즈 씨를 소개합니다."

마침내 이제 내 운명과는 떼려야 뗄 수 없는 셜록 홈즈와 대면하게 됐다. 키가 매우 컸는데 180센티미터가 조금 넘는 것 같고, 지나치다 싶을 정도로 호리호리했다. 새카만 머리카락을 올백으로 넘겨서 창백하고 수척한 얼굴이 드러나 있었다. 광대뼈가 툭 튀어나와 있고, 놀랍도록 반짝이는 회색 눈이 가느다란 매부리코 양옆에서 반짝이고 있었다.

홈즈는 넋이 나간 사람처럼 멍한 눈길로 날 힐끗 쳐다봤을 뿐이었다. 이건 마치 내가 어떤 사람인지는 전혀 중요하지 않고, 자신의 화학적인 발견을 설명하고 싶어서 안달이 난 사람처럼 보였다. 그러다가 내 손을 잡더니 호리호리한 외모로서는 전혀 상상도 되지 않는 억센 힘으로 흔들어댔다.

"안녕하십니까?" 홈즈는 정중하게 인사했다.

"아프가니스탄에 계셨었나 보군요."

난 피가 차갑게 식어버리는 듯한 느낌을 받았다. 게임은 시작되기도 전에 이렇게 끝이 나고 마는 걸까?

"절 아십니까?" 난 숨을 헐떡이며 물었다.

홈즈는 껄껄 웃었다.

"알기는요. 선생의 외모에서 추리했을 뿐입니다. 하지만 그건 별로 중요하지 않습니다. 지금 중요한 건, 헤모글로빈에 관한 거죠. 제가 발견한 게 얼마나 중요한지 선생도 알고 계시겠죠?"

난 홈즈의 질문이 무슨 뜻인지 갈피를 잡을 수 없었다. 내가 아프가니스탄에 있었다는 걸 이 사람이 어떻게 알고 있는지에만 신경을 쏟고 있어서였다. 누군가가 말해준 모양인데, 그게 누구일까? 스탬퍼드를 힐끗 쳐다봤지만, 그의 창백한 얼굴에서는 어떤 단서도 찾아낼 수가 없었다.

"자, 이것 보세요." 홈즈의 말이 이어졌다.

"의학계에 종사하는 선생 같은 분은 이 용액의 잠재력을 파악할 수 있어야죠."

"음, 그게……." 난 좀 어색하게 대꾸했다.

"화학적인 면에서는 흥미롭지만, 실제로 사용하는 데 있어서는……."

셜록 홈즈의 얼굴에 피어오르는 미소로 봐서는 그가 원하는 형태로 내가 반응한 것 같았다. 그것이 홈즈에게 발견한 것의 잠재력을 자세하게 설명할 기회를 준 셈이었다.

"이것 보세요!" 홈즈의 목소리에는 열기가 넘쳤다.

"이건 최근 수 년 동안에 이뤄진 가장 실용적인 법의학 발견물이란 말입니다! 절대로 오류가 나지 않은 혈흔검사 방법이니까요. 여기로 와서 좀 보세요!" 홈즈는 열의를 보이며 내 코트 소매를 거머쥐고 자신이 작업하고 있던 테이블로 끌고 갔다.

"신선한 피가 있어야 해요." 그는 조금도 망설이지 않고 기다란 바늘로 자신의 손가락을 찔렀고, 흘러나오는 핏방울을 피펫에 떨어뜨렸다.

"자, 이제 주목하세요. 1리터의 물에 극소량의 피를 섞었는데, 혈액의 비율은 1백만 분의 1도 되지 않을 겁니다. 하지만 특징적인 반응을 얻을 거라는 데는 의심의 여지가 전혀 없습니다."

홈즈는 말을 하면서 두어 개의 흰색 결정체를 피펫에 집어넣고 투명한 액체 두어 방울을 첨가했다. 효과는 즉시 나타났다. 피펫 안의 내용물이 즉시 둔중한 마호가니 색으로 변했고, 갈색이 나는 먼지 같은 게 바닥에 가라앉았다.

홈즈의 얼굴은 기쁨으로 인해 벌게졌다.

"보세요! 신사 여러분, 이걸 보니 어떤 생각이 드십니까?"

홈즈가 승리의 환호성을 질렀다.

"매우 미묘한 실험인데, 아주 효과적인 것 같군요."

내가 옆에서 거들었다.

"효과적이라고요? 이건 아름다움 그 자체입니다! 아름답잖아요? 케케묵은 과이어컴 검사는 다루기 힘든 데다가 결과까지 신뢰하기 어려웠죠. 그래서 혈구(血球)를 현미경으로 검사하는 방법이 등장했는데, 두어 시간이 지난 핏자국에는 아무런 소용이 없다는 문제점이 드러났고요. 이제 이 검사 방법은 피가 오래 됐건 신선하건 할 것 없이 제대로 작동한단 말입니다. 내가 좀 더 일찍 이걸 발견했더라면, 지금 대로를 활보하고 있는 수많은 녀석들이 자신이 지은 범죄의 죄과를 치렀을 겁니다."

"무슨 말인지 잘 알겠습니다."

난 홈즈의 열정에 다소 기가 질려 얼버무렸다.

"정말인가요, 왓슨? 형사사건은 지금까지 특정한 요소 한 가지에 매달리고 있습니다. 범죄가 저질러지고 거의 몇 달이 지나서 어떤 사람이 용의자로 지목되는 거죠. 그 사람의 침대 시트와 옷가지를 살폈는데, 희미한 갈색 흔적이 있다는 게 밝혀집니다. 이것이 혈흔일까요, 아니면 진흙이 묻어서 생긴 흔적일까요, 아니면 녹이 묻은 흔적일까요? 그도 저도 아니면 과일의 물이 든 걸까요? 이게 수많은 수사관들을 혼란에 빠뜨린 문제인데, 그 이유는 뭘까요? 그건 혈액의 존재를 입증할 신뢰할 수 있는 검사 방법이 없었기 때문입니다. 이제 셜록 홈즈 검사 방법이 있으니 그런 어려움은 싹 사라지게 될 겁니다."

열변을 토하는 홈즈의 두 눈이 반짝거렸고, 한 손을 자신의 심장 위에 올린 채 상상력으로 만들어낸 환호하는 관중들에게 답하듯 깊숙이 허리를 굽혔다.

난 이 사람의 웅변과 열정에 감동을 받지 않을 수 없었고, 오랫동안 숙원이던 발견에 대한 그의 기쁨을 나도 함께하는 듯한 기분을 느꼈다.

"당신은 축하를 받을 만합니다."

"이 검사 방법이 있었다면 정말 빛을 발할 수 있었던 사건들이 얼마나 많은지 모릅니다. 작년에 프랑크푸르트에서 있었던 폰 비숍 사건이 있었죠. 브래드퍼드의 메이슨, 악명 높았던 뮬러, 몽펠리에의 르페브르, 뉴올리언스의 샘슨도 있고요. 이 검사가 결정적인 영향을 미쳤을 사건들을 얼마든지 댈 수 있습니다."

"당신은 범죄에 관한 걸어 다니는 백과사전 같군요." 스탬퍼드가 폭소를 터뜨리며 나불거렸다.

"이 방면의 신문을 창간해도 되겠는데요. '과거의 경찰 소식'이라는 제호로요."

"매우 흥미로운 읽을거리가 될 겁니다." 셜록 홈즈는 손가락의 상처에 작은 반창고를 붙이며 대꾸했다.

"매우 조심해야 하거든요." 그는 내게로 얼굴을 돌리고 미소를 지으며 설명했다.

"독극물을 만져야 할 경우가 많아서요." 그러면서 손을 내밀었는데, 좀 전에 붙인 것과 비슷한 크기의 반창고 투성이였고, 강한 산성으로 인해 탈색이 되어 있었다. 팔꿈치까지 소매를 걷어붙인 팔뚝에서도 핀으로 찔린 자국과 작은 상처가 수두룩했다. 이건 피하주사기 바늘 자국임이 분명했다. 난 이처럼 활동적이고 활기에 넘치는 인물을 한 번 더 힐끗 쳐다보고, 과하다 싶을 정도의 활력 일부는 인공적인 자극제로부터 나온다는 걸 알아차렸다.

"우린 볼일이 있어서 온 겁니다." 스탬퍼드는 높다란 세 발짜리 스툴에 걸터앉으며 발로 스툴 하나를 내 쪽으로 밀어 보냈다. "오늘 아침에도 말했지만, 거처 문제에 대해서 눈을 부릅뜨고 알아보겠다고 했죠?"

셜록 홈즈는 그게 무슨 말이냐는 듯 눈썹을 치켜세웠다.

"함께 온 친구 왓슨도 숙소를 찾고 있었고, 방을 함께 사용해야 한다는 점에 호의적인 반응을 보여서 두 사람이 만나도록 해주는 게 좋겠다는 생각이 들더군요."

셜록 홈즈는 나와 함께 방을 쓴다는 걸 기뻐하는 것처럼 보였는데, 좀 의외라는 생각이 들었다. 내가 최근에 아프가니스탄으로부터 귀국했다는 걸 꿰뚫어 본 천리안이 그 상황을 쉽사리 받아들이도록 나에 관한 충분한 정보를 제공해준 모양이었다.

"난 베이커 가에 있는 방 두 개짜리 하숙을 눈여겨보고 있습니다." 홈즈는 손을 씻으며 말했다.

"우리 두 사람에게 아주 안성맞춤일 것 같은데요. 독한 담배 냄새를 싫어하지 않았으면 좋겠습니다만……."

"나도 줄담배를 피우는데요, 뭐."

홈즈는 만족스러운 듯 연신 고개를 끄덕였다.

"그것참 잘됐군요. 항상 화학약품을 주변에 두고 때때로 실험을 하곤 하는데……. 혹시 그러는 걸 언짢아하지는……?"

"결코 그럴 일은 없을 겁니다."

"어디 보자……. 결점이 또 뭐가 있더라……."

홈즈가 자신의 침울함과 며칠씩 말을 하지 않고 지낸 적이 있음을 고백하고 있을 때, 난 실제로 이런 일이 벌어지는구나 하는 생각에 흥분해서 그의 말이 귀에 들어오지 않았다. 모리아티가 계획하고 약속했던 대로 일이 진행되고 있었다. 난 찌르는 듯한 눈빛과 기이한 열정을 드러내는 명석한 젊은이와 방을 함께 사용하면서 스파이로서의 새로운 삶을 시작하게 될 참이었다. 이제부터 겪게 될 엄청난 현실에 숨이 막힐 듯했다.

"당신도 고백할 게 있나요, 왓슨?" 홈즈가 물었다.

"두 사람이 동거를 시작하기 전에 서로의 가장 나쁜 점을 알아두는 게 좋을 것 같아서요."

난 홈즈가 반대신문을 하는 것 같아 폭소를 터뜨렸다. 그리고 우리가 대면하게 될 진정한 상황의, 그래도 웃을 수 있는 측면을 보여주는 것 같았다. 또한 홈즈가 털어놓은 결점들의 목록 가운데 자신이 마약 사용자라는, 어쩌면 중독자일 수도 있다는 점이 빠져 있는 걸 알아차렸다.

"난 아주 느긋한 사람입니다만, 소음은 딱 질색입니다. 충격을 받았던 신경이 아직도 덜 회복되어 그런 모양입니다. 아침에 일어나는 시간도 들쭉날쭉하고, 엄청 게으르기도 합니다. 건강이 좋아지면 또 다른 결점들이 드러나겠지만, 지금은 이 정도입니다."

"소음이라는 것들의 목록에 바이올린 연주도 들어가는 겁니까?" 홈즈는 다소 염려하는 기색을 띠고 물었다.

"그거야 연주자에 달렸죠. 연주를 잘하면야 신께 바치는 선율이라고 하겠지만, 엉망으로 하는 경우엔……."

"아, 그렇다면 됐군." 홈즈는 가슴을 쭉 펴며 중얼거렸다.

"친애하는 의사 선생, 우리 사이는 아무런 문제가 없다고 생각해도 좋을 것 같군요. 아, 물론 방이 선생의 마음에 들어야 하겠지만요."

난 너무 좋아하는 모습을 내보여서는 안 된다는 걸 깨달았다. 지금부턴 행동 하나하나를 계산해서 조심스럽게 움직여야 했다.

"언제 그 방들을 볼 수 있죠?"

"내일 정오에 이곳으로 오시죠. 그래서 함께 가서 일들을 마무리 짓도록 하고요."

"좋습니다. 정각에 찾아뵙죠."

난 홈즈와 악수를 나누며 말했다.

자신의 발견을 커다란 공책에 끄적거리는 홈즈를 내버려두고 스탬퍼드와 난 실험실을 빠져나왔다. 병원을 나서서 잠시 동안 우린 내가 묵고 있는 호텔 쪽으로 함께 걸었다.

"잠깐만."

난 갑자기 걸음을 멈추고 스탬퍼드 쪽으로 돌아섰다.

"내가 최근에 아프가니스탄으로부터 귀국했다는 걸 자네가 그 사람에게 말해준 건 아니겠지?"

"그걸 말이라고 하나? 당연히 말하지 않았지."

"그럼 추리를 해서 알아냈단 말인가?"

동료는 수수께끼 같은 미소를 지었다.

"그건 그 사람의 그저 작은 특성일 뿐일세. 그 사람이 어떻게 모든 사실들을 파악해내는지 알고 싶어서 수많은 사람들이 안달을 하고 있다네."

"정말 신비스러운 사람이로군. 그렇지 않나?"

"왓슨, 자네가 그걸 밝혀내려면 그 사람을 연구해야 하네. 자넨 그 사람이 복잡하게 얽히고설킨 문제라는 걸 알게 될 걸세. 난 자네가 그 사람에 대해서 알아내는 것보다 그 사람이 자네에게서 알아내는 것이 더 많다는 데 걸겠네."

"그런 일은 정말로 일어나지 않았으면 하네. 숨기고 싶은 나만의 비밀을 남이 들쑤시지 않았으면 좋겠단 말일세." 난 농담처럼 말했지만, 마음속은 진지하기 짝이 없었다.

스탬퍼드와 피커딜리에서 헤어진 후 호텔까지 어슬렁거리며 돌아오는 동안, 셜록 홈즈에 대하여 더 많은 걸 알아내기 위해 그와의 첫 번째 만남을 머릿속에서 여러 번 되풀이해서 떠올렸다. 하지만 별다른 것을 찾아내지 못하고 허망하게 끝나버렸다.

다음 날 약속한 시간에 셜록 홈즈와 만나서 방들을 둘러봤다.

이건 사실, 우리 두 사람이 열정을 가지고 한 일이 아니라 각각 제 할 일만 한 형식적인 행사였다. 홈즈는 약속을 칼같이 지키고 싶어 했고, 난 이 문제에 관한 한 달리 선택 방법이 없어서였다.

어쨌거나 베이커 가 221B에 위치한 하숙집은 아주 마음에 들었다. 안락한 침실 두 개와 욕실 한 개, 널찍하고 천장이 높으며 쾌적하게 장식되고 햇빛이 잘 드는 두 개의 큼직한 창문이 있는 거실 한 개로 구성되어 있었다.

집주인인 키티 허드슨 부인은 급격히 회색으로 변해가는 금발을 뽀글뽀글하게 파마한, 몸집이 작으면서도 우아하고 세련된 과부였는데, '존경할만한 두 명의 젊은 신사'가 자신의 집에 하숙하려고 한다는 사실에 무척이나 기뻐하는 것처럼 보였다. 그녀가 제시한 하숙비는 우리 두 사람이 분담하면 적당한 수준이어서 바로 그 자리에서 계약이 체결됐다.

난 계약 당일 저녁에 별로 많지 않은 이삿짐을 호텔로부터 하숙집으로 옮겼고, 셜록 홈즈는 다음 날 아침에 여러 개의 상자와 대형 가방 한 개를 가지고 입주했다. 그날 내내 홈즈는 이삿짐을 풀었고, 우린 각각의 소유물을 가장 적당하다고 생각하는 위치에 배치하며 시간을 보냈다. 그 일이 끝나자, 우린 편안히 의자에 앉아서 새로운 환경에 적응하기 시작했다.

이처럼 겉으로 보이는 평온한 상태는 내 삶에서 차지했던 지난 6개월간과 비교할 때 하늘과 땅 차이라서 221B에 사는 생활을 진정으로 즐기기 시작했다. 셜록 홈즈는 함께 지내기에 그다지 곤란한 사람은 아니었다. 그는 나름대로 조용한 사람이었고, 그의 습관이라는 것도 상당히 규칙적이었다. 홈즈는 빈번하게 내가 잠에서 깨어나기도 전에 아침식사를 하고 외출했고, 내가 자정이 지나도록 책을 읽고 담배를 피우고, 잠들기 전에 브랜디를 한 잔 즐기고 있는데도 10시면 잠자리에 들곤 했다.

첫 번째로 소환을 받은 건 베이커 가에 둥지를 틀고 일주일쯤 지났을 때였다. 소환은 우편으로 이뤄졌다. 편지에는 날짜와 시각, 장소만 기재되어 있었다.

"3월 12일 오늘, 오전 11시 30분, 위그모어 가와 듀크 가가 만나는 모퉁이에서."

난 그 내용들을 머릿속에 똑똑히 기억하고는 편지를 불 속으로 던져 넣은 후 미세한 재로 변할 때까지 지켜봤다. 약속된 시간에 위그모어 가의 모퉁이에 서 있었는데 마차 한 대가 다가왔다. 마차 안에서 올라타라는 말이 들려왔다.

"만나서 반갑습니다, 왓슨 선생."

내가 자리에 앉자 희미한 형체가 입을 열었다.

"난 모리아티 교수님의 비서실장인 세바스찬 모런 대령입니다." 모런은 힘없이 내민 내 손을 잡고 흔들었다.

"잠시 드라이브를 할까요?" 그가 자신의 지팡이로 마차 지붕을 두들기자 마차가 속보로 나아가기 시작했다.

"선생도 알고 있으리라고 봅니다만, 이번 만남의 목적은 단순히 셜록 홈즈와 관련된 사항에 대해서 어떤 진전이 있었는지를 알아보기 위한 겁니다. 두 사람 사이는 어떤가요? 친해진 겁니까? 그리고 가장 중요한 건데, 홈즈가 선생의, 이걸 뭐라고 표현해야 하나……. 선생의 속셈을 알아차린 것 같습니까?"

이러한 질문들로 인해 놀라지는 않았다. 신문 같은 게 있을 거라고 예측하고 미리 준비를 해뒀기 때문이었다. 따라서 함께 살기 시작하면서 계속 홈즈를 면밀히 관찰했고, 이 사람에 대한 전반적인 모습을 이미 그려놓고 있었다. 뭐, 솔직히 말하자면 호기심을 타고났고 지금까지 살아오면서 글 쓰는 걸 좋아했기 때문에 꼭 그래야만 하는 이유가 없었더라도 어떻게든 이 일을 해냈으리라. 홈즈의 성격과 행동에는 날 혼란스럽게 만드는 측면이 상당수 있었지만, 나에 대해서는 단 한 점의 의혹도 갖고 있지 않다는 것만은 확실했다. 홈즈가 비록 여러 가지 면에서 명석한 탐정으로 알려져 있지만, 내가 그의 약점이라는 것도 분명했다.

우리가 살고 있는 새로운 집으로 세 사람이 홈즈를 찾아왔다. 최신 유행에 뒤떨어지지 않게 차려입은 젊은 아가씨가 잔뜩 초조한 모습으로 들이닥쳐 30분간 머물다가 돌아갔다. 성직자의 분위기가 있는 은발의 신사가 있었고, 혈색이 좋지 않은 데다가 쥐새끼 같은 얼굴을 하고 자신을 레스트레이드라고 소개한 사내가 있었다. 레스트레이드라는 사내는 두 번 찾아왔는데, 나와 마주칠 때마다 뭔가가 찔린 듯한 태도를 보였다. 이러한 방문객들이 찾아왔을 때마다 홈즈는 거실을 단독으로 사용하고 싶다고 요청했다. 난 흔쾌히 알았다고 하고는 내 침실로 퇴장했다.

난 이러한 사람들이 드나드는 것에 강한 호기심을 느꼈지만, 꾹 참고 기다려야 한다는 걸 잘 알고 있었다. 저녁식사를 함께 하면서 이런저런 이야기가 오고갔지만, 셜록 홈즈는 자신의 직업이 무엇인지를 털어놓지 않았다. 난 아직 이른 시기이므로 너무 꼬치꼬치 캐묻는다는 인상을 주지 않는 게 현명하다고 생각했다. 홈즈는 기분이 좋으면 모든 걸 다 드러낼 사람이라고 확신했다.

난 이런 모든 정보를 모런 대령에게 전달했고, 대령은 내가 말을 마칠 때까지 가만히 듣고만 있었다.

"훌륭합니다!" 대령이 마침내 입을 열었다.

"잠시 동안 거리를 두고 사냥감을 추적하려는 선생의 선택이 지극히 옳다고 생각합니다. 두 사람 사이에 신뢰하고 의지하려는 연대감이 형성되어야 하는데, 그건 홈즈가 선생을 완전히 편안하게 여길 때만이 가능하리라고 봅니다. 난 인도에서 호랑이를 여러 마리 추적해서 사냥했습니다, 왓슨. 아주 노숙한 사냥꾼이라 할 수 있죠. 그래서 참고 기다린다는 것과 사냥감이 안전하다고 확신하고 긴장을 풀도록 해주는 게 얼마나 중요한 일인지 잘 알고 있고요. 그리고 선생이 쥐새끼 같은 얼굴이라고 묘사한 레스트레이드가 실제로는 스코틀랜드 야드의 경위이고, 홈즈를 여러 달 동안 써먹고 있다는 걸 알고 있어야 합니다. 사건을 수사하다가 막다른 골목에 도달하면—흔히 있는 일이긴 합니다만—그 친구에게 득달같이 달려가서 도움을 요청하죠. 스코틀랜드 야드에 교수님의 머리 절반만이라도 되는 형사가 있었다면 조직의 업무가 절반도 성공하지 못했을 거라고 감히 단언할 수 있습니다. 그래서 선생과 함께 하숙하고 있는 자가 그렇게 위협적인 존재인 것입니다."

잠깐 동안이지만 불편한 침묵이 이어졌다. 모런의 주장에 대해서 뭔가 맞장구를 쳐야 할 것 같은 느낌이 들었지만, 무슨 말을 해야 할지, 아니, 어떤 말을 해야 이 자의 마음에 들지 갈피를 잡을 수 없었다. 결국 머뭇거리며 이렇게 묻고 말았다.

"지금으로서는 이게 답니까?" 난 그저 마차라는 음침한 울타리와 이 불쾌한 사내의 영향력 밖으로 빠져나가고만 싶었다. 이런 대화는 내가 처한 음울한 현실 상황을, 내가 가장하며 살아가고 있는 현실을 일깨워줄 뿐이었다. 지난 한 주 동안, 난 스파이 노릇을 한다는 비열한 속셈 때문이 아니라 호기심 때문에 함께 하숙하는 사내를 관찰하며 아주 느긋한 마음으로 즐기고 있었다.

"본질적으로는 그렇습니다, 왓슨. 하지만 불만스러운 표정이 다 드러나도록 행동하지는 마시오. 공짜로 일해주는 게 아니라 듬뿍 대가를 받고 있다는 걸 명심하고요."

난 부아가 치밀어 상체를 앞으로 쑥 내밀었다. 이 문제에 관해선 달리 선택할 방법이 없었다고 악을 쓰고 싶었다. 모든 시나리오를 받아들이도록 강요됐다고 떠들어대고 싶었지만, 말이 되어 나오기 직전에 스르르 사라지고 말았다. 불평해봐야 아무 소용이 없다는 걸 잘 알고 있어서였다. 난 속담에 등장하는, 거미줄에 걸린 파리였고, 거미는 날 놓아줄 생각이 없는 게 분명했다.

모런은 내게 종이 한 장을 건넸다. 희미한 빛에 의지하며 힐끗 훑어보니 웨스트 런던의 어떤 주소가 적혀 있었다.

"교수님께서는 셜록 홈즈에 관한 정보를 정기적으로 보고해주길 바라고 계십니다. 매달 1일에 이 주소로 우편으로 보내주면 됩니다. 교수님께서 즉시 알아야 할 긴급한 사항이 있으면, 같은 주소로 전보를 보내주면 되고요. 알겠습니까?"

"알았습니다."

"좋아요. 이제 주소를 기억하고, 쪽지는 내게 돌려주시죠."

난 모런이 시키는 대로 했다.

모런이 다시 지팡이로 천장을 두들기자 마차가 멈춰섰다.

"여기서 내리시죠, 왓슨. 선생의 하숙집에서 그리 멀지 않은 곳입니다."

내가 좌석에서 일어서자 모런이 손을 내밀었다. 난 마지못해 그의 손을 잡았다.

"만나서 반가웠습니다. 우린 당신의 활약을 크게 기대하고 있어요, 닥터. 우릴 실망시키지 않도록 해주시오."

난 아무런 대꾸도 하지 않고 재빨리 마차에서 내렸다. 신선하고 차가운 공기를 다시 들이마실 수 있는 곳으로 나오게 돼서 정말 기뻤다.

⚜

10장

복수

복수는 지난 20년 동안 제퍼슨 호프의 심장 속에서 꾸준히, 그리고 강력하게 타오르는 불길이었다. 자신의 인생을 망치고 사랑하는 루시를 죽게 만들었던 두 사내를 살해하겠다는 결심은 단 한 순간도 흔들린 적이 없었다. 앞으로 남아 있는 삶을 그 일에만 전적으로 투입할 것이고, 일단 목적을 달성하면 전혀 양심의 가책을 받지 않고 기쁜 마음으로 조물주를 만날 수 있을 것 같았다. 호프는 잔뜩 때가 탄 창문을 통해 밀려드는 땅거미와 아래쪽에서 바쁘게 오가는 행인들의 윤곽을 내다보며 기분이 좋아졌다. 오랜 기다림 끝에 목표에 거의 도달했다는 걸 알았기 때문이었다. 호프는 마침내 런던까지 드레버와 스탠거슨을 뒤쫓아왔던 것이다. 그 녀석들을 손아귀에 넣는 건 시간문제일 뿐이라고 항상 믿어왔지만, 이제 그 시간이라는 게 얼마 남지 않았다는 게 문제였다. 나빠져가는 건강이 마지막 순간에 방해가 되지 않기를 기원했다. 운명은 잔혹해질 수 있었다. 그리고 호프에게는 운명이 정말로 잔혹했었다. 하지만 이처럼 많은 시간이 흐른 후에 그처럼 또 잔혹해질 리는 없었다.

호프는 열쇠를 들어 마치 보석이라도 되는 것처럼 가스등 불빛에 찬찬히 살펴보고는 활짝 웃었다. 그 열쇠는 며칠 전에 브릭스턴 로드의 빈집 몇 채를 둘러보던 어떤 마차 승객이 바닥에 떨어뜨리고 간 것을 우연히 손에 넣었던 것이다. 열쇠를 분실한 승객이 그날 밤에 당장 신고해서 돌려주긴 했지만, 호프가 열쇠를 복제할 시간은 충분히 있었다. 이제 이 드넓은 도시에서 아무런 방해도 받지 않고 자신의 오싹한 계획을 실행할 수 있는 장소 한 군데를 갖춘 셈이었다. 그건 그렇다 치고, 드레버를 어떻게 그곳으로 데려갈 수 있느냐가 문제로 남아 있었다.

그날 밤, 제퍼슨 호프는 그 꿈을 또다시 꿨다. 그는 사랑하는 루시와 그녀의 아버지와 함께 카슨시티로 도망치고 있었다. 그들은 문명세계로부터 솔트레이크시티를 갈라놓은 거대한 산맥을 가로질러 모르몬교도들의 수중을 벗어나는 중이었다. 호프는 꿈속에서조차도 살을 태울 듯한 태양의 열기와 목을 마르게 하고 혀를 부풀게 만드는 극심한 갈증을 느낄 수 있었다. 그러다가 산길을 따라 계속 올라가서 거의 1,500미터의 높이에 이르자 한층 혹독해진 찬 공기가 날카로운 칼날처럼 옷깃을 파고들었다. 하지만 호프는 사랑하는 루시를 걱정하고 있었다. 현실에서도 마찬가지지만, 꿈속에서 호프는 그녀를 두고 자리를 비운 자신에게 저주를 퍼붓고 있었다. 그건 도주 이틀째였고, 준비한 식량이 다 떨어져버렸다. 숙련된 사냥꾼인 호프는 산중에 사냥할만한 것들이 있다는 걸 잘 알고 있었다. 따라서 그는 사랑하는 사람과 그녀의 병든 아버지를 위해 비바람이 들이치지 않는 아늑한 곳을 골라 마른 나뭇가지 두어 개로 모닥불을 피워놓고 먹을 것을 찾아 나섰다.

호프가 몸을 뒤척이며 잠을 자는 동안, 이미 무수히 그랬던 것처럼 생생한 꿈이 서서히 펼쳐졌다. 그는 두세 시간 동안 돌아다녔지만 아무런 소득이 없어서 실망하려던 차에 홀로 떨어져 있는 양 한 마리를 발견했다. 뿔이 아주 큰놈이었다. 호프가 그 녀석을 처치하는 데 그리 많은 시간이 걸리지 않았지만, 한 번에 들고 가기에는 너무 커서 숙련된 사냥꾼의 솜씨로 뒷다리 하나와 옆구리 살 일부를 잘라냈다. 이것들을 어깨에 둘러메고 임시로 마련한 거처로 걸음을 재촉했다.

꿈이 거의 절정에 다다르자, 제퍼슨 호프는 몸을 꿈틀거리며 큰소리로 끙끙 앓기 시작했다. 그는 차디찬 바위들을 뛰어넘고 좁은 골짜기에서 미끄러지며 마침내 루시와 그녀의 아버지를 남겨두었던 곳에 도착했다. 그의 눈에 들어오는 것이라고는 한때 모닥불이었다가 이제는 스러져버린 잿더미뿐이었다. 주변에 살아 있는 생명체라고는 단 하나도 없었다. 루시와 그녀의 아버지와 타고 온 말들이 몽땅 다 사라져버렸다. 호프는 공포에 질려 멍하니 서 있었다. 드높은 산맥의 스산한 적막이 그의 몸을 짓눌렀다.

호프가 거처로 접근하자 수많은 사내들이 도망자들을 덮쳤다는 걸 증명이라도 하듯 수십 개의 발자국이 찍혀 있었다. 이들은 여자를 생포하고 여자 아버지의 재산을 탐욕스러운 손아귀에 넣으려는 드레버와 스탠거슨의 지휘를 받았을 것이 틀림없었다. 거처에서 좀 떨어진 한쪽 구석에 아직도 벌건 흙이 채 마르지 않은 나지막한 흙더미가 있었다. 자세히 살펴보지 않고도 새로이 판 무덤이라는 걸 충분히 알아볼 수 있었다. 호프는 공포에 질려 몸을 부들부들 떨면서 발을 질질 끌고 무덤 쪽으로 다가갔다. 무덤 앞쪽에 꽂힌 조잡한 십자가에 종이 한 장이 못으로 박혀 있었다. 종이에 적힌 글귀는 간단했다.

존 페리어

솔트레이크시티의 주민

1860년 8월 4일에 사망

녀석들이 이 노인을 살해한 것이었다. 도대체 어떤 놈의 교리가, 어떤 놈의 종교가 이런 행위를 허용한단 말인가? 호프는 눈물이, 좌절과 절망에 찬 눈물이 흘러내리는 걸 느꼈다. 그는 시뻘게진 눈으로 또 다른 무덤이 있는지 두리번거렸다. 사랑하는 루시의 시신을 묻어놓은 무덤이……? 그렇다면 최소한 그녀는 더 이상 고통과 고뇌에 시달리지 않아도 될 텐데……. 하지만 아무리 둘러봐도 또 다른 무덤은 보이지 않았다.

그렇다면 드레버와 스탠거슨이 루시를 낚아챘고, 그녀의 아버지가 두 사람을 저지하려고 하자 그를 살해한 게 분명했다. 루시는 이제 솔트레이크시티로 끌려가서 드레버나 스탠거슨의 신부가 되어야 하는 절망적인 상황을 속절없이 받아들여야 할 운명에 처해 있었다. 장로회의에서 결정된 어느 누구의 신부가 되던 간에 루시는 저주받은 모르몬교의 하렘에 강제로 들어가야 할 판이었다. 호프는 자신에게 이런 사태가 벌어지지 않도록 할 힘이 없다는 걸 잘 알고 있었다. 그는 평생 사랑해야 할 연인을 잃어버렸다. 제퍼슨 호프는 무릎을 꿇고 펑펑 울음을 터뜨렸다.

호프는 몸을 부르르 떨며 잠에서 깨어났다. 꿈이 이 장면에 도달하면 항상 이랬다. 온몸은 땀에 젖어 번들거렸고, 두 주먹은 꽉 움켜쥔 채 옆구리 양옆에 놓여 있었다. 그는 자리에 그대로 누워 숨을 크게 들이쉬며 폭주하는 심장을 진정시키려고 안간힘을 썼다. 의사는 비정상적인 압박을 받으면 그날로 끝장이라고 경고했었다. 루시를 잃고 난 후부터 앓기 시작한 대동맥류가 지난 몇 달 동안에 심각할 정도로 나빠진 탓이었다. 호프는 이제 그 시간이 얼마 남지 않았다는 걸 절감했다. 의사는 이제 여분의 생명을 얻어 사는 것도 한두 주일뿐이라고 했다.

마침내 호프는 자리에서 일어나 창밖을 멍하니 내다봤다. 이른 아침의 희미한 햇살을 받아 지붕들이 서서히 모습을 갖춰가고 있었다. 그는 더 이상 기다릴 수가 없었다. 또 하루가 지나고 또 한 번의 꿈을 꾸면 더 이상 살아 있지 못할 수도 있었다. 지금 당장 행동해야 했다. 오늘 당장 계획을 실행에 옮겨야 했다. 그는 땀에 젖어 번들거리는 이마를 차가운 창틀에 대고 씩 웃었다. 더 이상 고통에 시달리지 않아도 될 시간이 가까워지고 있었다.

11장

홈즈의 실제 모습

자신의 직업에 대해서 전혀 언급하지 않고 있는 셜록 홈즈의 신중한 입을 열기 위해 운명이 개입했다. 그 일은 지난 화요일에 벌어졌다. 여느 때와 마찬가지로 홈즈는 내가 아침식사를 하기도 전에 하숙집에서 나갔고, 달리 할 일도 없는 나는 어느덧 성큼 찾아온 봄기운이 그곳에 있는 정원들에 어떤 영향을 미치고 있는지를 알아보기 위해 리젠트파크로 산책을 나갔다. 새로운 생명이 움트고 있는 광경은 뜨겁고 메마른 아프가니스탄의 황무지와는 사뭇 대조적이었다. 그랬는데 10시가 좀 지나자 하늘을 비구름이 뒤덮었고, 세찬 비가 쏟아졌다. 얼른 커다란 떡갈나무 밑으로 뛰어들어 잠시 비를 피했지만, 시커먼 구름이 하늘을 완전히 덮어버리자 비가 꽤 오랫동안 내릴 거라는 걸 깨달았다. 난

도로로 달려나가 마차를 잡아타고, 정오가 되기 직전에 베이커 가로 되돌아갔다.

홈즈와 함께 사용하고 있는 거실에 들어섰을 때 눈에 들어오는 광경 때문에 입을 딱 벌리고 말았다. 셜록 홈즈는 두 발을 벽난로 앞의 양탄자에 쭉 뻗고 바스켓 의자에 몸을 파묻고 있었다. 왼쪽 소매가 둘둘 말려 올라가 있고, 피하주사기 하나가 축 늘어진 그의 손에 매달려 위태롭게 대롱거리고 있었다. 내가 들어서는 소리를 들었는지, 홈즈는 느릿하게 눈을 뜨고 내 쪽으로 머리를 돌렸다.

"훌륭한 의사 선생께서 예정보다 좀 일찍 돌아왔군."

홈즈는 웅얼거리며 몸을 일으키려고 했지만, 몸이 뜻대로 따라주지 않았다.

나는 재빨리 홈즈에게 다가가 주사기가 바닥에 떨어지기 전에 그의 손에서 빼냈다.

"우리가 자신의 결점을 논의할 때 자넨 이런 식으로 몸을 혹사하고 있다는 걸 내게 털어놓지 않았네."

"털어놓다, 혹사하다, 결점……. 모두 감정에 물든 단어들이로군, 왓슨."

"이게 뭔가?" 내가 물었다.

"코카인인가, 모르핀인가?"

홈즈는 얼굴을 찌푸렸다.

"모르핀이냐고? 어림도 없는 소리! 이건 코카인일세, 친애하는 왓슨. 놀라운 진정 효과가 있는 7퍼센트 용액이라네. 정신적 능력을 감퇴시키지 않은 채 상상력을 자극하고 지루함을 덜어주지."

"자네라면 상상력이나 지루함 같은 건 필요로 하지 않을 거라고 생각했었네."

난 비에 젖은 레인코트를 탈탈 털어 옷걸이에 걸었다.

홈즈는 화가 나서 소리를 버럭 질렀고, 안간힘을 쓰며 의자에 똑바른 자세로 앉았다.

"상상력이나 지루함 같은 것에 대해서 도대체 자네가 뭘 안다는 건가? 내 삶 자체가 지루하지 않으려고 발버둥을 치는 것인데! 왜냐고? 나는 쉽게 지루해하는 사람이거든."

난 이런 상태라면 홈즈가 자신에 대해서 정상적인 환경에서보다는 더 많은 걸 드러낼지도 모른다는 생각이 들어 맞은편에 앉았다.

"왜 그러는데? 자넨 왜 그리 쉽사리 지루해지는 건가?"

홈즈는 꿈꾸는 듯한 미소를 지었다.

"내 두뇌에 필요한 음식을 거의 얻지 못하기 때문이지. 모든 게 정체되어 있으면 내 정신은 반란을 일으킨다네. 문제를 제시해보게. 어느 누구도 풀지 못하는 난해한 암호문이나 아무도 밝혀내지 못할 교활한 살인사건을 주게나. 그럼 난 활기에 넘칠 것이고, 인공적인 자극제 같은 것엔 손도 대지 않을 걸세."

"살인사건이라고?"

"그래, 살인사건도 좋고, 강도나 위조사건도 괜찮네. 왓슨, 자네도 알다시피 난 탐정일세. 그게 내 직업이지. 난 런던에서 유일한, 비공식적인 자문탐정일세. 이곳 런던에는 정부에 소속된 수많은 형사들과 상당수의 사립탐정들이 있지만, 그들이 사건을 수사하다가 헤매게 되면 내게 조언을 구하러 온다네."

"유유상종이라고, 자기들 편한 곳으로 모이는 거겠지."

난 비꼬는 투로 말했다.

"아니, 그 사람들은 편해서 오는 게 아닐세. 아직은 아니야. 그게 바로 내 문제란 말일세. 하지만 내가 자리를 잡으면 그 사람들이 그렇게 하겠지. 지금 당장은 수사하는 사건이 없어서 내 머리가 한가롭게 쉬고 있단 말일세. 얼른 유명해져서 내 머리를 한껏 사용할 수 있는 사건만 선택해서 맡을 수 있으면 좋으련만……."

홈즈를 둘러싸고 있던 무기력함은 이제 사라지고 없었다. 자신이 가장 좋아하는 화제에 푹 빠져든, 눈동자가 반짝반짝 빛나는 열정적인 사람으로 돌아와 있었다.

"자네도 알다시피, 난 상당량의 특별한 지식을 소유하고 있고, 관찰한 것으로부터 뭔가를 알아내고 추리하도록 나 자신을 훈련시켜왔네. 바로 이런 점이 날 유일무이한 존재로 만들고 있는 셈이지. 어? 자넨 내 말에 별로 공감하지 못하는 것 같군."

"너무 자화자찬하는 말인 것 같거든."

"증거를 보여줘야 믿을 텐가? 내가 어떤 능력을 가지고 있는지 좀 보여줘야겠구만. 아주 쉬운 일이지. 우리가 처음 만났을 때 자네가 아프가니스탄에서 극히 최근에 귀국했다고 말하는 걸 듣고 깜짝 놀란 것 같았는데, 맞나?"

"어디선가 내 이야기를 들은 게 분명하네."

홈즈는 짜증스러운 표정으로 손을 내저어 내 말이 틀렸다는 표시를 했다.

"그런 것과는 하등 관련이 없는 일일세. 난 자네가 아프가니스탄에서 귀국했다는 걸 알고 있었네. 척 보고 알았단 뜻일세. 오랜 습관 덕분에 사고(思考)의 열차는 내 머릿속을 쏜살처럼 달려가서 그 과정을 따로 인식하지도 않고 결론에 도달할 수 있었다네. 내게 있어서 그런 건 사람들이 아침에 구두끈을 매는 것과 아주 흡사하다고나 할까? 그 절차는 자신이 하고 있는 일을 생각하지 않고도 자동적으로 수행되는 것이네. 제2의 천성이라고 할 수 있지."

"그렇다면 아프가니스탄에 대해서는 어떻게 알고 있었던 것인가?"

"나의 추론 열차는 이런 식으로 달렸지. 여기에 의사 같지만 군인 분위기를 풍기는 신사가 있다. 그렇다면 군의관임이 분명하다. 얼굴이 새카맣게 탄 걸로 봐서 이제 막 열대지방에서 돌아왔다. 하지만 양 손목의 피부가 하얀 걸 보니 원래의 피부색이 그런 것은 아니다. 크게 곤욕을 치른 것 같은데, 아마도 질병에 걸린 모양이다. 현재의 열대지방 중에서 영국인 군의관으로 하여금 그런 곤경을 치르도록 할 수 있는 근무지는 어디일까? 그야 당연히 아프가니스탄이지. 추론의 열차가 달린 시간은 단 1초도 걸리지 않았다네."

난 그의 분석에 감탄을 금치 못하며 귀를 기울였다.

"이런! 뭐라고 말을 할 수 없을 정도군!"

난 진정으로 감탄하며 찬사를 아끼지 않았다.

"뭐, 그런 초보적인 걸 가지고 그러나."

"자네가 설명한 대로 보면 그 과정이 정말 간단한 것 같네. 하지만 나나 내가 알고 있는 어느 누구도 그런 진단을 마음 먹은 대로 행할 수 있을지 의문이 드는군."

"난 자네가 표현한 그런 '진단'을 수행하도록 나 자신을 훈련시켜 왔기 때문에 쉽사리 한 것이지. 게다가 〈더 타임스〉에서 왓슨이라는 장교가 군에서 의병제대를 하고 아프가니스탄에서 막 귀국했다는 기사를 읽었다는 걸 덧붙여둬야겠군. 정보가 내 추리를 확인해줬을 뿐이네."

이와 같은 폭로는 홈즈의 처음 주장으로부터 마술 같은 부분을 많이 희석시켰고, 셜록 홈즈도 때때로 자신의 실제 모습보다도 더 영리한 것처럼 행동한다는 걸 알게 해준 첫 번째 힌트였다. 내 얼굴에 나타난 표정이 생각하는 바를 고스란히 나타내준 모양이었다.

"결과는 동일하단 말일세. 범죄를 해결하는 데 있어서 수사관은 만족스러운 결론에 도달하기 위해 동원할 수 있는 모든 장비와 능력을 다 이용해야 한다네. 신문은 정보를 획득할 수 있는 아주 유력한 출처지. 난 매일 신문 여러 종류를 샅샅이 훑어보고 있네. 다행히도 난 사진과 같은 기억력을 가지고 있어서 모호하고 기괴한 정보 조각들을 필요가 생길 때까지 내 머릿속의 다락방에 저장해둘 수 있단 말일세. 내가 허풍선이가 아니라는 걸 증명하고 내 능력을 자네에게 확신시키기 위해서 내가 가지고 있는 탐정 능력을 충분히 내보일 기회가 곧 찾아오리라는 걸 확신하고 있네. 그건 그렇고, 지금 당장에는 자네가 오늘 아침에 리젠트파크를 찾아갔고, 비가 왔을 때 큰 나무 아래에서 비를 피했다가 마차를 타고 집으로 돌아왔다는 것만 말해두겠네."

난 깜짝 놀라 입을 딱 벌리고 말았다.

"자네 신발 바닥에 붙어 있는 진흙과 잔디의 흔적은 자네가 어떤 공원까지 걸어갔다는 걸 보여주네. 리젠트파크가 가장 가까운 곳이므로 그곳이라고 가정하는 게 가장 안전하겠지? 또한 떡갈나무 잎 부스러기가 왼쪽 바짓단에 꽂혀 있는 게 보였거든. 따라서 갑작스럽게 소나기가 쏟아지자 그 공원에 있는 거대한 떡갈나무들 중 한 곳에서 비를 피했을 거라는 결론에 도달할 수 있었지. 지금도 비가 많이 쏟아지고 있는데 자네의 레인코트가 푹 젖어 있는 게 아니라 약간 축축하기만 한 걸로 봐서 베이커가까지 걸어서 돌아오지 않았다는 게 분명해지는 거지. 관찰과 추리라네, 왓슨 선생."

이 말과 함께 홈즈는 앉아 있던 의자에 몸을 푹 파묻고 눈을 감으며 코카인으로 인해 유발된 잠으로부터 나와 현실세계를 추

방해버렸다.

런던에서 승객용 마차의 마부로 일하고 있는 제퍼슨 호프는 스탠거슨과 드레버가 어디로 가든 간에 쉽사리 뒤를 따를 수 있었다. 그는 두 사람이 자신의 존재를 눈치채지 못한 가운데 미행한다는 데 쾌감을 느꼈다. 심지어 때로는 녀석들을 자신의 마차에 태우기까지 했다. 턱수염을 잔뜩 기른 데다가 모자를 눈썹까지 푹 눌러쓴 덕분에 자신의 본모습이 탄로 날 가능성은 거의 없다고 봤던 것이다. 녀석들이 호프 자신을 본 게 20년 전인데다가 어떠한 경우라도 마부를 눈여겨보는 사람은 없는 것 같았다. 좀 괴상하게 들릴지는 모르지만, 녀석들이 자신을 알아봐주기를 진심으로 빌었다. 천벌의 칼날을 휘두를 숙적이 자신들의 눈앞에 있다는 걸 깨닫고 얼굴에 떠올릴 충격과 공포의 표정을 보려고 더 이상 기다릴 수가 없어서였다. 그날이 언젠가는 찾아오겠지만, 그건 호프 자신이 계획한 날이어야지 그 이전에 찾아와서는 될 일이 아니었다.

호프는 드레버와 스탠거슨을 쫓아 지구의 절반을 돌았다. 상트페테르부르크로부터 파리로 갔다가 이내 코펜하겐으로 발길을 돌렸다. 어떤 방법을 쓴 것인지는 모르지만 녀석들이 미행을 당하고 있다는 낌새를 알아차린 것 같았는데, 각국의 대도시에서 며칠 머물지도 않고 다시 짐을 싸서 헐레벌떡 떠돌아다니는 것 자체가 녀석들의 죄의식을 보여주는 뚜렷한 징표였다. 마침내 런던에서 녀석들을 따라잡은 호프는, 녀석들이 캠버웰의 하숙집에 살고 있다는 걸 알아냈다. 두 녀석은 절대로 혼자서 외출하지 않았고, 특히 어두워진 다음에는 집을 나선 적이 없었다. 호프에게는 녀석들의 이런 신중함이 크나큰 장애물이었다. 그는 동시에 두 놈에게 달려들 수 없다는 걸 잘 알고 있었다. 자신이 계획한 대로 한 놈씩 따로 잡을 수 있을 때까지 기다려야 했다.

하지만 호프는 이제 더 이상 기다릴 수 없다는 걸 알게 됐다. 손이 바로 닿을만한 곳에 자신이 그렇게나 꿈꾸던 것이 놓여 있는데, 자신의 심장이 정지하는 위험을 감수할 수는 없었다. 오늘이야말로 바로 그날이 되어야 한다고 마음을 굳게 다잡았다. 뭔가 극단적인 수단이 필요했다. 그런데 행운은 호프의 편이었다. 호프가 원수 놈들이 살고 있는 '토키 테라스'를 따라 마차를 몰고 있을 때, 마차 한 대가 놈들이 살고 있는 집 대문 앞에 멈춰서 있는 걸 보게 됐다. 이미 여러 개의 가방이 문밖으로 나와 있고, 잠시 후에 드레버와 스탠거슨이 모습을 드러냈다. 두 녀석은 인도에 서서 열띤 논쟁을 벌였다. 여느 때와 마찬가지로 두 놈의 모습을 보자 호프의 맥박이 빨라졌다. 놈들은 존 페리어와 사랑하는 루시의 죽음에 책임을 져야 할 악마들이었고, 20년이라는 세월도 놈들에 대한 사무치는 증오를 덜어내진 못했다.

두 놈들 중에서 드레버의 키가 더 컸다. 녀석은 거들먹거리며 걸었고, 올백으로 넘긴 머리카락과 가늘게 기른 콧수염이 오만하다는 인상을 더 강하게 만들었다. 이와는 대조적으로 스탠거슨은 키가 작은 데다가 어깨도 구부정했고, 항상 주위를 살피는 듯한 인상을 짓고 있었다.

두 녀석이 이야기하고 있을 때, 셔츠 차림에 얼굴이 벌건 젊은 사내가 녀석들을 향해 쏜살처럼 달려왔다. 젊은이는 드레버에게 위협하는 투로 소릴 질렀고, 드레버는 이에 맞서 젊은이에게 주먹을 흔들어 보였다. 욕설이 몇 번 오가더니 젊은이와 드레버는 이내 황소들처럼 맞붙었다. 호프는 너무 멀리 떨어져 있어서 무엇 때문에 말다툼을 벌인 건지는 알 수 없었지만, 두 사람은 화를 펄펄 내며 무서운 기세로 주먹질을 주고받았다.

스탠거슨은 안간힘을 써서 두 사람을 떼어놓고 자신의 동료를 마차 속으로 밀어 넣었다. 드레버에게 욕설을 몇 번 더 퍼부은 젊은이는 분노를 채 가라앉히지 못한 채 하숙집으로 발길을 돌렸다.

호프가 보기에는 오만하기 짝이 없는 드레버가 저지른 나쁜 짓 때문에 두 녀석이 하숙집에서 쫓겨나서 이제 다시 여행길에 오르는 것 같았다. 호프는 드레버가 마부에게 유스턴 역으로 가라고 지시하는 걸 듣고는 실망이 가득한 신음을 쏟아냈다. 기선 연락 열차를 타고 유럽 대륙으로 떠날 계획이 분명하다는 걸 알아차렸기 때문이었다. 일단 대륙에 상륙하면 녀석들의 종적을 다시 잃어버릴 수도 있었다. 배 속을 갉아먹는 듯한 절망감을 안고, 호프는 안전한 거리를 확보하고 녀석들의 뒤를 따랐다.

유스턴 역에 도착하자, 호프는 마차를 말뚝에 묶어놓고 두 명의 도망자들을 여행객들로 북적이는 플랫폼까지 쫓아갔다. 이곳에서 녀석들은 또다시 말다툼을 벌였다. 호프는 녀석들의 대화를 엿들으려고 몰려 있는 사람들 틈으로 파고들어 최대한 가까이 다가갔다. 드레버가 열차시간을 제대로 알아보지 못한 스탠거슨에게 비난을 퍼붓고 있었다. 녀석들은 방금 연락 열차 한 대를 놓쳤고, 다음 열차는 거의 두 시간이 지나야 출발할 예정이었다.

"빌어먹을 멍청한 녀석아!"

드레버가 떠들어댔는데, 울긋불긋 반점이 돋은 얼굴과 혀가 약간 꼬인 걸로 봐서 술을 퍼마신 게 분명했다.

"두어 시간만 있으면 되는데 뭘 그러나?"

스탠거슨이 서투른 변명을 늘어놓았다.

"대합실에서 자리를 잡고 기다리세나. 시간이 금방 지나갈 걸세."

"잘도 그러겠다! 넌 대합실에 앉아서 짐이나 지키고 있어. 난 좀 볼일이 있으니까."

"무슨 볼일인가? 설마 하숙집으로 돌아가려는 건 아니겠지?"

"네가 상관할 일이 아니니 빠져. 짐이나 잘 보고 있으라구!"

"우린 떨어지면 안 돼. 위험할지도 모른단 말이야."

"질질 짜는 소리 좀 하지 마! 어떤 때 보면 넌 엄마 닭 같다는 생각이 든다니까."

"열차 시간에 맞춰 돌아오지 못하면 어쩔 텐가? 오늘 밤에는 이게 마지막 열차인데……."

"제때 돌아올 거야. 하지만 문제가 생기면, '홀리데이스 프라이빗 호텔'에서 만나기로 하지. 거기가 어딘지는 알고 있겠지?"

스탠거슨은 고개를 끄덕였다.

더 이상 말을 하지 않고 에녹 드레버는 비틀거리며 역사를 빠져나갔다.

마침내 내가 기다리던 순간이 찾아왔군! 호프는 속으로 외쳤다. 이들이 뿔뿔이 흩어진 데다가 날이 어두워진 후였다. 하지만 게임은 장기간에 걸쳐 수많은 고통을 수반하며 치러지고 있었기 때문에, 호프는 한순간의 섣부른 행동으로 일을 망칠 수는 없었다. 호프는 자신의 마차를 타고 드레버의 뒤를 따랐는데, 녀석이 하고자 하는 일의 본성이 곧 드러났다. 유스턴 역을 빠져나와 5분도 채 걷기 전에, 드레버는 선술집 한 곳으로 찾아들어가 한 시간 가량 머물렀다. 그곳을 떠날 때는 술기운이 한층 더 올라 있었다.

다른 선술집 한 곳을 더 찾아들어간 게 드레버의 운명을 확정 지었다. 30분쯤 후에, 드레버는 성이 난 술집 주인에게 내몰려 밖으로 쫓겨났다.

"난 그 여자애가 당신 딸이라는 걸 몰랐단 말이야!"

드레버는 인도에 엎어지며 고래고래 소릴 질렀다.

"너처럼 쓰레기 같은 인간은 우리 집에 오지 않았으면 좋겠어!" 술집 주인도 고함을 질렀다.

"네놈 낯바닥을 이곳에서 다시 보게 되는 날에는 아주 모가지를 분질러버리겠어!"

드레버는 움직일 수가 없었던 듯 잠시 인도에 쓰러져 있다가 느릿느릿 간신히 일어서서 옷에 묻은 먼지를 털었다.

"나쁜 놈 같으니라구!" 드레버는 혼자서 중얼거렸다.

"그저 여자애에게 친절하게 대한 것뿐인데……."

일단 일어선 드레버는 아직도 정신을 제대로 차리지 못했음에도 불구하고 자신의 시계를 들여다봤다.

"이런 제기랄! 열차를 놓쳤잖아!"

"마차가 필요하십니까, 선생님?"

드레버는 얼굴을 들고 연석에 바짝 붙어 서 있는 마차를 봤다. 불그레한 얼굴과 큼지막한 회색 턱수염을 달고 어깨가 널찍한 마부가 드레버 자신을 내려다보고 있었다.

드레버는 잠시 생각에 잠겼다. 뇌가 알코올에 푹 절어서 굼뜨게 움직이고 있는지라 간단한 행동 계획을 세우는 데도 머리를 쥐어짜야 했다.

"염병할! 될 대로 되라지, 뭐! 리틀 조지 가에 있는 홀리데이스 프라이빗 호텔을 알고 있나?"

"물론입니다, 선생님."

"좋아. 그곳으로 태워다주게."

드레버는 낑낑거리며 마차 안으로 들어와 좌석에 쓰러졌다. 마차가 출발하고 몇 초도 지나기 전에 그는 잠에 곯아떨어졌다.

마차는 유스턴 역에서 멀어져 갔다. 리틀 조지 가로부터도 멀어져 갔다. 마차는 브릭스턴으로 향했다. 제퍼슨 호프는 지난 20년 동안 전혀 보이지 않았던 포근한 미소를 지었다.

에녹 드레버는 누군가가 세차게 흔들어대는 바람에 잠에서 깨어났다. 아직도 몽롱한 눈을 힘들게 뜨자, 자신을 내려다보는 마부의 얼굴이 눈에 들어왔다.

"내릴 시간입니다."

"알았네." 드레버의 목소리는 탁해서 제대로 알아듣기가 힘들었다. 드레버는 마부의 도움을 받아 인도에 내려서기는 했지만, 곧 다리가 풀려 쓰러질 것만 같았다.

"좀 도와주게나."

드레버는 마부에게 안기다시피 몸을 기대며 중얼거렸다.

"물론 도와드려야죠, 선생님." 즉시 대답이 돌아왔다.

호프는 자신의 팔로 드레버를 감싸 안고 예전에 봐뒀던 빈집으로 가는 골목길로 접어들었다. 그 집 문을 열고, 드레버를 집 안으로 끌어넣었다.

"여긴 지옥처럼 어둡구만. 홀리데이스 프라이빗 호텔이 맞나?"

아직도 술기운이 가득한 목소리에 의혹의 기색이 스며들었다.

"곧 불이 밝혀질 겁니다." 호프는 성냥을 켜서 가지고 온 초에 불을 붙이며 대꾸했다. 음울한 황토색 불빛이 방 안을 채우자 오랫동안 사용되지 않은 빈집이라는 게 드러났다. 드레버는 처음에는 놀랍다는 듯이 방 안을 두리번거렸지만, 이내 두려움에 사로잡히고 말았다.

"지금……. 무슨 일이 벌어지고 있는 건가? 이곳이 어딘가?"

호프는 촛불을 들어 얼굴 가까이에 대고 챙이 넓은 모자를 벗어버렸다.

"에녹 드레버, 넌 이곳이 어디인지에 대해서는 신경 쓰지 말고 내 질문에 대답이나 하도록! 내가 누구지?"

드레버는 어이가 없는 듯 입을 딱 벌리고 취기가 몽롱한 눈으로 호프를 쳐다봤는데, 이내 공포에 질린 두 눈이 휘둥그레지고 온몸을 부들부들 떨었다. 드레버는 터져 나오는 비명을 한 손으로 틀어막고 비틀거리며 뒤로 물러섰다.

"날 알아보겠나? 응?"

호프는 서두르지 않고 찬찬히 물었다.

드레버에게 있어서는 지금이 가장 으스스하고 두려운 악몽이었다. 그는 당연히 이 사내를 알고 있었다. 이 세상에서 자신이 만나기를 가장 두려워하는 사람이었다. 번갯불처럼 온몸을 꿰뚫고 지나간 두려움 때문에 재빨리 술에서 깨어날 수 있었다. 머리가 갑작스럽게 얼음처럼 투명하게 작동하기 시작했다. 자신이 지상 최대의 숙적에게 납치되어 이 망할 놈의 빈집에 끌려왔다는 걸 깨달았다.

"난 돈이 있네. 엄청나게 많은 돈이."

드레버는 힘없는 목소리로 떠들어댔다.

"그 돈을 다 주겠네."

제퍼슨 호프는 폭소로 대답을 대신했다.

"자네가 원하는 게 뭔가?"

"복수지." 호프는 간결하게 대꾸했다.

"난 복수를 원해."

12장

그렉슨의 편지

홈즈가 탐정으로 성공하겠다는 속마음을 드러냈던 날이 지나고 다음 날 아침이 되자, 홈즈의 기분이 한층 더 밝아지고 눈에 생기가 돌았다. 난 평소와 마찬가지로 좀 늦은 아침식사를 하려고 아래층으로 내려왔는데, 놀랍게도 동료 하숙인이 엄청나게 큰 보라색 가운으로 온몸을 휘감고 식탁에 앉아 버터를 듬뿍 바른 토스트를 게걸스럽게 먹고 있었다. 내가 식당으로 들어섰을 때 무슨 이유 때문인지 이미 미소를 짓고 있던 홈즈는 내 모습을 보자 더욱 활짝 웃었다.

"아, 왓슨, 마침 잘 왔네. 우리 두 사람에게 좋은 소식이 있네."

"그게 정말인가?"

난 식탁에 앉아 커피를 따르며 살짝 걱정스러운 어조로 물었다.

홈즈는 종이 한 장을 집어 들어 자신의 얼굴 앞에서 자랑스럽게 흔들었다.

"마침내 뇌의 양식이 도착했네. 온 정신을 쏟아 수사할 범죄가 없기 때문에 내가 얼마나 의기소침한 상태인지를 어제 낮에 말했던 걸 기억하고 있나……?"

난 고개를 끄덕였다.

"간절한 내 기도에 대한 응답이 이것이라네."

홈즈는 들고 있던 종이를 내게 건넸다.

"그걸 읽어보게. 얼른!" 그는 간절한 목소리로 소리쳤다.

난 홈즈의 말대로 했다. 편지의 내용은 이랬다.

친애하는 셜록 홈즈 씨,

어젯밤에 브릭스턴 로드의 로리스턴 가든스 3번지에서 안 좋은 일이 벌어졌어요. 순찰을 돌던 경관 한 명이 새벽 2시경에 그곳에서 흘러나오는 불빛을 목격했는데, 그곳은 빈집이라 뭔가가 잘못됐다는 의심이 들더랍니다. 경관은 열려 있는 문을 통해 안으로 들어가자마자 가구가 하나도 비치되어 있지 않은 거실에서 옷차림이 훌륭한 어떤 신사의 시신을 발견했습니다. 주머니에는 미국 오하이오 주 클리블랜드 시의 에녹 J. 드레버라는 이름이 박힌 명함이 들어 있었답니다.

그곳에서는 강도질이 행해지지 않았고, 이 신사가 어떻게 죽음을 맞이하게 된 건지를 보여주는 증거도 없습니다. 방 안에는 핏자국이 몇 군데 있지만, 시신에는 상처가 없습니다. 우린 이 사람이 어떻게 빈집에 들어왔는지를 알 수가 없어 전전긍긍하고 있습니다. 이 사건 전체가 수수께끼고요. 오늘 열두 시가 되기 전에 언제라도 홈즈 씨가 이곳을 방문하신다면 절 만나실 수 있습니다.

난 홈즈 씨의 의견을 들을 수 있을 때까지 현장을 그대로 보존해 놓겠습니다. 혹시 오시지 못한다면, 오늘 저녁에 댁을 방문해서 사건의 자초지종을 설명해드리고, 홈즈 씨의 의견을 경청하겠습니다.

토비아스 그렉슨 올림.

난 편지를 홈즈에게 돌려줬다.

"혼란에 빠져 상당히 우왕좌왕 하는 것 같군."

"자네 말이 맞네. 강도질이 행해지지 않았다……. 분명히 드러나는 사망원인도 없다……. 시신에는 상처가 없지만, 방 안에 핏자국이 여러 군데 있다……. 참으로 절묘하게 혼합된 사건이군."

"이 그렉슨이라는 사람은……."

"경찰관일세. 경위 계급의 형사지. 레스트레이드와 더불어 스코틀랜드 야드의 선두주자라네."

홈즈는 코를 찡그렸다.

"하지만 그건 자기들끼리 하는 소리에 불과하지. 고만고만한 형사들 중에서 좀 낫다는 것뿐일세. 행동이 빠르고 열정적이긴 하지만……. 사건을 수사하는 방법이 지나치게 구닥다리이고 한정되어 있다는 게 단점일세."

경찰관에 대한 홈즈의 견해가 모리아티 교수의 그것과 똑같다는 게 씁쓸한 아이러니였다.

"이 그렉슨이라는 사람은 가장 열렬하고 진지하게 자네의 도움을 바라는 것 같군."

"이 사람은 내가 자신보다 뛰어나다는 걸 알고 있고, 또 그걸 인정하고 있지. 하지만 다른 사람에게 그렇다는 걸 털어놓기보다는 자신의 혀를 깨물어버릴 사람일세."

홈즈는 그 말과 함께 낄낄거리며 웃었다.

"자넨 이 사람을 도와줄 작정인가?"

"물론이지. 무슨 일이 있어도 이런 기회를 놓치지 않을 걸세. 이건 모든 조건을 다 갖추고 있는 정말 멋진 사건이니까. 곧 마차를 잡아타고 로리스턴 가든스로 가세나."

"가자니? 함께 가자는 소린가?"

"그래, 자네도 가는 걸세, 의사 선생. 제발 내 말대로 해주게!" 홈즈는 소리를 지르고 식탁에서 일어서며 가운을 벗어 던졌다.

"자네가 직접 나의 탁월함을 목격해주길 바라는 걸세. 나란 사람을 누군가가 어디에서 왔거나 어디에 있었는지에 관해서 단순한 추리나 해대는 그저 그렇고 그런 마술사라고 자네가 생각하도록 놔둘 수가 없단 말이지. 자네 눈으로 직접 내가 발휘하는 능력의 본질을 지켜봐야 한다는 것일세. 나랑 함께 가는 걸 반대하지 않으리라고 보네만……."

난 홈즈의 제안에 웃지 않을 수가 없었다. 그건 물론 나 자신이 바라마지 않던 시나리오였던 것이다.

5분이 채 지나기도 전에 우리 두 사람은 마차를 잡아타고 브릭스턴 로드의 로리스턴 가든스로 달려가고 있었다. 셜록 홈즈와 함께하는 나의 첫 번째 모험이 시작되는 순간이었다.

춥고 안개가 낀 아침이라 집집마다 지붕에 회색 베일을 늘어뜨리고 있었다. 나의 동료는 아주 흥분한 상태였고, 이렇게 하면 더 빨리 목적지에 도착한다고 생각하는 듯 마차가 달리는 내내 상체를 앞으로 쑥 내밀고 창밖을 연신 내다봤다.

"이 괴이한 사건에 대해서 가설을 세워본 게 있나?"

내가 물었다.

홈즈는 머리를 세차게 좌우로 흔들었다.

"아직 아무런 자료도 입수하지 못했는데 무슨……. 모든 증거를 손에 넣기 전에 가설을 세운다는 건 정말 치명적인 실수라네. 판단하는 데 편견이 개입될 여지가 있지. 그래서 나 자신이 현장을 방문해서 수사하는 게 꼭 필요하단 말일세. 진실로 향하는 길을 꼭 집어줄 수 있는 수많은 단서들을 그렉슨이 놓칠 게 뻔하기 때문이지. 아, 마침내 로리스턴 가든스에 도착했군."

홈즈는 벌떡 일어서서 마부에게 즉시 멈추라고 지시했다. 우린 문제가 되는 집으로부터 100미터쯤 떨어진 곳에서 내렸고, 나머지는 걸어서 우리의 여행을 끝마쳤다.

로리스턴 가든스 3번지는 불길하고 위협적인 분위기를 띠고 있었다. 그곳은 네 채의 허물어져가는 주택 중의 하나였는데, 네 채 모두 사람이 살고 있지 않고 각각의 대문에 '셋집'이라는 표지가 삐딱하게 붙어 있었다. 때가 잔뜩 묻은 컴컴한 유리창들이 공허하고 우울한 분위기를 내뿜으며 텅 빈 거리를 무심한 눈길로 바라보고 있었다. 3번지의 정원은 위에 나무로 된 난간이 박혀 있는 높이 90센티미터의 벽돌담으로 둘러싸여 있는데, 이 담에 건장한 체격의 순경 한 명이 기대어 서 있었다. 순경을 에워싸고 있는 남루한 차림의 몇몇 사람들은 목을 쭉 빼들고 집 안에서 진행되고 있는 일들을 혹시라도 엿볼 수 있지 않을까 하는 헛된 희망을 품고 눈에 힘을 잔뜩 주고 있었다.

난 셜록 홈즈가 당장 정원에 난 작은 길을 따라 집 안으로 들어가서 범죄현장을 들여다볼 줄 알았다. 이번에는 그러지 않았다. 홈즈는 별로 관심이 없다는 듯한 표정을 지으며 인도를 따라 어슬렁어슬렁 걸었고, 땅바닥과 하늘과 맞은편 집들과 죽 늘어선 목제 난간을 공허한 눈길로 멍하니 쳐다봤다. 난 홈즈의 뒤쪽에서 좀 떨어진 채로 따라갔는데, 이런 상황이 거북하고 좀 바보 같다는 생각도 들었다.

홈즈가 순경과 두어 마디 말을 나누고 내게 손짓을 하자, 우리 두 사람은 천천히 작은 길을 따라 걸었다. 홈즈는 땅바닥에서 눈을 떼지 않았다. 질척거리는 진흙땅에 무척이나 많은 발자국이 찍혀 있었는데, 그중 대부분이 이곳을 오간 경찰관들 것이라는 데는 의심의 여지가 없었다. 내 생각에는, 나의 동료가 이런 걸 아무리 뚫어지게 들여다봐도 얻을 게 아무것도 없을 것 같았다. 그런데도 홈즈는 얼굴을 찡그렸다가 중얼거리며 으레 하는 공연을 멈추지 않았다. 그는 가는 도중에 두 번 걸음을 멈췄는데, 그때마다 얼굴에 미소를 짓고 만족스러운 듯 감탄의 기색이 역력한 탄사를 터뜨렸다. 이런 행동은 남의 눈을 의식한 것으로서, 내게 감명을 주고 내가 관심을 갖도록 꾸며낸 것이 틀림없다고 생각했다.

우린 문 앞에서 손에 공책을 들고 있는 아마빛 머리카락의 사내를 만났다. 그 사내는 내 친구를 보자마자 달려와 손을 잡고 열정적으로 악수를 나눴다.

"이렇게 와줘서 정말 감사합니다."

그는 귀에 거슬리는 목소리로 말했다.

"아무것도 만지지 않고 그대로 뒀죠."

"저긴 예외던데요!"

홈즈는 작은 길 쪽을 가리키며 약간 화난 어조로 대꾸했다.

"들소 떼가 저곳을 지나갔더라도 저렇게 엉망이 되진 않았을 겁니다. 그건 그렇고, 순찰 경관들이 저렇게 싸돌아다니도록 허용한 걸로 봐서 나름대로의 결론을 내린 모양입니다, 그렉슨?"

그렉슨의 얼굴이 붉어졌다.

"집 안에서 해야 할 일이 워낙 많아서……. 미스터리의 핵심 부분은 바로 집 안에 있어서요. 내 동료인 레스트레이드 씨도 이곳에 와 있습니다. 이 사건을 살펴봐달라고 부탁했거든요."

홈즈는 내 쪽을 힐끗 쳐다보고 빈정거리듯 눈썹을 살짝 치켜세웠다.

"당신과 레스트레이드처럼 유능한 형사가 둘씩이나 이 사건에 달라붙었다면 제삼자가 뭔가를 찾아낼 여지는 거의 없겠군요."

홈즈가 넌지시 빈정거렸다.

"우리가 할 수 있는 일은 다해봤지만, 가능성이 있는 모든 걸 다 밝혀냈는지는 확신하지 못하고 있습니다. 이건 정말 기묘한 사건이고, 이런 일에 대한 당신의 취향을 잘 알고 있거든요."

홈즈는 내 쪽으로 상체를 기울이며 귓가에 속삭였다.

"내가 뭐라고 했지? 이 사람들은 곤경에 처했다구."

"방 안을 한번 살펴봐주겠습니까?" 그렉슨이 물었다.

"그러죠. 하지만 먼저……. 혹시 마차를 타고 왔나요?"

그렉슨은 고개를 가로저었다.

"레스트레이드 씨는요?"

또다시 고개가 가로저어졌다.

"경찰 마차를 함께 타고 온 건가요?"

"그렇습니다만, 왜……?"

"그랬을 거라고 생각했습니다. 일반적인 이륜마차보다 간격이 훨씬 넓은 바퀴 자국을 찾아냈으니까요. 좋습니다, 한 가지 문제는 해결됐군요. 자, 얼른 전투에 나서자구, 맥더프(셰익스피어 작품 《맥베스》에서 맥베스를 공격한 귀족)."

홈즈는 명대사를 읊조리며 집 안으로 성큼성큼 걸어 들어갔고, 깜짝 놀란 표정이 역력한 그렉슨이 그의 뒤를 따랐다.

바닥에 아무것도 깔리지 않고 먼지만 쌓여 있는 짧은 통로가 식당과 아래층의 다른 방들로 이어져 있었다. 두 개의 문이 왼쪽과 오른쪽으로 열려 있었다. 한쪽 문은 수주일 동안 닫혀 있었던 게 분명했다. 다른 쪽 문은 시신이 발견된 식당에 속해 있었다. 홈즈가 먼저 들어가고, 난 죽음이라는 것이 불러일으킨 음울한 감정을 가슴에 안고 그의 뒤를 따랐다.

식당은 사각형의 널찍한 방이었다. 가구가 한 점도 없어 훨씬 더 크게 보였다. 사방의 벽은 저속한 취향의 번쩍거리는 벽지들이 발라져 있었는데 군데군데 흰곰팡이가 피어올라 얼룩이 졌고, 이곳저곳의 벽지가 떨어져 매달린 채 밑에 숨겨져 있던 푸슬푸슬 삭아 내리는 회반죽을 드러내고 있었다. 문 맞은편은 흰색의 인조대리석으로 만든 선반이 올라앉은 벽난로였다. 이 선반의 한쪽 끝에 빨간색 양초의 타고 남은 밑동이 자리 잡고 있었다.

외롭게 홀로 방을 지키고 있는 유리창은 먼지가 너무 두텁게 쌓여서 방 안으로 스며든 햇빛을 모든 걸 으스스한 회색으로 물들이고 있었는데, 그러한 느낌은 실내를 몽땅 뒤덮은 먼지 때문에 한층 더 강조됐다.

이런 세세한 부분들은 내가 나중에 기록한 것이다. 당시에 식당 안으로 들어서자마자 내 눈길을 사로잡은 것은, 마룻바닥에 누워 변색된 천장을 초점이 잡히지 않은 공허한 눈길로 올려다보며 꼼짝도 하지 않는 형체였다. 그 형체는 40대 초반의 키가 중간 정도인 사내로서, 새카맣게 반들거리는 머리카락을 올백으로 넘기고, 콧수염을 깔끔하게 다듬고 있었다. 두툼한 모직 프록코트와 조끼, 밝은 색의 바지, 티끌 하나 없이 깨끗한 칼라와 커프스 차림이었다. 실크해트가 그 사람 옆의 바닥에 놓여 있었다. 두 손은 주먹을 꽉 쥐고 있었지만, 죽음과의 싸움이 아주 격렬했던 듯이 양팔은 활짝 벌리고 있었다. 굳어버린 그의 얼굴에는 공포의 기색이 역력했다.

난 그 시신을 보자마자 정신이 아득해졌다. 눈동자를 태울 듯한 밝은 빛이 눈앞을 가로지르며 눈을 멀게 했다. 아주 잠깐 동안이지만 아프가니스탄으로 돌아가 의무대 막사 안의 열기를 흠뻑 뒤집어쓰며 이미 생명이 끊어진 동료 병사를 내려다보고 있었다. 그 병사의 눈에도 공포와 불신의 빛이 역력했고, 심한 고통에 시달린 몸도 이처럼 뒤틀려 있었다.

난 비틀거리다가 벽을 짚으며 간신히 넘어지지 않았다. 내 머릿속에 떠올랐던 조금 전의 광경을 지우려고 머리를 세게 흔들며 깊이 숨을 들이쉬었다. 다행스럽게도 방 안의 다른 사람들은 다들 자신의 일에 몰두하고 있어 내가 처한 상황을 알아차리지 못했다.

내가 레스트레이드라고 알고 있는 사내가 시신 옆에 자리 잡고 서서 뭔가를 공책에 적고 있었다. 그는 족제비처럼 생긴 호리호리한 사내로, 말똥말똥 빛나는 작은 눈을 쉴 새 없이 굴리고 있었다.

"이 사건 때문에 꽤나 골치 아플 게 틀림없어요."

레스트레이드가 홈즈를 맞이하며 한마디 했다.

"지금까지 봐왔던 것과는 전혀 달라서 말입니다."

"단서가 없습니다." 그렉슨이 말했다.

"단 한 가지도요." 레스트레이드가 맞장구를 쳤다.

"정말 그런지 좀 두고 봅시다." 홈즈는 오만한 기색을 그대로 드러내며 대꾸했다. 그는 시신 쪽으로 다가가 무릎을 꿇고 검사를 시작했다.

"상처가 없다는 게 확실합니까?" 홈즈는 시신 주변의 바닥 여러 곳에 떨어져 있는 핏자국을 가리키며 물었다.

"확실합니다!" 두 형사는 마치 보드빌(19세기 후반에서 20세기 초 사이에 유행한, 노래와 춤을 섞은 대중적인 희가극)에 출연한 배우처럼 입을 맞춰 동시에 대답했다.

"그렇다면 이건 다른 사람, 아마도 살인범의 것이겠네요. 실제로 살인이 벌어졌다는 전제 하에서요. 이건 1834년에 위트레흐트에서 있었던 판 얀센의 죽음에 수반된 상황들을 생각나게 하는군요. 그 사건을 기억하고 있나요, 그렉슨?"

"들어본 적이 없습니다, 홈즈 씨."

"많이 읽어야 합니다. 꼭 필요한 일이거든요. 태양 아래 새로운 건 없는 법입니다. 모든 게 다 이전에 있었던 일이라는 뜻입니다."

홈즈가 말을 하는 중에도 그의 날렵한 손가락들은 이곳저곳을 날아다니며 만져보고, 눌러보고, 단추를 풀며 검사를 계속했다. 언뜻 보면 검사가 설렁설렁 행해지고 있는 것 같았지만, 내 눈에는 한 점의 빈틈도 없이 샅샅이 살피는 게 똑똑히 보였다. 마지막으로, 홈즈는 시신 쪽으로 상체를 기울여 입술을 벌리고 냄새를 맡은 다음, 에나멜 가죽구두의 밑창을 힐끗 쳐다봤다.

무릎을 펴고 일어서서 우리와 마주선 홈즈의 얼굴에서는 자신의 생각이나 결론을 짐작케 하는 기색이 전혀 나타나 있지 않았다.

그렉슨이 들것 하나와 네 명의 사내를 대기시켜 놓고 있었다. 그의 호출을 받고 네 사람이 방 안으로 들어와 시신을 들것에 올리고 짙은 색의 담요로 덮은 다음 들고 나갔다. 그렇게 하는 동안, 반지 한 개가 떨어져 쨍그랑 소리를 내며 마룻바닥 위를 굴러갔다.

레스트레이드는 반지를 집어 들고 햇빛에 비춰보았다.

"여자가 이곳에 있었나 봅니다!" 레스트레이드가 소리쳤다.

"이건 여성용 결혼반지인데요."

레스트레이드가 말을 하면서 반지를 앞으로 쑥 내밀자, 우리들은 둘러서서 그걸 자세히 살펴봤다. 이 소박한 금반지가 한때 어떤 신부의 손가락을 장식했다는 데는 의심의 여지가 없었다.

그렉슨은 이마를 찌푸리고 자신의 머리를 박박 긁었다.

"이걸로 일이 한층 더 복잡해지겠네요. 이런 게 등장하지 않아도 복잡하기 짝이 없었는데……."

"친애하는 그렉슨 씨, 이 사건에는 복잡하다고 여길만한 부분이 없습니다. 자, 망할 놈의 반지를 아무리 노려본다고 해도 미스터리를 풀 수 있는 열쇠를 발견하진 못할 겁니다."

홈즈가 거들먹거리며 쏘아붙였다. 이는 스코틀랜드 야드의 멍청이들을 다루는 방식으로 날 감동시키려고 일부러 꾸며낸 것 같은 느낌을 받았다.

"이 사람의 주머니에 뭐가 들어 있던가요?"

"저기에 다 모아놓았습니다."

그렉슨은 우릴 복도로 안내했고, 맨 아래쪽 계단에 옹기종기 놓인 물건들을 가리켰다.

"런던의 바로 사가 만든 제품번호 97163 금시계 하나, 제법 묵직하고 튼튼한 앨버트 형 금 시곗줄, 프리메이슨 기호가 새겨진 금반지, 루비로 두 눈을 해박은 불독 머리 형태의 황금 핀, 속옷에 새겨진 E.J.D. 약자에 상응하는 클리블랜드의 에녹 드레버 명함이 들어있는 러시아제 가죽 케이스가 있었습니다. 지갑은 없지만, 7파운드 13실링에 달하는 잔돈이 들어 있었고요, 책 뒤의 백지에 조셉 스탠거슨이라는 이름이 적힌 보카치오의 데카메론 포켓 판이 있었습니다. 두 장의 편지가 있었는데, 한 장은 E.J. 드레버 앞으로, 다른 한 장은 조셉 스탠거슨 앞으로 온 것이었습니다."

"발송인의 주소가 어떻게 되어 있던가요?" 홈즈는 놓여 있는 물건들을 대강 훑어보며 물었다.

"스트랜드의 미국증권거래소 유치 우편이었습니다. 편지는 기온 기선회사에서 발송된 것으로 리버풀에서 출발하는 기선의 항해에 대해서 언급하고 있었습니다. 이 불쌍한 사망자는 뉴욕으로 되돌아가려던 게 분명합니다."

"스탠거슨이라는 다른 사람에 대해서도 조사해봤나요?"

"내가 즉시 조치를 취했죠." 그렉슨이 희색이 만면한 표정으로 얼른 대꾸했다.

"모든 신문에 광고를 냈고, 부하 한 명을 미국증권거래소에 보냈는데 아직 돌아오지 않았습니다."

"클리블랜드에도 알아봤나요?"

"오늘 아침에 전보를 쳤습니다."

"어떤 문장을 사용했나요?"

"그저 상황을 상세히 설명하고, 도움이 될 수 있는 정보라면 어떤 것이든 좋다고 했습니다."

"당신이 꼭 필요하다고 생각하는 특정한 것들의 정보를 요구하진 않았고요?"

그렉슨은 홈즈의 이번 질문에 약간 얼굴을 붉히는 것 같았다.

"음, 스탠거슨에 대한 것도 요구했습니다."

셜록 홈즈는 실망했다는 듯 눈동자를 굴렸다.

"시간이 없어 아직 실내를 검사하지 못했는데, 허용이 된다면 지금 당장 조사해보고 싶군요."

홈즈는 식당으로 다시 들어갔는데, 보기에도 끔찍한 시신을 치운 후라 식당의 공기는 조금 더 청량해진 것 같았다. 주머니에서 줄자와 커다란 확대경을 꺼낸 홈즈는 실내를 이리저리 돌아다니기 시작했고, 때로는 걸음을 멈췄다가 때로는 무릎을 꿇기도 했다. 한 번은 얼굴을 바닥에 대고 납작 엎드리기도 했다. 자신이 하는 일에 얼마나 푹 빠져들었던지 홈즈는 우리의 존재를 잊어버린 것 같았다. 조사하는 내내 신경질적인 낮은 목소리로 혼자 중얼거렸고, 때로는 자신에게 질문하고 그 질문에 대한 대답을 하기도 했다. 그런 홈즈를 보고 있자니 놓쳐버린 냄새를 다시 찾아낼 때까지 낮은 소리로 끙끙거리며 앞뒤로 부지런히 뛰어다니는 잘 훈련된 순종 폭스하운드가 머릿속에 떠올랐다. 셜록 홈즈는 지금 자신이 가지고 있는 본래의 능력을 최대한 발휘하고 있었다. 어떠한 약물이나 자극제라도 단서를 찾아 미친 듯이 수색을 벌이는 이 남자에게 활력을 공급하고 기운차게 만들 수는 없을 것이었다. 따라서 거의 15분 동안, 우린 홈즈가 전혀 보이지 않는 어떤 흔적들 사이의 거리를 측정하고 가끔씩 도저히 이해할 수 없는 형태로 줄자를 벽에 대는 감동적인 공연을 제자리에 서서 묵묵히 지켜보고만 있었다. 한 곳에서는 홈즈가 바닥에서 아주 작게 쌓여 있는 회색 먼지 덩어리를 아주 조심스럽게 긁어모아 봉투에 집어넣었다. 마지막으로 벽난로를 조사하더니 기쁨에 찬 환호성을 질렀다. 맨 끝에 놓여 있는 촛대를 낚아채서 촛불을 켜고 바로 옆의 모퉁이에 가까이 갖다 댔다.

"이걸 어떻게 생각하십니까, 신사 양반들?"

홈즈는 자신이 기획한 최신의 공연을 소개하는 흥행사와 같은 과장된 동작을 보이며 소리쳤다. 흔들리는 불빛이 벽지가 크게 벗겨져 나가 변색되고 거칠어진 사각형의 석회석을 드러내고 있는 벽을 비췄다. 이 빈 공간에 핏빛으로 물든 단어 하나가 휘갈겨 적혀 있었다.

RACHE

우린 그 글씨를 살펴보려고 황급히 앞으로 나아갔다.

"이 방을 찾아온 또 다른 방문객이, 이걸로 미뤄보아 어젯밤에 이곳에는 두 사람이 있었던 게 분명합니다만, 자신의 피로 이걸 적었던 겁니다. 피가 벽을 타고 흘러내린 자국이 보입니까?"

"이 단어가 왜 이곳에 적혀 있는 걸까?" 내가 물었다.

"선반 위의 촛불이 그때에는 켜져 있었고, 이곳이 이 방에서는 가장 밝은 부분이었을 걸세." 홈즈가 설명했다.

"당신이 찾아낸 이게 무슨 뜻인지 알겠습니까?"

그렉슨이 애원하는 투로 물었다.

"아, 내가 그 질문에는 대답할 수 있을 것 같네."

레스트레이드가 뻐기는 목소리로 대꾸했다.

"저걸 쓴 자는 레이첼(Rachel)이라는 여자 이름을 적으려고 했지만, 뭔가의 방해를 받아 끝맺지를 못한 것일세. 내 말 명심하게. 사건이 확실히 해결될 쯤이면 레이첼이라는 이름의 여자가 사건에 등장했다는 걸 알게 될 거라는 걸! 셜록 홈즈 씨, 당신이 매우 똑똑하고 명석하다고 생각하고 그렇게 웃는 건 자유입니다만, 결국에는 늙은 사냥개가 가장 뛰어나다는 걸 알게 될 겁니다."

레스트레이드의 주장에 대해서 대놓고 폭소를 터뜨렸던 홈즈는 자신도 모르게 저절로 솟구치는 흥을 억제하려고 안간힘을 썼다.

"경위님 말씀이 맞을 거라고 봅니다."

홈즈는 얼굴 가득 미소를 지었지만, 그의 목소리에는 조롱기가 가득했다.

"수사 진행 상황을 내게 꼭 알려주세요. 조그만 도움이라도 드릴 수 있다면 기쁘겠습니다. 그건 그렇고, 이 시신을 발견한 순찰 경관과 대화를 좀 나눴으면 하는데요."

"그 사람은 지금 비번입니다." 레스트레이드가 대답했다.

"그 사람 이름과 주소를 알려주실 수 있나요?"

레스트레이드는 자신의 공책을 힐끗 쳐다봤다.

"이름은 존 랜스이고, 케닝턴 파크 게이트의 오들리 코트 46번지에 살고 있습니다."

홈즈는 그 주소를 받아 적었다.

"가세나, 의사 양반." 홈즈는 내 손을 잡아끌며 말했다.

"함께 가서 그 사람을 만나보자구."

그렉슨이 한 걸음 앞으로 나섰다.

"홈즈 씨, 가기 전에 말씀해주시죠. 이곳에서 조사한 내용 중 우리에게 도움이 될 만한 것이 나왔습니까?"

"아, 물론이죠."

두 명의 경위는 서로의 얼굴을 쳐다보다가 뭔가 자신들을 깨우쳐줄 말을 기다리며 다시 홈즈에게로 얼굴을 돌렸다.

"일단 살인이 벌어졌고, 살인범이 남자라는 걸 말씀드릴 수 있습니다. 살인범은 키가 180센티미터 이상이고, 중년이며, 체격에 비해 발이 작고, 앞부리가 각진 투박한 구두를 신었고, 인도산 시가의 일종인 트리치노폴리를 피웁니다. 살인범은 희생자와 함께 한 필의 말이 끄는 네 바퀴 마차를 타고 이곳으로 왔는데, 그 말의 편자는 세 개가 낡은 상태이고 마부와 맞은편 앞다리에는 새로운 편자를 박고 있습니다. 그리고 모든 가능성을 놓고 봤을 때, 살인범의 안색은 벌겋고, 오른손 손톱들이 상당히 길 것으로 보입니다. 뭐, 몇 가지 되진 않지만, 수사에 도움은 될 것 같군요."

두 명의 경위는 홈즈가 권위적으로 나열하는 증거에 놀라서 잠시 동안 얼이 빠진 듯 입을 벌리고 있었다. 그러다가 그렉슨이 정신을 차리고 물었다.

"이 사람이 살해됐다면 그 수법은요?"

"독약입니다."

셜록 홈즈는 딱 잘라 대답하고 방 밖으로 걸음을 옮겼다.

"한 가지만 더요." 홈즈는 문간에서 돌아서며 덧붙였다.

"'라헤(RACHE)'는 복수를 뜻하는 독일어입니다. 따라서 '레이첼'이라는 이름의 여자를 찾는 데 시간을 허비하진 마십시오. 안녕히 계십시오, 신사분들."

13장

추리를 보강하는 자료

난 로리스턴 가든스 3번지를 떠나면서 셜록 홈즈가 레스트레이드와 그렉슨을 혼란스럽게 만들며 즐겼던 통쾌한 기분을 함께 했을 뿐만 아니라, 새로 사귄 친구가 놀라운 능력을 나타내는 걸 지켜보고 귀담아 들으면서 머릿속에서 잠시 사라졌었던 커다란 가능성에 대한 흥미가 치솟았다. 거드름도 부리고, 세상의 이목을 집중시키는 걸 뻔뻔스러울 정도로 좋아함에도 불구하고 셜록 홈즈는 특이한 존재일 뿐만 아니라, 흥분된 어조로 설명하는 극적인 형태를 내보인다면 자신을 영웅으로 만들 수 있는 매혹적인 특성도 가지고 있었다. 홈즈의 성격적인 면에 적절한 손질만 가한다면, 난 그를 역동적이고 영웅적인 탐정으로 묘사할 수 있을 거라고 굳게 믿었다. 사실 홈즈가 개입한 이번 사건이 독자들에게 훌륭한 소개가 될 듯 싶었다. 실제로 수사하는 활동을 소설로 구성하게 되면, 내가 홈즈와 함께하는 시간에 묘미를 더할 뿐만 아니라 홈즈와 그가 사용하는 수사 방법을 관찰하는 이유가 더욱 탄탄해질 수 있을 것 같았다.

난 마치 신의 계시를 받은 것처럼 만족스러워 마음속이 후끈 달아올랐다. 모리아티가 셜록 홈즈의 활동에 관한 전혀 각색이 되지 않은 보고를 받는 것과 동시에, 난 그것들을 극적인 소설로 바꿔놓을 수 있게 되는 것이다. 비참하기 짝이 없지만 그래도 내가 생존을 이어나가야 할 진실되고 고귀한 목적이 바로 여기에 있었다. 지금부터 나는 홈즈와 함께한 대화와 일들을 기억하고, 엄청난 양의 기록을 남겨야 한다고 생각했다. 런던에서 가장 위대한 사립탐정의 전기작가가 되어야 할 참이었다.

홈즈는 내 얼굴에 피어오르는 환한 미소를, 그가 보인 절묘한 추리 능력 때문에 입을 딱 벌리고 있던 경위들을 떠올리며 짓고 있는 것으로 해석했다.

"자네 얼굴에 떠올라 있는 표정으로 미뤄보건대 내가 그곳에서 그렉슨과 레스트레이드에게 했던 말들을 믿고 있지 않는 것 같군, 왓슨." 홈즈는 마차의 좌석에 몸을 파묻으며 말했다.

"사실을 좀 각색하고 효과를 노려 짐작을 늘어놓은 게 아닌가 생각했네." 난 속으로 생각했던 것을 그대로 털어놨다.

"전혀 그런 게 아니었네! 내가 말했던 모든 것이 다 사실이었단 말일세. 내가 내린 결론은 모두 내가 관찰한 것들에 단단히 기초를 두고 있지. 로리스턴 가든스에 도착하자마자 내 눈길을 사로잡은 것은 연석 가까이에 난 두 줄기의 마차 바퀴 자국이었네. 지난 일주일 동안 비가 내리지 않았다가 어젯밤에서야 비가 내렸으므로 그처럼 깊은 자국을 남긴 마차 바퀴는 어젯밤에 그곳에 있었던 게 분명하단 말일세. 말발굽 자국도 나 있었는데, 한 개의 윤곽이 다른 세 개의 그것보다 뚜렷한 걸로 봐서 새로 박은 편자라는 걸 나타내지. 마차가 어젯밤에 비가 내리기 시작한 후로 그곳에 있었다가 그렉슨의 말을 액면 그대로 받아들여 아침에는 그곳에 없었다는 사실을 감안한다면, 마차가 밤 동안에 그곳에 있었던 게 분명하므로 살인범과 희생자를 그 집으로 태우고 왔다는 결론이 나온단 말일세."

"설명을 들어보니 아주 간단해 보이는군."

난 홈즈의 말에 맞장구를 치면서도 의문 나는 점을 물었다.

"그럼 다른 사내의 키는 어떻게 설명할 텐가?"

"그거야 사람의 키는 십중팔구 보폭으로 결정할 수 있기 때문이지. 난 집 밖의 진흙과 실내의 마룻바닥에 쌓인 먼지에 찍힌 이 사내의 보폭을 측정할 수 있었네. 이러한 추리를 보강하는 자료가 벽에 적힌 글자일세. 사람들이 그런 상황에서 글을 쓸 때는 본능적으로 자신의 눈높이에 쓰기 마련이지. 그런데 그 글이 180센티미터가 약간 넘는 위치에 적혀 있었단 말일세."

"그렇다면 그 사람의 나이는?"

난 기억의 창고에 저장해놨던 홈즈의 설명들을 모두 꺼내 순서대로 따라가야겠다고 결심했다.

"음, 힘을 조금도 들이지 않고 140센티미터나 되는 보폭을 낼 수 있다면 늙고 병든 상태일 리는 없겠지. 그것이 정원의 작은 길에 생긴 물웅덩이의 폭이었네. 우리의 희생자가 신었던 에나멜가죽 구두는 웅덩이를 빙 돌아갔지만, 앞부리가 뭉툭한 구두는 그걸 뛰어 넘어갔더군. 내가 말한 것들에는 이상하고 어쩌고 할 만한 게 하나도 없다네. 난 그저 관찰을 하고, 그것으로부터 논리적인 결론을 이끌어낸 것일 뿐일세. 또 자넬 혼란스럽게 하는 것이 있나?"

"물론, 물론이지. 손톱의 길이와 트리치노폴리 시가 같은 건 좀……."

"벽에 적힌 글은 어떤 남자가 집게손가락을 피에 적셔 쓴 것이네. 확대경으로 들여다보니 글씨를 따라 회반죽이 살짝 긁혔더군. 글 쓴 사람의 손톱이 긴 탓이지. 자넨 내가 바닥에서 흩어져 있는 재를 긁어모으는 걸 틀림없이 봤을 걸세. 그건 색깔이 어둡고 켜켜이 층이 진 상태였네. 트리치노폴리 시가만이 그런 재를 만들어낼 수 있지."

"아니, 잠깐만! 자네가 담배 이름을 꼭 집어낼 정도로 정확하다고 확신할 수 있나? 아무 담배라도 그런 재를 만들어낼 수 있네."

홈즈는 너그러운 미소를 지었다.

"자화자찬이긴 하지만, 난 힐끗 보기만 해도 잘 알려진 브랜드의 여송연과 담배를 구별해낼 수 있다네. 이런 세세한 능력들 때문에 숙련된 탐정이 그렉슨이나 레스트레이드 같은 형사들보다 뛰어나다고 할 수 있지."

"그럼 얼굴이 벌겋다는 건?"

"아, 그건 좀 대담한 시도였지. 뭐, 내가 옳다는 데에는 한 점의 의심도 없지만 말일세. 그 점은 잠시 나 혼자만 알고 있을 작정이네."

"이 모든 사실들은 물론 흥미롭긴 하지만, 그렇다고 이 미스터리를 설명하는 길에서 한 걸음도 더 나아가게 해주진 못하네. 이 두 사람은 어떻게 해서 빈집으로 오게 됐을까? 만약 한 사람이 살인범이라면, 그 사람은 희생자로 삼을 사람을 어떻게 집안으로 들어가도록 설득했을까? 자네도 그게 강제로 이뤄졌다는 흔적을 발견하지 못하지 않았나?"

홈즈는 고개를 가로저었다.

"그리고 그 두 사람을 태워다 준 마부는 어떻게 된 것일까? 한 사내가 어떻게 다른 사람이 독약을 먹도록 강요할 수 있었지? 피는 어디에서 흘러나온 것일까? 살인의 목적은 무엇일까? 여자의 결혼반지에 어떤 의미가 있는 걸까? 그리고 무엇보다 왜 두 번째 사내는 '라헤'라는 단어를 벽에 휘갈겨 써놓아야만 했을까?"

"브라보, 왓슨. 자넨 머리가 정말 예리하군. 곤란한 점들을 훌륭하게 정리해놓은 걸 보니. 아직도 불분명한 점이 많다는 데는 동의하지만, 중요한 사항들에 대해서는 이미 결정을 내렸다네."

"결정을 내렸다고?"

난 홈즈의 오만한 장담에 깜짝 놀랐다.

"물론이지. 하지만 그걸 지금 당장 털어놓으라고 재촉하진 말게. 모든 걸 다 밝히기 전에 제자리에 놓이는 걸 보고 싶은 특정한 퍼즐 조각이 아직 남아 있으니까. 마술사가 일단 자신의 트릭을 설명하고 나면 대접을 제대로 받을 수 없듯이, 나도 일하는 방법을 자네에게 너무 많이 드러내면 내가 아주 평범한 사람이라고 결론을 내릴 수도 있어서 말일세."

사건의 상세한 부분을 일부만 설명하고 극히 중요한 것들은 털어놓지 않아 감질나게 만드는 셜록 홈즈의 이 수법은, 우리가 함께하는 동안 내내 짜증스럽게 지속적으로 발동됐다. 허영심이 많은 개성 속에 극적인 걸 좋아하는 예능인의 기질이 강하게 흐르고 있었기 때문에 홈즈가 자신을 마술사로 지칭하는 건 아주 적절한 표현이었다. 홈즈는 항상 무대 중앙에 서기를, 책임자 역할을 하기를, 남들을 혼란스럽게 만들고 놀라게 하기를 원했다. 난 홈즈의 공연을 견뎌야 한다는 걸 차츰 알게 됐다.

"어쨌든 간에 자네에게 한 가지만 더 말해주겠네."

홈즈가 슬슬 호기심을 자극하는 행동을 발동하며 덧붙였다.

"'라헤'라는 단어는 단순히 사회주의와 비밀결사를 넌지시 내비춤으로써 경찰의 수사를 어지럽힐 목적으로 써놓은 연막일 뿐일세. 그건 독일인이 쓴 게 아니었네. 'A'자를 독일식으로 흉

내 내어 적긴 했지만, 정말 독일인이라면 틀림없이 라틴어 철자로 적어놨을 거거든. 따라서 우린 이 글자가 경찰의 수사를 엉뚱한 방향으로 인도할 책략의 일환으로 독일인을 어설프게 모방해서 적혀진 것이라고 봐도 무방하다고 생각하네. 레스트레이드와 그렉슨만 있었다면 제대로 먹혔을 건 말할 것도 없지."

조셉 스탠거슨은 겁을 잔뜩 먹고 있었다. 드레버가 역에 모습을 드러내지 않았을 때, 스탠거슨은 놀라지도 않았고 그다지 큰 걱정도 하지 않았다. 여자 때문일 게 분명해서였다. 드레버는 항상 그게 문제였다. 어디를 가든 간에 드레버는 예쁜 여자에게서 눈을 떼지 못하거나 손을 가만히 두지 못했다. 스탠거슨은 드레버의 성적 충동 때문에 치러야 했던 곤경이 몇 번이나 되는지 하나하나 세다가 그만 두고 말았다. 두 사람이 마지막으로 머물렀던 하숙집에서 쫓겨났던 것도 드레버가 샤르팡티에 부인의 딸에게 눈독을 들인 탓이었다. 그 소녀의 오빠는 드레버가 다시 눈에 띄는 날에는 죽여버리겠다고 위협했다.

스탠거슨은 드레버가 어딘가의 술집에서 창녀 같은 여자를 만나서 또다시 육체의 향연에 빠져 있을 거라고 생각했다. 하지만 자신의 동료가 새벽이 밝아오는 데도 나타나지 않자 공포의 차디찬 손이 스탠거슨을 움켜쥐기 시작했다. 겁쟁이인 그는 살을 태울 듯이 뜨거웠던 사막에서 20년 전에 그들이 벌였던 경솔한 행동—페리어 노인을 등 뒤에서 쏘아 죽이고 루시를 솔트레이크시티로 끌고 갔던 일—에 대한 응보가 언젠가는 두 사람을 따라잡을 것이라는 점을 항상 인지하고 있었다. 스탠거슨은 드레버처럼 술기운을 빌려 죄책감이 튀어나오는 것을 막을 수가 없었다. 두 사람은 그 당시의 일을 입에 올리진 않았지만, 그 사건에 대한 저주받은 기억이 자신들의 머릿속에서 전혀 사라지지 않았다는 걸 잘 알고 있었다.

스탠거슨은 항상 누군가가 자신들의 뒤를 따르고 있다는 걸 자각하고 있는 것 같았다. 두 사람은 복수의 손길이 당장에라도 덮칠 것 같은 두려움 때문에 한곳에서 오랫동안 머물 수가 없었다. 그리고 이제 드레버가 사라지고 만 것이다.

스탠거슨은 홀리데이스 프라이빗 호텔에서 묵고 있는 자신의 방 레이스 커튼을 걷고 회색의 거리를 내다봤다. 입구에서 10미터쯤 떨어진 곳에 2인승 마차 한 대가 외로이 서 있을 뿐, 텅 비어 있었다. 동료의 흔적은 전혀 눈에 띄지 않았다. 그는 기다려야 한다는 걸 잘 알고 있었다. 적어도 하루 동안은 방 안에 머물면서 드레버가 늦은 데 대한 얼토당토않은 이유를 늘어놓으며 모습을 드러낼 때까지 기도하는 마음으로 지내야만 했다. 자신의 신앙심이 완전히 없어지지 않았을 경우에만 기도하는 것도 가능하겠지만……. 하지만 이처럼 절망적인 상황에서조차도 그게 아무런 쓸모가 없는 행동이라는 걸 잘 알고 있었다. 스탠거슨은 자신을 위로라도 하듯 팔짱을 끼고 침대에 털썩 누워 천장만 멍하니 올려다봤다.

호텔 밖의 도로에서는, 제퍼슨 호프가 자신의 마차 마부석에 웅크리고 앉아서 얼굴에 잔인해 보이는 희미한 미소를 지은 채 호텔을 지켜보고 있었다. 여러 해가 흐른 지금, 사랑했던 사람의 죽음에 대한 복수의 순간이 손에 잡힐 듯 다가오고 있었다. 한 녀석은 이미 숨이 끊어졌다. 이제 스탠거슨만 남았다. 호프는 이 겁쟁이 녀석이 날이 밝은 동안에는 감히 호텔을 나서지 못할 거라는 걸 잘 알고 있었다. 스탠거슨은 동료가 돌아오는지를 끝까지 기다렸다가 어둠의 장막을 뒤집어쓰고 탈출을 시도할 게 뻔했다.

호프는 담배꽁초를 도로에 집어 던지고, 고삐로 살짝 후려쳐서 마차가 움직이도록 했다. 그는 땅거미가 질 때쯤 과업을 완수하기 위해 돌아올 작정이었다.

⚜

14장

오들리 코트

로리스턴 가든스를 떠나자마자 우리가 맨 처음 한 일은 가장 가까운 전신국에 들러서 홈즈가 긴 전보를 친 것이었다. 그런 다음 시신을 발견했던 순찰경관인 존 랜스를 면담하기 위해 오들리 코트로의 여행을 계속했다.

“이 사람으로부터 조금이라도 도움이 될 만한 것을 알아낼 것 같지는 않아.” 우리가 마차에서 내릴 때 홈즈가 말했다.

“일반적인 순찰 경관의 지능이 그다지 좋은 편은 아니거든.”

오들리 코트는 별로 매력적인 지역은 아니었다. 판석(板石)이 깔려 있는 좁은 통로가 몹시 지저분한 주택들이 줄지어 늘어선 사각형의 안뜰로 이어졌다. 우린 지저분한 아이들을 헤치고, 회색이거나 색이 바랜 면제품들이 널려 있는 빨랫줄들을 지나 존스라는 이름이 각인된 자그맣고 변색된 황동 문패가 달려 있는 46번지의 문 앞에 도착했다. 랜스의 부인일 게 틀림없는 아담하고 병약한 부인으로부터 순찰경관이 지금도 자고 있다는 말을 들었다. 우린 비좁고 볼품없는 응접실로 안내됐고, 부인은 랜스를 깨우러 갔다.

응접실로 들어온 랜스는 달콤한 수면을 방해받아 불만인지 얼굴이 좀 뚱해 보였다.

"보고서는 사무실에 이미 제출했는데요."

랜스는 이미 다 끝난 일이 아니냐는 듯 신랄한 어조로 말했다.

홈즈는 10실링짜리 금화를 주머니에서 꺼내 생각에 잠긴 척하며 만지작거렸다.

"선생이 직접 말하는 걸 듣는 게 좋겠다고 생각했거든요."

홈즈는 금화를 공중에 던졌다가 다시 받으며 말했다.

언짢아하는 빛이 가득하던 순찰경관의 눈에 탐욕스러운 기색이 순간적으로 스쳐 지나갔다.

"아는 건 무엇이든지 기꺼이 다 말씀드리겠습니다."

"일어났던 일 사실 그대로를 선생의 입장에서 들려주기만 하면 됩니다."

랜스는 말 털을 채워 넣은 싸구려 소파에 앉더니 이야기를 하는 도중 사소한 것 하나라도 빼놓지 않겠다고 결심이라도 하듯 자신의 눈썹을 손으로 매만졌다.

"그럼 처음부터 말씀드리겠습니다."

랜스는 열정을 가득 담아 입을 열었다.

랜스는 반드시 약속을 지키는 사람이었다. 5분여에 걸쳐 밤 10시경에 시작한 근무를 필두로 해서 어젯밤의 일정에 따라 우리를 인도했다. 그는 심지어 어떤 전당포 앞에서 불량배들을 쫓아버린 것과 '더 화이트 하트'에서 벌어진 싸움을 말렸다는 것까지 늘어놓았다.

홈즈는 우리가 듣고 싶어 하는 부분이 나올 때까지 랜스의 아무런 관련이 없는 사항들의 낭독을 묵묵히 견디며 듣고 있었다.

"새벽 2시가 막 지나자 비가 내리기 시작했고, 브릭스턴 로드에 있는 집들이 다 이상이 없는지 둘러봐야겠다는 생각이 들더군요. 그곳은 정말 더럽고 한적했습니다. 그 거리를 거의 다 걸어가는 동안, 마차 한두 대가 스쳐 지나갔을 뿐 사람은 단 한 명도 보지 못했습니다. 비에 푹 젖어 비참해진 채 따끈한 진을 한 잔 쭉 들이키면 얼마나 좋을까 라는 생각을 하며 어슬렁거리며 걷고 있는데, 그 집의 창문으로부터 쏟아져 나온 한 줄기의 불빛이 눈길을 사로잡았습니다. 로리스턴 가든스의 집들이 비어 있다는 걸 알고 있었기 때문에 불빛이 새어나오지 않아야 했습니다. 더군다나 마지막에 살던 입주자가 장티푸스로 죽기까지 했으니까요. 따라서 창문에 비친 불빛을 보는 순간, 식겁할 수밖에 없었고, 뭔가가 잘못됐다는 생각이 들었습니다."

"그때 거리에는 아무도 없었나요?"

"개 한 마리도 보이지 않았습니다, 선생님."

"계속 말씀해주시죠."

"얼른 좁은 통로를 달려가서 문을 밀어 열었습니다. 분명히 말씀드리는데, 제 심장은 제복 안쪽에서 곧 튀어나올 태세였습니다. 집 안에서 아무런 소리도 들려오지 않아서 불빛이 비치고 있는 방 안으로 걸어 들어갔습니다. 촛불 하나가, 빨간 왁스로 만들어진 촛불이 선반 위에서 일렁거리고 있었고, 그 불빛에 비치는 건……."

"예, 선생이 무엇을 봤는지 잘 알고 있습니다. 선생은 방 안을 두어 바퀴 빙 돌아 걸었고, 시신 옆에 꿇어앉았다가, 방 안을 가로질러 주방문이 잠겨 있는지 확인하고는……."

존 랜스는 불안해하며 몸을 꼼지락거렸다.

"어디에 숨어서 그 모든 걸 보고 있었던 겁니까? 이 일에 관해서 선생이 알아야 할 것보다 훨씬 많은 걸 알고 있는 것처럼 보이는데요!"

홈즈는 씩 웃었다.

"난 그렉슨 씨와 레스트레이드 씨를 돕고 있는 탐정입니다. 여우가 아니라 사냥개 중의 한 마리란 말입니다."

홈즈는 상체를 앞으로 숙이고 자신의 말을 강조하려는 듯 목소리를 낮췄다.

"난 선생의 움직임을 찾아냈을 뿐입니다. 어서 말씀 계속하시죠."

랜스는 다시 이야기를 시작했지만, 의심스럽다는 기색은 얼굴에서 사라지지 않았다.

"전 대문으로 되돌아가서 호루라기를 힘껏 불었습니다. 그 소리를 듣고 세 명의 순찰 경관들이 현장으로 달려왔습니다."

"거리에는 여전히 아무도 없었습니까?"

"그런 것들도 사람으로 친다면, 있었다고 봐야죠."

"그게 무슨 뜻이죠?"

순찰 경관의 얼굴에 웃음꽃이 피었다.

"지금까지 살아오면서 수많은 주정뱅이들을 봐왔습니다. 하지만 그처럼 고주망태가 된 녀석은 처음 봤습니다. 내가 밖으로 나왔을 때 대문의 난간에 기대어 서서 '콜럼바인의 새로운 깃발'인가 뭔가 하는 노래를 목청껏 내지르고 있었습니다. 옆에서 도와주지 않으면 똑바로 일어설 수도 없을 정도였습니다."

"어떤 유형의 사람이었습니까?" 셜록 홈즈가 물었다.

존 랜스는 화제가 궤도를 벗어나자 살짝 화를 내는 것처럼 보였다.

"술을 비정상일 정도로 퍼마신 그런 유형의 사람이었습니다. 우리가 다른 일로 그렇게 정신이 없지만 않았다면 유치장에 처넣었을 그런 녀석이었습니다."

"그 사람의 얼굴이나 옷차림을 신경 써서 보진 않았습니까?" 홈즈가 더 이상 참지 못하고 끼어들었다.

"녀석이 쓰러지지 않도록 잡아줘야 했기 때문에 당연히 살펴볼 수밖에요. 키가 큰데다가 코 아랫부분을 머플러인가 뭔가로

감싼 얼굴은 벌겠고…….”

“그걸로 됐습니다!” 홈즈는 버럭 소릴 질렀다.

“그 사람은 어떻게 됐습니까?”

“녀석을 돌보지 않아도 할 일이 많았었습니다.”

순경은 억울해하는 목소리로 대꾸했다.

“결국 자기 집을 찾아갔을 게 분명합니다.”

“옷차림은 어떻던가요?”

“갈색 오버코트를 걸치고 있었습니다.”

“손에 말채찍을 들고 있던가요?”

“말채찍이요? 들고 있지 않았습니다.”

“그럼 놔두고 온 게 분명하군.” 내 동료가 중얼거렸다.

“그 일이 있은 후에 마차를 보거나 굴러가는 소리를 듣지 못했나요?”

“그런 일 없었습니다.”

“10실링짜리 금화를 받으세요.”

홈즈는 한숨을 내쉬며 일어서서 모자를 집어 들었다.

“랜스 씨, 당신이 경찰 내에서 승진하지 못할 것 같아 걱정스럽군요. 당신의 머리는 그저 장식품으로 달려 있는 게 아니라 사용하라고 있는 겁니다. 어젯밤에 머리만 제대로 썼더라면 경사의 견장을 획득할 수도 있었습니다. 당신이 아무 잘못도 없는 주정뱅이라고 생각하고 풀어준 그 사내가 이번 사건의 결정적인 열쇠를 쥐고 있습니다. 우리가 눈을 부릅뜨고 찾고 있는 사람이란 말입니다."

"살인범이라는 뜻입니까?"

"당연하죠. 가세, 의사 양반."

우린 믿지 못하겠다는 표정을 짓고 있으면서도 상당히 불편해하는 정보제공자를 남겨두고 마차를 향해 걸음을 옮기기 시작했다.

"바보 천치 같으니라고!" 우리가 마차를 타고 하숙집으로 돌아올 때 홈즈는 정말 안타깝다는 듯 욕설을 내뱉었다.

난 아직도 약간 어리둥절한 상태였다. 그 주정뱅이라는 사내가 홈즈가 묘사한 살인범의 인상착의와 일치한다는 건 알겠지만, 살인을 저지른 후에 왜 그 집으로 다시 되돌아갔던 것일까? 내 동료는 나의 생각을 읽었다.

"그거야 당연히 반지를 찾기 위해서였지. 그래서 되돌아간 것일세. 이 반지가 그 사람에게는 아주 중대한 의미가 있는 게 분명하네. 그래서 그걸 되찾으려고 체포될지도 모를 위험을 무릅쓴 것이라네. 바로 이 반지가 있음으로 해서 그 사람을 체포하게 될 걸세."

"어떻게 말인가?"

"그걸 미끼로 사용하는 거지. 두고 보면 알게 될 걸세."

홈즈는 그렇게 말하고는 내가 어리둥절한 표정을 짓자 폭소를 터뜨렸다.

"그건 그렇고, 의사 양반," 홈즈는 야윈 얼굴을 환하게 밝혀주는 미소를 짓고 내 팔을 툭툭 건드리며 말을 이었다.

“이번 사건에 나와 함께해줘서 정말 기쁘네. 내가 지금까지 마주쳤던 연구들 중에서 가장 멋진 연구일세. ‘주홍색 연구’라고 이름을 붙일까? 예술적인 용어를 사용하지 못할 이유가 어디에 있겠나? 삶이라는 무채색의 실타래를 꿰뚫고 흐르는 살인이라는 한 줄기의 주홍색 실이 있고, 우리의 임무는 그걸 실타래 속에서 찾아내고, 따로 떼어내서, 한 치의 빈틈도 없이 노출시키는 거라네.”

그날 오후 늦게, 제퍼슨 호프는 ‘더 터크스 헤드’ 대중목욕탕에 지친 몸을 누이고, 맥주 한 잔을 홀짝거리며 느긋한 마음으로 신문을 뒤적거리고 있었다. 그는 자신의 임무를 완수하기 위해 밤이 되기를, 짙은 어둠이 찾아들기를 기다리고 있는 중이었다. 호프의 눈길이 자그맣게 인쇄된 ‘습득물’ 난의 광고에 멈추는 순간, 맥박이 거세게 뛰었다.

오늘 아침, 브릭스턴 로드의 ‘화이트 하트 선술집’에서 ‘홀랜드 그로브’로 가는 길에서 금으로 된 소박한 결혼반지를 습득하였음. 오늘 저녁 7시에서 8시 사이에 베이커 가 221B의 닥터 왓슨에게 연락 바람.

호프는 맥주를 크게 한 모금 들이켰다. 이건 그의 반지였다.

어젯밤에 이걸 되찾으려고 온갖 위험을 감수했었다. 광고에 언급된 시간을 생각하자 그의 얼굴에 떠올라있던 미소가 서서히 사라졌다. 저녁 8시면 날이 어두워질 것이고, 스탠거슨이 움직일 가능성이 높았다. 홀리데이스 프라이빗 호텔로 되돌아가기 전에 베이커 가에 들르는 모험을 해야 할까? 그렇게 하지 않으면 반지를 영영 잃어버릴 수도 있었다. 어떤 엉큼한 녀석이 반지가 자기 것이라고 이 닥터 왓슨이라는 사람을 속일 가능성도 있었다. 스탠거슨은 거리가 완전히 조용해질 때까지 탈출을 감행하지 않겠지? 호프는 다시 한 번 광고를 힐끗 쳐다봤다. 이건 그가 받아들일 수밖에 없는 위험이었다.

15장

노먼-네루다 콘서트

랜스의 집을 떠나 시티에 접근했을 때 홈즈가 마차를 세웠다.

"현재로선 정신노동을 충분히 했다고 보네, 왓슨."

홈즈는 장갑을 끼며 활짝 웃었다.

"난 위안을 받을 필요가 있다고 느끼고 있단 말일세. 노먼-네루다가 오늘 오후에 콘서트를 여는데, 난 그녀를 다시 봐야겠다고 나 자신에게 약속했다네. 그녀의 어택(음의 시작)과 운궁법(활을 사용하는 방법)은 아주 인상적이지. 6시경에 집에서 다시 만나세." 홈즈는 그렇게 말하고 쾌활하게 손을 흔들며 인도로 뛰어내려 모습을 감췄다.

나도 혼자만의 시간을 가질 수 있는 기회를 반가이 맞았다. 오전에 있었던 일들을 공책에 정리할 시간을 갖게 된 셈이었다. 점심식사를 간단히 한 다음에 내가 한 일이 바로 그것이었다. 그랬는데, 브릭스턴의 빈집에 누워 있던 소름끼치는 시신을 묘사할 때가 되자 글을 쓰는 내 손이 떨리는 걸 보고 깜짝 놀라고 말았다. 그 창백하고 뒤틀린 얼굴 모습이 잠재의식에 숨겨져 있던 반갑지 않은 기억을 일깨운 것이었다. 마이완드에서 이미 죽었거나 죽어가고 있는 동료 군인들의 생생한 이미지가 머릿속으로 살금살금 파고들었다. 갑자기 두 눈이 눈물로 인해 안개가 낀 것처럼 뿌옇게 보인다는 걸 깨닫고 화들짝 놀랐다. 의식이 아무리 강하다 하더라도 정신 속에 갈무리 되어 있는 강력한 세력은 누그러뜨릴 수는 없는 법이었다. 그리고 바로 그 순간, 내가 아무리 노력한다 하더라도 그 끔찍한 경험을 잊지 못할 것이라는 걸 알게 됐다. 안간힘을 쓰고—신이여, 절 도우소서—브랜디의 힘을 빌려 모리아티에게 제출할 개략적인 보고서를 완성했다. '낭만적으로 묘사된 소설판'은 문장과 탐정이 좀 더 매력적으로 보이도록 하기 위해 갈고 다듬는 노력을 더 해야 한다는 걸 알고 있었다.

홈즈는 자신이 약속한 시각에 집으로 돌아왔다. 하지만 난 콘서트가 이처럼 오랫동안 홈즈를 잡아놓을 수 없다는 것도 알고 있었다. 다시 조사에 착수했던 게 분명했다. 그 조사에 관해 알아야 할 필요가 있었는데, 직설적으로 물었다가는 대답을 듣지 못하리라는 걸 분명히 알고 있었다. 적당한 때가 오기를 기다려야 했다. 서둘러 방 안으로 들어온 홈즈는 코트를 벗어 의자에 아무렇게나 걸쳐놓고 쇼팽의 한 구절을 콧노래로 흥얼거렸다.

"콘서트는 정말 굉장했네." 홈즈가 먼저 입을 열었다.

"정말 뛰어난 연주자야! 다윈이 음악에 대해서 뭐라고 말했는지 기억하고 있나? 인류가 말하는 능력을 획득하기 훨씬 오래 전부터 음악을 만들어내고 감상하는 능력이 존재했다는 것이었어. 그건 우리 인류의 소박하고 원시적인 본능을 말하는 것이네. 이 세상이 유년기였을 그 흐릿한 세기들에 대한 희미한 기억이 우리의 정신에 남아 있었다는 거지."

"음, 그건 상당히 개괄적인 아이디어로군." 내가 한마디 했다.

"우리가 자연을 해석하려면 아이디어도 자연만큼 개괄적이어야 하네." 홈즈는 내 맞은편에 앉더니 갑자기 내 얼굴을 찬찬히 살피기 시작했다.

"이것 보게, 왓슨, 안색이 너무 창백하군. 아, 알겠다. 브릭스턴 로드 사건이 자네 속을 뒤집어놨나 보군."

난 고개를 가로저었지만, 그런 가식적인 행동을 보고 씩 웃는 친구의 얼굴을 보니 제대로 속이지 못한 게 분명했다.

"자네가 시신과 마주치도록 억지로 끌고 가기 전에 그런 점을 생각했어야 했는데……. 그것 때문에 아프가니스탄의 괴로운 기억이 되살아났겠구만. 사과함세."

"사과는 무슨? 나도 이젠 그런 것에 단련이 되어야지. 다만 허를 찔려서 그런 것뿐이네."

홈즈는 자신이 목적으로 하는 대상에 가까워졌다는 걸 암시하는 싱그러운 미소를 지어 보였다.

"혹시 석간신문을 봤나?"

"아니."

"브릭스턴 사건을 꽤나 상세히 설명해놓았더군. 그럼에도 불구하고 우리에게 다행스럽게도 사건 현장에서 결혼반지 하나가 발견됐다는 사실을 언급하지 않았다네. 멍청이 같은 레스트레이드와 그렉슨은 그 반지가 얼마나 중요한지 전혀 깨닫지 못하고 있을 걸세."

"그게 왜 우리에게 다행스럽다는 건가?"

"이 광고를 좀 보게. 오늘 아침에 각 신문사에 보낸 거라네."

홈즈는 내게 신문을 건넸고, 난 그가 가리킨 곳을 힐끗 쳐다봤다. 그건 '습득물' 란의 첫 번째 소식이었다.

"오늘 아침," 난 큰 소리로 그 광고를 읽었다.

"브릭스턴 로드의 '화이트 하트 선술집' 에서 '홀랜드 그로브' 로 가는 길에서 금으로 된 소박한 결혼반지를 습득하였음. 오늘 저녁 7시에서 8시 사이에 베이커 가 221B의 닥터 왓슨에게 연락 바람."

"자네 이름을 함부로 사용한 점은 사과하겠네."

홈즈는 별로 미안해하는 표정도 짓지 않고 편안하게 말했다.

"만약 내 이름을 사용했다면, 레스트레이드나 그렉슨이 허겁지겁 이곳으로 달려와 내가 세운 계획에 묻어가려고 했을 걸세."

"그거야 다 괜찮네." 난 선선히 대꾸했다.

"하지만 누군가가 정말로 광고를 보고 나타나면 어쩔 텐가? 내겐 반지가 없네."

"아, 여기 있으니 걱정 말게." 홈즈는 반짝이는 금반지를 내게 건네며 씩 웃었다.

"이걸로 충분할 걸세. 거의 똑같은 복제품이니까."

"자넨 누가 이 광고를 보고 찾아올 거라고 생각하나?"

홈즈는 주의를 준다는 뜻으로 손가락 하나를 들어올렸다. "자넨 불필요한 질문을 해대는 습관을 고쳐야겠네. 그거야 당연히 앞부리가 네모난 신발을 신은, 얼굴이 벌건 살인범이지. 그 반지는 이 사람에게 아주 큰 의미를 가지고 있네. 어젯밤에 그걸 되찾기 위해 체포될지도 모를 위험까지 감수했으니까 말일세. 내 생각에는 이 사람이 드레버의 시신 위에서 몸을 굽혔을 때 떨어뜨렸는데 그때는 그걸 알아차리지 못했던 거지. 그 집을 빠져나온 다음에야 반지를 잃어버렸다는 걸 알아내고 그걸 되찾을 수 있지 않을까 하는 간절한 희망을 품고 왔던 길을 되짚어 돌아갔던 걸세. 하지만 그 빈집에 도착했을 때는 촛불을 끄지 않고 내버려둔 자신의 실수 때문에 경찰이 이미 그곳에 와 있다는 걸 발견했지. 따라서 의심받지 않으려고 고주망태가 된 것처럼 가장을 해야 했고. 그 사람은 다행히도 영리하기 짝이 없는 순찰경관 랜스와 마주쳤단 말일세."

홈즈는 그 말과 함께 껄껄 웃었다.

"그럼 자넨 이 사람이 누군가가 반지를 습득했다는 광고를 낼 거라는 희망을 품고 석간신문을 보리라고 생각했다는 말이군."

"자네 말 대로네. 그 사람은 함정이 있을 거라고는 전혀 의심하지 않고 무척 기뻐하고 있을 걸세."

"함정이라고?" 난 경각심을 느끼며 홈즈의 말을 되풀이했다.

"그거야 당연하지. 우린 그 사람을 코너에 몰아넣고 즉시 진실을 털어놓도록 할 걸세." 홈즈는 서랍을 열고 권총을 꺼냈다.

"자네도 무기가 있나?"

"예전에 사용하던 군용 리볼버와 탄환이 몇 발 있네."

"리볼버를 잘 청소해서 장전해놓는 게 좋을 걸세. 그 사람은 필사적으로 나올 사람이야. 눈치채지 못하도록 체포할 생각이지만, 무슨 일이 생길지 모르지 미리 단단히 준비해두는 게 좋겠지."

무기를 사용해야 한다는 생각에 몸이 떨렸지만, 침실로 돌아가서 홈즈의 조언대로 했다. 난 군대 시절의 그 기억들을 다 두고 떠났다고 생각했었다. 하지만 사립탐정과 가까운 친구로 지내려면 위험한 순간들을 맞이할 때가 있을 게 분명했고, 그에 대한 대비책을 세우는 게 필요하다고 생각했다. 그러한 생각을 속으로 하면서 내가 할 일을 신속하게 수행했다.

리볼버를 가지고 거실로 되돌아왔을 때, 홈즈는 바이올린을 켜고 있었다. 그는 잠시 동안 날 본 척도 하지 않다가 결국 바이올린을 옆으로 치웠다.

"줄을 갈면 훨씬 좋은 소리가 날 것 같군."

홈즈가 그제야 아는 체를 하며 말했다.

"권총은 주머니에 넣어두게. 그 사내가 들어오면 평소에 하던 것처럼 편안하게 말을 걸어주면 되네. 너무 노려보거나 이상하게 행동해서 그 사람을 겁먹게 하지 말라구. 그런 다음 나머지는 내게 맡겨두면 되네."

"이제 7시가 됐네." 난 내 회중시계를 힐끗 쳐다보며 말했다.

"그렇군. 그 사람은 아마도 2, 3분 내로 이곳에 올 것이네. 그 반지가 자기 것이라고 주장하는 첫 번째 사람이 되길 원할 테니까. 문을 살짝 열어두게. 그걸로 충분하네. 이제 열쇠는 안쪽에 꽂아두게. 고맙네."

홈즈는 목소리를 낮춰 빨리 말하기 시작했고, 얼굴이 약간 상기되었다. 우리가 곧 마주하게 될 흥분되며 위험할지도 모를 상황이 기세를 올리기 시작하자 냉정하다 싶을 정도로 침착한 그의 태도는 눈 녹듯 사라져버렸다. 홈즈는 초조한지 선반에서 책 한 권을 뽑아들었다.

"이건 어제 시장의 좌판에서 산, 꽤나 오래된 기이한 책일세. 1642년에 로런즈의 리에주에서 라틴어로 출간된 'De Jure inter Gentes'이네. 이 갈색으로 변색된 작은 책이 출간된 건 찰스 1세의 목이 아직도 자신의 어깨 위에 건재해 있을 때지."

난 예의상 고개를 끄덕였다. 홈즈가 생각을 다른 데로 돌리려고 별 쓸모도 없는 지적인 대화를 나누려고 애쓴다는 걸 알고 있었지만, 그의 목소리 톤은 그러한 시도가 실패했다는 걸 여실히 나타내고 있었다.

"속지에 색이 몹시 바랜 잉크로 'Gulielmi Whyte의 장서에서'라고 적혀 있네. 보이나?"

홈즈는 내가 그 글귀를 볼 수 있도록 책을 내밀었는데, 그의 손이 떨리고 있었다.

"난 이 윌리엄 화이트라는 사람이 누구인지 궁금해졌네."

홈즈는 책을 선반 위에 되돌려놓고 말을 계속했다.

"실용주의 노선을 택한 17세기의 변호사인 것 같다는 생각이 들더군. 그의 글에는 실용주의를 법률적으로 다룬 듯한 느낌이 있었거든."

홈즈의 말은 갑자기 아래층에서 들려온 우리 집 초인종 소리에 의해 방해를 받았다.

"허드슨 부인에게 모든 방문객을 다 올려 보내라고 부탁해뒀네." 홈즈는 문 쪽으로 걸음을 옮기며 속삭였다.

"닥터 왓슨께서 이곳에 살고 계신가요?" 아래쪽에서 뚜렷한 목소리가 들려왔다.

허드슨 부인이 낯선 사람에게 우리 방으로 올라가라고 안내하는 소리가 들렸고, 이내 계단을 올라오는 무거운 발자국 소리가 들렸다. 눈 깜짝할 시간이 흐른 후, 우리의 거실 문을 노크하는 소리가 들렸다.

"들어오세요." 내가 그 노크 소리에 대꾸했다.

내가 호출하자마자 방문객이 방 안으로 들어섰다. 셜록 홈즈가 오늘 아침에 로리스턴 가든스에서 인상착의를 자세히 설명했던 바로 그 사람이 눈앞에 서 있는 걸 보고 깜짝 놀라 비명을 지를 뻔하다가 간신히 참아냈다. 허름한 마부복 차림의 방문객은 키가 180센티미터 이상이고, 얼굴이 벌겋고, 진흙이 묻고 가죽이 까진 앞부리가 뭉툭한 신발을 신고 있었다.

홈즈는 득의양양한 모습으로 내 쪽을 슬쩍 쳐다봤다.

낯선 사람의 눈길이 우리 두 사람 사이를 왔다 갔다 했다.

"어느 분이 반지를 습득한 왓슨 씨인가요?"

내가 한 걸음 앞으로 나섰다.

"내가 닥터 왓슨입니다."

그 사람도 한 걸음 앞으로 나서며 진정을 담아 악수했다.

"뭐라고 감사의 말씀을 드려야 할지 모르겠습니다, 선생님. 그 반지는 제겐 무엇과도 바꿀 수 없는 소중한 것이거든요."

난 마음을 툭 털어놓은 그 사람의 말에 깜짝 놀라서 잠시 동안 할 말을 잃고 말았다. 그러자 홈즈가 즉시 끼어들었다.

"내 이름은 홈즈이고, 여기 이 친구와 함께 일하고 있습니다. 그런데 성함이……?"

"호킨스……, 에드워드 호킨스입니다."

"그렇습니까?" 홈즈가 계속 말했다.

"호킨스 씨, 이런 저런 사람들이 찾아와 반지가 자기 것이라고 주장한다고 해서 그대로 넘겨줄 수 없다는 걸 알고 계시겠죠? 소유권을 주장할 수 있는 증거 같은 걸 확인해야 한단 말입니다."

호킨스의 눈이 가늘어졌다.

"증거라고요? 제가 그걸 어떻게 내놓아야 한단 말입니까?"

홈즈는 잔잔한 미소를 지었다.

"아, 아, 진정하세요. 우린 당신을 의심하는 게 아닙니다, 호킨스……씨. 하지만 그 반지를 어떤 상황에서 잃어버렸는지, 그리고 진정으로 누구의 소유물인지는 설명해주실 수 있을 것 같은데요."

"진정으로 누구의 소유물이라니요?"

"음, 그게 여성용 결혼반지라서요. 어디 보자……. 혹시 부인의 것인가요?"

호킨스는 어색하게 고개를 끄덕였다. 그는 반지를 돌려받을 때 이런 질문을 받게 될 것이라는 걸 전혀 예상하지 못한 게 분명했다.

"왓슨, 이분께 셰리주를 한 잔 따라드리게. 그리고 선생님도 불가에 편안히 앉아서 이야기를 들려주시죠."

내가 홈즈의 지시를 따라 움직이는 동안, 호킨스는 그다지 내켜하지 않는 기색으로 홈즈가 가리킨 곳에 앉았다. 홈즈가 셰리주를 건네자, 그 사람은 단숨에 꿀꺽 마셔버렸다.

"자, 선생님, 어떻게 반지를 잃어버렸나요?"

"정확히는 모르겠습니다. 어젯밤에 화이트 하트에서 술을 마셨는데, 아마 원래의 제 주량보다 많이 퍼마셨던 모양입니다. 그리고 집으로 걸어갔던 것은 어렴풋이 기억나는데, 그때 주머니에서 떨어진 게 분명합니다."

“그건 그렇다 치고, 부인의 결혼반지를 왜 갖고 다니신 겁니까?” 내가 이렇게 질문을 던지는 동안 홈즈는 방문객이 앉아 있는 뒤쪽에서 살살 걷고 있었다.

호킨스는 심란한 듯 잠시 멍하니 앉아 있다가 한숨을 길게 내쉬고 설명하기 시작했다.

“유물이기 때문입니다, 선생님들. 집사람이 오래 전에 세상을 떠났고, 그 반지야말로 그녀를 기억할 수 있는 유일한 물건이었습니다.”

“아, 좋습니다, 좋아요!”

홈즈가 조롱이 가득한 목소리로 떠들어댔다.

“진실에 가깝긴 한데……. 아주 근접한 건 아닌데요.”

호킨스가 앉아 있던 의자에서 일어서려고 하자 홈즈가 뒤쪽으로 다가가 권총의 총구를 그 사람의 관자놀이에 갖다 댔다.

“얌전히 앉아계시죠. 이제 동화 같은 거짓말은 싹 집어치우자고요. 알겠습니까? 왓슨, 에녹 드레버의 살인범인 제퍼슨 호프 씨를 소개하겠네.”

16장

호프의 얼굴

"도대체 당신은 누구요?" 호프의 얼굴은 분노로 일그러졌지만, 의자에 엉덩이를 그대로 붙이고 있었다. 의자의 팔걸이를 움켜쥔 두 손의 손마디들이 하얗게 변했다.

"내 이름은 셜록 홈즈요. 당신에겐 내 이름이 그리 중요한 건 아니겠지만."

"경찰이요?"

"난 비공식적인 자문탐정이요. 이번 사건에서는 경찰을 위해 일하고 있지만, 주로 정의를 실현하는 데 관심이 있을 뿐이오."

"정의라고! 흥! 이 세상에 정의라는 게 어디에 있단 말이오? 그런 게 있었다면, 내가 드레버와 스탠거슨의 뒤를 쫓을 필요도 없었을 겁니다."

"그렇다면 당신이 에녹 드레버를 살해했다는 걸 시인하는 겁니까?" 내가 물었다.

"난 아무것도 시인하지 않아요. 운명은 내가 아니라 그 녀석이 죽는 걸 선택했을 뿐이오. 그런 게 정의가 아닐까 생각하고 있소만."

"어젯밤에 어떤 일이 벌어졌는지를 말해주면 고맙겠는데요." 홈즈는 여전히 총으로 호프를 겨눈 채 의자를 빙 돌아서 호프의 앞쪽으로 나왔다.

기이한 미소가 방문객의 얼굴 위에 피어올랐다. 유쾌한 구석은 단 한 군데도 없고, 날 불안하게 만드는 음울하고 자조적인 쓰라림만 가득한 그런 미소였다.

"기꺼이 해드려야죠." 호프가 말했다.

"너무나 많은 고통을 마음속에 담아왔던 터라 이제 그걸 조금 쏟아내는 게 내게도 좋을 듯하군요. 그런다고 내가 잃을 것도 없고요. 난 드레버와 그의 동료인 스탠거슨을 세계를 일주하다시피 하며 정말 오랫동안 따라다녔죠. 놈들은 부자였고 난 가난했기 때문에 놈들을 쫓아다니는 게 쉬운 일이 아니었습니다. 놈들은 이곳 런던에 발을 딛을 때까지 항상 나보다 한 발짝씩 앞서가곤 했죠."

"그 사람들을 왜 뒤쫓은 겁니까?" 홈즈가 물었다.

"당연히 복수하기 위해서죠. 내가 이놈들을 증오하는 이유가 당신들에게는 별로 상관없을지도 모르니, 놈들이 두 명의 선한 인간을, 아버지와 딸을 죽게 만든 데 대한 책임을 져야한다는 것만 말해두겠습니다. 그 딸이야말로 내가 사랑했고, 날 사랑했던 여자로 우린 결혼을 약속했는데, 놈들이 그녀를 강제로 데려가서 드레버라는 놈과 결혼하도록 강요를 한 겁니다. 빌어먹을 모르몬교도 놈들!"

호프는 그 모르몬교도라는 말만으로도 자신의 고통과 슬픔을 모두 다 설명할 수 있을 거라고 생각하는 듯했다. 잠시 숨을 돌린 호프가 계속 말을 이어갔다.

"이 결혼 때문에 극심한 슬픔에 잠긴 루시는 결국 숨을 거두고 말았습니다. 난 그녀의 차디찬 손가락에서 결혼반지를 빼내며 맹세했습니다. 죽어가는 드레버가 이 반지를 똑똑히 보도록 만들겠노라고! 숨이 넘어가면서 자신이 어떤 죄를 저질러서 이런 벌을 받고 있는지를 생각하게 해주겠노라고! 법에 호소해서 그에 상응하는 처벌을 받도록 할 생각이 전혀 없었기 때문에 나 자신이 판사와 배심원과 사형집행인 노릇을 몽땅 다 하겠다고 결심했습니다. 신사 양반들, 당신들의 정신 속에 인간성이라는 게 단 한 방울이라도 들어있다면, 나와 같은 처지에 놓였을 때 나랑 똑같은 생각을 했을 겁니다."

홈즈는 결코 뚫어 볼 수 없는 마스크를 쓴 듯한 표정을 하고 아무 말 없이 듣고만 있었다. 내 동료도 나처럼 이 불쌍한 사람이 겪은 역경에 동정심을 갖고 있을까 하는 의문이 들었다. 난 이미 호프가 불쌍하게 느껴졌다.

"런던에 도착했을 때 수중의 돈이 거의 바닥나서 살아남기 위해서라도 일자리를 찾아야 했죠. 말을 타고 모는 것이 내겐 걷는 것만큼이나 자연스러워서 마차 회사를 찾아가 취직을 했죠. 매주 회사 소유주에게 일정액의 금액을 가져다만 주면 되고, 그것 이상을 벌었을 때는 액수에 상관없이 내가 가진다는 조건이었죠. 물론 더 버는 경우는 거의 없었지만, 어떻게든 입에 풀칠은 할 수 있었습니다. 가장 힘들었던 건 마차가 다닐 수 있는 길들을 파악하는 것이었는데, 이 도시는 생각해낼 수 있는 모든 미로를 다 설치해놓은 듯 혼란스럽기 짝이 없어서였죠. 하지만 지도를 열심히 들여다보고 하나하나 길을 익혀서 마침내 런던의 구석구석까지 꿰뚫어볼 수 있게 됐습니다. 내가 어떻게 그 두 놈들을 뒤따라 다녔는지, 내가 어떻게 기회를 기다렸는지 따위를 시시콜콜 늘어놔서 두 분을 지루하게 해드리진 않겠습니다. 어젯밤의 일에 대해서 알고 싶어 좀이 쑤실 테니까요."

호프의 얼굴에 음울한 미소가 다시 번졌다.

"놈들은 내가 바짝 뒤쫓고 있다는 걸 눈치챈 모양입니다. 따라서 당장 런던을 떠나려고 했지만, 기차를 놓치고 말았죠. 스탠거슨은 유스턴 역 근처인 홀리데이스 프라이빗 호텔에 투숙했는데, 드레버는 그 사이를 참지 못하고 즐기러 나갔습니다. 난 녀석을 내 마차에 태우려고 했습니다. 드레버는 잔뜩 취했습니다. 술에, 그리고 여자에 미친놈이었습니다. 결국에는 그것들이 놈의 발목을 잡은 셈이죠. 난 놈을 로리스턴 가든스의 비어 있는 집으로 데려갔습니다. 어떤 승객 하나가 마차에 실수로 떨어뜨리고 간 그 집 열쇠를 우연히 손에 넣었거든요."

"그 사람에게 어떻게 독을 먹인 겁니까?" 내가 물었다.

호프는 고개를 살래살래 저었다.

"내가 그놈을 냉혹하게 살해했다고 상상하진 마십시오. 그건 정의가 좀 으스스한 형태로 베풀어진 것이라고 보면 됩니다. 음, 내가 생각이 좀 모자랐는지 모르지만, 난 그 문제에 관한 한 그 놈도 한 번의 기회는 가져야 한다고 오래 전부터 결심하고 있었습니다. 나는 미국에서 방랑생활을 하던 중에 수많은 직업을 전전했는데, 그중 하나가 요크대학교 연구실의 수위 겸 청소부였습니다. 어느 날, 교수가 학생들에게 독극물에 대해서 강의하면서 남미의 인디언들이 화살촉에 바른 독극물에서 추출했다고 하는 '알칼로이드'라는 걸 보여줬습니다. 교수의 말에 따르면, 너무나 효력이 강해서 극히 소량만으로도 죽음을 초래할 수 있다고 했습니다. 난 이 물질이 보관된 병을 눈여겨봐뒀다가 교수와 학생들이 다 자리를 비웠을 때 조금 덜어냈습니다. 이래 봬도 난 약을 조제하는 솜씨가 꽤나 좋아서 이 알칼로이드를 자그마한 수용성 알약으로 만들었죠. 이 치명적인 알약들을 작은 상자 하나에 담았고요. 그와 더불어 독극물이 전혀 들어 있지 않은 비슷한 알약들도 만들어서 똑같은 모양의 상자에 담았습니다. 망할 놈들이 그 두 개의 상자 중 하나를 선택해서 알약을 꺼내야 할 때가 되면 나도 나머지 상자에서 알약을 꺼내 내가 정말 옳은 일을 하고 있는지 운을 시험해보겠다고 마음먹었던 겁니다. 나도 어떤 상자에 독극물이 든 알약이 있는지를 모르기 때문에 우리의 운명은 신의 손에 달려 있게 된 것이죠. 그날 이후로 난 그 약 상자들을 항상 휴대하고 다녔고, 드디어 어젯밤에 그것들을 사용할 수 있는 때가 도래했던 겁니다. 두 분 중 누구라도 가슴이 아릴 정도로 무엇인가가 일어나기를 바란다면, 에녹 드레버를 그 빈집으로 데리고 들어갔을 때 내가 어떤 기분이었는지를 조금은 이해할 수 있을 겁니다. 20년간이나 기다렸다가 이제……."

호프는 의자에서 상체를 쑥 내밀었다. 그의 눈은 그 운명의 밤을 떠올리며 반짝거렸다.

"방 안을 밝히려고 촛불을 켰는데, 두 손이 덜덜 떨리고 관자놀이가 흥분으로 인해 욱신욱신 쑤시더군요. 희미한 불빛 속에서 내 사랑 루시와 그녀의 아버지가 내는 기척을 느꼈습니다. 그들이 마지막 장면에서 나와 함께한 것이었습니다. 난 촛불을 내 얼굴 가까이 들어올렸어요. '이봐, 에녹 드레버, 내가 누구지.'

드레버는 술에 취한 눈으로 잠시 동안 멍하니 날 쳐다보더군요. 그러다가 녀석의 눈동자에서 공포가 피어오르며 얼굴 전체가 부들부들 떨리더군요. 드디어 날 알아본 겁니다. 놈의 과거에서부터 악연을 맺은 끔찍한 악마인 나를요! 녀석은 안색이 납빛으로 변하며 비칠비칠 뒷걸음질을 쳤죠. 눈썹에는 송골송골 땀방울이 맺히기 시작했고요. 난 웃음이 터져 나오는 걸 참지 못하고 결국 오랫동안 큰소리로 웃고 말았습니다. 아마도 드레버는 미친놈과 함께 갇혀 있다고 생각했을 게 분명합니다.

'내게 원하는 게 뭔가?' 놈이 아이 같은 애처로운 목소리로 묻더군요.

'이 개 같은 놈아!' 난 소릴 버럭 질렀습니다. '솔트레이크시티로부터 상트페테르부르크까지 네 녀석을 쫓아갔지만, 항상 잘도 빠져나가더구나. 이제, 마침내, 네 녀석의 방랑도 끝장이 났고, 네 녀석과 나 둘 중 하나는 내일 아침 해가 떠오르는 모습을 보지 못하게 될 것이다!' 내가 말을 하는 동안 녀석은 더욱 몸을 움츠리며 뒤로 물러섰는데, 얼굴 표정에는 내가 미친 열정에 사로잡혀 있는 것으로 생각하나 보더군요. 내가 생각해봐도 잠시 동안은 그랬었던 것 같습니다. 관자놀이의 맥박이 크나큰 쇠망치로 두들겨 맞은 듯이 쿵쾅거렸고, 때마침 코에서 피가 줄줄 흘러내려 상황을 완화시켜주지 않았다면 틀림없이 광기에 휘둘렸을 겁니다.

'내 사랑 루시의 복수를 하려고 왔다. 네가 죽인 그 루시 페리어 말이다.' 난 문을 잠그고 열쇠를 녀석의 눈앞에서 흔들어 보이며 소릴 질렀습니다. '징벌이 너무 느리게 다가왔지만, 결국에는 네 녀석을 따라잡고 말았구나!' 내 말을 듣고 있는 겁쟁이 녀석의 입술이 부들부들 떨리더군요. 살려달라고 빌고 싶었겠지만, 그게 아무 소용이 없다는 걸 잘 알고 있었던 모양입니다.

'날 살해할 셈인가?' 드레버가 훌쩍거리며 묻더군요.

'살해라니? 무슨 말도 안 되는 소리를!' 난 즉시 대답해줬죠.

'병든 개를 죽이는 걸 어느 누가 살해 운운한단 말이냐? 아버지를 무참하게 살해하고 네 놈의 저주받고 후안무치한 하렘으로 끌고 갔던 가련한 내 사랑에게 네 녀석이 무슨 자비를 보였다고?'

'그녀의 아버지를 죽인 건 내가 아니었어. 스탠거슨이 한 짓이었다고. 내가 아니라 그 녀석을 잡았어야지.' 드레버가 발악을 하더군요.

'하지만 루시의 심장을 산산조각 나게 만든 건 네놈이었잖아!' 난 고함을 지르며 알약 상자를 드레버 앞으로 내밀었습니다. '하늘에 계신 신께서 우릴 판단하시도록 하자. 한 알을 골라 먹어라. 한 알에는 죽음이, 다른 것에는 생명이 담겨 있다. 난 네놈이 남긴 걸 먹도록 하지. 이 세상에 정의라는 게 있는지, 아니면 잔인한 기회라는 것에 지배를 받는 것인지 알아보도록 하자.'

녀석은 몸을 사리며 자비를 베풀어 달라고 울부짖더군요. 하지만 난 나이프를 꺼내 녀석의 목에 들이대고 내 말대로 할 것을 강요했죠. 녀석은 떨리는 손으로 한 알을 집어 들어 꿀꺽 삼켰습니다. 나도 다른 한 알을 삼키고 어떤 알약이 죽이고 살리는지를 알아보기 위해 희미한 불빛 속에서 얼굴을 마주한 채 기다렸습니다. 독약이 녀석의 몸 안에 들어갔다는 걸 알려주는 첫 번째의 경고성 통증을 느꼈을 때 녀석의 얼굴에 떠오른 그 표정을 결코 잊지 못할 겁니다. 난 그걸 보며 미소를 지었습니다. 아니, 활짝 웃었습니다. 웃음이 양쪽 귀에 걸리고 심장이 환희의 노래를 부르도록이요. 난 루시의 결혼반지를 녀석의 눈앞에 들이밀었습니다. 하지만 알칼로이드가 정말 빨리 효력을 발휘했습니다. 고통에 겨운 경련으로 인해 녀석의 얼굴이 뒤틀리더군요. 녀석은 양손을 앞으로 뻗고 비틀거리다가 공포에 질려 온몸을 부르르 떨더니 새된 비명을 내지르며 쿵 소리와 함께 앞으로 고꾸라졌습니다. 난 발로 녀석의 몸을 뒤집어 심장에 손을 올려놓았습니다. 전혀 움직임이 없더군요. 드레버라는 녀석이 드디어 죽은 겁니다! 코에서 피가 줄줄 흘러내렸지만, 난 그 사실을 전혀 알아차리지 못하고 있었습니다. 무엇이 벽에 그런 글자를 적어놓자는 생각을 내 머릿속에 불어넣었는지는 지금도 모르겠습니다. 어쩌면 경찰의 수사를 엉뚱한 방향으로 유도하기 위해 별 생각 없이 부린 수작이었을 겁니다. 그리고 스탠거슨을 처리할 충분한 시간을 확보할 필요도 있었고요. 내가 뉴욕에 있었을 때 어떤 독일인 하나가 벽에 '라헤'라는 글자가 휘갈겨진 호텔 객실에서 죽어 있는 채 발견된 적이 있다는 걸 떠올렸던 겁니다. 경찰은 어떤 비밀결사의 짓이라고 추정했고, 살인범은 영영 체포되지 않았다는 것도요. 뉴욕 경찰을 혼란스럽게 만들었던 것이 런던 경찰에게도 똑같이 작용할 것이라고 생각하고 내 피를 손가락에 묻혀 그 단어를 휘갈겨 썼던 겁니다. 그러고선 그곳을 빠져나왔죠. 여전히 비바람이 몰아치는 밤이었는데, 바람이나 비 같은 것이 전혀 신경 쓰이지 않았습니다. 만족스러운 상태였거든요. 상당히 멀리까지 마차를 몰고 가던 중, 주머니에 손을 넣었다가 루시의 반지가 없어졌다는 걸 알게 되기 전까지는요. 마치 벼락을 맞은 듯한 느낌이었습니다. 그 반지야말로 내가 그녀를 기억할 수 있는 유일한 기념품이라는 점을 이해해주셔야 합니다. 드레버의 시체 위에 몸을 숙였을 때 반지를 떨어뜨렸을 거라고 생각하고는 얼른 되돌아가 마차를 옆길에 세우고 과감하게 그 집을 향해 나아갔습니다. 반지를 되찾기 위해서는 무슨 짓이라도 해낼 준비가 되어 있었단 말입니다. 운명이라는 게 으레 그렇듯이 그곳에 도착했을 때, 밖으로 뛰쳐나오는 경찰관의 품안에 안기고 말았죠. 의심을 피하기 위해 고주망태가 된 술주정뱅이 흉내를 낼 수밖에 없었고요."

"그러고는 오늘 석간신문에 난 광고를 봤던 거로군요."

홈즈가 말했다.

호프는 고개를 끄덕였다.

"좀 전에도 말했지만, 그 반지를 되찾기 위해서는 무슨 짓이라도 할 준비가 되어 있었습니다. 하지만 이게 함정일 거라고는 상상도 하지 못했다는 건 인정해야겠네요. 모든 게 다 일상적인 것으로 보였거든요."

"그렇게 보이도록 의도했던 겁니다."

호프는 갑자기 불쾌한 생각이 머릿속을 스치고 지나가기라도 한 듯 이마를 찌푸렸다.

"이제 더 이상 날 잡아두지 않았으면 좋겠는데요. 해야 할 일이 아직 절반이나 남아 있으니까요."

"홀리데이스 프라이빗 호텔에서 말입니까?"

호프는 고개를 끄덕였다.

"선생님들도 아시다시피 살인을 벌이겠다는 게 아닙니다. 단지 정의를 구현하자는 것입니다. 내 손으로 해치워야 합니다."

"그런 일이 벌어지도록 내버려둘 수 없다는 게 안타깝네요." 홈즈가 부드러운 목소리로 말했다.

"비록 당신의 처지에는 동정이 가지만……."

홈즈의 말이 채 끝나기도 전에 자신의 의도가 좌절당한 데 따른 분노로 얼굴이 시뻘게진 호프가 의자에서 벌떡 일어서며 벽난로에서 굵직한 쇠 부지깽이를 집어 들었다. 그는 소릴 버럭 지르며 홈즈의 무장을 해제시킬 요량으로 부지깽이로 홈즈의 손목을 내리쳤다. 홈즈는 고통의 신음 소리를 내면서도 리볼버를 손에서 놓지 않았다.

"그 부지깽이를 내려놔! 안 그러면 쏠 테다!" 난 호프에게 리볼버를 겨누며 악을 썼다. 하지만 호프는 내 지시를 묵살하고 다시 부지깽이를 휘둘렀다. 이번에는 내 동료가 그걸 피하려고 몸을 옆으로 날리다시피 했지만, 그래도 팔뚝을 얻어맞고 손이 위쪽으로 튕겼다. 그 바람에 홈즈의 권총이 발사됐고, 총소리가 거실 안에서 천둥소리처럼 울려 퍼졌다. 호프는 충격을 받은 듯 두 눈을 깜빡거리며 잠시 얼어붙었다가 서서히 바닥으로 엎어졌다. 난 호프의 곁으로 바로 달려갔지만, 이 사내가 이미 숨이 끊어졌다는 건 내 의학지식을 발휘하지 않고도 분명한 사실이었다.

"난 쏠 생각이 전혀 없었어."

홈즈는 헐떡거리며 내 곁에 무릎을 꿇고 앉아 미동도 하지 않는 호프의 얼굴을 내려다보며 말했다.

"얻어맞은 것 때문에 방아쇠가 당겨진 거지."

"총탄이 이 사람을 죽인 게 아닐세. 이게 보이나? 총탄은 어깨를 스쳤을 뿐이라고. 심장마비로 죽은 것 같네. 이 사람 안색으로 봐서 이런 일이 벌어지는 건 시간문제였다고 단언할 수 있네. 코피는 일종의 위험신호였고."

"총탄이 이 사람을 죽이지 않았을지는 모르지만 내가 한 것만은 분명하네. 자네가 어떻게 진단을 하든 간에." 홈즈는 딱 잘라 말했다.

그의 말에 막 대꾸를 하려는 순간, 거실 문을 다급하게 두들기는 소리와 함께 하숙집 주인인 허드슨 부인의 호들갑스러운 말소리가 들렸다.

"홈즈 씨? 닥터 왓슨? 무슨 일 있어요? 두 사람 다 괜찮은 건가요?" 홈즈는 이마를 찌푸렸다.

"저 양반이 들어오지 못하도록 해주게, 왓슨. 권총이 우발적으로 발사됐다고 하고."

난 고개를 끄덕이고 문 쪽으로 걸어가서 허드슨 부인이 실내와 시신을 들여다보지 못할 정도로만 문을 열었다. 소란을 피워 죄송하다고 하고, 홈즈가 시킨 대로 총소리가 들린 이유를 설명했다. 허드슨 부인은 어쩐지 마지못한 표정으로 내가 하는 변명을 받아들이고, 이내 저녁 인사를 하고 아래층으로 내려갔다.

홈즈 곁으로 되돌아갔을 때, 그는 호프의 조끼주머니에서 두 개의 작은 상자를 꺼내고 있었다. 홈즈는 뚜껑을 밀어서 열고 내용물이 보이도록 했다. 각각의 상자에 흰색의 자그마한 알약이 두 개씩 들어 있었다.

"한 개는 무해한 것이고, 다른 하나는 이 세상을 하직하는 것이로군." 홈즈는 뚜껑을 닫고 자신의 조끼주머니에 상자들을 집어넣으며 부드럽게 말했다.

"이젠 어떡할 텐가?" 내가 물었다.

"음, 그렉슨과 레스트레이드에게 살인범을, 아니, 최소한 살인범의 시신을 확보했다고 알려야겠지. 하지만 지금 당장 그렇게 하고 싶진 않네."

"왜 기다려야 한단 말인가?" 내가 다시 물었다.

"그건," 홈즈는 코트걸이로 걸어가 오버코트를 벗겨 입으면서 말을 이었다.

"먼저 수행해야 할 중요한 심부름이 있기 때문일세."

"심부름이라고?" 난 이게 당최 무슨 소리인지를 몰라서 물었다.

"맞네. 홀리데이스 프라이빗 호텔에 가야 하는 심부름일세."

17장

현실 도피

스탠거슨이 묵고 있는 홀리데이스 호텔의 객실에서 가스맨틀(가스등의 점화구에 씌우는 그물) 하나가 낮게 조절되어 희미하게 실내를 밝히고 있었다. 사내는 술에 취한 채 침대에 얼굴을 박고 잠들어 있었다. 침대 옆의 작은 탁자 위에는 내용물이 3분의 1도 남아 있지 않은 버번 병이 놓여 있었다. 스탠거슨은 드레버가 돌아오지 않는다는 걸 결국 받아들인 대낮부터 술을 퍼마시기 시작했었다. 드레버에게 무슨 일이, 뭔가 끔찍한 일이 생긴 게 분명했다. 지난 여러 해 동안 두려워했던 일이 마침내 벌어지고 말았다. 모든 걸 마음대로 결정하고 지시하는 독재적인 동료가 없어진 스탠거슨은 키 없는 배와 다를 바가 없었다. 드레버를 집어삼킨 어떤 무시무시한 운명이 자신에게도 닥칠지 모르는 상황인데도 어머니의 자궁처럼 안전한 호텔 객실을 떠나기가 두려웠다. 따라서 알코올의 힘을 빌려 안전성이 떨어지기는 하지만 잠시라도 현실을 벗어날 수 있는 곳으로 도피했던 것이다.

스탠거슨은 열린 문으로 밀려들어온 차가운 공기로 인해 펄럭거리는 가스 등불에 반응해서 몸을 꿈지럭거렸다. 하지만 그는 누군가가 방 안으로 들어서는 소리를 듣지 못했고, 침대를 향해 다가오는 시커먼 형체도 인식하지 못했고, 다만 가스맨틀이 완전히 올라오자 방 안에 있는 게 자신만이 아니라는 걸 알아차렸을 뿐이었다. 허름한 실내의 음침한 기색이 밝은 빛에 밀려 순식간에 사라졌다.

버번이 가져다준 흐리멍덩한 기운을 떨쳐버리려고 머리를 연신 흔들어댄 스탠거슨은 간신히 몸을 일으켜 앉다가 얼굴이 그림자에 가려 알아볼 수 없는 장신의 호리호리한 사내와 눈길이 마주쳤다.

"호프……?" 스탠거슨은 꺽꺽거리는 목소리로 물었지만, 그 말이 입에서 떨어지는 순간, 이 낯선 사람이 제퍼슨 호프가 아니라는 걸 알아차렸다. 호프보다는 훨씬 크고, 훨씬 호리호리한데다가, 얼핏 보기에 훨씬 더 어려 보였기 때문이었다.

낯선 사내는 스탠거슨의 의문을 확인시켜줬다.

"아니, 난 제퍼슨 호프가 아니라 그 사람의 사절일 뿐입니다."

"당신은 누구요?"

처음 본 사내가 침대에 앉자 그의 얼굴이 맨틀이 밝히고 있는 범위 내로 들어왔다. 스탠거슨은 수척하고 냉랭한 얼굴과 매처럼 날카롭고 가느다란 콧대 양옆에서 찌를 듯이 빛을 발하고 있는 눈동자를 멍하니 바라봤다. 그 사내의 가느다란 입술에는 무심하게 억지로 지은 미소가 새겨져 있었다.

"난 셜록 홈즈라고 합니다."

"당신이 누군지 전혀 모르겠는데요……."

"당연히 모르시겠지. 하지만 난 당신을, 조셉 스탠거슨을 잘 알고 있습니다. 아니, 좀 더 정확히 말한다면, 이 '정확'이라는 걸 내가 열렬히 추구하고 있습니다만, 당신에 대해서, 그리고 루시 페리어와 그녀의 아버지의 죽음과 관련하여 당신이 행한 부분을 잘 알고 있다고 해야겠죠."

그때까지 스탠거슨의 얼굴에 남아 있던 핏기가 일시에 빠져나가고, 그의 입술에서는 헐떡거리는 신음이 흘러나왔다. 홈즈는 이 사내가 너무 겁에 질린 나머지 자신에게 둘러씌워진 혐의를 부인하지도 못한다는 걸 알아차렸다.

"내겐 돈이 있소."

스탠거슨은 한참 후에 공포에 질린 목소리로 입을 열었다.

"난 당신의 돈에는 흥미가 없어요, 스탠거슨. 날 이곳에 오도록 만든 건 정의요. 오래 전에 당신에게 몹쓸 짓을 당했던 제퍼슨 호프 씨는 당신이 당연히 받아야 할 일종의 정의 같은 걸 시험해볼 기회를 갖기도 전인 오늘 저녁에 사망했어요. 따라서 내가 그 사람의 소망을 들어주는 책임을 짊어진 겁니다."

스탠거슨의 두 눈은 공포에 질려 툭 불거졌고, 한 손으로 자신의 입을 덮어 또다시 터져 나오려는 비명을 억지로 틀어막았다.

"당신이 날 죽인다는 뜻이잖소. 날 살해하겠다는!"

홈즈는 고개를 가로 저었다.

"당신을 죽이겠다는 의도를 가지고 있는 게 아니오. 그저 운명에 맡깁시다." 홈즈는 알약 상자를 조끼 주머니에서 꺼냈다.

"당신은 자신의 운을 시험해볼 수 있습니다. 당신의 공범이 자신의 운을 시험했던 것처럼요."

"드레버요? 그는 지금 어디에 있습니까?"

"경찰 시체 안치소의 판자 위에요."

"안 돼!" 스탠거슨이 일어서려고 했지만, 홈즈는 강인한 한쪽 손으로 그를 침대 머리판에 밀어붙였다.

"이곳에서 게임을 해야지 어딜 가려고요? 도망칠 곳이 없단 말입니다."

홈즈는 스탠거슨의 얼굴 앞에 뚜껑이 열린 상자를 들이밀었다.

"두 개의 알약 중 한 개는 독약이고, 다른 하나는 무해한 겁니다. 선택은 당신이 하시오."

"이런 걸 어떻게……? 이건 옳지 않아요."

"이게 옳지 않다고?" 홈즈의 목소리는 단두대 같았고, 그의 얼굴은 분노로 인해 시커메졌다.

"당신이, 아무런 방어력도 갖지 않은 노인을 등 뒤에서 쏘아 죽인 당신이 옳고 그름을 따져? 냉혹하기 짝이 없는 살인마에게 그런 걸 따질 권리를 누가 줄 것 같아? 두 알 중 한 알을 집어. 만약 끝까지 안 먹겠다고 버틴다면 내가 직접 죽여주겠어."

스탠거슨은 두 눈에서 미친 듯한 열기를 뿜어내고 있는 낯선 사내의 광기에 넋이 나가고 말았다.

"한 알을 집어." 또다시 명령이 떨어졌다.

스탠거슨의 떨리는 손가락들이 상자 위를 헤맸지만, 혹시라도 치명적인 걸 집게 될까봐 선뜻 행동으로 옮기지 못했다.

"얼른 집으라니까!"

스탠거슨은 마지못해 머뭇거리며 상자에서 한 알을 집어 들었다.

"이제 그걸 삼키도록 해."

스탠거슨은 눈을 꼭 감고 알약을 혀 위에 올려놓고 꿀꺽 삼켰다.

"2, 3분 내로 결과를 알게 되겠지."

이제 분노가 많이 가라앉았는지 홈즈는 조용히 말했다.

두 사람은 조용한 가운데 결과를 기다렸다. 스탠거슨은 얼굴이 땀으로 범벅이 되고, 두 눈을 꼭 감은 채 침대에 똑바로 누워 있었다.

스탠거슨이 배 속을 칼로 찌르는 듯한 통증을 느낀 것은 1분이 막 지나서였다. 그는 비명을 지르며 바닥으로 굴러 떨어져 태아처럼 몸을 웅크렸다.

"안 돼! 맙소사, 이럼 안 돼!"

스탠거슨은 끙끙 앓는 신음을 터뜨렸다.

"제발, 불쌍히 여겨 날 좀 살려주시오!"

"난 당신을 불쌍히 여기지 않아요. 그런 연민의 정은 루시와 그녀의 아버지에게 다 써버렸단 말이오."

스탠거슨은 두 손으로 자신의 배를 끌어안은 채 고통에 시달리며 30초 정도를 더 꿈지럭거렸다. 입에서 터져 나오는 소리가 점점 작아지고 알아들을 수 없게 되더니 이내 모든 움직임을 멈췄다.

셜록 홈즈는 무릎을 꿇고 스탠거슨의 맥박을 확인했다. 조셉 스탠거슨이 숨을 거둠으로써 홈즈의 임무는 완수됐다.

18장

진정한 정의

홈즈가 집을 떠난 후, 난 제퍼슨 호프의 시신을 침대 시트로 덮어놓고 불가에 앉아 친구가 돌아오길 기다렸다. 홈즈가 홀리데이스 호텔에서 무엇을 하려고 하는지에 대해서는 전혀 몰랐지만, 스탠거슨을 우리 방으로 질질 끌고 와서 경찰이 체포하도록 할 것이라고 예상했었다. 우리가 아는 범위에서는 스탠거슨이 영국에서 범죄를 저지르진 않았지만, 루시 페리어의 아버지를 살해한 혐의로 법정에 세우기 위해 미국으로 호송할 가능성이 있는 건 분명했다. 벽난로 속의 불이 내는 탁탁거리는 소리와 방 안으로 들어오려고 애쓰는 듯 창틀을 덜커덩거리는 바람 소리를 들으며 기다리는 동안, 오늘 저녁에 있었던 극적인 사건의 전말을 자세히 적었다.

홈즈가 갑자기 방을 뛰쳐나가고 두 시간쯤이나 지났을까? 계단을 올라오는 그의 발자국 소리가 들렸다. 문이 벌컥 열리며 홈즈가 비틀거리며 방 안으로 들어섰다. 그는 모자나 코트를 벗지도 않고 내 맞은편의 빈 의자에 털썩 주저앉았다. 홈즈의 얼굴은 잿빛으로 창백했고, 지금까지 울고 있었던 것처럼 눈의 흰자위에 핏줄이 벌겋게 드러나 있었다.

"그 사람은 죽었어." 홈즈가 말했다.

"스탠거슨 말인가?"

"그래, 스탠거슨."

"하지만, 어떻게……?"

홈즈는 제퍼슨 호프의 알약 상자를 자신의 손바닥 위에 올려놓았다.

"저 위의 법정에서 그런 판결을 내린 것이네."

"자네가 그 사람에게 독약을 먹였다는 뜻인가?"

홈즈는 고개를 가로저었다.

"호프가 드레버에게 그랬던 것처럼 나도 그 사람에게 똑같은 선택권을 줬다네."

난 얼떨떨해서 고개를 가로저었고, 손가락으로 머리카락을 빗어 넘겼다.

"당최 이해할 수 없군. 도대체 자넨 왜 그런 극단적인 행동을 한 것인가?"

"그건 바로……." 홈즈는 즉시 대꾸하다가 갑자기 말을 멈췄다. 그의 목소리에는 불쾌하고 화난 기색이 역력했지만, 그의 촉촉해진 두 눈에는 정서적인 혼란이 슬쩍슬쩍 모습을 드러냈다. 홈즈는 말을 다시 시작하기 전에 호흡을 가다듬었다.

“그건 그렇게 하는 게 옳은 일이라고 생각하기 때문일세. 그런 사내가 정의의 손길을 피해 도망칠 수 있다면 어떻게 공정하다거나 정당하다고 할 수 있겠나? 그 녀석은 살인자였을 뿐만 아니라 겁쟁이였어. 세 사람의 삶을 망친 데 대한 일부의 책임도 있었고. 난 오늘 저녁에 호프의 행동을 저지하는 실수를 저질렀어. 호프가 복수의 마지막 부분을 수행하도록 놔뒀어야 했는데……. 그건 도덕적으로 옳은 복수였거든.”

“하지만 이젠 자네가 살인사건의 일부가 되고 말았네.”

홈즈는 알약 상자를 흔들어 보였다.

“난 그 녀석이 직접 선택하도록 해줬다네.”

“그 사람이 아무런 해가 없는 알약을 선택했다면 자넨 어떻게 할 생각이었나?”

홈즈는 등줄기에 식은땀이 흐르도록 만드는 그런 눈길로 날 쳐다봤다.

“그건 생각하고 자시고 할 필요가 없었어. 난 독극물로 된 알약이 들어 있는 상자만을 내밀었으니까.”

“그러니까 살인이었단 말일세.”

“몇몇 사람들은 그렇게 말하겠지. 그리고 이 일 때문에 내 양심이 잠시 동안 고통받을 건 틀림없는 사실일세. 하지만 그다지 오래는 아니겠지. 죽어야만 할 놈이 죽었으니까."

"자네 자신을 위해서 그런 결정을 내린 게 아니면 좋겠군. '저 위의 법정'이라고 말했는데……. 그건 말도 안 되는 소릴세. 자네가 그 사람의 운명을 결정했다고. 자네가 그의 운명에 개입한 것이란 말일세."

"그래, 내가 개입했네. 진정한 정의의 이름으로. 인류라는 하찮은 존재가 제공할 수 있는 최선의 정의를 실현하도록 온 힘을 다한 것이지. 살인이라는 극악한 범죄에는 죄악의 요소들이 넘친다는 건 부정할 수 없을 걸세. 순전히 이기적인 이유로 다른 사람의 생명을 빼앗는다는 건 사람이 저지를 수 있는 가장 끔찍한 위법행위이므로……. 처벌을 받아야 하네."

"이에는 이, 눈에는 눈이란 말인가? 그건 너무 야만적이고 단순한 것 아닌가?"

"나도 그 말에는 동감일세. 말장난처럼 들리는 그런 문구는 상황에 맞춰 완화되어야겠지. 각각의 사건은 각각의 특성에 따라 판단되어야 한다는 말일세. 하지만 제도화된 정의의 수명이 짧다는 특성 때문에 위법행위가 공정하게 다뤄질 수 없다는 문제가 발생하게 되지. 500년 전에 내가 양 한 마리를 훔치다가 잡혔다면, 그 지역의 영주는 날 죽일 수 있는 권리를 갖고 있었지. 하지만 오늘날에는 그렇지 않단 말일세. 그 지역의 치안판사 앞에 끌려가서 몇 가지 질문에 대답하고, 축축한 교도소에 두어 달 갇혀 사는 걸로 끝이 났을 거란 말이네. 범죄는 동일한데…….

적용되는 법규가 다른 탓일세. 그건 사회의 사고방식이 변화하기 때문이지. 하지만 중세 시대라면 양을 훔친 사람이 어떤 처벌을 받았을 것 같은가? 인간이 만든 법은 한시적일 뿐만 아니라 제멋대로일세. 사회의 변화하는 인식이라는 물결에 실려 이리 휩쓸렸다가 저리 움직이며 계속해서 바뀌는 거라네. 왓슨, 내 말을 믿게. 딱 떨어지게 판단할 기준이 없다는 걸. 진실되고, 객관적이며, 세련된 정의는 시간을 초월하는 법일세."

"난 그래도 자네가 조셉 스탠거슨을 법이 처리하도록 놔뒀어야 한다고 믿네."

"법은 드레버와 스탠거슨을 처리할 수 있었던 시간이 20년이나 있었지만, 실패했네. 나도 오늘 밤에 한 일 때문에 속이 편안하지 않다는 걸 믿어주게. 이것 보게, 내 손이 여전히 떨리고 있는 걸. 내 안의 신경도 여전히 삐걱거리는 소리를 내고 있다네. 하지만 여기 이곳, 정말로 중요한 이곳은," 홈즈는 자신의 관자놀이를 검지로 세게 두들기며 말을 이었다.

"잔잔하단 말일세. 전혀 영향을 받지 않고 안전하다는 것이지. 나란 사람의 이성적인 부분은 내가 현명하고 정당하게 행동했다는 걸, 그리고 나의 도덕적인 신념에 맞춰 행동했다는 걸 알고 있단 말일세. 이성적인 부분의 강력한 힘이 잘못된 감정을 곧 진정시킬 것이네. 난 오늘 밤에 행한 일로 인해 한층 더 강한 사람이 됐네. 내가 가는 길이 이전보다 한층 더 깨끗해졌고, 내 말을 믿게, 닥터, 에녹 드레버와 조셉 스탠거슨이 없어짐으로써 이 세상이 한층 더 살기 좋은 곳이 됐다는 걸!"

"자넨 이 문제에 관해서 상당히 열변을 토하며 아무런 잘못을 저지르지 않았다고 확신하는 것처럼 보이는군."

"틀림없네. 그리고 나의 동료가 되려면 자네도 그런 확신을 가져야 하네."

난 아직도 머릿속이 혼란스러워 고개를 살살 저었다.

"글쎄, 잘 모르겠군. 자네가 어떤 방식으로 이번 사건을 치장하든 간에, 오늘 밤에 한 사람의 목숨을 빼앗은 건 사실이네. 법의 눈으로 보면, 그건 살인이지. 자네가 한 말들은 모두 내가 어렸을 때 배웠던 것들과 상충되는 것이고. 정말 모르겠네."

놀랍게도 셜록 홈즈가 미소를 지었다.

"지금으로서는 반신반의하는 게 당연할 걸세. 불확실성은 맨 처음 만났을 때 사람들을 몽땅 삼키려고 드는 거대한 개념이지. 자네에게서 그걸 서서히 없애주겠네. 자네가 좋은 사람이라는 걸 알고 있고, 바로 그 점이 우릴 형제로 만들어줄 걸세. 자넨 결국 내 생각을 받아들일 거네."

"그러는 동안에는……."

"그러는 동안에는 내가 자네의 지원을 요청해야겠지. 날 위해 자네가 거짓말을 하도록 말일세."

"그럴 줄 알았네."

"명민함은 자네가 내세울 수 있는 또 하나의 자랑일세. 우린 야드가 이곳에 있는 불쌍한 호프에 대해서 알도록 만들어야 하네. 그리고 호프가 홀리데이스 호텔로 숨어들어 자신의 계획을 실행한 후에 이곳으로 왔다고 믿게 만들어야 하고. 아마 호프도 그렇게 되기를, 자신을 괴롭혔던 두 녀석을 모두 찾아간 복수의 천사로 보이기를 원했다고 믿고 있네."

난 잠시 생각에 잠겼다. 그 당시에는, 셜록 홈즈가 큰 실수를, 터무니없는 실수를 저질렀다고 믿었다. 홈즈는 탐정으로서의 도리를 벗어난 행동을 했던 것이다. 그렇지만 우리의 하숙집으로 제퍼슨 호프를 유인한 기발한 재주를 가지고 있지 않았더라면, 스탠거슨도 드레버와 똑같은 운명을 맞이했을 가능성이 높았다는 걸 그때서야 깨달았다. 내가 이러한 것들을 생각하고 있는 동안, 홈즈는 겉옷을 훌훌 벗어버리고 브랜디를 따랐다. 풍겨오는 알코올의 냄새는 아프가니스탄의 별들이 반짝이던 하늘 아래의 오래된 나무 등걸에 기대어 브랜디를 마시던……. 그날 밤을 머릿속에 떠올리게 만들었다. 바로 그 행동 때문에 얼마나 많은 고통을 겪었던가! 홈즈는 괴물도 아니었고, 가장 그럴 듯한 이유 때문에 법적인 한계를 넘어선 것이라면 살인자라고 볼 수도 없었다. 지금 이 상황에서 나 자신이 홈즈를 재판하는 자리로 올라설 수는 없었다.

"알겠네." 마침내 내가 입을 열었다.

"난 자네의 말에 입을 맞출 것이고, 우린 이 문제에 관해서 더 이상 이야기하지 않도록 하세. 하지만 앞으로는 나의 충성심에 대해서 이따위 실험을 하지 말게나. 이런 행동에 대해서 내가 지원하는 건 이번이 처음이자 마지막일세."

내가 잘못된 판단을 했던 것이지…….

홈즈는 내 무릎을 탁 쳤다.

"역시 좋은 사람이군. 자넬 믿을 수 있다는 걸 알고 있었네. 그렇지 않았다면 자네에게 진실을 말해주지 않았을 걸세." 그는 살며시 미소를 짓고 잔을 비웠다.

"왓슨, 이제 좋은 사람의 역할을 해야겠지? 스코틀랜드 야드로 전보를 칠 준비를 해주게."

한 시간이 채 지나기도 전에, 레스트레이드와 그렉슨은 시신을 실어갈 마차를 대동하고 득달같이 달려왔다. 홈즈와 난 그날 밤 사건에 대해서 잘 꾸며진 이야기를 제시했고, 어리석은 두 형사는 그걸 완전히 믿고 말았다.

"부하 몇 명을 홀리데이스 프라이빗 호텔로 즉시 보내겠습니다." 그렉슨이 말했다.

"머리를 혼란스럽게만 했던 미스터리가 슬프긴 하지만 깔끔하게 끝이 났군요."

"정말로 그렇네요." 레스트레이드가 즉시 동의했다.

"홈즈 씨가 멋지게 해치운 덕분입니다. 하지만 이 호프라는 친구에게 심하게 당하지 않은 게 천만다행입니다. 그런 영웅적인 행동은 전문가인 우리들에게 맡겨주셨어야죠. 처음부터 우리에게 말해줬더라면, 이 사람이 이 방에 발을 들여놓기도 전에 낚아챘을 겁니다."

"그리고 오늘 밤의 내 오락거리를 다 망치고요?"

두 형사는 활짝 미소를 지었다. 그러고는 오락거리에 대한 내 친구의 개념 정의에 어리둥절해 하며 고개를 살래살래 흔들었다. 두 사람은 우리에게 작별인사를 하고 떠났다.

홈즈와 난 잠시 동안 아무 말도 하지 않았고, 잠시 후에 홈즈가 의자에서 일어서며 기지개를 켰다.

"자러 가야겠네." 홈즈가 말했다. 그는 문 앞에 다다르자 고개를 돌려 날 쳐다봤다.

"고맙네." 그는 거실을 나서기 전에 조용히 말했다.

나는 자기 전에 한잔하려고 브랜디를 따랐다. 두 손으로 술잔을 감싸 안고 의자에서 상체를 쑥 내밀어 벽난로 속의 꺼져가는 불꽃을 멍하니 바라봤다. 모리아티에게 보내는 보고서에 오늘 저녁에 일어났던 일들의 진실을 드러낼 수 없다는 걸 잘 알고 있었다. 진실을 밝힌다면 그건 새로 사귄 친구를 교수에게 제물로 바치는 꼴이 될 게 분명했다. 앞으로 평생 홈즈의 목을 옭아맬 올가미를 교수에게 주게 될 것이다. 아니, 모리아티는 호프와 스탠거슨의 죽음에 대해서 우리가 경찰에 제시했던 바로 그 공식적인 보고서를 받아야만 했다. 앞으로 영영 앞과 뒤가 다른 이중적인 삶을 살아야 한다는 강박감 때문에 피곤함과 슬픔이 깃든 한숨이 새어나왔다.

또한 홈즈와 첫 번째로 다룬 사건에 대한 소설화된 설명의 관점에서 볼 때 너무 간단하고 짧다는 점도 깨달았다. 브릭스턴 로드 사건을 사람들에게 어필하는 문학작품으로 만들려면 미스터리에 좀 더 많은 복선을 집어넣어 정말 중요한 진실의 상세한 면은 드러내지 않은 채 플롯을 각색해야 할 판이었다.

한 가지 확실한 사실은, 나도 모르게 보이지 않는 족쇄에 채워지듯 셜록 홈즈라는 괴상한 인간과의 우정이 급격히 커지고 있다는 점이었다. 우리 두 사람 사이에 형성된 관계의 형태와 방향이 오늘 밤에 바뀌고 말았다. 홈즈와 나는 어쩔 수 없이 더욱 가깝게 끌어당기는 어두운 비밀을 공유하고 있기 때문이었다. 홈즈의 모습을 자세히 지켜보고 그의 말에 귀를 기울일수록, 난 이 사내를 더 좋아하고 존경하게 됐다. 내가 이 사내를 모리아티로부터 보호하는 것은 당연한 일이고, 심지어 홈즈 자신으로부터도 보호하게 되리라는 생각이 점점 커져만 갔다.

⚜

19장

존 H. 왓슨의 일기에서

브릭스턴 로드 살인사건과 관련해서 레스트레이드와 그렉슨 경위는 미스터리를 재빨리 해소했다면서 그 공적을 오랫동안 칭송했지만, 셜록 홈즈가 사건 해결에 관여했다는 사실은 신문 기사에 잠깐 언급되고 지나가버렸다. 그럼에도 불구하고 홈즈가 뛰어난 탐정이라는 뉴스는 사람들의 입을 통해 거대한 도시에 퍼져나갔다. 개인적인 사건들을 두어 가지 더 성공적으로 해결함에 따라 홈즈의 명성은 한층 더 높아졌고, 6개월이 채 지나기도 전에 베이커 가 221B를 방문하는 의뢰인들의 행렬이 조금씩 길어지기 시작했다.

홈즈는 이제 대부분의 수사에 왓슨을 동참시킬 정도로 의존했다. 홈즈는 적절한 때에 입을 꼭 다물어주는 위대한 재능을 보유하고 있을 뿐만 아니라 자신의 아이디어와 가설을 논의할 때 그걸 귀담아 들어주고 반응을 보이는 지식인과 함께하는 편안함을 즐겼다. 왓슨—존 워커 자신도 시간이 흐르고 저절로 생긴 기억상실증으로 인해 이전의 신분을 망각하고 자신을 왓슨으로 여기기 시작했다—의 입장에서도 그러한 입장 정리가 만족스러웠다. 호프 사건을 수사하는 동안 홈즈와 함께했던 경험이 신비스러운 방법인지 영적인 방법인지는 모르지만 존 워커를 존 왓슨으로 변화시킨 게 분명했다. 모리아티 교수에게 매달 의무적으로 제출해야 하는 보고서만이 자신의 이중적인 역할을 상기시키는 요인이었다. 그 외에는, 홈즈와 함께하는 것이 즐거웠고, 범인을 추적하면서 느끼는 흥분과 해결되지 않은 범죄의 수수께끼와 자문탐정의 역할을 수행하는 데 있어서 거의 필수적으로 따라다니는 위험의 순간들을 만끽했다. 왓슨은 개인적으로 수사에 대한 기록을 계속했고, 독자들이 읽고 즐길 재미있는 소설로 만들기 위해 그것들을 다양하게 변화시켰다. 그러던 어느 날, 이 소설들을 출판업자에게 보내려고 마음먹었다가 아직은 때가 아니라는 걸 깨달았다.

물론 모리아티 교수의 문제도 있었다. 원래 왓슨에게 홈즈에 대한 이야기를 써보라고 제안했던 것은 모리아티였지만, 소설로 출간하기 위해서는 그의 허락을 먼저 얻어야 한다는 것을 잘 알고 있었다. 시간이 흐름에 따라 모리아티가 홈즈의 활동에 대해서 점점 흥미를 잃어갔고, 교수에게 매달 제출하는 보고서는 점점 더 얇아지고 상세한 내용이 기재되지 않았다. 지금은 홈즈가 전적으로 개인적인 사건들에만 시간을 쏟아 붓고 모리아티의 영역으로 침투하지 않아 모리아티의 조직이 부리는 술책에 위협이 되지 않았기 때문이었다. 홈즈는 이제 더 이상 모리아티를 화나게 하는 존재가 아니었다. 하지만 교수는 언젠가는 홈즈가 위험인물이 될 날이 올 것이라는 걸 알고 있었다. 언젠가는…….

따라서 홈즈와 왓슨의 생활은 자리 잡히고, 그들의 관계가 날로 견고해지는 것처럼 보였다. 어느 날, 한 여인이 두 사람의 삶에 끼어들어 잔잔한 호수에 파문을 일으키기 전까지는…….

존 H. 왓슨의 일기에서

난 메리 모스턴과 사랑에 빠졌다. 사랑에 빠졌다고는 하지만 무엇을 어떻게 해야 할지 전혀 알지 못했다. 그녀가 날 어떻게 생각하고 있는지도 몰랐다. 설령 어떤 좋은 감정을 가지고 있었다고 하더라도 그녀는 이제 곧 막대한 유산을 상속받을 예정이니 절대로 어울리는 짝이 될 수 없을 터였다.

메리는 셜록 홈즈의 의뢰인이었다. 그녀는 10여 년 전에 행방불명된 자신의 아버지 모스턴 대위와 관련된 미스터리를 파헤치는 데 홈즈의 도움을 받고자 찾아왔다. 지난 6년 동안, 매년 동일한 날짜에 이름을 밝히지 않은 사람으로부터 진주 한 개가 들어있는 소포를 받았다고 했다. 가장 최근에 받은 소포에는 진주뿐만 아니라 알려지지 않은 후원자가 그동안 부당하게 받지 못했던 권리를 되찾아주겠다는 약속과 함께 그녀를 만나자고 초청하는 편지가 들어 있었다고 했다. 메리는 어떻게 하는 게 좋을지 몰라 걱정하다가 홈즈의 조언을 들으러 온 것이었다.

메리가 음울한 9월의 어느 날 아침에 우리의 거실에 앉아 자신의 이야기를 털어놓는 동안, 난 여인의 아름다움에 정신이 홀리다시피 해서 그녀의 말을 거의 들을 수가 없었다. 내가 '아름다움'이라고 말했는데, 그건 그녀가 얼굴과 몸매가 아름다울 뿐만 아니라 내가 이상적인 여성으로 생각하는 것과 딱 들어맞는 우아하면서도 솔직한 태도를 가지고 있어서였다. 그리고 열여덟 살이 되던 해에 독감으로 세상을 떠난 첫사랑 로렌을 떠올리게 하는 사람이었다. 메리는 로렌과 마찬가지로 큼지막한 파란 눈의 소유자였고, 온화한 표정을 짓고 있는 가운데 열정적인 면이 슬쩍슬쩍 드러나기도 했다. 그녀에게 소개됐을 때, 그녀와 악수하면서 가슴 한구석이 크게 일렁거렸다. 금발인 메리는 무척이나 우아했는데, 조용히 말하면서도 중요한 대목은 하나도 빼놓지 않았다. 난 지금까지 살아오는 동안, 그처럼 세련되고 세심한 성격을 그대로 드러내는 얼굴을 우러러본 적이 단 한 번도 없었다고 자신 있게 말할 수 있다. 객관적인 관찰자의 눈에는 그녀의 모습을 소박한 것이라 묘사할지도 모르겠지만, 이미 눈에 콩깍지를 뒤집어쓴 내게는 아름답게만 보였다.

수사가 진행되는 과정에서 난 우리가 점점 더 가까워지고 있는 걸 느꼈다. 메리는 홈즈보다 날 더 의지하고 기댔다. 그러던 어느 날, 난 그녀를 집까지 바래다줬다. 메리는 자신의 친구이자 이전에 홈즈의 의뢰인이었던 포레스터 부인과 함께 살고 있었다. 이른 새벽이었고, 메리와 난 마차 안에 가까이 붙어 앉아 있었다. 그녀는 두 손으로 내 손을 꽉 잡았고, 난 사건과 관련해서 안심시키는 말을 몇 마디 속삭였다. 메리는 내 가슴 속에서 벌어지는 격렬한 투쟁을, 그녀를 끌어안고 키스하려는 걸 억지로 막아서는 자제심의 노력을 알아차리진 못했을 것이다. 하지만 내 머릿속에는 사랑의 말들을 쏟아내려는 입술을 굳게 봉하고 그녀를 껴안으려고 하는 두 팔을 저지하는 두 가지의 뚜렷한 생각이 있었다. 메리는 심적으로 큰 충격을 받아서 매우 허약하고 무력했다. 따라서 이런 때에 사랑하니 어쩌니 떠들어대면 야비하게 그녀의 곤경을 이용해 먹은 것이라고 보일 수도 있었다. 무엇보다도 더 문제가 되는 것은 메리가 부자라는 사실이었다. 홈즈의 수사가 성공적으로 끝난다면—그렇게 되리라는 건 이미 여러 번의 의뢰사건의 예로서 충분히 증명이 된 상태였다—메리는 막대한 유산을 상속받도록 되어 있었다. 나 같은 존재가 그런 여인과 짝이 되겠다고 마음을 먹는다는 것 자체가 어불성설이었고, 조금이라도 그런 기색을 보이면 돈 많은 여자를 후리려고 덤벼드는 난봉꾼처럼 보일 게 분명했다.

물론 나의 감정을 메리에게 털어놓으려는 걸 강력하게 방해하는 다른 이유가 한 가지 더 있었다. 모리아티 교수였다. 난 그의 노예이고, 꼭두각시인 상태였다. 내가 사랑에 빠져 결혼할 생각이라고 말한다면 교수는 어떤 반응을 보일까? 마음을 털어놓자마자 베이커 가로부터, 그리고 셜록 홈즈로부터 날 떼어놓으리라는 건 불을 보듯 뻔했다. 그런 행동은 교수를 배신하는 것으로 보일 게 틀림없었다.

마차가 드디어 목적지에 도착했을 때 내 심장은 납덩이가 가라앉은 것처럼 무거웠다. 하인들은 몇 시간 전에 이미 잠자리에 들었겠지만, 포레스터 부인은 메리가 돌아오길 기다리고 있었다. 부인이 직접 문을 열어줬는데, 남을 배려하는 마음씨가 가득한 중년의, 우아한 여자였다. 메리의 허리를 팔로 부드럽게 감싸는 모습과 어머니처럼 다정한 목소리로 메리를 맞이하는 모습은 보는 것만으로도 기분이 좋았다.

날 소개받자마자 포레스터 부인은 안으로 들어가서 우리가 겪은 모험을 이야기해달라고 정중하게 간청했다. 수사의 다음 단계를 실시하기 위해 홈즈가 날 기다리고 있다는 걸 알고 있었기 때문에 아쉬운 마음으로 부인의 요청을 거절해야만 했다.

내가 탄 마차가 그 집 앞에서 멀어질 때 힐끗 뒤를 돌아봤다. 이 글을 쓰고 있는 이 순간에도 두 명의 우아한 여인들이 몸을 딱 붙인 채 계단 위에 서 있는 모습과 절반쯤 열린 문, 스테인드글라스를 통해 쏟아져 나오는 홀의 불빛, 기압계와 반짝이는 양탄자 누르개들이 뚜렷하게 머릿속에 떠올랐다. 슬쩍 쳐다보는 것만으로도 음울한 사건에 빠져들어 지쳤던 마음을 편안하게 해주는 평온한 영국인의 가정 모습이었다. 내게는 신기루와 같은 것으로, 그 당시에는 내가 영원히 누릴 수 없을 것으로 여겼던 조용한 가정의 행복이었다.

하지만, 운명이 우리의 삶을 가지고 노는, 예측할 수 없고 변덕스러운 방식에 놀라지 않는 게 무엇보다도 중요한 일인지도 모른다. 어떤 시인이 읊었듯이 우리의 운명은 '숙명의 나뭇잎들로 그늘이 드리워진 곳에 있는 인간의 눈으로는 볼 수 없도록 감춰진' 것이었다. 메리와 함께하는 것이 나의 숙명이었다. 지금은 그렇다는 걸 다 볼 수 있지만, 마차가 어두워진 거리를 덜컹거리며 달려서 메리와 포레스터 부인의 이미 작아진 모습이 완전히 보이지 않게 된 그 당시에는 심장이 칼로 저미는 듯이 아팠다.

내가 겪고 있는 감정적인 중압감을 전혀 알아차리지 못하는 셜록 홈즈는 끈질긴 열정을 발휘하며 수사를 계속했다. 그는 10여 년 전에 메리의 아버지와 그의 공범들인 존 숄토 대령과 조너선 스몰이 훔친 막대한 '아그라 보물'을 찾고 있었다. 도둑놈들 중 유일한 생존자인 스몰은 안다만 제도의 교도소를 탈출한 후, 자신이 권리를 가지고 있다고 생각하는 유물을 찾아 최근 런던에 도착했다. 내 머릿속은 온통 메리 생각뿐이어서 이 사건의 진실이 알려지지 않도록 상세한 내용의 상당 부분을 손질했다. 이 사건을 다룬 중편소설인 《네 개의 서명》은 내 이름으로 출간한 그 어떤 소설보다도 부정확한 구절과 허구적인 순간들이 더 많을 것으로 보인다. 그 보물을 잃어버리고, 그 결과 메리가 상속녀가 될 수 없다는 걸 알게 됐을 때 내 마음은 얼마나 찢어질 듯 아팠던가! 그런데 내가 숙맥이라서 그런지는 몰라도 중요한 점 두 가지를 까맣게 모르고 있었다. 법적으로는 어떠한 일이 있어도 그 보물이 메리의 것이 될 수 없다는 점과 워낙 고귀한 성품의 그녀가 보물의 일정 부분을 자신의 것이라고 주장할 리가 없다는 점이 그것이었다.

보물상자를 들고 포레스터 부인의 집에 도착했을 때, 메리는 나를 기다리며 거실에 앉아 있었다. 부지깽이를 이용해서 상자를 비틀어 열자, 그 안은 텅 비어 있었다.

"하느님, 감사합니다!" 난 보물이 더 이상 우리의 결합을 가로막는 장애물이 아니라는 걸 깨닫는 순간, 가슴이 벅차올라 큰소리로 외쳤다. 어떻게 이럴 수가 있지? 보물이 몽땅 사라졌다니!

메리는 의문의 기색이 역력한 미소를 살짝 지어 보였다.

"당신은 왜 그런 말을 하는 거죠?"

메리는 이렇게 질문했지만, 그녀의 목소리와 얼굴 표정으로 봐서는 그 대답을 이미 알고 있는 듯했다.

"이제 내가 팔을 뻗으면 닿을 수 있는 범위 내에 당신이 있기 때문입니다."

난 메리의 손을 잡으며 말했다. 그녀는 손을 잡아 빼지 않았다.

"그건 메리, 내가 이 세상의 어떤 남자가 어떤 여자를 사랑하는 것보다도 더 당신을 사랑하기 때문입니다. 그런데 당신이 소유하게 될 부가, 그 보물이 내 입술을 틀어막았던 겁니다. 당신이 부유해질 가능성이 있는 동안에는 내가 진정으로 어떤 감정을 품고 있는지를 눈곱만큼도 드러낼 수가 없었죠. 그런데 이제 그런 문제가 없어진 겁니다. 장애물이 사라져서 당신을 사랑한다고 고백할 수 있으니 감사한 거죠."

메리는 내게 바짝 다가앉으며 미소 지었다.

"바로 그런 이유 때문에 '하느님, 감사합니다!'라고 했군요."

난 고개를 끄덕였다.

메리는 내 뺨에 키스했다.

"그렇다면 나도 '하느님 감사합니다'라고 말해야겠는데요."

잠시 동안 우리 두 사람은 서로의 눈동자를 뚫어질 듯 바라봤고, 이내 난 그녀를 품에 끌어안고 키스했다.

그날 밤에 메리 모스턴을 포레스터 부인의 집 계단에 남겨둔 채 떠나며 한껏 부풀어 올랐던 기분은, 내가 여전히 모리아티 교수라는 극복할 수 없는 거대하고 강력한 장애물과 마주하고 있다는 걸 머릿속에 떠올리자마자 순식간에 가라앉고 말았다.

교수와 맺은 저주받은 협정을 충실하게 준수하면서 어떻게 메리와 결혼할 수 있단 말인가? 하지만 싸워보지도 않고 로맨틱한 꿈을 포기할 생각은 전혀 없었다. 결심이 서자마자 교수와의 면담을 요청하는 편지를 보내고 답장이 오기를 기다렸다. 지하세계의 괴물은 다시 한 번 나의 삶과 행복을 손아귀에 틀어쥐게 된 것이다.

20장

모리아티의 편지

'아그라 보물' 사건이 대단원의 막을 내린 지 이틀이 흐른 밤이었다. 메리와 함께 저녁식사를 했고, 사랑하는 감정과 함께하는 미래의 모습을 오랜 시간에 걸쳐 이야기했다. 물론 셜록 홈즈의 인생에 있어서 내가 맡은 역할이라든가 제임스 모리아티 교수라는 이름은 입도 뻥긋하지 않았다. 나의 삶에 있어서 중요한 요소들을 감춰가면서 메리와 친밀한 관계를 시작해야 한다는 게 가슴 아팠지만, 이러한 진실들은 그녀와 절대로 공유할 수 없다는 걸 잘 알고 있었다. 어쨌거나 이 경이로운 여인과 함께 할 수 있다는 더 없는 기쁨은 내가 걱정하는 대부분의 것들을 싹 잊게 만들어줬다. 그녀와 작별인사를 하고 밖으로 나온 나는, 브랜디를 한 잔 더 하려고 메럴러번 하이스트리트에 있는 여인숙인 '버처스 암스'에 들렀다. 홈즈가 베이커 가에서 기다리고 있을 거라는 걸 잘 알고 있었지만, 그처럼 사랑스러운 여인을 사랑하고, 또 사랑받는다는 행복감을 만끽하며 혼자서 조용히 술을 마시며 그 기분을 즐기고 싶었다.

칸막이가 된 좌석에 앉아 시가를 피우며 천장을 향해 넝쿨처럼 피어오르는 담배연기를 흡족한 마음으로 쳐다보고 있는데, 뺨이 불그스름하고 까맣고 작은 눈동자가 반짝거리는 거칠어 보이는 사내가 칸막이 안쪽으로 머리를 들이밀고 씩 웃었다.

"죄송합니다만, 제가 말씀을 드리고 있는 분이 닥터 존 H. 왓슨이신가요?"

"그렇습니다만……?" 난 놀란 기색을 감추며 대답했다.

"잘됐군요." 그 사내는 옆걸음으로 내가 앉아 있는 테이블로 와서 말을 계속했다.

"선생에게 보내는 사신(私信)을 제가 가지고 있어서요."

그 사내는 앞면에 내 이름이 적혀 있는, 크림색의 기다란 편지 봉투를 꺼냈다.

"이걸 직접 전하라는 지시를 받았습니다, 닥터 왓슨." 그 사내는 봉투를 내게 건넸다.

"만나서 반가웠습니다." 그 사내는 치열이 고르지 못한 누런 이를 드러내며 한 번 더 씩 웃고는, 작별의 표시로 있지도 않은 모자를 들어 보이는 시늉을 하며 눈앞에서 사라졌다.

으스스한 한기가 등뼈를 타고 흘러 내렸다. 봉투의 형태와 글씨를 분명히 알아볼 수 있었다. 날 불안하게 만드는 건 모리아티로부터 온 편지 내용이 아니라, 편지가 내게 전달되는 방식이었다. 불과 15분 전까지만 하더라도, 나 자신도 이 특정한 여인숙에서 술을 마시게 될 것이라고는 상상도 하지 못했었다. 그런데도 교수의 똘마니 하나가 이곳에서 날 찾아낸 것이다. 도대체 내가 얼마나 밀착 감시를 당하고 있었단 말인가? 내 삶에서 프라이버시라는 게 있는 것일까? 떨리는 손으로 편지봉투를 찢고, 안에 들어 있던 편지를 읽었다.

쯧쯧, 왓슨, 로맨틱한 상상을 하고 있는 모양인데, 그러면 안 되지! 우리 사이의 계약을 깨려는 게 아닌가 하는 생각이 불쑥 들더군. 그럴 일은 절대로 없겠지만! 어쨌거나 난 불합리한 사람이 아닐세. 이 문제는 시간을 갖고 좀 생각해보고 두어 가지 조사를 해볼 생각이네. 적당한 때에 자네에게 연락하겠네.

M.

역시 교수는 알고 있었다. 내가 말하지 않았는데도 교수는 메리 모스턴을 향한 나의 사랑에 대해서 알고 있었다. 내가 하는 행동 하나하나가 모리아티에게 다 보고되고 있었던 것이다. 그의 눈을 피할 수 있는 방법이 없었다. 혹시 조금 전의 사내가 지켜보고 있지 않을까 하는 걱정이 들어 신경이 곤두선 본능이 시키는 대로 의자에 앉은 채 몸을 돌렸다. 황급히 브랜디를 입 안에 털어 넣고, 조금 전에 느긋한 마음으로 이곳을 찾았던 로맨틱한 사내와는 전혀 다른 모습으로 그곳을 빠져나왔다.

베이커 가의 하숙집으로 걸어가는 동안, 모리아티의 편지가 전하는 모든 의미가 머릿속을 파고들었다. '두어 가지 조사' 가 의미하는 건, 단 한 가지뿐이었다. 메리와 행복한 미래를 보낼 수 있는 가능성에 들떠 있던 나 자신을 저주했다. 내가 어리석은 탓에 이 순진한 여인을 모리아티가 쳐놓은 거미줄의 함정으로 끌어들인 꼴이 되고 말았다. 일들이 돌아가는 형세가 경악스럽기 그지없었지만, 내가 할 수 있는 일이라고는 그저 희망을 품고 기도하며 기다리는 것뿐이었다.

집으로 돌아왔을 때, 홈즈는 여전히 깨어 있었다. 홈즈는 불가에 앉아 오늘 오후에 소포로 온 두툼한 책을 열심히 읽고 있었다. 프랑스어로 된 그 책은 인체, 그 중에서도 특히 뼈의 측정수치를 체계적으로 정리한 프랑스의 범죄학자인 알퐁스 베르티옹의 저술이었다. 내가 맞은편에 자리를 잡고 앉자, 홈즈는 텅 소리를 내며 읽고 있던 책을 덮었다.

"이거 아주 재미있는데? 무슈 베르티옹은 범죄 유형을 철저히 목록화해놨어. 그런데 너무 규범적인데다가 편차나 비정상적인 것을 전혀 고려하지 않은 것은 옥의 티야. 이런 것들이 결국이 사람의 체계를 무너뜨리는 약점이 되겠지."

홈즈는 말을 멈추고 날 빤히 쳐다봤다. 근엄한 표정을 유지하기 위해 무척 애를 썼지만 내면의 흔들리는 감정을 숨기지 못한 게 분명했다.

"내가 뭘 지적하는 건지 이해하고 있겠지?" 홈즈는 책을 들어 보이며 물었다.

"아, 그래, 물론이지."

홈즈는 지금 막 자신이 저지른 잘못을 사과한 장난꾸러기에게 보였을 법한 미소를 지었다.

"결국 이렇게 되고 말았군. 그렇게 되지 않기를 바랐건만……." 난 이마를 찌푸렸다.

"뭐가 되지 않기를 바랐단 말인가?"

"로맨스. 사랑. 이성에 대한 애정. 자네가 어떻게 표현하더라도 진부하기 짝이 없는 감정 말일세. 자넨 지금 메리 모스턴 양의 주문에 걸려들었고, 감상적인 멍청이가 되는 길로 접어든 셈이네."

난 홈즈가 쏟아내는 잔혹하기 짝이 없는 말에 순간적으로 몸이 마비되는 듯했다.

"난 그걸 자네의 눈에서, 자네의 태도에서, 그리고 자네의 목소리에서 볼 수 있네." 홈즈의 말이 이어졌다.

"지나치게 달콤한 감정이 자네의 이성을 먹어치우고 있단 말일세."

"내게 어찌 감히 그따위 말을 할 수 있단 말인가!"

난 분노로 몸을 부들부들 떨며 악을 썼다.

홈즈는 깔보는 듯한 거들먹거리는 미소로 대응했다.

내 안에서 무엇인가가 툭 끊어졌다. 난 벌떡 일어서서 두 손으로 셜록 홈즈의 가운 옷깃을 움켜쥐고 흔들어댔다.

"내가 모스턴 양에게 어떤 감정을 가지고 있든 가지고 있지 않든 간에, 그건 자네가 조롱할 거리도 아니고 내 감정에 대해서 이러쿵저러쿵할 거리가 아니잖아!"

홈즈는 내가 이렇게 격렬하게 달려든 것에 정말 깜짝 놀란 것 같았다. 그의 안색이 창백해지며 내 손길을 뿌리치려고 버둥거렸다.

"친애하는 왓슨, 정말 진심으로 사과함세. 자네가 그 문제에 관해서 이렇게 예민하게 반응할 줄은 몰랐네. 경솔하게 언급한 걸 제발 용서해주게."

"경솔하게라고? 조금 전의 자네 말은 냉혹하고, 거만한데다가, 아주 작정하고 남의 가슴을 후벼 파는 것이었어."

난 홈즈의 옷깃을 놓으며 쏘아붙였다. 그 순간, 홈즈의 언급이 내가 쏟아낸 분노의 일부분에만 기름을 부은 격이라는 걸 즉시 깨달았다. 나 자신이 처해 있는 극히 불안정한 상황이 가슴 속에 분노의 불꽃을 키워가고 있었던 것이다.

"내가 무신경하고, 때로는 거만할지도 모르지만," 홈즈가 차분한 목소리로 말했다.

"자네의 가슴을 후벼 팔 의도로 말한 적은 한 번도 없었네, 왓슨. 자네를 그만큼 존경하고 있단 말일세."

"나도 사과하겠네. 아직 학교에 다니는 악동처럼 행동해서 미안하네." 난 힘없이 대꾸하며 의자에 몸을 파묻었다.

"술 한 잔으로 조금 전에 무너진 우정의 제방을 수리하세나. 괜찮겠지?"

홈즈는 소다수를 탄 브랜디를 두 잔 따랐고, 우린 둘 다 조심스럽게 미소를 지으며 잔을 부딪쳤다.

"난 탐정으로 쭉 성공하기 위해서 사랑 같은 모든 감정적인 요소를 무시하고 있었는데, 감정이 얼마나 강력하고 저항하기 힘든 것인지를 깜빡 잊고 있었던 것 같아. 자네가 메리 모스턴 양과 사랑에 빠졌다고 봤는데 맞나?"

"그래, 맞네."

"그래서 걱정했던 걸세. 왓슨, 내 목을 다시 조이기 전에 일단 내 말을 들어보게. 사랑을 하면 결국 결혼을 하겠지? 그렇게 되면 난 다정한 하숙집 친구와 수사 동료와 사건집의 기록자를 잃게 된다는 걸 의미하네. 난 평생 친구를 만들려는 노력을 해본 적이 없단 말일세. 사실 자네와의 관계도 너무나 손쉽게 진행된 터라 내가 무슨 노력을 들였다고 말하기는 어렵네. 그냥 자연스럽게 친해진 셈이지. 그리고 이제 자넨 이곳에 날 홀로 남겨두고 떠나 교외에서 행복한 결혼생활을 누리려고 한단 말일세. 이러니 내가 걱정했다고 말한 게 놀랄 일은 아니잖나?"

"듣고 보니 그렇긴 하지만……."

"사실대로 털어놓자면, 왓슨, 난 사랑이라는 걸 인정하지 않는다네. 그건 감정적인 것이고, 감정적인 것들은 무엇이든 간에 내가 가장 상위에 두고 있는 차가운 이성과는 상대되는 것이지. 판단력이 편향되지 않도록 하기 위해서 난 절대 결혼을 하지 않을 걸세."

"내 판단력은 그러한 시련을 겪고도 살아남을 수 있을 거라고 믿고 있네."

홈즈는 껄껄 웃었다.

"정말 그렇게 될까? 심히 걱정되는군."

"자넨 지금 사서 걱정하는 격이네. 모스턴 양과는 이제 겨우 데이트를 시작했을 뿐이라고. 그녀는 내가 얼마나 큰 열정을 가지고 있는지를 모르고 있단 말일세."

난 거짓말을 천연덕스럽게 늘어놓았다.

"그리고 용기를 짜내서 결혼하자는 말을 꺼냈을 때 그녀가 어떤 반응을 보일지도 전혀 모르고 있고."

"아, 그렇다면 자네와 두어 달은 더 함께 지낼 수 있겠군."

난 모리아티를 머릿속에 떠올렸다.

"적어도 그 정도는 되겠지."

"아, 그 말을 들으니 좀 안심이 되는군."

난 친구의 얼굴을 쳐다봤다. 그의 갸름한 얼굴은 벽난로의 불빛에 의해 얼룩이 진 것처럼 보였다. 그래도 나름 만족하고 평온을 되찾은 듯한 안색이었다. 갑자기 홈즈가 부러워졌다.

"자넨 사랑을 한 적이 없나?"

나도 모르게 불쑥 그런 질문이 튀어나갔다.

“사랑이란 단어의 개념이 무엇이지? 심장이 두근거리고 상대방을 위해 자신을 완전히 희생하는 것? 그렇다면 난 사랑을 해본 적이 없네. 난 부모님을 사랑했지. 어렸을 때는 집에서 기르던 몸집이 작은 맹랑한 테리어를 사랑했지만, 이건 자네가 말하는 그런 사랑이 아니겠지? 로맨틱한 사랑이란 친밀해지면 욕정을 드러내고 섹스하는 걸 말하겠지.”

난 홈즈가 내린 저질의 개념 정리에 충격을 먹었다.

셜록 홈즈는 내 얼굴 표정이 질려 있다는 걸 알아채고 두 눈을 반짝거렸다.

“자넨 섹스가 사랑의 일부라고 생각하지 않는단 말인가?”

“그런 건 아니지만……. 자넨 마치 섹스라는 단어를 목록에 더해져야 할 물품이라도 되는 것처럼 취급했단 말일세.”

“음, 나 같은 사람에게는 틀림없이 맞는 말일세. 난 시험 삼아 섹스를 한 번 해본 적이 있네. 섹스라는 게 어떤 건지 알아야 할 필요가 있어서였지. 내 속에 들어앉은 과학자로서의 특성이 수줍음을 극복한 셈이었네.” 홈즈는 어깨를 으쓱하고는 가운 주머니에서 담배파이프를 꺼냈다.

“내게는 별로 좋은 경험이 아니었어. 적절한 것 이상으로 내적인 감정을 드러내도록, 자신의 본성을 지나치게 많이 까발리도록 만들더군. 난 속마음을 별로 드러내고 싶지 않은 사람이라 그러는 게 편안하게 느껴지지 않더라고.”

"하지만 사랑하는 관계가 어느 정도 지속되면 성적인 교섭은 당연히 있기 마련이네."

"나의 친구 왓슨, 이런 말을 하긴 미안하지만 그런 감정이라는 게 허황된 거라는 걸 알게 됐다네. 그런 것이야 이스트엔드에 있는 창녀에게 부탁하면 해결할 수 있는 문제일세. 그런 건 가슴으로 느끼는 감정과는 전혀 동떨어진 신체적 기능일 뿐이네. 굳이 그게 취향이라면 남자와 여자가 사랑이라는 아름다운 감정이 없더라도 즐기며 행할 수 있는 인간의 행동이란 말일세."

"자네가 말하는 그런 감정은 상스럽고 비천한 것이네."

"그럴지도 모르지만 사실이긴 하지. 성적인 접촉이라는 끔찍한 것을 경험하자마자 난 모든 에너지를, 섹스를 하는 데 쏟아부었던 에너지까지 모두 내가 하는 일로 돌리기로 결심했지. 내 정신이 육체를 원하는 대로 지배할 수 있고, 원하지 않은 욕구를 단념시킬 수 있다는 걸 깨닫는 순간, 얼마나 만족스러웠는지 모른다네."

난 동료의 주장에 기가 막혀 술잔을 의자 옆의 테이블 위에 쾅 내려놓았다.

"자넨 인간의 사랑을 소위 말하는 심미적인 관점에서 부인하면서 인간이 심장으로 느끼는 감정들을 싹 일축해버리는군."

"로맨티시스트 작가다운 말이군. 이놈의 도시에는 자네가 말하는 '세련된 감정'에 충실할 수 있는 호사를 누리지 못하는 가엾은 사람들이 셀 수 없이 많을 걸세. 그 사람들은 생식과 만족감이라는 동물적인 본능에 따라 반응한다네. 사랑이란 추상적이고 이상적인 개념이지. 사람을 자극하는 묘약인 게 분명한데, 난 코카인만 있으면 언제나 그런 기분을 느낄 수 있다네."

난 말도 나오지 않을 정도로 화가 치밀어 의자에서 벌떡 일어섰다. 문 쪽으로 걸어갔지만, 홈즈의 고함 소리 때문에 걸음을 멈췄다.

"아, 왓슨," 홈즈는 앉아 있던 의자에서 일어서며 말했다.

"내가 한 말을 심각하게 받아들이지 말게. 내 말은 자네가 느끼고 있는 감정의 고결함이나 자네가 하는 사랑의 진실한 본질을 전혀 반영하지 않은 걸세. 그건 그저 자신의 세계관에 푹 빠져 있는 나머지 그걸 그대로 표현함으로써 남에게 상처를 줄 수 있다는 걸 잊어버리곤 하는, 지나치게 괴이하고 억압된 사람의 넋두리일 뿐이네. 자네는 우리의 동료관계에서 정상적이고, 마음이 따뜻하고, 정신적으로 안정된 쪽일세. 그에 비해 난 냉정하고 계산적이며……. 동료에게 상처를 주는 쪽이지. 자네 마음을 상하게 했다면 용서해주게."

난 유령처럼 창백한 얼굴을 경멸의 눈길로 노려봤다.

"잘 자게." 난 힘을 줘서 문을 쾅 닫았다.

난 그날 밤에 별로 잠을 자지 못했다. 머릿속에서는 여러 가지 생각들이 소용돌이쳤다. 처음에는 홈즈가 사랑의 중요성과 우아함을 무시하고 경멸한 데 대해서 화가 났다. 그리고 홈즈의 냉철

한 논평에 의해 이리저리 휘둘리는 내 자신에게도 화가 났다. 홈즈의 생각과 믿음은 타고난 것으로 내가 처한 특정한 상황과는 아무런 관련이 없는 본성이라는 걸 깨달았어야 했다. 그런데 그 당시에는 이렇다는 걸 알아차리지 못한 나 자신이 저주스러울 수밖에! 모리아티가 날 손아귀에 넣고 있는 것에 대한 걱정으로도 골머리를 썩이고 있었다. 아그라의 보물이 메리를 내게서 빼앗아갈 뻔한 장애물을 벗어난 이후, 그러한 걱정은 모리아티가 메리와의 관계에 가할 수 있는 위험에 비교한다면 극히 하찮은 것이라는 걸 깨달았다. 모리아티가 하려고 든다면 손가락을 한 번 튕기는 것으로 메리를 제거할 수 있었다. 그리고 그건 모두 내 잘못 때문이었다.

난 밤새 거의 잠을 자지 않고 몸을 뒤척이며 이러한 딜레마에 대한 해결책을 궁리했다. 피곤에 지쳐 얕은 잠에 빠져들기 직전, 새벽의 희미한 회색 빛줄기가 방 안으로 슬금슬금 기어 들어오는데도 내게 닥친 문제들은 하나도 해결되지 않았고, 앞으로도 해결될 가능성이 없는 것처럼 보였다.

21장

마이크로프트의 조언

존 왓슨이 자신의 로맨스를 셜록 홈즈와 논의하고 있던 그날 밤, 모리아티 교수도 자신의 내실에서 손님에게 저녁식사를 대접하고 있었다. 이 행사는 위조 서류와 잉글랜드 은행의 지폐 동판에 관한 업무적인 것이었다. 이 문제의 상담은 성공적으로 결말이 났다. 식사를 마치자, 두 사람은 서재로 자리를 옮겨 느긋하게 담배를 피우며 포트와인을 마셨다.

"셜록에 대한 건은 어떻게 진행되고 있죠?" 뚱뚱한 손님은 자신의 손등에 정교하게 균형을 맞춰 올려놓은 한 줌의 코담배를 들이마실 준비를 하면서 지나가는 말로 물었다.

"이제는 좀 지루해지기 시작하던 참이었습니다. 우리가 예상했던 대로 선생의 동생은 유래가 없는 범죄수사가로 성장했지만,

우리 사람인 왓슨이 슬쩍슬쩍 옆구리를 찌르는 바람에 내가 하는 작업과는 전혀 상관없는 방면의 범죄를 다루는 쪽으로 나아가고 있죠. 역설적으로 이게 딜레마란 말입니다. 계획은 성공적으로 실행됐는데, 그로 인해 흥분이 될 만한 거리가 없어졌으니까요."

마이크로프트 홈즈는 코로 흡입되지 않고 남은 코담배 가루를 조끼에서 털어내며 코안경 너머로 모리아티를 쳐다봤다.

"아, 어쩌면 사자가 잠을 자고 있을 뿐인지도 모르죠. 셜록이 당신에게 심각한 위험이 되는 때가 있을 겁니다."

"그런 도전이야 언제든지 환영하는 바입니다. 하지만 홈즈는 이제 탐정으로서 성공가도를 달리고 있는 몸이라 다양한 분야에서 행하는 나의 범죄에는 관심이 없는 듯하군요. 꽤나 숙련된 감정가라고 뻐기면서 내가 창조해낸 간결하면서도 깨끗한 걸작보다는 좀 괴기스러운 축소 모형을 더 선호하는 것 같네요."

"걔는 항상 색다르고 희귀한 것을 사랑하거든요."

"맞는 말씀입니다. 그건 그렇고," 모리아티는 상체를 앞으로 내밀어 마이크로프트의 빈 잔에 포트와인을 따랐다.

"왓슨이 그곳을 떠나고 싶어 합니다."

"도대체 무엇 때문에요?"

모리아티가 입술을 비죽거렸다.

"사랑에 빠졌다는군요."

"아, 정말로요? 세상에! 그 왓슨이요? 보나마나 아그라의 보물 사건에 관련된 처녀와 그러는 거겠군요."

"바로 그 여잡니다. 왓슨은 그 여자와 결혼해서 베이커 가를 떠나 교외에서 신혼생활을 시작할 가능성이 극히 높습니다."

"그렇다면 당신은 그렇게 하도록 해줄 건가요?"

"나도 아직 잘 모르겠어요. 어쩌면 지금이 이 친구를 풀어주기에 적당한 때인지도 모르죠. 이 친구가 선생의 동생과 함께 하숙을 한 이후로 실수한 적이 없고, 더 이상 필요할 것 같지도 않거든요. 선생이 좋은 의견을 내놓는다면 기꺼이 받아들일 용의가 있습니다."

마이크로프트는 활짝 웃으며 긴장을 풀었다. 의자에 몸을 푹 파묻고 다리를 난로에 거의 닿을 때까지 쭉 뻗었다.

"그렇게 되면, 허드슨 부인을 손에 넣고 있다고 하더라도 당신의 정체가 약간 드러날 수도 있겠군요. 그게 게임에 흥미를 더할 수도 있겠는데요."

"그럴지도 모르죠." 교수도 동의했다.

"난 이 왓슨이라는 친구를 만나보진 못했지만, 당신에게 제출한 이 친구의 보고서와 당신의 말을 들어보면 믿을 만한데다가 베이커 가를 떠난다고 하더라도 당신에 대한, 아니 따로 작성하진 않았지만 당신과 맺은 계약에 대한 충성심은 그대로 갖고 있을 거라는 인상을 받았어요. 특히 그런 충성심을 유지하도록 이 친구의 머릿속에 충분한 위협거리를 심어준다면 두말 할 나위가 없겠죠."

"그럼 그 여자를……."

마이크로프트는 또다시 활짝 웃었다.

"당연히 써먹어야죠. 사랑은 사내를 매우 유순하게 만드는 법입니다. 게다가 왓슨이 일단 탐정 일이라는 흥분제 같은 과일을 따먹은 이상, 절대로 나무에서 멀리 떨어지지 못할 것 아닙니까? 단조로운 결혼생활을 두어 달 하고 나면, 왓슨은 베이커 가로 달려가서 문을 두드리며 셜록에게 사건수사에 참여시켜 달라고 애원하게 될 겁니다."

"그 시나리오가 마음에 드는군요. 이 계획을 용이하게 하려면 체스판에서 말들을 신속하게 움직여야 하는데, 말들이 한 자리에 너무 오랫동안 머물렀나 봅니다." 모리아티는 자신의 잔을 비웠다.

"조언에 감사드립니다, 마이크로프트. 핵심을 꼭 집어낸 말씀이었습니다."

"적어도 상황을 잘 파악하고 한 조언이라고 할 수 있죠. 어쨌거나 내 동생과 관련된 일이니까요."

모리아티는 껄껄 웃었다.

"그게 항상 흥미로운 부분이었습니다. 한배 속에서 나온 두 형제가 달라도 너무 달라서요."

"뭐, 그리 확연하게 다른 건 아니죠. 아, 신체적으로야 동생과는 아주 다르겠지만요. 그건 내가 좋은 음식과 좋은 와인과 사치스러운 생활을 즐기기 때문이죠."

마이크로프트는 말을 계속하기 전에 자신이 말하려고 하는

요점을 강조하기라도 하듯 술잔을 들어 한 모금 마셨다.

"하지만 두뇌 면에서는 거의 동일한 지적 수준을 갖고 있다고 봐요. 다만 서로 다른 목적으로 사용하고 있다는 차이가 있을 뿐이죠. 우린 둘 다 대규모로 벌어지는 음모와 속임수가 주는 황홀감을 즐기지만 서로 다른 길을 간다고나 할까요?"

모리아티는 맞은편에 앉아 있는 몸집이 큰 사내를 쳐다봤다. 그의 얼굴은 풍선처럼 부풀어 올라 있지만, 뛰어난 지적 능력을 보여주고 있는 게 분명한 날카로운 기색이 번득였다. 코안경의 테에 일부가 가리기는 했지만 그의 눈은 칼날처럼 날카로웠다. 마이크로프트 홈즈가 마음에 딱딱 드는 말들을 해주고 있지만, 마음속의 진심은 어떤 것인지 파악할 수가 없었다. 바로 이 점이 걱정스러웠다. 모리아티의 조직 내에서 긴밀히 협력하고 있는 모든 인원들 중에서 마이크로프트만이 속을 파악할 수 없는 다크호스로 남아 있었다. 범죄 세계에 발을 들여놓은 사람은 애착을 가질 정도로 가까운 친구와 우정을 나누는 호사를 누릴 수 없다는 것을 잘 알고 있었고, 본인도 그런 사람이 없었다. 하지만 이 사람은 셜록 홈즈라는, 절대로 깨질 수 없는 혈연으로 묶인 형제를 가지고 있었다. 마이크로프트는 지적 능력이 뛰어난 사람이라 자신의 동생이 조직에 정말로 위협이 된다면 모리아티가 아무런 거리낌 없이 제거해버리리라는 것을, 파리처럼 뭉개버리리라는 걸 분명히 알고 있을 것이다. 그런데도 마이크로프트는 이럴 가능성에 대해서 걱정을 드러내거나 관심을 보이지 않았다.

"오래된 격언이 틀린 거죠. 화학적으로야 피가 물보다 진한 건 사실이지만, 비유적인 면에서는 허튼소리가 아닐 수 없습니다. 난 내 동생을 미워하진 않지만, 반대로 특별한 애정을 갖고 있는 것도 아닙니다. 이 잔인한 세상에서 우린 각자의 길을 가고 있는 별개의 인간인 거죠. 각각 자신의 운명대로 살아가면 된다는 뜻입니다." 마이크로프트의 얼굴에 미소가 번졌다.

"죄송합니다, 교수님, 또다시 당신의 속마음을 읽어서요."

"어떤 특정한 상황에서는 그게 아주 위험한 능력이 될 수 있어요."

"그렇다면 그런 상황이 절대로 벌어지지 않도록 만들어야죠."

실내는 잠시 적막에 잠겼다가, 공기가 두 사람 사이에 형성된 긴장의 벽을 건드리고 지나가자 그제야 서로 뭔가 알고 있는 듯한 미소를 교환했다.

"이 왓슨이란 사내의 문제가 흥미를 불러일으키는군요." 잠시 후, 두 사람이 시가를 피워 물었을 때 마이크로프트가 말했다.

"당신이 셜록 문제를 잘 처리하고 있어서 지금까진 내가 관여하지 않았는데, 이제 셜록의 친구인 왓슨에게 내 자신을 소개할 때라고 생각합니다. 이 친구뿐만 아니라 그 결혼문제에 대한 내 의견을 환영한 걸로 믿고 있습니다만……."

"음, 그렇게 해도 별로 해가 될 것 같진 않군요." 모리아티는 입장을 분명히 밝히지 않고 애매한 투로 말했다.

"선생이 신중하게 처리해줄 것으로 믿고 있으니까요."

"내 자신이 드러나지 않도록 할 겁니다. 마침 셜록이 가는 길에 놓아줄 수 있는 작은 사건이 생겨서요. 내가 살고 있는 하숙집의 바로 위층에 사는 멜라스라는 그리스인 통역사가 어떤 음모에 말려들어 내게 도움을 청했거든요. 그게 어떤 음모인지 내게는 환히 보이지만, 탐정 노릇은 내가 관심을 가지고 있는 게임이 아니라서요. 따라서 이 미끼를 셜록이 가는 길에 던져주고, 왓슨을 만날 기회를 만들어볼까 합니다."

모리아티는 껄껄 웃었다.

"오, 친애하는 마이크로프트, 선생은 오늘 밤 이곳에 오기 전에 미리 계획을 다 세워놓았던 거로군요. 아주 기정사실로 말입니다."

마이크로프트도 폭소를 터뜨렸다.

"내가 졌습니다, 교수님. 이젠 당신이 내 머릿속을 읽고 있군요."

존 H. 왓슨의 일기에서

밤새 거의 잠을 이루지 못하고 다음 날 아침, 아직 잘 떠지지 않는 눈을 부비며 아침식사를 하러 내려갔다. 반갑게 맞이하는 셜록 홈즈의 태도에서는 어젯밤에 뜨거운 설전을 벌였다는 기색이 전혀 드러나지 않았다. 홈즈는 지나간 잘못에 매달리지 않도록 만들어서 자신만의 생활이 가능하도록 해주는, 일종의 정서적인 기억상실증을 불러일으킴으로써 기분과 논쟁을 격리하는 능력이 탁월했다.

"자네가 밤새 잠을 이루지 못하고 뒤척이는 소리를 들어서 허드슨 부인에게 자네 아침식사를 가져다 달라고 부탁했네. 곧 식사를 할 수 있을 걸세."

"고맙네." 난 홈즈의 맞은편으로 돌아가서 윗면이 다양한 신문들로 거의 뒤덮여버린 식탁에 앉았다. 홈즈는 이 쓰레기 더미에서 편지 한 장을 꺼내 들어 머리 위로 흔들었다.

"내가 잘못 안 게 아니라면, 사건 의뢰가 들어왔네."

그는 기운찬 목소리로 말했다.

"응?"

"이건 내 형님이 보낸 건데……."

"자네 형님이라고?" 난 아직 잠에서 깨어나지 못한 머리를 세게 흔들었다.

"자네 지금 형님이라고 했나?"

"그랬지."

"형제가 있다는 말은 한 번도 한 적이 없었는데……."

"말할 기회가 없었을 뿐이네. 형님 이름은 마이크로프트이고, 나이는 나보다 일곱 살 위네. 우린 뭔가 일이 없으면 거의 만나지 않고 있어. 내가 처음 런던으로 나왔을 때 자금을 대줬다네."

"그분은 무슨 일을 하고 계시나?"

"아, 그게 좀 애매모호하다네. 숫자를 다루는 능력이 유별나게 뛰어나서 공식적으로는 다양한 정부기관들의 회계를 맡고 있지. 하지만 내 생각에는 그보다 좀 더 높은 곳의 업무를 보고 있는 것 같아. 특정한 상황이 벌어지면 수상의 귀 노릇을 하는 게 분명해."

"형님이 한 번도 얘기하지 않았나?"

"정부의 배경에 있는 권력이 세간에 결코 알려진 적이 없기 때문일세, 왓슨. 뭘 그리 놀라나? 그런 게 있다는 걸 전혀 모르고 있었던 모양이군. 그렇지만 형은 그들의 세계에서는 꽤나 유명한 사람이지. 예를 들면, 디오게네스 클럽 같은 곳에서는 말이야."

바로 이 순간, 조심스럽게 문을 노크하는 소리와 함께 내 아침식사와 새로 끓인 커피포트를 들고 우리의 집주인이 들어오는 바람에 대화가 중단됐다.

"식사 가져왔어요, 닥터."

허드슨 부인은 접시를 내 앞에 내려놓으며 말했다.

"이걸 다 드셔야 해요. 오늘 아침에는 얼굴이 유난히 창백해 보이니까 말이에요."

"디오게네스 클럽이라니?"

허드슨 부인이 떠나자마자 난 즉시 물었다.

"대체 그게 뭐 하는 곳인가?"

홈즈는 폭소를 터뜨렸다.

"아마 런던에서 가장 기묘한 곳이고, 마이크로프트는 가장 기묘한 사람 축에 들지. 형이 어딘가에 있는 정부 건물에서 일하고 있지 않을 때는 그 클럽에서 찾아낼 수 있다네."

"그게 어떤 종류의 클럽이기에 그런가?"

"런던에는 숫기가 전혀 없다든가 혹은 태생적으로 사람 만나는 걸 싫어해서 다른 사람들과 어울리지 않으려는 사람들이 많지. 그러면서도 안락한 의자와 최신의 정기간행물을 싫어하는 건 아니란 말이야. 디오게네스 클럽은 바로 이런 사람들의 편의를 위해 시작된 곳이고, 이제는 이 도시에서 가장 비사교적이며 다른 클럽에 들어가기 싫어하는 사람들을 회원으로 거느리고 있지. 회원은 다른 사람에게 조금이라도 관심을 갖는 게 허용되지 않아. 외부인을 대접하는 방 이외에서는 어떠한 상황에서도 대화를 할 수가 없지. 형은 그곳 창립회원 중의 한 명이었어."

"그렇다면 자네 형님은 무슨 이유로 그 클럽에 자주 가는 건가? 숫기가 없어서인가, 아니면 사람 만나는 걸 싫어해서인가?"

"어젯밤에 내가 감정이라든가 어떠한 종류든 애착에 대해서 경계심을 가지고 있다고 말했잖은가? 난 자네를 제외하고는 다른 친구가 없네. 마이크로프트는 이러한 믿음을 나보다 더 크게 갖고 있단 말일세. 형은 홀로 지낼 팔자로 태어난 게 틀림없네. 친구나 자극적인 것이 없어도 너끈히 혼자서 만족하며 살고 있는 걸 보면."

"이런 말을 해서 좀 죄송하긴 한데, 형님이 상당히 괴짜인 모양이군."

홈즈는 이번에도 너털웃음을 터뜨렸다.

"전혀 그렇지 않네. 실제로는 괴짜가 아니란 말이야. 형을 만나보면 매우 재미있는 사람이라는 걸 알게 될 걸세."

"내가 형님을 만나 봬야 하는 건가?"

"오늘 오전 11시 만나기로 되어 있네. 우리에게 건네줄 사건이 있고, 꼭 자네와 함께 와달라고 부탁하더군."

"그게 정말인가?"

"자네가 직접 보게."

홈즈가 내 쪽으로 던진 편지는 내 앞에 차려진 달걀과 베이컨 요리 접시를 살짝 비켜 테이블 위에 내려앉았다.

편지지의 맨 위에 '디오게네스 클럽, 폴몰 소재' 라고 인쇄되어 있었다. 내용은 동판 인쇄 글씨 같은 글씨체로 깔끔하게 적혀 있는데, 아주 간단했다.

> 셜록,
>
> 오늘 11시에 이곳으로 와주렴. '외부인 접견실'에서 만났으면 한다. 동료인 왓슨을 데리고 오려무나. 어쩌면 네가 흥미로워 할지도 모르는 일이 있다.
>
> 마이크로프트.

홈즈와 내가 디오게네스 클럽을 들어섰을 때 11시를 알리는 종소리가 들렸다. 홈즈는 앞장서서 홀로 가면서 입도 뻥긋하지 말라고 내게 주의를 줬다. 유리로 된 칸막이 안쪽의 호사스럽게 치장된 커다란 방에는 상당수의 사람들이 몸이 푹 파묻힐 정도로 큰 의자에 제멋대로 걸치고 앉아 신문을 읽고 있었다. 홈즈는 출몰이 내다보이는 작은 방으로 날 안내하고는 잠시 자리를 비웠다가 자신의 형인 게 분명한 사람과 함께 돌아왔다.

마이크로프트 홈즈는 홈즈보다 훨씬 더 몸집이 크고 건장했다. 아니, 솔직히 말하면 엄청 뚱뚱했다. 자신의 몸무게 때문에 뚱뚱한 사람들이 그렇게 할 수밖에 없듯이 마이크로프트는 우아해 보일 정도로 천천히 움직였다. 하지만 자신의 동생과 아주 흡사한 그의 결연한 표정에는 뭔가가 있었다. 코안경의 뒤쪽에서 반짝이는 마이크로프트의 두 눈은 홈즈가 전신의 능력을 다 짜내고 있을 때만 볼 수 있는 먼 곳을 응시하는 듯한, 자신의 내부를 들여다보는 듯한 그런 느낌을 그대로 가지고 있는 것 같았다.

"만나서 반갑습니다, 닥터." 마이크로프트는 물개의 지느러미 발처럼 넓적하고 반반한 손을 내밀며 말했다.

"이번 사건의 수사를 내 동생과 함께 한다고 알고 있는데요."

난 고개를 끄덕였다.

"저도 형님을 뵙게 돼서 반갑습니다."

"이제 사교적인 인사는 끝났으니 바로 업무적인 이야기를 하도록 하지. 내게 맡길 사건이 있다면서, 마이크로프트?"

홈즈는 냉랭하다 싶을 정도로 무뚝뚝하게 물었다.

마이크로프트는 날 힐끗 쳐다보고는 살짝 미소를 지었다. 그는 거북 등딱지로 만든 코담배 상자에서 코담배를 한 줌 꺼내 요란한 소리를 내며 들이마셨다.

"내 동생은 이렇게 격식이라고는 전혀 거들떠보지도 않는답니다, 닥터 왓슨. 사건이라고, 셜록? 뭐, 사건이라고 불러도 무방할 것 같구나. 특이한 일인 것만은 분명하니까 말이다."

이 몸집 큰 사내가 자신의 동생을 마치 홍차를 마시려고 안달이 난 배고픈 학생이라도 되는 것처럼 응석을 받아주며 가볍게 다루는 것이 아주 흥미로웠다. 난 마이크로프트에게서 이미 멋지게 구상이 끝나 곧 출간할 준비가 되어 있는 베이커 가 세상에 등장시켜도 좋을 만한 흥미진진한 인물을 발견했다.

"그래서?" 홈즈는 초조한 기색을 감추지 않고 장갑으로 테이블을 내려쳤다.

"무슨 일인지 빨리 말해줘."

홈즈의 재촉에 대한 반응으로 마이크로프트는 자신의 수첩 한 장에 뭔가를 적고는 벨을 울려 웨이터에게 쪽지를 건넸다.

"멜라스 씨를 이곳으로 오라고 부탁했다. 내가 하숙하고 있는 집의 바로 위층에 사는 사람인데, 좀 안면이 있어서 뭔가 이해할 수 없는 당혹스러운 일이 생기자 날 찾아왔던 거지."

들어보니 사건이라는 게 아주 하찮은 것이라서 내 친구가 탐정의 재능을 발휘하고 어쩌고 할 여지도 별로 없어 보였다. 사실 좀 별 볼일 없는 일 같아서 내가 창작하고 있는 홈즈의 사건집에서 다루지 않아도 좋을 듯했다. 하지만 이게 겉보기에만 이랬고, 맨 마지막에는 주범들이 홈즈와 법률의 포위망을 빠져나가고 말았다.

그 주범들을 체포하려고 출동했다가 아무런 수확도 거두지 못하고 돌아오는 길에 내 친구는 성질을 부렸다.

"이거 뭐, 헛수고만 하고 짜증이 나는군." 홈즈는 베이커 가로 돌아오는 마차 안에서 푸념을 늘어놓았다.

"본보기가 될 만한 사건의 요소들을 다 갖추고 있었는데……. 좀 더 일찍 수사에 착수할 수 있도록 해줬으면 좋았을 텐데……."

난 그저 홈즈의 말에 동의한다는 투로 고개를 끄덕이기만 했다. 사실 이번 사건은 재미있는 소설이 되는 데 적합한 극적인 요소들을 거의 다 포함하고 있었지만, 독자들을 만족시킬 수 있는 결말이라는 게 없었다.

우리가 하숙집의 거실에 도착하자 마이크로프트가 얼음통에 샴페인 한 병을 채워놓고 우릴 기다리고 있었다. 동생의 얼굴을 한 번 쳐다본 것만으로도 오늘 밤에 만족스러운 결과를 얻지 못했다는 걸 알아차린 것 같았다.

"너무 신경 쓰지 마라, 셜록." 마이크로프트는 신중하게 샴페인의 코르크를 따며 씩 웃었다.

"넌 최선을 다했잖니. 탐정 일을 할 때마다 성공한다는 보장이 어디 있니?"

"난 항상 자신이 있었단 말이야." 홈즈는 퉁명스럽게 대꾸하고 코트를 벗어 옷걸이에 집어 던진 다음, 자신의 침실로 들어가 버렸다.

"쟤가 어렸을 때부터 항상 심통이 사나운 녀석이었죠."

마이크로프트는 홈즈의 무례함에 전혀 개의치 않고 내게 샴페인 잔을 건넸다.

"이거, 우리 둘이서 이 병을 비워야겠는데요."

난 마이크로프트에게 감사하다고 말하고, 우리 두 사람은 각각 난로의 한 쪽씩을 차지하고 앉았다. 그러다보니 마이크로프트는 자동적으로 평소에 자신의 동생이 차지했던 의자에 앉게 됐다.

"셜록이 없는 자리이니까 그 녀석을 대신해서 건배를 하고 싶군요. 범죄를, 더 크고 더 나은 범죄를 위해서!"

마이크로프트가 껄껄거리고 웃자 나도 얼른 대열에 합류했다.

"왓슨, 선생은 이곳을 아주 편하게 여기고 있는 것 같군요." 마이크로프트는 자신의 주위를 둘러보며 말했다.

"그렇습니다."

"그런데……, 셜록의 말을 들어보니 이곳을 떠나신다면서요? 로맨스 향기가 풀풀 난다던데요."

"홈즈가 그런 사실을 말해줬다고요?" 난 정말로 깜짝 놀랐다. 홈즈가 내 사생활은 아주 신중히 다뤄줄 것으로 기대했었는데…….

"어쨌거나 우린 형제잖아요." 마이크로프트는 비어 있는 내 술잔을 다시 채웠다.

"오다가다 만난 어중이떠중이도 아니고, 술집에서 술을 마시다가 만난 사이도 아니란 말입니다. 셜록이 선생에게 해를 끼치려고 말해준 건 아니라고 확신하고 있어요. 셜록의 목소리나 행동으로 미뤄봤을 때 동료를 잃을까 봐 무척이나 걱정하는 것 같더군요."

"음, 그런 일이 당장 벌어질 정도로 확실한 건 아닙니다."

"아하."

"그게 말입니다……. 극히 초기 단계일 뿐이라서요."

"왓슨, 내가 선생의 사적인 영역에 너무 깊숙이 침범했다면 미안하지만, 그 젊은 숙녀분을 향한 당신의 감정이 확실한 건가요?"

"물론입니다."

"그리고 선생을 향한 그 숙녀분의 감정도요?"

"그렇습니다."

"아, 그렇다면야 나머지는 사소한 일일뿐이죠. 잘되기를 빌겠습니다. 하지만 한 가지는 약속해줘야겠습니다. 선생이 결혼의 길을 가게 되면, 당연히 그렇게 되리라고 봅니다만, 셜록을 완전히 버리지 않을 거라는 걸요."

난 머리를 세차게 가로저었다. 내가 어떻게 그럴 수 있단 말인가? 마이크로프트는 날 자신의 동생에게 묶어놓은 쇠사슬을 전혀 모르고 있었다. 하지만 그와 동시에 나의 본능은 친구를 배반하지 않아야 한다고 울부짖고 있었다. 홈즈는 내가 친구라는 이름으로 부를 수 있는 유일한 사람이었다.

"좋아요. 샴페인 더 하겠소, 왓슨?"

마이크로프트는 또다시 내 술잔을 채웠다.

"이제 난 가봐야겠소. 시티에서 또 다른 약속이 잡혀 있어서요."

마이크로프트는 낑낑대면서 의자에서 간신히 몸을 일으켜 세우고는 술잔을 테이블 위에 내려놓았다. 그제야 그가 샴페인에는 거의 손을 대지 않았고, 이것도 첫 번째 잔이었을 뿐이라는 걸 알아차렸다.

"왓슨, 선생이 병을 비우도록 하시오."

마이크로프트는 코트를 걸치며 환하게 웃었다.

"잠을 푹 자도록 해줄 테니까요. 다시 만나기를 고대하고 있겠소. 동생에게 대신 인사를 전해줬으면 합니다. 아침이 되면 오늘 있었던 기분 나쁜 일은 싹 잊어버릴 겁니다."

그 말과 함께 마이크로프트는 휘적휘적 걸어 방 밖으로 나가서 등 뒤로 문을 쾅 닫았다.

22장

사랑하는 메리

난 일주일 내내 이도 저도 아닌 좀 어정쩡한 상태로 살았다. 내 미래가 어떻게 펼쳐질지, 사랑하는 메리의 미래는 또 어떻게 될지 몰라서였다. 그녀는 암울하기만 하던 날에 한 줄기 햇살을 비춰준 존재였다. 우린 자주 만나서 점심식사를 함께하거나 공원을 산책했고, 한 번은 극장에 가기도 했다. 우리의 관계는 점점 더 깊어지고 강화됐다. 그녀가 앞으로 평생 함께 지내고 싶은 여인이라는 점에는 단 한 점의 의혹도 없었고, 메리도 나에 대해서 똑같이 느끼고 있을 거라는 걸 확신했다. 그녀와 함께 있는 동안에는 항상 행복하고 마음이 편안해졌지만, 나도 모르는 사이에 우리의 행복을 짓누르는 그림자가 있다는 걸 언뜻언뜻 표정으로 드러낸 게 틀림없었다.

"당신을 혼란스럽게 하는 뭔가 있는 것 같은데, 그렇지 않아요, 존?" 어느 날 밤, 함께 마차를 타고 포레스터 부인의 집으로 가는 도중에 메리가 물었다.

난 미소를 지어 보이며 고개를 가로저었다.

"천만에! 그럴리가!" 서투른 변명이 통할 리가 없었다.

메리는 상체를 앞으로 내밀어 내 뺨에 키스했다.

"이젠 나의 존을 잘 알고 있다고 생각해요. 당신이 알아차리지 못하도록 틈틈이 지켜봤는데, 뭐랄까……. 당신 눈에서 슬픔 같은 게 보였어요. 분명히 무엇인가가 있어요. 당신의 감정에 확신이 없다면……."

"하느님 맙소사! 메리, 아니오! 제발 그런 생각은 절대로 하지 말아요. 난 당신을 정말로, 깊이 사랑하고 있다고요."

메리는 얼굴 가득 미소를 지었다.

"그 말을 들으니 정말 기뻐요……. 나도 당신을 정말로, 깊이 사랑하고 있으니까요."

우린 서로를 굳게 껴안았다. 이렇게 몸을 밀착하니 그녀의 향수 냄새에 나의 모든 감각이 제멋대로 뱅뱅 돌기 시작했다.

"그렇다면 뭐가 문제예요?"

우리가 포옹을 풀자 메리가 물었다.

메리와 살을 맞대면서 뭔가에 홀린 듯한 상태에 빠진 난 아주 잠시 동안 그냥 모든 사실을 다 털어놓고 싶은 마음이 들었다. 다행히도 보다 또렷한 정신이 자리를 잡고 그런 마음을 가로막았다. 메리에게 모든 걸, 군대에서 불명예제대를 당한 것으로부터 모리아티를 만나 그의 스파이 노릇을 하고 있다는 것까지 다 털어놓을 수 있으면 얼마나 좋을까. 나를 사랑하는 누군가에게 내가 지고 있는 짐을 털어놓는 게 가장 좋은 해소법이 될 게 틀림없었다. 하지만 그건 극히 이기적일 뿐만 아니라 매우 위험해질 가능성도 높았다. 그런 사실을 다 알게 된 메리는 모리아티에게 위협적인 요소로 보일 것이고, 그녀의 목숨은 한 푼의 가치도 없어질 게 뻔했다. 게다가 메리가 왓슨의, 아니 존 워커의 진정한 내력을 알게 되면, 나의 속임수와 결점들을 이유로 거절할 수도 있었다. 아니, 위장 신분을 그대로 유지할 수밖에 없었다.

"셜록 홈즈가 문제지."

"홈즈 씨가요?" 그게 무슨 소리냐는 듯 메리의 아름다운 눈썹이 찌푸려졌다.

"그 사람이 냉정하게 확신에 찬 태도를 하곤 있지만 여러 모로 내게 의지하고 있어요. 동료로서, 자신의 의견을 들어주는 말동무로서, 그리고 친구로서 말이오. 나 이외에는 아무도 없는 형편이라서……." 나 역시 그런 신세라고 털어놓을 뻔한 걸 간신히 참았다.

"아, 무슨 말인지 알겠어요. 아니, 알 것 같기도 하네요."

"내가 베이커 가를 떠난다는 걸 상당히 심각하게 받아들이고 있어요. 홀로 남겨진다는 것과 사건을 수사할 때 함께할 사람이 없다는 것을 선뜻 받아들이기 힘드나 봐요. 그 친구는 자신의 가설을 날 이용해서 검증하곤 했거든요."

"당신을 이용했다고요? 이 사람이 정말……."

메리의 표정이 굳어졌다.

난 쓴웃음을 지었다.

"맞아요, 그 친구는 날 이용했어요. 그게 그 친구의 방식이죠. 하지만 나름의 방식대로 날 존경하고 내게 관심을 쏟았다는 건 분명합니다."

갑자기 심각한 표정을 짓고 있던 메리의 얼굴 전체에 미소가 번지더니 깔깔 웃어댔다.

"오, 존, 그런 사소한 문제에 이렇게 예민하게 신경을 쓰는 사람은 당신뿐일 거예요. 셜록 홈즈는 다 큰 어른이니 자신을 충분히 돌볼 수 있을 것이고, 자신의 가설도 혼자서 검증할 수 있을 게 틀림없어요. 그리고, 어쨌거나 당신이 이 나라를 떠나는 것도 아니잖아요? 베이커 가에 있는 당신의 방들을 비운다고 해서 홈즈 그 사람을 다시는 안 본다는 것도 아니고, 그 사람이 수사하는 데 절대로 함께 가지 않는다는 것도 아니죠. 다만 밤이 되면 당신이 사랑하는 아내가 기다리고 있는 집으로 돌아온다는 것만 다를 뿐이라고요." 그러고는 또다시 큰 소리로 웃었다.

"그렇다면 내가 홈즈와 계속 만나거나, 가끔씩 그 친구를 도와줘도 괜찮다는 뜻인가요?"

"그거야 당연하죠, 이 바보 같은 사람. 난 내 남편을 지금까지와는 전혀 다른 무엇인가로 억지로 만들려는 그런 여자가 아니라고요. 난 지금 당신 그대로의 모습을 사랑하고 있어요. 그런 당신을 변화시키려고 애쓰는 건 어리석은 짓이죠."

우린 당분간은 이 문제를 덮어두자고 확인이라도 하듯 더 이상 쓸데없는 말을 하지 않고 다시 껴안으며 키스했다.

모런 대령과 만나라는 지시가 적힌 모리아티의 편지를 받은 건 그로부터 불과 2, 3일 후였다. 떨리는 가슴을 안고 그날 아침에 약속 장소로 출발했다. 내가 집을 나설 때, 홈즈는 아직 잠자리에서 일어나지 않았었다. 그는 지금 하고 있는 수사가 없었기 때문에 불만이 잔뜩 쌓인 상태였다. 나 자신의 문제와 걱정거리에 정신이 팔려서 홈즈가 코카인 병에 손을 대지 못하도록 막는 일에 신경 쓸 여지가 없었다. 홈즈가 코카인을 과다하게 투여했다는 걸 알아차렸지만, 내가 어떤 말을 하더라도 인공적으로 자신의 정신을 각성하고자 하는 홈즈의 결심에 아무런 영향을 미치지 못할 것이라고 확신했다. 풀리지 않는 범죄가 곧 발생해서 홈즈가 맑은 정신으로 돌아오기만을 바랐다.

모런이 탄 마차가 약속된 시각에 모습을 드러냈고, 난 얼른 그곳에 올라탔다.

"안녕하시오, 왓슨. 잘 지냈으리라고 믿소만……?" 마차 안쪽의 어두운 곳으로부터 귀에 익은 목소리가 들려왔다. 모런이 으레 하는 인사였다.

"물론, 잘 지내고 있었소."

"좋아요. 곧장 본론으로 들어갑시다. 선생은 베이커 가에서의 임무를 내팽개치고 결혼하려고 교수님과의 계약을 파기하고 싶다고 했다면서요?"

"계약을 깨자는 게 아니라 계약으로부터 벗어났으면 하는 것이오. 아니면, 적어도 조건을 좀 변경해주기를 바라는 것이오."

"아주 입맛대로 하자는 것이군요, 왓슨. 그럼 결혼하고서는 무슨 일을 하려고요?"

"당연히 가정을 꾸려야죠. 다시 병원을 개업하면 좋겠다고 생각했고요."

"그렇다면 홈즈는요? 선생이 원하는 새로운 계약 조건 하에서 그 사람과의 관계를 어떻게 지속할 수 있나요?"

"당신이 그걸 물어보리라고 예상했어요." 난 퉁명스럽게 대꾸했다. 상대방과 밀고 당기는 게임이 정말 싫어졌다.

모런이 성냥을 켜서 셰룻(필터가 없는 시가)에 불을 붙이자 마차 안이 갑자기 환한 빛 천지가 됐다. 성냥이 다 타고 꺼지면서 마차 안이 다시 어두컴컴해지기 전에 잠깐 동안 대령의 조각 같은 얼굴과 숱이 많은 회색 눈썹이 보였다.

"아주 좋아요, 닥터 왓슨. 선생의 요청이 받아들여졌습니다."

난 깜짝 놀라 헉 하는 소리를 냈다.

"하지만," 내가 뭐라 말을 하기도 전에 모런이 딱 잘라 말했다.

"거기에는 몇 가지 조건이 있습니다." 난 고개를 끄덕였다. 당연히 이런 것이 있을 거라고 예상했었다.

"첫째, 셜록 홈즈와 지속적으로 접촉하고, 그자가 선생의 도움을 요청할 때는 언제라도, 즉시 그자의 곁으로 달려가시오. 둘째, 홈즈가 현재 하고 있는 수사에 참여할 것을 지시하는 교수님의 메시지를 받으면 위와 똑같은 요령으로 즉시 그대로 행하시오. 여기까지 다 이해했나요?"

"이해했습니다."

"어떤 사태가 닥쳐도 이런 합의사항을 선생의 부인에게나 다른 살아 있는 사람에게 누설해서는 안 됩니다. 알아들었나요?"

"네."

"좋아요. 결혼 계획은 선생에게 맡겨두겠지만, 선생의 새로운 거처와 패딩턴에서의 병원 개업은 교수님께서 알아서 준비해주실 겁니다."

"패딩턴에서요?"

"아담하고 아주 멋진 집이죠. 두 채가 붙어 있는 곳 중의 한 집이고요. 누가 봐도 아늑한 곳으로, 전면의 방은 진찰실로 사용하면 되고요. 선생에게 아주 잘 맞을 겁니다. 개업을 해도 그리 번창하진 않을 텐데, 그건 우리가 번창하길 원하지 않기 때문입니다. 무슨 말인지 알겠어요? 선생의 탐정 친구를 도와야 할 시간이 충분해야 한단 말입니다. 병원이 파리를 날리고 있을 때면 소설을 마음 놓고 쓸 수도 있을 거고요."

내가 듣고 있는 소식이 근본적으로는 상당히 고무적이긴 했지만, 모런의 비꼬는 듯한 어조로 미뤄봐서 내게 채워진 족쇄는 제거되지도, 느슨해지지도 않았다. 이전의 것과 동일한 정도로 꽉 조이는 다른 것으로 대체되었을 뿐이었다. 하지만 이제 메리에게 결혼해달라고 요청하고 결혼 날짜를 잡을 수 있어서 고맙기만 했다.

"선생도 알다시피," 모런의 말이 계속 이어졌다.

"우리 조직에서는 문서화된 계약서가 없어요. 말로 약속하면 그걸로 끝인 거죠."

당하는 사람에게 선택의 여지를 주지 않는 너희로서는 그렇게 하는 게 수월하겠지. 모런은 내가 대답하기를 재촉하는 듯 하던 말을 멈췄다.

"알겠습니다."

"그렇다면 왓슨, 선생은 우리의 계약 조건에 동의했고 그걸 준수할 겁니까?"

"메리와 결혼할 수 있다면, 당신네 원하는 건 무엇이든지 할 생각입니다." 난 이 말을 하면서 납덩이가 심장을 누르는 듯한 느낌을 받았다.

"좋아요. 그럼 그렇게 결정된 것으로 합시다." 모런이 딱 잘라 말했다.

그 달이 가기 전에 메리와 난 결혼했다. 결혼식은 에지웨어로드에 있는 세인트모니카 교회에서 올렸다. 메리와 나만이 참석한 비공개 결혼식이었다. 홈즈에게 신랑들러리가 되어 달라고 부탁했는데, 툴툴거리면서 마지못해 승낙했었다. 하지만 약속된 시각에 모습을 드러내지 않았다. 우린 홈즈가 얼른 와주기를 바라며 10분 정도 기다렸지만 결혼식을 주관하는 목사가 식이 지연됨에 따라 짜증을 내기 시작해서, 결국에는 교회 안에서 빈둥거리던 부랑자 한 명을 결혼식 증인으로 세워야만 했다. 부랑자는 추위를 피하려고 교회 안으로 들어온 것 같았고, 결혼식을 법적으로 유효화하기 위해 1파운드짜리 금화 한 개를 주며 도와달라고 부탁하자 숨이 넘어갈 듯이 깜짝 놀랐다.

환희의 순간이었어야 함에도 불구하고 홈즈가 모습을 드러내지 않아서 날 실망시켰다는 점이 흥을 반감시켰다. 난 정말 홈즈가 하나밖에 없는 친구를 기쁘게 해주기 위해 사랑과 결혼에 대한 자신의 감정을 한 번만 접어주기를 간절히 빌었었다. 하지만 내가 생각을 잘못한 것 같았다.

메리와 난 브라이튼으로 신혼여행을 갔는데, 그곳 호텔에 도착하자 전보 한 장이 날 기다리고 있었다. 셜록 홈즈로부터 온 것이었다. 내용은 이랬다.

> 참석하지 못해 미안하네. 사건 수사 중이라서.
>
> 왓슨 부인에게 안부 전해주게.
>
> SH.

23장

침입자

난 아주 수월하게, 그리고 만족스럽게 결혼 생활과 병원 일에 빠져들었다. 아주 행복한 시간을 보내고 있어 내가 여전히 인위적인 상황에서 통제받고 있는 꼭두각시라는 현실을 인식하지 않도록 억누를 수 있었다. 메리와의 관계와 그녀에 대한 나의 사랑은 진실했고, 바로 그것들이 내 환자들을 치료하는 것과 더불어 내 삶을 지탱해주는 정신적인 지주가 됐다. 이전에는 군의관으로 오래 근무했기 때문에 일반인들을 상대로 하는 진료 행위는 거의 하지 않았었는데, 지금부터 이 일로 먹고 살기에 충분한 수입을 올리려면 상당한 시간을 들여 엄청나게 일해야 한다는 걸 깨달았다. 점차적으로 새로 찾아오는 환자들이 늘어나긴 했지만, 이는 다른 것들보다도 내가 어떤 의사인가 하는 호기심이 가장 큰 원인인 것 같았는데, 어쨌든 이 길은 아주 오랫동안 가야 할 여정인 게 분명했다. 환자가 드문드문 찾아오는 바로 이런 곳이기 때문에 모리아티가 이곳을 개업 장소로 선택했던 게 아닌가 하는 의심이 들었다. 모리아티는 내가 진료하기에 너무 바빠서 자신에 대한 의무를 제대로 수행하지 못하는 것을 원하지 않았다. 하지만 환자가 별로 없는데도 이미 3개월가량 내 의무를 다하지 못했다.

난 이 기간 동안 홈즈를 한 번도 찾아가지 않았고, 그도 내게 연락하지 않았다. 물론, 난 홈즈가 연락할 것이라고 기대하지 않았다. 그가 내게 도움을 청하는 건 그럴 필요가 있을 때만일 게 분명했다. 베이커 가의 하숙집에서, 이제는 동료와 함께 방을 나눠 쓸 필요가 없어진 하숙집에서 코카인과 의욕 사이를, 마약이 가져다주는 나른함과 열정적인 천성으로 인한 폭발적인 에너지 사이를 왔다 갔다 하면서 책과 파일들 사이에 파묻혀 있을 홈즈의 모습을 머릿속에 그려보았다. 어쨌거나 탐정으로서의 홈즈의 명성은 계속 멀리 퍼져나갔다. 때때로 신문에서 그의 활약상의 일부를 읽곤 했는데, 특히 트레포프 살인사건의 수사를 의뢰받아 오데사에 다녀온 일을 놓고 보면 사건을 수사하는 데 동료가 없다는 무력감을 완전히 극복한 것처럼 보였다.

그동안 셜록 홈즈를 방문하지 않은 일에 대해 약간의 죄책감을 느꼈다. 모리아티와 관련된 부분 때문이 아니라 홈즈를 내 친구로 여기고 있기 때문이었다. 이러한 죄책감을 결혼한 지 거의

4개월이 다 되어가는 어떤 날 저녁까지, 환자에게 왕진을 갔다 돌아오며 베이커 가를 지날 때까지 억눌렀다. 하지만 지금도 기억이 생생한 하숙집 문 앞을 지나칠 때 친구를 다시 봐야겠다는 강한 욕구에 사로잡혔다. 즉석에서 현관 초인종을 눌렀고, 허드슨 부인이 날 맞이했다. 그녀는 반갑게 환영의 인사를 하고 열정적으로 날 껴안았다.

"예전에 살던 곳으로 찾아온 모습을 보니 정말 좋구려. 닥터가 떠난 이후로 모든 게 예전 같지는 않아요. 닥터가 있었을 때는 그 사람을 그래도 바로잡아 줬으니까."

"그 친구가 까탈을 부렸나요?" 난 홈즈의 숙소로 올라가는 계단 쪽으로 고개를 돌려 끄덕이며 물었다.

"그렇게 말해도 별로 틀림이 없을 거예요. 그놈의 기분하고는! 난 그렇게 기분이 왔다 갔다 하는 사람은 처음 봤다오. 그 양반이 언제 집에 있을지를 전혀 모르는데 언제 청소를 해야 할지 어떻게 알겠어요? 때론 아무런 말이나 경고나……. 설명도 없이 사흘 정도 행방을 감췄다가 집에 돌아와서는 당장 햄 앤 에그를 차려달라고 성화를 부린다고요. 배가 고파 죽겠다면서요."

허드슨 부인이 이러지도 저러지도 못하는 상황에 웃음이 터져 나오는 걸 참을 수가 없었다.

내 모습을 보더니 허드슨 부인도 큰 소리로 웃고 말았다.

"끝내주는 사람이죠, 예?"

난 고개를 끄덕였다.

"다시 돌아와서 그 양반의 생활에 규칙적인 습관과 분별심을 좀 불어넣어 줄 수 없나요, 닥터 왓슨?"

"전 지금 유부남이라고요, 허드슨 부인. 이곳이 아닌 다른 곳을 책임져야죠."

"아, 당연히 그래야죠. 도대체 내가 무슨 생각을 한 거지? 그러고 보니 신수가 훤해졌네요. 마나님께서 아주 잘 보살펴주시나 보네요."

"거의 부인만큼 잘해준다고 봐야죠."

허드슨 부인은 내 팔을 다독이며 활짝 웃었다.

"그 친구, 안에 있습니까?"

"예, 닥터의 얼굴을 보면 정말 기뻐할 게 틀림없어요."

난 부인과 같은 확신이 들지 않았다. 문을 열자 셜록 홈즈는 내게 슬쩍 미소를 지어 보이고는 들어오라고 손짓했다. 실내는 불과 몇 분 전에 회오리바람이 쓸고 지나간 것처럼 보였다. 종잇장들이 아무 데나 흩어져 있었다.

홈즈는 원래 내가 앉았었던 의자에서 서류 더미를 치우고 그곳에 앉으라고 말했다.

"한참 조사 중이라서 이런 꼴이라네."

홈즈는 종잇장들을 가리키며 태연하게 말했다.

"꼭 필요한 정보가 이곳 어딘가 있는데, 어디에 박혀 있는지 찾을 수가 없구만."

"기록철을 정리하는 자네의 방식은 아주 정확했었는데……?"

"그렇게 보였었는데, 지금은 전혀 이해할 수가 없네."

먼 곳을 바라보며 꿈을 꾸는 듯한 그의 눈은 지금 약물의 영향을 받고 있다는 걸 여실히 보여주고 있었다. 그는 파이프에 불을 붙였는데, 성냥을 성냥갑에 그을 때 손이 연신 떨리고 있었다.

"홈즈, 자네 안색이 별로 좋아 보이지 않는데……. 자신의 몸을 학대하고 있나 보군."

"그럴 지도 모르지." 홈즈는 고개를 끄덕였다.

"이따금 우울해진단 말일세. 특히나 당장 해결해야 할 사건이 없을 때면 더 그렇고. 하지만 원래 이런 사람이니 어쩌겠나."

홈즈가 쌀쌀맞게 내뱉은 마지막 말에는 네 일이나 잘하라는 가시가 박혀 있었다. 이러면 홈즈에게 충고하고 싶은 말을 해볼 여지가 없었다. 내가 뭔가를 말하려고 머리를 짜내는 동안 실내에는 어색한 침묵이 흘렀다.

"결혼 생활이 자네에게 아주 잘 맞는 모양이군." 결국 홈즈가 먼저 입을 열었다.

"마지막으로 봤을 때보다 체중이 3.4킬로그램 정도 불어난 것을 보니."

"3.1킬로그램 늘었네."

홈즈는 불만이 있는 듯 눈썹을 쫑긋 치켜세웠다.

"정말인가? 좀 더 높여 부를 걸 그랬군. 그랬다면, 결혼 생활을 너무 즐기다 보니 몸이 불어나는 것도 몰랐다고 흉을 볼 수 있었을 텐데……. 그리고 꼴을 보아하니 다시 개업을 한 모양이군. 늘 하던 일로 되돌아갈 의향이 있다는 말은 내게 하지 않았는데 말이야."

"내가 다시 개업했다고 확신하는 근거가 뭔가?"

"그거야 내가 셜록 홈즈이기 때문이지. 그 점을 잊어먹은 건가, 왓슨? 난 똑바로 보고 추리를 한단 말일세. 자네도 그렇다는 걸 알고 있었잖나." 홈즈는 짜증이 나는지 한숨을 내쉬었다.

"어떤 신사가 요오드프롬의 냄새를 풍기며 내 방 안으로 걸어 들어오는데 오른손 집게손가락에는 질산염이 묻어 생긴 검은색 반점이 있고, 실크햇의 옆면이 살짝 부풀어 있어 청진기를 숨긴 게 분명하다면, 그 사람이야말로 현역 의사로 일하는 사람이라고 어찌 단언하지 않을 수가 있겠나? 그렇게 말하지 못하는 사람이 멍청한 거지. 만족스러운가?"

난 고개를 끄덕이며 힘없이 미소를 지었다.

"날카로운 솜씨는 전혀 녹슬지 않았군."

"그렇게 말해주니 고맙네. 그런데 닥터, 무슨 일로 안락한 집과 사랑스러운 마나님의 곁을 떠나 오늘 밤 날 찾아온 건가?"

홈즈의 목소리에는 경멸의 기색이 역력했고, 친구라는 작자가, 아니 예전에 친구였던 작자가 날 이렇게 모욕적으로 막 대하는 모습에 내 가슴 속에서는 분노가 끓어올랐다.

"그 놈의 우정 때문이지. 자네가 어떻게 지내고 있는지 보려고 왔단 말일세."

"자넨 그저 이곳을 지나치다가 충동적으로 들른 것으로 보이는데? 몇 달 동안이나 연락도 없고 해서 나에게는 관심을 뚝 끊은 줄 알았지."

홈즈의 말은 막말에 가까웠을 뿐만 아니라 그 와중에도 한 조각의 진실을 담고 있어 마음이 아팠다.

난 자리에서 벌떡 일어섰다.

"일을 하느라고 바쁜데 내가 괜히 찾아온 모양이군. 난 단지 그저……."

"그저 뭐가 어쨌다는 건가?"

홈즈는 내 말을 그대로 따라했다.

"왓슨, 자네는 자네가 진정으로 뭘 원하는지를 모르고 있는 것 아닌가? 그래, 잘 봤네. 난 무척이나 바빠. 그리고 메리는 자네가 돌아오길 기다리며 따뜻한 저녁식사를 준비해뒀겠지."

그 순간, 내 가슴속에서는 분노의 불길이 확 피어올랐고, 홈즈를 한주먹에 박살내고 싶은 욕구를 간신히 억눌렀다. 나의 이성이 홈즈가 이렇게 말하는 것의 일부는 마약의 탓이고, 다른 일부는 내가 석 달이 넘도록 자신을 내팽개쳤다는 섭섭함 탓이라고 일깨워줬기 때문이었다.

난 급히 문 쪽으로 걸어가서 홈즈에게 작별인사를 했다.

계단을 다 내려왔을 때, 커튼을 뚫고 홈즈의 기분을 그대로 드러내는 듯한, 귀에 거슬리지만 애잔한 바이올린 소리가 들렸다.

밤의 어둠 속으로 걸어나왔을 때, 짜증이 나고 화도 치밀어 내 눈에는 눈물이 고였다. 홈즈에게뿐만 아니라 나 자신에게도 화가 났다. 내 친구를 돌보지 않고 방치했던 건 분명하지만, 대부분의 남자들이라면 내 사정을 이해해줬을 것이다. 물론 홈즈는 대부분의 남자에 속하지 않았고, 그의 못된 이기적인 성격이 다른 사람들의 감정과 민감한 부분들에 대해서 눈이 멀도록 만들었다. 홈즈도 이성적으로 나오지 않았지만, 나도 무례하게 행동한 건 사실이었다. 결혼식을 올린 직후에 앞으로도 정기적으로 찾아오겠다는 의미로 홈즈를 보러 갔더라면……. 하지만 거의 4개월 가까이 발을 뚝 끊어버렸다. 내가 유일하게 가깝게 느끼고 좋은 친구라고 여겼던 사내와 나 자신 사이의 연결고리를 경솔하게 끊어버린 셈이었다.

난 무거운 가슴을 안고 신혼집으로 돌아왔다. 거실에서는 램프 하나가 불을 밝히고 있었다. 브랜디 디캔터(술을 술병에서 따라 상에 낼 때 쓰는, 보통 보기 좋게 만든 유리병)와 술잔 하나가 아직도 불기운이 살아 있어 따뜻한 난로 옆의 테이블 중앙에 놓여 있었다. 쪽지 한 장이 디캔터에 기대어 세워져 있었다. '여보, 자기 전에 술 한 잔 드세요. 힘든 일을 했으니 충분히 그럴 자격이 있어요. 그게 끝나면 아주 조용히 침대로 오시고요. 메리.'

이러한 아내의 사랑 표시에 미소가 절로 흘러나왔다. 고마움에 저절로 가슴이 따뜻해졌다. 난 홈즈라는 친구를 잃었을지는 모르지만, 사랑스러운 메리를 얻은 것이었다. 아내는 이 세상의 남자들과 함께하는 모든 우정보다도 더 값어치가 있었다. 잠시 동안 내 손은 디캔터 주위를 맴돌았지만, 난 한숨을 내쉬며 디캔터를 옆으로 치워버렸다. 신체적이든, 정신적이든 간에 내가 고통을 느낄 때 브랜디가 그걸 덜어주지 못할 게 뻔했다. 난 이런 사실을 경험을 통해 뼈저리게 느끼고 있었다.

일주일 후, 모리아티 교수는 아주 중요한 문제로 자신의 수석 보좌관과 회의를 하고 있었다. 모런은 상체를 기울여 모리아티의 책상 위에 펼쳐져 있는 도면을 세심하게 살폈다. 입에 물고 있던 시가로부터 담뱃재가 떨어지자, 모런은 손을 휘저어 날려버렸다.

"이거, 분명히 제대로 먹히겠는데요."

마침내 모런이 입을 열었다.

"먹히는 거야 당연하지." 교수로부터 다소 날카로운 반응이 되돌아왔다. 교수는 모런으로부터 좀 떨어져서 보랏빛 황혼에 잠긴 채 사납게 꿈틀거리는 시커먼 강물을 내려다보고 있었다. 그는 순식간에 몸을 돌려 책상에 서 있는 모런 곁으로 다가왔다.

"난 의문의 여지나 실수를 허용하는 사람이 아닐세, 모런. 자네도 지금쯤이면 그렇다는 걸 확실히 알고 있다고 내가 생각할 수 있으면 좋겠군."

"당연히 그렇게 생각하셔야죠." 모런은 부드러운 목소리로 대꾸했다.

"몇 가지 면에서는 이번 계획이 양날의 검이라고 할 수 있어. 한 편으로는 가장 멋진 범죄를 저지르고 그로 인해 큰돈을 벌어들이는 즐거움을 누릴 수 있지만, 다른 한편으로는 아무도 범죄가 저질러졌다는 걸 알아차리지 못할 것이기 때문에 나의 천재성과 대담함을 알릴 기회가 없을 테니 말일세."

"바로 그게 이 계획의 뛰어난 점이죠."

모리아티는 점잖게 고개를 끄덕였다.

"그래." 교수는 말을 멈추고 잠시 생각에 잠겼다가 이내 회의의 원래 목적으로 돌아와 두 손바닥을 문질렀다.

"우리가 결과를 아직 얻지 못했는데 너무 일찍 좋아하는 것 같군. 준비해야 할 절차가 있고, 미리미리 작동시켜야 할 부분도 있는데, 시간은 점점 흘러가고 있으니 말일세. 이 돌은 앞으로 10일 후에 이곳에 도착하도록 되어 있네. 멜러스와 벤덤을 회유하는 데 실패했다는 소식이 오면 우린 즉시 그레이브스에게 손을 써야 하네."

"그 문제는 원래의 계획대로 처리되고 있습니다, 교수님. 아침이면 그 친구가 창고에 가 있어야 할 겁니다."

"가 있어야 할 거라고?" 모리아티가 눈썹을 치켜세웠다.

"가 있도록 하겠습니다." 모런이 얼른 자신의 말을 정정했다.

"그렇게 되도록 기원하세나……. 우리 모두를 위해서."

셜록 홈즈는 뭔가를 기다리며 관목 숲에 엎드려 있었다. 그는 한 시간 전에 기다리던 사내가 집으로 돌아오는 장면을 목격했었다. 그 사람이 위층으로 잠을 자러 가기 전에 일간신문을 읽고 편지 몇 통을 쓰는 모습이 거실의 촘촘한 레이스 커튼을 통해 보였다. 이제 집 안은 앞쪽 침실에서 흘러나오는 희미한 불빛을 제외하고는 온통 컴컴했다. 탐정은 자신의 회중시계를 힐끗 쳐다봤다. 어둠 속이라 시곗바늘이 잘 보이지 않았지만, 이제 11시가 지났다는 걸 간신히 알아낼 수 있었다. 놈들이 들이닥치는 건 시간문제였다. 놈들이 모습을 드러내기까지는 할 수 있는 일이 전혀 없었다. 알고 지내던 앞잡이인 해리 드리스데일과 술집 '로드 넬슨'에서 나눴던 대화에 의하면, 아마도 세 명이 벌이는 일 같은데 확실하진 않다고 했다.

"자기들끼리만 속닥거리고 다른 사람에게는 입을 꽉 다물고 있으니 당최 알 수가 있어야죠." 드리스데일은 맥주를 목구멍에 부어넣기 전에 씩 웃으며 말했다.

두 명이든 세 명이든 간에 홈즈에게 승산이 있는 건 아니었다. 그래서 홈즈는 자신의 권총을 가지고 온 것이었다. 홈즈는 왓슨에게 연락해서 혹시 바쁜 일이 없으면 오늘 밤의 모험에 참여하지 않겠느냐고 묻고 싶었지만, 지난번에 만났을 때 거칠고 적대적으로 친구를 대했던 게 마음에 걸려 그와 같은 압력을 행사하는 건 부당하다고 판단했다. 오늘 밤에 벌어지는 활극에는 위험의 요소가 분명히 있을 테고, 그런 걸 뻔히 알면서도 왓슨에게 함께 하자고 할 권리가 자신에게는 없다고 느꼈다.

빅벤이 12시를 알리자, 침실의 불이 꺼졌다. 침대에 누운 사람이 마침내 꿈나라로 떠났다. 그 사람이 오늘 밤에는 꿈나라에 그리 오랫동안 머물지 못할 것이라고 홈즈는 추측했다. 5분쯤 흐르자, 두 개의 흐릿한 형체가 현관으로 올라가는 좁은 길에 슬며시 나타났다. 한 사내가 자물쇠를 처리하는 동안, 아주 잠시 동안 랜턴의 불빛이 비쳤다. 홈즈는 이들이 최소한의 시간과 노력을 들이고 거의 소음을 내지 않은 채 집 안으로 들어가서 등 뒤로 문을 닫는 것을 보고 전문가임에 틀림없다고 생각했다.

홈즈는 이제 결정해야만 했다. 집 안으로 들어가 침입자들을 범죄현장에서 체포할 것인가, 아니면 전리품을 챙겨 나올 때까지 기다려야 할 것인가? 어느 쪽이든 문제가 있긴 했다. 컴컴한 집 안으로 들어가는 경우, 두 명이나 되는 사내가 어둠 속에서 움직이는 가운데 홈즈 자신을 위험에 노출시킬 수 있었다. 하지만 집 앞에서 마냥 기다리다가는 놈들이 뒷문으로 슬며시 빠져나갈 가능성도 있었다.

홈즈는 권총을 꽉 거머쥐고 앞문 쪽으로 다가갔다. 아직까지는 집 안에서 아무런 소리도 흘러나오지 않았다. 홈즈는 안으로 들어가서 숨을 참으며 귀를 쫑긋 세웠다. 갑자기 층계참에서 불빛이 번쩍이더니 어떤 사내가 지르는 비명소리가 들렸다.

홈즈는 주저하지 않고 계단을 뛰어 올라갔다. 앞쪽 침실의 문이 약간 열려 있어서 안쪽의 상황을 명확하게 들여다볼 수 있었다. 불이 켜진 침대 옆의 램프에서 쏟아져 나온 강한 광선이 두 사람의 형체를 거대한 그림자로 만들어 벽에 출렁이도록 만들었다. 침입자 중의 한 명이 침대에 누운 사람의 얼굴을 천으로 덮고 있었다. 피해자를 진압하기 위해 그 천에 클로로포름을 흠뻑 적셨을 게 뻔했다. 침대에 누운 사람은 두 팔을 휘저으며 저항했지만, 클로로포름이 점차 위력을 발휘함에 따라 몸이 축 늘어지며 두 팔이 양쪽 허리 옆으로 툭 떨어졌다.

"바로 이거야." 한 사내가 쇳소리가 나는, 귀에 거슬리는 웃음을 터뜨리며 말했다.

"아주 푹 주무실 시간이군."

"좋아, 이제 립 밴 윙클(미국의 작가 W.어빙의 단편집 《스케치북》에 나오는, 20년간이나 잠들어 있었던 사람)을 끌어내자구."

다른 사내가 말했다.

"가긴 어딜 가신다고 그러나?" 셜록 홈즈가 피스톨로 그들을 겨누고 침실 안으로 뛰어들며 말했다.

두 사내는 권총을 쳐다보고는 몸이 바짝 굳어버렸다.

"도대체 넌 누구냐?" 침입자 중 하나가 물었다.

"나? 셜록 홈즈지."

질문을 했던 사내의 표정에 나타났던 무엇인가가 홈즈의 경각심을 불러 일으켰다. 본능적으로 위기를 감지한 홈즈가 한 걸음 옆으로 물러서며 돌아섰지만, 때는 이미 늦고 말았다. 머리 옆쪽에 강한 타격을 받자, 잠시 동안 밝은 불빛이 폭발하듯 시야를 가렸다. 홈즈가 비틀거리며 뒤쪽으로 물러서는 순간, 권총이 발사되며 그 탄환이 천장을 파고들었다. 뒤쪽에서 다가온 세 번째 습격자는 홈즈의 손에 든 권총을 발로 찼다.

셜록 홈즈는 이제 자신이 심각한 위험에 빠졌다는 걸 즉시 알아차렸다. 살아남을 수 있는 유일한 방법은 이곳을 탈출하는 것이었다. 세 명의 침입자가 다가오자, 홈즈는 허둥지둥 창문 쪽으로 물러섰다. 의자 하나를 집어 들어 창틀을 후려갈겼다. 유리창이 박살나며 아직 깨진 유리들이 삐쭉삐쭉 박혀 있긴 하지만 그래도 홈즈가 빠져나가기에 충분한 크기의 구멍이 만들어졌다. 침입자 중의 하나가 권총을 꺼내 홈즈에게 발사했다. 하지만 총탄은 휘파람 소리를 내며 탐정의 머리를 스쳐 지나갔다. 홈즈는 다음번 총탄의 겨냥이 더 정확해지리라는 걸 잘 알고 있었다. 홈즈는 단 한 순간도 망설이지 않고 창문으로 몸을 날렸다. 그와 동시에 날카롭게 박혀 있는 유리에 대비해서 재킷을 단단히 여몄다. 유리가 피부를 파고들며 날카로운 고통을 전했다. 창문을 절반쯤 빠져나온 홈즈는 아래쪽 정원에 있는 진달래 덤불을 힐끗 내려다봤다. 떨어지는 충격을 감소시켜줄 수 있기를 빌고 또 빌었다. 홈즈가 황급히 창틀 바깥쪽의 선반으로 몸을 빼내는 순간, 습격자들 중의 하나가 몸을 날리며 홈즈의 다리를 칼로 찔렀다. 홈즈는 고통에 찬 비명을 내지르며 젖 먹던 힘까지 다 짜내서 습격자의 손에서 다리를 빼냈다. 그러다가 자신이 빠른 속도로 시커먼 공간을 헤치며 떨어지고 있다는 걸 알아차렸다.

24장

속달 편지

홈즈를 찾아갔던 날로부터 2, 3일 후, 가장 극적인 결말로 이끌었던 일련의 사건들을 촉발시킨 속달 편지를 받았다. 그 편지는 모리아티 교수가 보낸 것이었다. 내용은 간결하고 단도직입적이었다.

"닥터, 선생은 자신의 의무를 다하지 못했다! 홈즈가 내가 하는 일을 방해하고 있다. 선생이 그자를 저지해야 한다. 즉시 행동하라!"

내가 어떻게 행동하라는 것이지? 내가 무엇을 하도록 교수가 기대하는지 전혀 알 수가 없었다. 하지만 내가 무엇인가를 하지 않으면 나뿐만 아니라 메리와 셜록 홈즈의 생명도 단 한 푼의 가치가 없다는 걸 분명히 인식하고 있었다.

난 지체 없이 일련의 사기극을 연출해냈다. 이전부터 어쩔 수 없이 이런 일을 해왔던 터라 지금은 아주 숙달되어 있었다. 일단 메리에게는 홈즈가 나의 도움을 절실히 필요로 하고, 난 그의 도와달라는 하소연을 거절할 수 없다고 말해뒀다. 아내는 눈썹을 찌푸리거나 입술을 삐쭉이지도 않고 충분히 이해한다고 하면서, 홈즈를 도와주고 싶으면 그렇게 하라고 양해해줬다. 노스에 살고 계시는 이모가 곧 돌아가실 것 같아 임종을 지켜야 한다는 거짓말을 늘어놓고, 앞으로 2, 3일 동안 내 환자들을 진료해줄 대리 의사를 서둘러 구했다. 그런 다음 마차를 불러 타고 베이커가로 급히 갔다. 그곳에서 무엇을 발견할지도, 어떠한 대접을 받을지도, 내가 찾아간 이유를 어떻게 설명할지도 모르는 채 무작정 가야만 했다.

거실에 들어서자, 웬 노인이 긴 의자 위에서 자고 있었다. 구레나룻이 무성하고 알코올 중독자처럼 얼굴이 빨갰다. 낡은 트위드 양복은 한물갔고, 허름한 부츠도 똑같은 신세였다. 두 손과 손톱에는 때가 덕지덕지 끼어 있었다. 내가 들어섰는데도, 노인은 눈을 뜨지 않고 계속 코를 골았다. 가슴이 규칙적으로 오르락내리락했다.

친구를 찾아 두리번거렸지만, 헛수고였다. 홈즈의 침실을 들여다봤지만, 침대에 깔려 있는 털이불이 조금도 흐트러지지 않은 걸로 봐서 어젯밤에 이곳에서 자지 않은 게 분명했다. 다시 거실로 돌아오자, 노인이 잠을 깨고 일어서 있었다. 노인은 꽤나 즐거운 듯 실눈을 뜨고 날 바라봤다. 도대체 누구냐고 막 물어보려는 순간, 노인의 회색 눈동자에서 낯익은 반짝거림을 목격했다. 홈즈였다!

"좋은 아침일세, 왓슨!" 홈즈는 연극배우와 같은 동작으로 구레나룻을 잡아 뜯으며 외쳤다.

"자네를 보니 얼마나 기분이 좋은지 모르겠군."

난 더 이상 터져 나오는 웃음을 참을 수가 없었다.

홈즈는 씩 웃더니 고개를 숙여 인사했다.

"셉티무스 히치콕이 분부를 기다리고 있사옵니다, 각하." 홈즈는 걸쭉한 런던식 억양으로 말했다.

난 이게 무슨 일인가 하고 고개를 가로저었다.

"이게 대체 무슨……."

"이야기하자면 꽤나 길다네. 늦은 아침식사를 하면서 이야기하는 즐거움은 만끽할 만한 것인데……. 자네도 함께하면 좋겠군."

난 고개를 끄덕였다.

"자넨 정말 좋은 사람이야."

잔뜩 들뜬 듯한 홈즈의 태도에는 지난번에 만났을 때 내가 경험했던 분통 터지는 조롱 같은 게 전혀 드러나지 않았다.

"허드슨 부인을 불러 좋은 친구인 자네 몫까지 두 사람 분의 커피, 토스트, 그리고 삶은 달걀을 주문해주게. 내가 제대로 알고 있다면, 부인은 벌써 그 일에 착수하고 있을 걸세. 구시대 사람의 변장을 벗어던지고 세수와 면도를 끝낼 쯤이면 우리가 즐길 잔치가 다 준비될 것이고, 자네에게 내가 가장 최근에 벌인 무모한 장난에 대해서 자세히 설명해줄 수 있겠지."

홈즈는 다정하게 내 어깨를 다독거리고 자신의 침실로 모습을 감췄다. 잘못 본 것인지는 모르지만 홈즈가 약간 절룩거리는 것 같다는 생각이 들었다.

15분 후, 난 말쑥하게 수염을 깎은 친숙한 모습을 한 셜록 홈즈의 맞은편에 앉아 있었다. 홈즈는 큼지막한 가운을 걸치고, 오래된 도기파이프로 담배를 피우고 있었다. 앞에 놓인 커피와 토스트, 달걀에는 손도 대지 않았다.

"혹시 '코끼리 알'이라는 것을 들어본 적이 있나?"

그 문구는 내 기억 저장소의 복도를 따라 울려 퍼졌다. 특이한 데다가 터무니없이 웃기는 말처럼 보였지만, 난 그 말을 이전에 들어본 적이 있었다. 하지만 어디에서인지는 콕 집어 말할 수가 없었다. 난 모르겠다는 뜻으로 고개를 가로저었다.

"그건 이 세상에 출현한, 가장 큰 루비라고는 단언할 순 없지만, 가장 큰 루비들 중의 하나일세. 그런 이유로 그 루비에 환상적인 별명이 붙은 것이지. 그건 칼리파우르 라자(국왕)의 소유물이라네."

"아! 그래. 라자가 그 루비를 여왕께 기증한다고 들었네."

"사실일세. 인도의 여왕이신 빅토리아께 경의의 표시로 바치는 공물인 셈이지."

난 나지막이 휘파람을 불었다.

"정말 끝내주는 기증품이로군."

"그런데 '코끼리 알'이 국내로 들어오는 순간, 누군가가 그걸 훔치려고 한다는 걸 알게 됐다네."

그 말을 듣자마자 난 몸이 뻣뻣이 굳고 말았다. 무모하다 싶을 정도로 대담한 그런 절도를 저지를 수 있는 건 단 한 사람뿐이라는 걸 퍼뜩 깨달았다. 모리아티 교수였다. 그리고 셜록 홈즈만이 교수를 저지할 만큼 영리하고 지략이 풍부했다. 바로 이런 이유 때문에, 홈즈의 수사를 방해하고, 홈즈를 전혀 엉뚱한 방향으로 이끌어내도록 하기 위해 내가 이곳으로 보내진 것이었다.

귀중한 루비가 도난당할 수 있는 위험을 언급하면서 기쁨이 넘치는 미소를 듬뿍 짓고 있는 셜록 홈즈의 말을 귀 기울여 들으면서 상반되는 감정 때문에 고통을 받았다면 지나친 말일까? 이처럼 큰 사건의 도전에 직면한 친구는 크게 자극을 받아 원래의 자신으로 되돌아올 수 있을 것 같아 무척이나 기뻤다. 변덕스럽고, 악동 기질이 있고, 열정적인 사냥개 같은 예전의 모습을 회복하는 계기가 될 것 같았다. 이와는 상대적으로, 이번 사건에서 홈즈는 이 시대의 가장 위대하고, 무엇보다도 가장 위험한 범죄 천재와 싸워야 한다는 걸 깨달았다. 그리고 나 자신은 진정으로 충성하고자 하는 쪽이 다른 곳이지만, 그 범죄 천재의 뜻에 따라

휘둘리는 피조물에 불과했다. 내가 마치 창조주를 배반한 죄로 네 마리의 말에 사지가 묶여 능지처참을 당해야 할 중세의 이단자 같다는 생각이 들었다. 그리고 바로 그 순간, 결과가 어떻게 나올지는 모르겠지만, 내 자신이 미치지 않기 위해서, 메리를 향한 사랑을 위해서, 유일하고 참된 우정을 위해서 어느 쪽이든 선택해야 한다는 걸 알게 됐다. 지금까지 홈즈를 향한 나의 충성심이 시험받아본 적은 단 한 번도 없었다. 홈즈 몰래 그의 활약상을 소설로 발표한 건 사실이지만, 어떠한 이유에서건 그의 수사에 개입하려 했던 적은 한 번도 없었다. 이제 나는 그럴 수 없다는 것을, 더욱 중요한 건, 그러고 싶지 않다는 것을 깨달았다.

"자넨 이 모든 걸 어떻게 알게 된 건가?" 난 마음속의 동요가 드러나지 않도록 필사적으로 애쓰면서 조용히 물었다.

홈즈는 꿀을 따러 날아다니는 나비처럼 두 팔을 휘저었다.

"내 나름대로의 방법이 있지." 그는 몸을 뒤로 젖히며 대꾸했다. 파이프의 담배연기가 서서히 맴돌며 천장으로 올라갔다.

"많은 것을 알아야 하고, 범죄 세계의 새로운 정보를 꾸준히 수집해야 하는 게 탐정의 일일세. 지난 2주일 동안에 두 명의 보석상이 갑작스럽게 세상을 떠났네. 한 건의 의문사와 그 자체로 항상 의문사의 가능성이 있는 자살이었네."

"보석상이 두 명이나?"

"자신들이 종사하는 분야에서는 전문가들이었지. 반짝거리는 보석의 품질과 가격을 판단하는 데서뿐만 아니라 그것들을 연마하고 가공하는 데에도 일가견이 있는 사람들이었네."

"그 일이 '코끼리 알'과는 무슨 관련이 있나?"

"모든 게 다 관련이 있지! 난 이 두 사람이 살해된 게 틀림없다고 믿고 있네."

"왜?"

"자넨 제때에 좋은 질문을 한단 말씀이야. 그 정곡을 찌르는 탐구심이야말로 자네의 뛰어난 특성 중의 하나지. 정말 왜 그랬을까? 그 두 사람은—그들의 이름은 부차적인 것이므로 따로 언급하지 않겠네—마노나 루비 같은 커다란 보석을 보다 작은 것들로 커팅하는 전문가였네. 자네가 라자의 루비 같은 커다란 보석을 훔친다면, 그것의 원래 가치는 거의 손상시키지 않으면서도 원형을 알아볼 수 없도록 몇 개의 작은 조각으로 나누고 싶지 않겠나? 본모습의 보석을 그대로 판다는 건 거의 불가능할 테니까 말일세. 크기가 보다 작은 보석들이야 수월하게 팔릴 수 있는 것들이지."

논리는 분명했고, 홈즈의 말이 옳다고 확신했다.

"두 개의 죽음은 세련되지 못하고 서두른 기색이 역력했네. 동일한 직업을 가진 사람들이 거의 같은 시기에 죽었으니 우연이라기보다는 뭔가가 있겠구나 라고 생각할 수밖에. 커다란 값진 보석이 이 나라에 곧 도착해서 전시될 예정인데—탐욕스럽고 수완이 좋은 도둑들을 불러들이는 좋은 미끼가 되겠지—그 보석이 용이하게 전시되도록……. 손 볼 가능성이 높은 두 명의 보석상이 죽은 것이니……."

"하지만 자네 말이 사실이라면 이 두 사람은 그걸 훔치려는 도둑에게 도움이 될 터인데 왜 죽이겠는가?"

"그 사람들이 그자의 요구를 받아들였다면야 죽이지 않았겠지. 우리 사회에 아직까지 법률을 위반하자는 위협에 대해서 자신에게 닥칠 결과를 두려워하지 않고 꿋꿋이 대항하는 사람이 있다는 뜻일세. 어쨌거나 일단 그 두 사람과 접촉했지만 거절을 당하자 대도(大盜)는 그들을 그대로 놔둘 수가 없었겠지."

홈즈는 집게손가락으로 자신의 목을 긋는 시늉을 해보였다.

난 홈즈가 보여주는 살인의 생생한 이미지 때문만이 아니라 그의 말이 옳다는 걸 알고 있기 때문에 몸이 부르르 떨렸다. 모리아티는 자신의 지시에 저항하는 보석상들을 아무런 거리낌도 없이 해치웠을 것이다. 모리아티는 다른 사람들에 대해서 배려나 온정을 보이지 않는, 얼음처럼 냉정한 사내였다. 우리는 모두 모리아티의 체스판 위에 놓여 있다가 게임의 재미를 높이기 위해서는 언제라도 잡아낼 수 있는 졸때기일 뿐이었다.

"난 이 살인사건들을 수사했네. 평소와 마찬가지로 스코틀랜드 야드는 눈앞이 가려진 채 두 사람의 죽음에서 의심스러운 점을 하나도 찾아내지 못했지만, 난 내가 옳다는 걸 확신하기에 충분한 증거를 수집했지. 내가 다음으로 한 일은 이 도시의 보석상들 중에서 몇 명이나 이런 특별한 임무를 수행할 능력이 있는 전문가인지를 파악하는 것이었네. 놀랍게도 그리 많지 않더군. 그런데 나머지 보석상들 중에서 하나의 이름이 튀어나왔지. 패트릭 그레이브스라는 사람이었네."

그 이름은 내게 아무런 의미도 없었다.

"이 사람은 몇 년 전에 모조품 사건에 가담한 적이 있었네. 다이아몬드 목걸이 사건이었지. 목걸이에 달린 다이아몬드가 몽땅 다 모조품은 아니고 일부는 진품이어서 아무런 의심도 품지 않은 구매자에게 모든 다이아몬드가 다 진품이라고 납득시키기가 수월했을 걸세. 한 세트 분의 진품 다이아몬드를 가지고 목걸이를 세 개나 만들어 팔 수 있었지. 한 개에 5천 파운드나 나가는 목걸이를 팔아치우면 짭짤한 수입을 올릴 수 있다네. 그레이브스는 많은 귀족들뿐만 아니라 좋은 변호사와도 알고 지냈단 말씀이야. 그래서 무죄로 풀려났고. 영국의 정의라는 게 참……."

"자네 말대로라면 이 그레이브스라는 작자가 범죄 성향을 타고 났다는 건데, 왜 이 사람에게 맨 처음 접근하지 않았을까? 그……그……."

"아, 대도 말인가?" 내가 말을 더듬자 홈즈가 얼른 말을 이었다. 난 고개를 끄덕였다.

"나도 그 점은 확실하지 않네. 도둑이 도둑을 고용하고 싶지 않아서 그랬을 수도 있네. 도둑놈들 사이에는 명예라는 게 없거든. 하지만 심지가 곧은 두 명의 신사를 상대로 협상을 벌였지만 실패로 돌아가자 그레이브스가 다음 번 후보자로 떠오른 것처럼 보이네. 이틀 전, 난 치스윅에 있는 그 사람 집을 방문했고, 막 납치되는 순간을 목격했지. 아니, 보다 정확하게 말하면, 그 사람이 막 납치되려던 순간에 그걸 저지하려다가 실패했네. 이쪽은 나 혼자이고, 상대방은 세 명이나, 그것도 건장한 녀석들로 세 명이나 있으니 당해낼 수가 있어야지."

"내가 그곳에 있어야 했는데!" 난 흥분해서 별다른 생각 없이 그 말을 내뱉었다가, 곧 너무 성급했다고 속으로 후회했다.

홈즈는 날 쳐다보며 쓴웃음을 지었다.

"자네가 있었다면 함께 가줬겠지. 내 머리통 옆으로 날아온 주먹과 다리가 칼에 찔려 흉측한 상처가 나는 걸 막아줬을지도 모르고."

"맙소사! 상처를 좀 보여주게. 심각한가?"

"상처가 상당히 깊기는 하지만, 다행히도 동맥은 하나도 건드리지 않았네. 상처는 내가 직접 꿰맸지. 뭐, 전문가 수준은 아니지만 그런대로 볼만은 하네. 좀 있으면 다 나을 것이고."

"왜 내게 치료를 받으러 오지 않았나?"

홈즈는 내 질문에는 대답하지 않고, 벌떡 일어서서 창문으로 걸어가더니 밖을 내다봤다.

"지금은 아주 위험한 시기라네, 왓슨. 내가 감시받고 있다는 걸 알고 있어. 바로 그런 이유 때문에 내가 조금 전에 변장하고 있던 것이라네. 내가 아닌 다른 사람인 것처럼 가장하지 않고서는 집 밖으로 나가지 않아. 내 목숨이 위험하다는 걸 피부로 느끼고 있거든."

"어떤 방식으로 말인가?"

"음, 자네는 알고 있을 거라고 생각하는데……?"

홈즈가 느릿한 말투로 말했다.

난 고개를 가로 저었다.

"자네가 무슨 뜻으로 그런 말을 하는지 모르겠군."

홈즈는 날 창문 쪽으로 오라고 손짓했다.

"저 아래쪽에 있는 저 친구 보이나? 갈색 보울러(중산모)를 쓰고 회색 오버를 입은 녀석이?"

"그래."

"모리아티의 부하들 중 한 놈이야. 몰래 날 감시하고 있는 중이지."

"모리아티의 부하……." 난 멍하니 홈즈의 말을 그대로 따라하며 공포로 인해 배 속이 거북해지기 시작했다.

홈즈는 쓴웃음을 지었다.

"런던 범죄자들의 거두인 제임스 모리아티 교수일세. 녀석은 자네도 잘 알다시피 다른 사람들을 감시하기 위해 부하를 고용하는 것에 능숙하지."

그 말이 홈즈의 입을 채 벗어나기도 전에 그의 주먹이 날 향해 날아오는 걸 목격했다. 그의 행동이 너무나 갑작스럽고 놀라워서 난 제자리에 못이 박힌 듯 그냥 멍하니 서 있었다. 홈즈의 주먹이 내 턱을 강타하자 머리가 깨지는 듯한 통증이 밀려왔고, 눈앞에서는 수많은 별들이 반짝거렸다. 비틀거리며 뒤로 물러서다가 양쪽 무릎에서 힘이 빠지며 바닥에 주저앉았다.

정신을 차리고 위를 올려다보니 홈즈가 지금까지 보지 못했던 낯선 표정을 짓고 내 위에 서 있었다. 그는 낄낄거리고 웃더니 상체를 앞으로 숙이고 손을 내밀어 날 일으켜 세웠다.

"아, 이제 속이 후련하구만. 아주 오래 전부터 이렇게 꼭 해보고 싶었단 말일세."

주먹질을 당해 멍해지고 홈즈의 황당한 말에 어리둥절해진 난 난로 가의 의자에 털썩 주저앉아 턱을 문질렀다. 그때야 홈즈가 한 행동들의 의미가 다 이해됐다.

"하느님 맙소사! 자넨 알고 있었군!"

"그래, 왓슨, 다 알고 있었지. 아마도 거의 모든 걸 다 알고 있는 듯하네. 자네의 본명이 워커라는 걸 알고 있지. 군대에서 음주 문제로 불명예제대했다는 것도, 이 나라로 돌아온 이후에 제임스 모리아티 교수에게서 보수를 받는 부하가 됐다는 것도 알고 있네. 이 친구야, 내가 아무것도 모르는 놈팡이와 한집에서 살 사람 같은가? 슬쩍 파봤더니만 자네의 진짜 신분이 다 드러나더군. 뭐, 어려운 일도 아니더구만. 한동안 모리아티에 관한 파일을 작성해왔는데, 아마 그 녀석도 틀림없이 나에 관한 파일을 작성하고 있을 걸세. 우리가 서로를 소개받기 직전에 자네가 모리아티와 함께 있는 걸 발견했으니 나머지야 추리할 거리도 되지 않았지. 자넨 적진에 침투한 스파이인 게 분명했단 말이야."

난 못 믿겠다는 듯 고개를 살래살래 저었다.

"그런데도 함께 하숙집을 계약했단 말인가?"

"그처럼 많은 관심을 받고 있다는 사실에 우쭐해졌거든."

홈즈는 껄껄 웃었다.

"그리고 자네가 좋았단 말일세. 자넨 꽤나 예의가 바른 친구로 보였고, 자네들 두 사람을 고양이가 쥐새끼를 희롱하듯 데리고 노는 것도 재미있을 거라고 생각했단 말일세."

"그렇다면 자넨 처음부터 쭉 알고 있었던 거로군."

"물론이지. 함께 하숙하고 있는 사람이 이 도시에서 가장 막강한 범죄자의 부하라는 걸 집어내지 못한다면 그게 탐정이라고 할 수 있겠나?"

"그렇다면 내가 이 문제에 관해서 아무런 선택권이 없었다는 것도 알고 있었겠군."

"교수가 관련된 곳에서는 선택권을 가진 사람이 거의 없지. 그래, 알고 있었네. 자네가 자발적으로 교수와 계약을 맺었다고 생각했다면 자넬 가만 놔두지 않았을 걸세."

"지금 내게 이 모든 걸 다 말해주는 이유가 뭔가?"

"우리의 모험이 마지막 장에 이르렀기 때문일세, 왓슨. 제임스 모리아티 교수와 그의 조직을 영원히 쳐부술 때가 됐네."

"그 사람의 세력이 엄청난 걸 모르나? 별로 가능성이 없어 보이는군."

"조심스럽게 준비하고 계획하면 모든 게 다 가능하다네. 난 지금 자네에게 이 사내가 런던을 더 이상 휘어잡지 못하도록, 그리고 자네의 목숨도 좌지우지 못하도록 우리 편에 가담할 기회를 주고 있는 걸세."

홈즈가 묘사하는 상황을 그려보며 내 가슴이 벌렁거렸다. 그건 마치 가까이 다가가 만지려고 하면 사라져버리는 신기루이며, 황홀한 환각 같은 것이었다. 리드의 클럽에서 운명적인 만남 이후로 내게 드리워진 사악한 위협으로부터 자유로워진다는 것은, 정말로 자유로워진다는 것은 현실의 밝은 세상에서는 잡을 수 없는 행복한 꿈으로만 보였었다.

"어떻게 해야 자넨 날 믿을 수 있나?"

"자네가 직접 말만 하면 되네."

난 씩 웃었다.

"그럼 생각하고 자시고 할 게 없지. 자넬 돕겠네. 날 믿어주게. 하지만 전투에서는 패배할 거라고 믿고 있네. 조금 전에도 말했듯이 모리아티의 세력은 막강하고, 어느 곳에서나 눈과 귀를 가지고 있단 말일세."

"나도 그 점은 충분히 깨닫고 있고, 따라서 우린 아무도 믿어서는 안 된단 말일세. 레스트레이드와 그렉슨 같은 형사들도 마찬가지이고, 자네의 메리도 예외는 아닐세. 어느 누가 모리아티의 손을 타지 않았는지 확실히 알 수 없으니까 말일세."

"하지만 메리는……."

"그녀라면 자네에 관해서 똑같이 항의할 거라는 건 의심의 여지가 없지만, 그녀가 틀릴 수도 있지 않은가?"

난 할 말이 없어 그저 고개만 끄덕였다. 정말 끔찍한 생각이었지만, 충분히 가능성이 있는 이야기라는 걸 깨달았다.

"우리가 사건을 수사할 때면 스코틀랜드 야드에서 사건을 종결할 형사 한 명이 나오는 게 보통이지만, 잠시 동안은 우리 두 사람만 서로 믿도록 하세. 내 말, 이해가 되나?"

"알겠네." 중얼거리듯 대답하는 내 머릿속은 걷잡을 수 없도록 소용돌이 치고 있었다.

"초조해하지 말게, 왓슨. 안전하게 결과를 얻을 수 있다는 확신이 없었다면 무척이나 위험한 게임에 뛰어들지 않았을 걸세. 자넨 날 꼭 믿어야 하네. 그리고 자네의 행동에는 흔들림이 없어야 하고. 그렇지 않으면 우린 패배하고 말 걸세."

난 고개를 끄덕이며 어설프게 미소를 지었다.

"자넨 역시 좋은 사람이군."

홈즈는 파이프에 다시 불을 붙이며 내 맞은편에 앉았다.

"이제 자네에게 모든 사정을 다 말해주는 게 낫겠군. 그럼 패트릭 그레이브스를 납치하려던 덩치꾼들에게서 어떻게 가까스로 탈출했는지부터 말해주겠네."

25장

칼에 찔린 홈즈

홈즈가 황급히 창틀 바깥쪽의 선반으로 몸을 빼내는 순간, 습격자들 중의 하나가 몸을 날리며 홈즈의 다리를 칼로 찔렀다. 홈즈는 고통에 찬 비명을 내질렀지만, 젖 먹던 힘까지 다 짜내서 습격자의 손에서 다리를 빼냈다. 그러다가 자신이 빠른 속도로 시커먼 공간을 헤치며 떨어지고 있다는 걸 알아차렸다.

홈즈는 상처에서 번져 나오는 고통을 애써 머릿속에서 털어버리며 아래쪽에 있는 커다란 진달래 덤불을 향하도록 몸을 비틀었다. 홈즈는 팔을 활짝 벌린 자세로 잎이 많이 달린 나뭇가지 위로 떨어졌다. 떨어지는 충격이 다소 완화되기는 했지만 덤불이 버티기에는 그의 몸무게가 너무 무거워 일시적인 효과만 있었을 뿐이었다. 결국 홈즈는 볼썽사나운 모습으로 잔디밭에 나동그라졌다. 이와 같은 상황 하에서 재빨리 생각하고 행동하는 홈즈의 능력은 놀라웠다. 그는 지금 이곳에 그대로 있는다면, 습격자들에게 잡힐 수도 있지만 살해당할 가능성이 훨씬 더 크다는 걸 알고 있었다. 그렇다고 해서 도망쳐 버리면 오늘 밤의 모든 노력이 허사로 돌아갈 게 뻔했다. 어딘가 그 중간 정도의 대안이 있어야 했다. 홈즈는 간신히 두 다리로 버티고 일어섰다. 찔린 다리에서 밀려오는 고통 때문에 이를 갈았다. 그는 뒤뚱거리며 최대한 빨리 정원을 둘러싼 담으로 달려가서 훌쩍 뛰어넘어 인도로 나섰다. 그러고는 도로경계석 옆에 있는 커다란 떡갈나무 줄기에 몸을 기대고 쭈그려 앉았다. 도로 맞은편에 정차한 마차가 눈에 들어왔다. 마부는 뭔가를 기대하며 집 쪽을 힐끔거리는 것 같았다.

습격자들 중 두 명이 정원에 모습을 드러냈고, 그중 한 명이 꼬마전등으로 이곳저곳을 비췄다.

"녀석이 도망쳤나 봐!" 그중 하나가 소릴 질렀다.

"그런 것 같은데?" 다른 하나가 대꾸했다.

"그 녀석은 잊어버리고, 이웃사람들이 몽땅 다 깨어나기 전에 이놈이나 들어내자구."

세 번째 사내가 회색 담요로 둘둘 말린 커다란 짐을 어깨에 걸치고 문으로 나왔다. 그 짐은 패트릭 그레이브스인 게 틀림없었다. 그 사내가 은색의 호루라기를 불자 마부가 마차를 대문 앞으로 몰고 왔다. 그레이브스를 마차 안으로 던져놓고 두 명이 따라

올라탔다. 리더인 게 분명한 세 번째 사내는 마부 곁으로 뛰어 올라갔다.

"이제 가지."

리더가 쇠를 긁는 듯한 목소리로 말하자 마차가 출발했다.

홈즈는 숨어 있던 곳에서 슬며시 빠져나와 마차를 따라 달렸다. 다리의 찔린 상처에서 밀려오는 고통을 억지로 참으며 마차의 뒤쪽에 수평으로 박혀 있는 철봉 중의 하나를 움켜쥐었다. 그러고는 있는 힘껏 몸을 끌어올리고 이리저리 발을 놀려 발판을 확보했다. 부상자치고는 놀라울 정도로 교묘하게 몸을 놀려 쪼그려 앉기까지 했지만, 마차가 속도를 내기 시작하자 당장이라도 떨어질 것 같은 위태로운 처지가 되고 말았다. 어쨌든 죽을힘을 다해 매달릴 수밖에 없었다. 홈즈는 이런 자세로 납치범들과 함께 런던의 컴컴하고 구불구불한 도로를 따라 달렸다.

비록 시야가 제한되긴 했지만, 홈즈가 기억하고 있는 런던에 대한 백과사전적인 지식을 동원하여 지금 마차가 어디로 향하고 있는지를 추리할 수 있었다. 모든 표시들이 '로더하이스' 로 가고 있다고 알려주고 있었다. 마차가 이리저리 흔들리고 덜컹거리며 동쪽으로 달리고 있는 동안, 홈즈는 떨어지지 않으려고 안간힘을 써야 했다.

20분 정도가 흐르자 도로가 좁아지고, 가로등의 숫자가 줄어들면서 한층 더 어두워졌다. 그들은 지금 창고와 부두가 죽 늘어서 있고 사람들은 전혀 살고 있지 않는 적막한 거리인 '웨스트

인디아 독스' 근처에 와 있었다. 마차가 어떤 거대한 창고 문 앞으로 다가서며 속도를 늦췄다. 납치범들 중 하나가 호루라기를 네 번 세게 불었다. 마차 옆으로 슬쩍 앞을 내다본 홈즈는 창고 문들이 열리기 시작하는 걸 목격했다. 이제 빨리 생각을 해야만 했다. 얼른 결정을 내려야만 했다. 창고에 갇히기 전에 마차에서 뛰어내릴 것인가, 아니면 위험 부담을 안고 안으로 들어가 미지의 것들과 대면할 것인가? 일단 창고 안으로 들어가면 '코끼리 알' 을 훔치려는 모리아티의 계획에 대해서 더 많은 걸 알아낼 수는 있을 것 같았다. 그에 따른 위험이라는 것은 물론 그곳을 빠져나오지 못하고 갇혀서 알고 있는 게 소용이 없어지는 것이었다. 이처럼 심장이 폭주하듯 쿵쾅거리고 아드레날린이 뿜어져 나오는 긴박한 상황에서 셜록 홈즈는 이성적인 반응보다는 감정적인 반응의 손을 들어주고 말았다. 홈즈는 마차에서 뛰어내리지 않기로 결정했다.

마차는 겉보기에 텅 비어 있는 거대한 창고 안으로 덜컹거리며 굴러 들어갔다. 아치형의 높은 천장에서 마차바퀴 소리가 메아리치는 공업화된 거대한 수도원 같은 생각이 들었다. 홈즈는 좀 떨어진 곳에 서 있는 사내들을 몰래 내다보고 있었는데, 그 중 몇 명은 손전등을 들고 있었다. 납치범들을 기다리는 환영위원회였다. 홈즈는 매달려 있던 곳에서 소리가 나지 않게 조심하며 뛰어내려 어두운 곳을 따라 벽 옆쪽에 쌓여 있는 버려진 포장상자를 향해 재빨리 다가가서 그 뒤에 몸을 숨겼다. 그리고 기다렸다. 이제 안으로 들어왔고, 이 순간은 안전했다. 창고의 문들이 쾅 하는 소리와 함께 닫혔다. 이번에도 그 소리는 창고 안에 울려 퍼졌다. 창고 안으로 들어온 건 맞지만, 이제는 갇힌 셈이었다.

그레이브스는 인정사정없이 끌어내려지고, 세 명의 사내가 마차로 다가갔다. 홈즈는 그중의 한 사내가 모리아티의 보좌관인 스카울러라는 걸 알아봤다. 그가 책임자인 듯했다.

"물건을 제대로 가져왔나?"

스카울러가 그레이브스를 손가락으로 가리키며 물었다.

"제대로 해치웠습니다. 지금은 정신을 잃고 있지만, 클로로포름을 두어 방울밖에 사용하지 않았으니 곧 정신을 차릴 겁니다." 홈즈의 뒤를 덮쳤던, 납치범들의 리더가 말했다.

"작업 중에 문제가 있었나?"

냉랭한 표정의 스카울러가 물었다.

"조금이요. 어떤 이상한 녀석이 방해를 놓으려고 하더군요."

"맞아요." 다른 녀석이 말을 받았다.

"자신을 셜록 홈즈라고 한 녀석이었죠."

스카울러의 눈이 가늘어졌다.

"그래서 어떻게 됐나?"

"가만히 둘 수 있나요? 혼쭐을 내줬더니 도망쳐버렸죠."

"이런 바보 자식들! 완전히 입을 막았어야지."

"워낙 약삭빠른 녀석이었습니다."

"그래도 너희들은 셋이나 있었잖아!"

스카울러의 고함 소리에 납치범들은 잠시 아무 말도 하지 못하고 있다가 이내 리더가 용기를 내어 다시 입을 열었다.

"하지만 그레이브스는 지시하신 대로 데려오지 않았습니까?"

스카울러는 고개를 끄덕이고 자신이 데려온 부하들 쪽으로 고개를 돌렸다.

"맥스웰, 자네가 그레이브스 씨를 돌보게. 그리고 젠슨, 이 친구들에게 돈을 지불하고 이 주변을 빨리 벗어나도록 단단히 이르게." 그러고는 마차에 앉아 있는 마부를 올려다보며 말했다.

"이들을 다시 시티로 데려가서 어디 조용한 곳에 내려놓게."

두 명의 부하 중 덩치가 더 큰 놈이 마치 카펫 뭉치를 다루듯 쉽사리 그레이브스의 축 늘어진 몸을 어깨에 걸쳤다. 납치범들은 수고비를 받았고, 2, 3분도 지나기 전에 마차는 세 명의 승객을 태우고 출발했다.

스카울러는 전등을 머리 위로 쳐들고 두 명의 부하들과 함께 창고의 맞은편을 향해 되돌아갔다. 부하들 중 한 명은 축 늘어진 패트릭 그레이브스를 들쳐 메고 있었다.

셜록 홈즈는 창고의 벽에 바짝 붙어서 희미한 전등 불빛이 닿지 않도록 조금 거리를 두고 그들의 뒤를 따랐다.

사내들이 걸음을 멈추자 갑자기 창고의 바닥에서 밝은 빛줄기가 솟구쳐 오르며 창고의 서까래에 황금색 광채를 던졌다. 홈즈는 조용히 바닥에 엎드렸다. 스카울러가 뚜껑문(trap door)을 들어올렸고, 그곳으로부터 빛이 쏟아져 나왔던 것이다. 세 사람은 말을 한마디도 하지 않은 채 눈앞에서 모습을 감췄고, 뚜껑문이 쾅 하고 닫히는 소리와 함께 밝은 빛줄기도 나타날 때와 마찬가지로 급작스럽게 사라져버렸다. 홈즈는 칠흑 같은 어둠과 정적 속에 홀로 남겨졌다. 이건 마치 괴상한 그림자 인형극을 지켜보다가 어느 순간에 인형극이 끝난 것처럼 느껴졌다.

하지만 홈즈는 인형극이 완전히 끝난 거라고는 생각하지 않았다. 이건 중간 휴식시간일 뿐이었다. 이곳까지 쫓아왔는데, 이제 포기하면 그동안의 모든 노력이 헛수고로 돌아갈 게 뻔했다. 홈즈는 이게 모리아티 교수에게 가장 가까이 다가간 것이라는 걸 잘 알고 있었고, 한층 더 가까이 다가가자고 마음먹었다. 홈즈의 머리 위쪽 어디에선가 갑작스러운 불빛 때문에 방해를 받은 박쥐 한 마리가 서까래 사이를 날아다니다가 다시 얌전히 자리를 잡았다.

5분 후, 홈즈는 천장 가까운 곳에 위치한 창문에 낀 때를 간신히 헤치고 들어온 달빛에 의해 약간은 희미해진 어둠에 눈이 완전히 적응되자 두 발로 일어섰다. 다리가 여전히 아팠고, 뜨뜻한 피가 흘러나와 바지가 흠뻑 젖은 게 느껴졌지만 묵살해버렸다. 아니, 이런 것들쯤은 묵살해야만 했다. 지금 이곳에는 더 큰 걱정거리가 있어서였다. 홈즈는 천천히 뚜껑문으로 접근해서 최대한 소리를 죽이며 손잡이 대용으로 사용되는 밧줄고리를 잡아당겼다. 또다시 노란 빛줄기가 창고로 흘러나왔다. 좁은 복도처럼 보이는 곳으로 내려가는 계단이 보였다. 홈즈는 그 복도가 널빤지와 카펫으로 호화스럽게 치장되어 있다는 걸 알아차리고 깜짝 놀랐다.

홈즈는 물속에서 작업하는 사람처럼 미끄러지듯 구멍을 통해 계단으로 내려서면서 뚜껑문을 조심스럽게 내렸다. 이건 정말 글자 그대로 함정(trap) 같은 문이로군. 홈즈는 속으로 생각했다. 이보다 적절한 말은 없을 것 같았다. 그는 이제 런던에서 가장 강력한 범죄자의 소굴에 갇힌 셈이었다. 그리고 그 자신이 스스로 이 함정 속으로 걸어 들어온 것이었다. 홈즈는 쓴웃음을 지으며 계단을 내려갔다.

맨 아래쪽에 도달하자 홈즈는 무슨 소리가 들리지 않나 신경을 곤두세우며 귀를 기울였다. 놀랍게도 아무런 소리도 들리지 않았다. 귀가 멍해지는 듯한 정적만이 감돌았다. 홈즈는 복도를 따라 걸었고, 이내 두 개의 문과 마주쳤다. 한 개는 바로 정면에 있었고, 다른 한 개는 오른쪽에 있는 것으로 정면의 문보다 두 배로 컸다. 커다란 문을 조심스럽게 살짝 열고 틈새로 들여다본 홈즈는 이 문이 승강기로 연결되어 있다는 걸 알아냈다. 철제 상자가 탑승자를 당장이라도 무엇이 기다리고 있을지도 모를 아래쪽으로 싣고 내려갈 준비가 되어 있었다. 홈즈가 이렇게까지 깊이 들어온 건 무모한 짓일 수도 있지만, 승강기를 덥석 집어타는 위험을 감수할 정도로 생각이 모자라진 않았다. 특히나 모리아티의 영역 내에서는 주의에 주의를 거듭해야 했다.

홈즈는 작은 문을 열었는데, 대기실처럼 보이는 짧은 통로로 연결되고 저 멀리 또 다른 문이 보였다. 그 다른 문을 조금 여는 순간, 사람들의 목소리가 들렸다. 홈즈는 동작을 멈추고 벌어진 틈새로 눈을 갖다 댔다. 화려한 가구들로 치장되고 전등으로 환하게 밝혀진, 천장이 높은 아름다운 방이 내려다보였다. 연주자들이 음악당의 정해진 좌석으로 들어갈 수 있도록 만들어놓은 문인 것처럼 보였다. 사방의 벽은 엄청난 양의 책들이 꽂혀 있는 책장으로 둘러싸여 있었다. 아래쪽에서는 두 명의 사내가 조용히 대화를 나누고 있었다. 홈즈는 잔뜩 쪼그려 앉아 문을 슬그머니 통과한 다음 바닥에 엎드려 아래쪽에서 벌어지는 장면을 관찰할 수 있도록 서서히 전진했다.

아주 좋은 위치를 차지한 홈즈는 실내와 그것을 이용하고 있는 사내들의 모습을 잘 내려다볼 수 있었다. 두 사내 중 한 명은 즉시 알아볼 수 있었다. 모리아티 조직의 2인자인 세바스찬 모런 대령이었다. 홈즈는 눈을 가늘게 뜨고 다른 사내를 관찰했다. 키가 크고, 냉소가 가득한 조각 같은 얼굴에, 잔인해 보이는 꽉 다문 입술에, 제멋대로 헝클어진 까만 머리카락이 텁수룩했다. 힘과 권위의 분위기를 내뿜는 사내였다. 범죄 세계의 나폴레옹이라고 불리는 제임스 모리아티 교수인 게 분명했다. 마침내 홈즈의 눈앞에 모습을 드러낸 것이다. 흥분의 물결이 홈즈의 온몸을 훑고 지나갔다. 홈즈가 범죄를 해결하는 것에 열정을 보이는 반면에 범죄를 저지르는 것에 열정을 보이는, 홈즈의 사악한 도플갱어가 드디어 등장한 것이다. 흥분이 가시고 곧 초조함과 불안감이 몰려왔다. 자신이 얼마나 위험한 상태에 처해 있는지를 처음으로 깨달은 것 같은 두려움이었다. 홈즈가 아주 영리해서 악마의 소굴까지 뒤쫓아올 수 있었지만, 발각되지 않고 이곳을 무사히 빠져나가려면 훨씬 더 영리해야 했다. 홈즈는 머릿속에서 소용돌이치는 이런저런 생각들을 구석진 곳으로 밀쳐두기로 했다. 빠져나갈 방법이야 조금 있다가 생각해도 문제 될 게 없을 것 같았다. 홈즈는 몸을 좀 더 앞으로 끌어당기고 두 사람이 하는 말을 들어보려고 귀를 쫑긋 세웠다.

모리아티는 벽난로 선반의 한쪽 끝에 차분히 몸을 기대 서 있는 반면에, 모런은 그의 앞을 왔다 갔다 했다.

"홈즈가 오늘 밤에 모습을 드러냈다는 게 마음에 들지 않습니다." 모런이 말했다.

"그건 나도 마찬가지일세."

교수가 비단처럼 부드러운 목소리로 대꾸했다.

"앞으로 내 계획에 녀석이 더 이상 개입하지 못하도록 조치를 취해야겠네. 왓슨을 또 이용하면 되겠지."

"직접 처리해버리는 게 낫지 않을까요?"

"그래도 되겠지만, 지금 난 정신을 온통 '코끼리 알' 작전에 쏟고 있네. 따라서 셜록 홈즈 씨에게 걸맞은 최후를 구상하느라고 시간을 낭비할 수야 없지."

모런은 고개를 끄덕였다.

"인도 쪽에서는 모든 일이 착착 진행되고 있어."

모리아티는 자신의 생각을 연설하듯이 큰 소리로 말했다.

"해상 운송을 하는 중에 우리 애들이 마하라자의 사절 자리를 꿰찰 준비를 하고 있지. 이건 아주 신중히 계획을 세워 준비해온 바꿔치기라네. 리드가 이 부분을 총괄하고 있어. 따라서 배가 영국의 항구에 정박할 때면 사절뿐만 아니라 루비도 가짜가 되는 것이지. 어느 누구도 감히 루비를 가까이 들여다보려고 하지 않을 걸세. 그런 선물을 샅샅이 살핀다는 건 외교상으로 무례하기 짝이 없는 일이기 때문이지. 아무도 그 루비가 그저 그럴 듯한 빨간색 유리라는 걸 알아차리지 못할 걸세. 루비는 윈저 궁에서 특별행사를 치르는 중에 여왕에게 바쳐질 것이고, 이후에는 여왕이 재위 기간 중에 습득한 자질구레한 다른 장신구들과 함께 궁에 있는 금고에 수납될 거란 말이지. 그 루비가 다시는 사람들 눈에 띄지 않거나, 세상 밖으로 나온다고 하더라도 아주 가끔씩일 게야. 그러는 동안 우린 이 보석으로부터 막대한 수입을 올리는 즐거움을 누리면 되는 거지."

모리아티는 이 말과 함께 씩 웃었다.

"그레이브스가 협력을 해야만 가능하겠죠."

"당연히 협력할 걸세, 모런. 암, 그렇고말고. 우린 협조하지 않으려는 보석상들에게 시간을 너무 많이 허비한 거라고. 그레이브스는 내가 하라는 대로 할 걸세……. 무력을 쓰는 한이 있더라도 그렇게 만들겠어."

교수의 그 말이 신호라도 되는 듯 문이 열리고 스카울러가 몸을 제대로 가누지 못하는 패트릭 그레이브스와 함께 들어왔다. 스카울러는 불 가에 놓인 소파로 보석상을 데려갔다.

"이 친구가 정신을 차리는 중입니다."

모리아티는 활짝 웃었다.

"좋아. 모런, 이 방문객에게 정신을 차리도록 브랜디를 한 잔 갖다 주는 친절을 베풀게나."

모런은 지시받은 대로 했다. 그레이브스는 브랜디 잔을 받아 들어 허겁지겁 단숨에 마셔버리고는 기침을 해댔다. 다른 세 사람은 그레이브스가 기침을 멈출 때까지 동상처럼 말 한 마디 하지 않고 끈기 있게 기다렸다.

"그레이브스 씨,"

모리아티가 소파 쪽으로 다가서며 입을 열었다.

"선생에게 제안할 게 한 가지 있는데, 어떤 선택을 하느냐에 따라 상당한 액수의 돈을 벌 수 있거나 아니면 팔다리 중의 하나를 잃을 수도 있어요."

그렇지 않아도 이미 얼굴이 창백했던 그레이브스는 난폭하기 짝이 없는 교수의 말에 얼굴에서 핏기가 완전히 사라져버렸다.

"내게 선택권이 있는 겁니까?" 한참을 머뭇거리던 그레이브스가 결국 속삭이는 듯한 목소리로 물었다.

"그거야 당연하죠."

그레이브스는 교활하게 씩 웃었다.

"그렇다면 돈을 버는 쪽으로 선택하겠습니다."

두 명의 부하가 그레이브스를 냉랭한 눈길로 노려보고 있는 가운데 모리아티는 연극 무대에 선 사람처럼 호탕하게 웃었다.

"아주 내 맘에 쏙 드는 사람이군."

"브랜디를 한 잔 더 해도 될까요?"

그레이브스는 거지처럼 술잔을 앞으로 내밀었다.

"모런, 자넨 우리의 친구에게 술을 한 잔 더 갖다 주고, 스카울러, 자넨 이 사람이 푹 쉴 수 있도록 돌봐주게나. 자세한 사항은 아침이 되면 상의하자구. 더 이상 걱정할 필요는 없을 것 같군. 그레이브스 씨는 우리가 원하는 대로 기꺼이 협력할 것 같으니까 말일세."

"당연히 협력하겠습니다, 신사분들." 그레이브스는 얼른 맞장구를 치고 받아든 브랜디를 단숨에 입 안으로 털어 넣었다.

이런 연극을 높은 곳에서 엎드려서 다 지켜본 셜록 홈즈는 지금 당장에 필요한 것들은 다 알아냈다고 결론을 내리고, 신중하게 이곳을 벗어나야겠다고 마음먹었다. 조심에 조심을 거듭하면서 들어왔던 길을 그대로 되밟아 두 개의 문을 통과하고 널빤지로 장식된 통로를 지나 나무로 된 계단을 올라갔다. 뚜껑문의 아래쪽에 서서 무슨 소음이 들리는지, 무언가가 움직이는 소리가 들리는지 귀를 쫑긋 세웠다. 아무 소리도 들리지 않았다. 홈즈는 창고를 둘러볼 수 있을 정도로만 뚜껑문을 밀어 올렸다. 내려왔을 때처럼 텅 비어 있는 것 같았다. 기쁜 마음에 얼른 구멍을 빠져나왔다.

홈즈가 두 발로 일어서는 순간, 누군가가 뒤쪽에서 팔뚝으로 목을 조르고는 걸걸한 목소리로 홈즈의 귀에 대고 소리쳤다.

"네 놈이 지금 무슨 짓을 하고 있다고 생각하는 거야?"

홈즈는 가까스로 고개를 돌려 습격자의 얼굴을 힐끗 쳐다봤다. 홈즈를 이곳까지 데려다준 거나 다름없는 마부였다. 홈즈는 한껏 숙련된 솜씨로 잽싸게 녀석의 두 팔을 잡고 성한 다리에 온 힘을 실어 어깨 너머로 집어던졌다. 이건 홈즈가 갈고닦은 '바리츠(Baritsu)'라는 무술 동작이었다. 마부는 헝겊인형처럼 날아가 탐정으로부터 1미터쯤 떨어진 곳에 뭔가가 바스러지는 듯한 쿵 하는 소리와 함께 등으로 떨어졌다. 그가 고통에 찬 비명을 지르며 일어서려고 버둥거렸지만, 홈즈가 얼른 녀석의 몸통을 타고 앉아 턱에 강력한 라이트훅을 날렸다. 마부는 머리가 뒤로 꺾이고, 눈을 꼭 감고, 입을 헤벌린 채 정신을 잃었다. 홈즈는 자신의 강인함과 솜씨에 기분이 좋아져서 웃지 않을 수 없었다. 그러고는 자신이 원하는 것, 창고문의 열쇠를 찾아낼 때까지 녀석의 옷을 뒤졌다.

5분이 채 지나기도 전에 셜록 홈즈는 심하게 절뚝거리며 모리아티의 창고로부터 세 블록 떨어진 곳을 걷고 있었다. 30분 후, 그는 베이커 가로 돌아오는 마차 안에 앉아 있었다.

26장

마하라자의 사절과 보석

난 홈즈의 이야기를 듣고 있는 동안, 커져가는 두려움에 가슴이 점점 더 졸아드는 듯했다. 모리아티를 앞지르고 그자와 그자의 범죄조직을 무너뜨리기 위해서는 자신이 위험한 처지에 놓일 수도 있다는 걸 홈즈야 별로 신경 쓰지 않을 거라는 걸 잘 알고 있었지만, 그렇게 하는 가운데 나와 내 아내도 크나큰 위험에 노출시킬 수 있다는 걸 얼마나 깨닫고 있는지 궁금했다.

홈즈가 상체를 앞으로 쭉 내밀어 내 어깨를 다독이는 걸로 봐서 내가 느끼고 있는 두려움이 침울한 안색에 그대로 반영된 게 분명했다.

"두려워할 필요 없네."

홈즈는 강철 같은 의지가 번득이는 눈길로 날 바라보며 말했다.

“모리아티는 결코 이길 수 없어. 내 말을 믿어야하네.”

홈즈의 말은 분명히 날 안심시키려는 것이었지만, 전혀 안심이 되지 않았다. 난 모리아티의 광대한 조직이 가지고 있는 힘과 그 힘의 넝쿨이 이 거대도시에 얼마만큼 퍼져 있는지 그 크기를 직접 목격한 사람이었다. 그자의 부하들이 접근하지 못하는 어두운 귀퉁이나 틈새는 단 한 곳도 없었다. 모리아티는 최고의 꼭두각시 조종자였다. 낮과 밤을 가리지 않고 어느 때나 부릴 수 있는 사람들을 마음먹은 대로 조종했다. 홈즈는 그런 조직이 없었다. 근본적으로 단독 행동을 하는 사람으로, 마치 무시무시한 골리앗에 대항하는 다윗 같은 신세였다. 내 친구가 아무리 현명하다고 하더라도 모리아티를 상대로 승리할 확률은 현저히 낮았다.

“자넨 이제 뭘 할 생각인가?” 내가 물었다.

“모리아티가 관련된 사건을 함께 수사한 사람이 야드에 한 명 있네. 패터슨 경위라고. 그 사람만을 유일하게 믿을 수 있는데, 그 사람에게조차도 어떤 세세한 부분은 알려주지 않고 있었지. 하지만 이제는 마하라자의 사절과 보석 자체를 바꿔치기 하려는 모리아티의 계략을 다 알려주려고 하네. 사절은 다음 주 말에 이곳에 도착할 예정일세. 그 사람은 확실히 보호를 받아야 하네. 인도 경찰의 협조를 얻으면, 범죄 의도가 다 드러난 못돼 먹은 리드라는 친구를 손쉽게 체포할 수 있을 걸세. 모리아티의 계획은 배가 영국에 정박하기도 전에 실패로 돌아가는 거지. 그리고 아직 너무 늦지 않았다면, 보석의 안전을 보장하기 위해 다른 경로를 통해 영국으로 비밀리에 운송되어야 한다고 제안할 생각이네. 그 교수라는 녀석은 원래의 계획이 실패로 돌아갔을 때 써먹을 비상계획을 소매 끝에 숨기고 있을 가능성이 높으니까. 아무리 조심한다고 해도 지나친 일이 아니지."

"그런 다음에는……?"

"난 모습을 감출 걸세. 베이커 가는 이제 그대로 머물기에는 너무나 뜨거운 곳이니까. 난 아무에게도, 자네를 포함한 그 어느 누구에게도 행방을 누설하지 않을 걸세. 그렇게 되면 자넨 내가 어디에 있는지를 모른다고 솔직하게 말할 수 있지 않겠나? 그리고 자네 마나님에게 두어 주일 동안 이곳을 벗어나 다른 곳으로 가 있도록 수배하기를 권하겠네. 혹시 시골에 사는 친구나 친척이 있나?"

"있을 거라고 생각하네만……."

난 메리를 다른 곳으로 보내야 한다는 게 죽기보다 싫었지만, 이게 최선의 방법이라는 걸 잘 알고 있었다.

"잘됐군. 다음 한 주일 동안은 일들이 좀 뒤숭숭하게 돌아가겠지만, 그 이후로는 런던이 살아가기에 한층 더 건강하고 안전한 곳이 될 걸세."

"그동안에 난 뭘 하면 좋겠나?"

"하긴 뭘? 아무것도 하지 말게. 적당한 때를 봐서 내가 연락할 테니 그때까지는 가만히 있으면 되네. 지금 당장은 내가 실종되는 이야기가 사실처럼 보이도록 손질을 좀 할 필요가 있을 뿐이네."

약 5분이 지난 후, 난 예전에 살았던 하숙집 문지방에 서서 떠날 준비를 하고 있었다. 셜록 홈즈와 난 악수를 굳게 나눴다.

"몸조심하게나, 친구." 홈즈가 말했다.

"자네나 몸조심하게. 내 한 몸은 잘 지킬 테니까."

홈즈는 씩 웃으며 문을 닫았다.

난 패딩턴까지 걸어가기로 마음먹었다. 청명한 봄날이었고, 신선한 공기를 듬뿍 마시고 싶었다. 눈앞에 닥친 사태를 좀 더 분명한 시각으로 볼 수 있도록 머릿속을 정리하고도 싶었다. 다른 일에 정신을 팔면서 '하이드파크 코너'의 문들을 지나치다가 키가 큰 형체 하나가 내 옆에서 나와 보조를 맞춰 걷고 있다는 걸 문뜩 깨달았다. 스카울러였다.

"안녕하신가요, 닥터? 잘 지내셨으리라고 믿습니다만……." 그가 한 말의 내용이야 기분이 좋은 것이었지만, 따스한 기운이나 친근한 기운이 전혀 없는 게 문제였다.

"잘 지내고 있습니다." 나도 냉랭한 목소리로 대꾸해줬다.

"그럼 셜록 홈즈도 잘 지내고 있나요? 다리는 어떻든가요? 오늘 아침에 그자를 찾아간 것 같던데……."

난 고개를 끄덕였다.

"그 친구를 보려고 베이커 가에 갔었죠. 그런데 그곳에 없더군요." 스카울러는 내 말을 따라하면서 눈을 가늘게 떴다.

"그곳에 없어요?"

"사라지고 없더라고요."

"어디로요?"

"모르겠어요. 이 편지만 덩그러니 날 기다리고 있었죠."

난 홈즈가 내게 줬던 봉투를 스카울러에게 건넸다.

스카울러는 봉투를 확 잡아채더니 편지를 꺼내 큰 소리로 읽었다.

"왓슨, 내가 런던에 그대로 머물기에는 상황이 너무 후끈 달아올라 따로 기한을 정하지 않고 피신하기로 결정했네. 상당 기간 날 보지 못할 걸세. 자네 마나님께 인사 전해주게. 자네의 변함없는 친구, 셜록 홈즈가."

스카울러는 넌더리가 난다는 듯 역설을 내뱉으며 편지를 찢어발길 뻔했다.

"이건 뭔가 수작을 부린 게 분명해."

난 그런 건 모르겠다는 듯 고개를 가로저었다.

"내가 결혼한 이후로 홈즈는 점점 더 내게 속마음을 털어놓지 않았어요. 그러니 이 편지 내용을 액면 그대로 받아들일 수밖에요. 그 친구가 어디에 있는지, 그리고 어떤 계획을 세우고 있는지 전혀 알 수가 없군요."

"좋아요. 내가 이 편지를 맡아두죠. 교수님이라면 틀림없이 편지에서 흥미로운 점을 밝혀내실 겁니다. 왓슨, 누구에게 충성을 다해야 할지, 그리고 선생의 목숨이 누구에게 달려 있는지 항상 명심하시오. 셜록 홈즈가 어떠한 이유로든 간에 연락을 취하면 즉시 우리에게 알려야 합니다. 내 말, 알아들었어요?"

"물론이오."

"좋아요."

스카울러는 조용히 말하고 뒤로 물러서서 인도의 행인들 틈에 섞여 들어갔다. 불과 몇 초 만에 눈앞에서 모습을 감췄다.

난 모자를 벗고 손수건으로 눈썹에 맺힌 땀을 훔쳤다. 모리아티처럼 똑똑한 사람이라면 그 편지가 속임수라는 걸 당장 알아차릴 것이다. 홈즈가 이처럼 중차대한 시간에 이 도시를 벗어나지 않으리라는 걸 충분히 알고 있을 것이다. 교수는 내 친구의 종적을 찾아내기 위해 사냥개들을 풀어놓을 게 뻔했다. 셜록 홈즈가 이처럼 취약한 처지가 된 것은 단 한 번도 없었던 일이었다.

"나랑 차 한잔하지 않겠어요, 스카울러 씨?"

허드슨 부인이 가스불 위에 주전자를 올려놓으며 물었지만, 방문객은 고개를 가로 저었다.

"다른 때 기회를 봐서 하죠."

스카울러는 정중하지만 쌀쌀한 말투로 대꾸했다.

"꼭 알고 싶은 게 있습니다. 교수님도 셜록 홈즈가 지금 어디에 있는지 알고 싶어 하시고요."

허드슨 부인은 손을 앞치마에 닦고 벽난로 옆에 놓인 그녀가 가장 좋아하는 의자에 앉으며 미소를 지었다.

"난 몰라요. 당신도 알다시피, 그 사람이 예전에는 내게 하나도 숨기지 않고 이것저것 다 털어놓더니만 최근에는 조개를 가르칠 수 있을 정도로 입을 꼭 다물고 있었단 말이에요." 허드슨 부인은 자신이 생각해낸 기발한 비유에 낄낄거리며 웃다가 스카울러가 탐탁지 않은 표정으로 눈을 흘기자 웃음을 뚝 끊었다.

"그 친구를 마지막으로 본 게 언제였죠?"

"확실하지 않아요. 그냥 해보는 소리가 아니라고요. 홈즈 씨는 이런저런 가발을 쓰고 변장용 코를 붙이는데다가 온갖 종류의 옷가지를 걸치다보니, 그게 그 사람이 변장한 모습인지, 아니면 그 사람을 찾아온 방문객인지 헷갈릴 때가 한두 번이 아니었으니까요. 벌써 일주일 이상 식사를 차려주지 않았어요."

스카울러는 안달이 나서 한숨을 크게 내쉬었다.

"닥터 왓슨이 오늘 아침에 들렀었죠."

허드슨 부인의 말이 이어졌다.

"따라서 그때엔 홈즈 씨가 집에 있는 줄 알았어요. 하지만 왓슨 씨가 그만 가봐야겠다고 내게 인사하면서 친구를 기다렸지만 헛수고였다고 하더군요. 두어 주일 자리를 비우겠다는 홈즈 씨의 편지가 있었지만, 어디로 가는 지는 말하지 않았어요."

"나도 그 편지를 봤습니다." 스카울러가 말했다.

"사실이라고 하기에는 너무 시기적절해서, 얼간이 녀석이 도망친 것처럼 보이도록 꾸민 것 같단 말입니다."

허드슨 부인은 고개를 살래살래 저었다. 스카울러가 무슨 말을 하는지 이해할 수가 없어서였다.

"원한다면 그 사람 방으로 올라가서 맘껏 살펴보세요."

"당연히 그래야죠."

스카울러는 짜증이 나는 듯 거친 목소리로 말했다.

"당장 그렇게 할 생각이오. 그건 그렇고, 홈즈의, 혹은 홈즈일지도 모른 어떤 누군가의 흔적을 발견하면 그게 아무리 사소한 것이라도 즉시 교수님께 알려야 해요. 즉시요! 알아들었어요?"

허드슨 부인은 고개를 끄덕였다. 그녀는 이게 명령이라는 걸 잘 알고 있었고, 그게 그녀를 크게 실망시켰다. 그녀는 괴짜인데다가 예측이 불가능한 하숙생을 매우 좋아하게 됐고, 그 사람에게 어떠한 해도 끼치고 싶지 않았다. 하지만 이 문제에 관해서는 그녀에게 선택권이 없었다. 홈즈가 그녀의 급료를 지불해주는 건 아니었다.

"좋아요." 스카울러는 장갑을 끼며 말했다.

"오늘 저녁, 어두워진 다음에 이곳을 다시 찾아와 홈즈의 거처를 수색할 생각이오. 어쩌면 불을 조금 질러야 할지도 모르겠고요."

"오, 안 돼요, 제발 그러지 마세요! 이 사랑스러운 집을 몽땅 태울 생각은 아니겠죠?"

"그 정도까지 심하지는 않을 거라는 걸 보장하죠. 홈즈의 파일과 기록물들을 파괴하고 그곳에 머물지 못할 정도로 홈즈가 사용하는 방들에 살짝 불을 지를 테니까요. 부인의 거처는 안전할 겁니다."

"그걸 어떻게 자신할 수 있어요?"

허드슨 부인이 퉁명스럽게 물었다.

스카울러는 이곳에 도착한 후 처음으로 미소를 지었다.

"자신이야 할 수 없죠."

메리가 엑서터에 살고 있는 이모를 깜짝 방문하도록 설득하는 데는 무한한 인내가 필요했다. 아내는 본능적으로 뭔가가 잘못됐다는 것과 그 일이 셜록 홈즈와 관련되어 있다는 걸 알아차렸다.

"당신도 위험한 건가요?"

메리는 푸른 눈으로 날 똑바로 쳐다보며 물었다.

여러 해 동안 가장하고 사는 데 익숙해져서 거짓말이 쉽사리 흘러나왔지만, 메리를 다룰 때는 전혀 그렇지 못했다. 아내에게 거짓말을 하는 건 정말 싫었지만, 해야만 했다. 걱정할 게 하나도 없다고 말했을 때 그녀가 내 말을 그대로 믿었다고는 생각하지 않았지만, 내가 요청한 일을 그대로 하는 게 자신에게 가장 유리하다는 걸 알고 있는 것 같았다.

그날 저녁에 메리는 짐을 꾸렸고, 난 엑서터에 살고 있는 메리의 이모에게 그녀의 도착을 알리는 전보를 쳤다. 다음 날 아침 일찍, 난 패딩턴 역에서 메리를 배웅했다. 메리가 객실 창문으로 몸을 내밀어 손을 흔들고 작별인사를 하는 가운데 기차가 헐떡이는 소음을 내뿜으며 역을 빠져나갈 때, 칸다하르의 악취가 풍기는 감방에서 느꼈던 비참함과 외로움을 처음으로 다시 느꼈다. 홈즈가 몸을 숨기고 메리가 떠나버리고 나니 의지할 사람이 단 한 명도 없었다.

다시 플랫폼으로 올라오는데 귓가에 속삭이는 누군가의 목소리가 들렸다.

"사랑스러운 부인께서 여행을 떠나시는 모양이죠?"

흠칫 놀라 얼른 고개를 돌려 보니 요란한 갈색 체크무늬 양복을 걸친, 쥐처럼 교활하게 생긴 호리호리한 사내가 내게 미소를 짓고 있었다. 그 사내는 놀리기라도 하듯 정중한 태도로 갈색 보울러를 들어올렸다.

"교수님께서 안부 인사 전하라고 하시더군요. 홈즈 씨의 소식은 없는 모양이군요?"

난 고개를 가로저었다.

"없소이다." 난 간신히 용기를 짜내 대꾸했다.

"그럼 부인께서는……?"

"아내는 건강이 좋지 못한 이모님을 찾아뵈러 간 것이오."

"선생을 홀로 두고 말입니까? 음, 그런 건 신경 쓰지 마세요, 닥터 왓슨. 우리가 당신 곁을 떠나지 않을 테니까요. 계속 연락해주시고요."

그 사내는 빈정거리듯 실실 웃으며 다시 모자를 들어올려 보이고 멀어져 갔다. 난 그 자리에 뿌리가 내린 것처럼 우뚝 서 있었다. 내 주위를 스쳐 지나가는 사람들을 넋이 빠진 눈길로 멍하니 쳐다봤다. 이들 중 얼마나 많은 사람들이 교수의 부하일까?

내가 뭘 할 수 있는 거지? 이렇게 항상 적의 현미경 아래에서 면밀하게 관찰을 당한다면 어떻게 행동할 수 있을까? 머릿속으로 자꾸 되풀이해서 음울한 미래를 그리며 다소 풀 죽은 모습으로 플랫폼을 계속 올라갔다.

바로 그때, 큼직한 글씨의 헤드라인이 적혀 있는 신문판매대의 게시판이 눈에 들어왔다.

셜록 홈즈의 거처에서 화재 발생.

27장

잔인한 스카울러

셜록 홈즈는 지난달에 여러 번 해봐서 숙달된 솜씨로 베이커가 221B의 뒤쪽에 붙어 있는 홈통을 재빨리 타고 올라갔다. 다리를 다쳤음에도 불구하고 아무 문제없이 상당히 날렵하게 자신의 침실 창문 높이에 다다랐다. 창문 한쪽을 살짝 들어올리고 어렵사리 방 안으로 들어갔다. 그 즉시 알싸한 냄새가 코를 찌르며 목구멍을 자극해서 기침을 억지로 참아야 했다.

불길에 그을린 사방의 벽들은 연기로 인해 시커멓게 변했고, 침대와 매트리스는 그을음투성이의 잔해로 졸아들어 있었다. 바닥은 젖어있어 미끄러웠다. 홈즈는 소방대가 제때에 도착해서 불길이 번지는 걸 잡았다는 것과 2층의 내부만 피해를 입었다는 걸 신문에서 이미 읽었었다. 그런데, 불길이 파괴하지 못한 것들을 물이 깨끗이 처리해줬다.

천천히 거실로 다가간 홈즈는 눈앞에 벌어진 광경에 기겁해서 헉 소리를 냈다. 시커메진 방에서는 안락했던 예전의 모습을 거의 찾아볼 수 없었다. 가구들은 새카만 숯덩이가 되어버렸고, 방 한쪽 구석으로 치워진 물에 흠뻑 젖은 잿더미는 이전에 책과 파일과 사건기록부였을 게 틀림없는 것들이었다. 셜록 홈즈는 정서와는 담을 쌓고 사는 사람이었지만, 이 순간만은 슬픔의 파도가 온몸을 휩쓸고 지나가는 느낌을 받았다. 홈즈의 가슴이 쓰린 것은 파일과 기록부 같은 것들이 없어져서만은 아니었다. 그건 자신만의 세계, 좀 더 솔직히 말한다면 이곳에서 지내면서 쌓인 훈훈한 기억, 특히 왓슨과 함께 지내며 쌓인 기억들이 파괴됐기 때문이었다.

박살난 창문을 통해 들어온 길 잃은 바람이 작은 곤충 떼처럼 방 안을 차지하고 있던 시커먼 재들을 흩날리자, 홈즈는 기침이 터져 나오지 않도록 손수건으로 얼른 입을 틀어막았다. 그런데 바로 그 순간, 신경이 바짝 곤두서고 감각이 예민해졌다. 눈에 보이는 증거도 없고, 따로 추리를 하지 않더라도 혼자 있는 게 아니라는 걸 알아차렸다. 누군가가 자신과 함께 방 안에 있었다. 본능적으로 코트 주머니 속의 리볼버로 손을 뻗었지만, 손잡이를 채 잡기도 전에 문 옆의 어둠 속에서 목소리가 들렸다.

"권총을 그대로 놔두시지, 셜록 홈즈."

홈즈는 꼼짝도 하지 않았다.

"난 게임을 하고 있는 게 아니네." 목소리가 또다시 들렸다. "손을 권총에서 떼고 얌전히 옆구리에 붙이고 있으라구. 말을 듣지 않으면 머리통을 날려버리겠어."

홈즈는 수많은 악당들을 만나봤기 때문에 그자들이 엄포를 놓는 것인지 아닌지를 잘 알고 있었다. 이 사내는 엄청 진지하다고 판단했다. 홈즈는 총을 그대로 놔둔 채 코트 주머니에서 손을 빼내 그자가 시킨 대로 했다.

사람의 형체 하나가 어둠 속에서 걸어 나왔다. 창문을 통해 들어온 아침 햇살 한 줄기가 그자의 얼굴에 떨어졌다. 탐정은 그자를 즉시 알아봤다. 교수의 보좌관들 중, 잔인하기로 소문난 스카울러였다. 스카울러는 총구를 홈즈에게 겨눈 채 씩 웃었다.

"네 놈이 돌아올 줄 알았지."

그렇게 말하는 스카울러의 얼굴에는 웃음꽃이 활짝 폈다.

"네가 화재로 이곳이 얼마나 손상을 입었는지, 그리고 기록물 중에서 건질 것은 없는지 알아보고 싶어 죽을 지경이라는 걸 알고 있었단 말이야. 역시 날 실망시키지 않는군."

"그렇다면 이게 다 네 작품이라는 건가?"

"물론이지. 그리고 내가 한 일을 아주 자랑스럽게 여기고 있어. 아직까지 읽을 수 있는 형태로 남아 있는 종이가 이 방 안에는 단 한 장도 없으니까 말이야. 불을 지르기 전에 샅샅이 다 살펴도 봤고. 교수님을 언급하고 있는 서류들은 다 따로 분리해서 차례차례 태워버렸지."

"아주 철저하시구만."

"아, 우린 그런 사람들이야, 홈즈 씨. 네놈도 그 점을 알고 있었어야 하는데." 스카울러의 얼굴에서 미소가 희미해졌다.

"너 정도의 지능과 기술을 가진 사람치고는 너무 어리석었어. 고집불통이란 말이야. 교수님이 하시는 일에 간섭할 생각이었다면 손가락을 데이는 정도로 끝날 게 아니라는 걸 알고 있었어야지. 네놈 목숨을 잃을 거라는 걸 알고 있었어야 한단 소리야."

"나도 그럴 가능성이 있다는 걸 잘 알고 있었지만, 호랑이굴에 들어가지 않으면 호랑이를 잡을 수 없잖은가."

홈즈는 느긋하게 대꾸는 했지만, 자신의 가슴을 겨누고 있는 스카울러의 리볼버에서 눈을 떼지 못했다.

"네놈을 일찌감치 처치했어야 해. 내가 그렇게 하자고 주장했지만, 교수님은 네놈과 '쥐잡기 놀이'를 하고 싶어 했지. 하지만 이제 그 놀이도 끝났어. 네 녀석이 이번에는 넘지 말아야 할 선을 넘었으니까."

"아, '코끼리 알' 사건을 말하는 건가? 리드가 체포되고 루비는 안전하다면서?"

"홈즈, 넌 그 일에서 손을 뗐어야 해. 그랬으면 이런 꼴은 당하지 않았겠지."

"본래 포기하는 걸 좋아하지 않거든. 준비 기간은 길었지만, 성공적인 결과가 나올 테니 됐지, 뭐."

스카울러는 한 걸음 앞으로 나서며 공이치기를 잡아당겼다.

"홈즈, 네놈에게는 해당되지 않아."

"날 죽인다고 해서 결과가 달라질 것 같은가? 모리아티의 조직을 박살내고 너와 교수를 포함한 두목급들을 체포할 수 있다면 내 목숨을 기꺼이 희생할 수 있어. 모리아티가 살아 있으면서 끼칠 해악으로부터 우리 사회가 벗어날 수 있다는 걸 생각만 해도 기분이 좋아진단 말씀이야. 어쨌거나 이번 사건에 손을 대면서부터 어쩌면 탐정으로서의 나의 경력도 위기를 맞게 되고 나의 죽음으로 끝이 날지도 모른다는 걸 깨닫고 있었어."

"그렇다면 내가 처음 생각했던 것보다 네 녀석이 더 바보인게로군. 교수님을 물리칠 수 있다는 빈약한 믿음에 네 녀석 목숨을 건 셈이니까."

"넌 그게 무슨 뜻인지 모르고 있어, 스카울러. 네 자신이 행하는 범죄에 너무 물들어 있는 터라 너와 네 동료들이 이 도시에 드리우는 시커먼 그림자를 볼 수 없어서겠지. 네가 얼마나 타락하고 추잡한지 알아? 너의 못된 행동들이 착하고 단순한 삶을 살고자 애쓰는, 도로를 꽉 메운 일반 사람들의 선량함과 희망을 얼마나 파괴시키고 있는지는? 네가 저지른 도둑질과 위조와 살인과 탐욕스러운 행동이 우리 모두를 약화시킨단 말이야. 불의는 스치고 지나간 것들을 모두 타락시키고 있어. 너와 모리아티 일당은 악이라는 전염병의 보균자야! 이런 전염병에 대한 예방활동이 전혀 이뤄지지 않고 있는데 내가 어떻게 손을 놓을 수 있고, 내 자신의 목숨을 조금이라도 신경 쓸 수 있겠어?"

"음, 넌 한 가지 점에서는 정확했어. 내가 너의 관점을 전혀 이해하지 못한다는 것. 하지만 네가 교수님을 절대로 이길 수 없다는 것만은 똑똑히 알고 있지."

"스카울러, 뭣도 모르는 너와 이런 대화를 하고 있다니 지겹기 짝이 없군. 뭔가를 하려고 왔다면 내가 지겨워서 죽기 전에 얼른 해치워라."

스카울러는 이마를 찌푸렸다. 죽음을 바로 코앞에 둔 홈즈의 달관한 듯한 모습이 전혀 이해가 되지 않았다. 아주 용감하거나 아주 멍청한 게 분명했다. 홈즈의 어떤 면이 더 불안하게 만드는지를 스카울러는 딱 집어 말할 수 없었다.

홈즈는 사실, 아무리 머리를 굴려도 곤경을 벗어날 방법이 없어서 오히려 느긋한 상태였다. 스카울러에게 말했던 것은 모두 사실이었다. 모리아티의 왕국을 궤멸시킬 수만 있다면 자신의 목숨을 기꺼이 희생할 준비가 되어 있었다. 피할 수 없는 운명이라면 그걸 두려워하지 말고 담담하게 받아들이면 될 뿐이었다. 범죄를 입증할 수 있는 주요 서류들은 요전 날 이미 베이커 가에서 빼내 패터슨 경위만이 알고 있는 안전한 장소로 옮겨놨었다. 그것들이 스코틀랜드 야드의 손에 안전하게 확보되어 있는 한, 모리아티를 체포하고 그의 조직을 분쇄하는 작전이 성공적으로 수행될 수 있을 게 분명했다. 홈즈는 자신의 생명이 이제 몇 분밖에 남아 있지 않지만, 모리아티도 불과 2, 3일 후면 끝장날 것이라는 걸 잘 알고 있었다.

“홈즈, 네가 종교인이 아니라고 알고 있다. 그래도 죽기 전에 기도할 게 있나?”

“그런 것 없다.”

스카울러는 어깨를 으쓱하고 권총을 든 손을 앞으로 쭉 뻗었다.

“그럼 이제 작별하자구, 홈즈.”

권총이 천둥소리를 내며 발사되고, 그 소리가 훌랑 타버린 실내에서 울려 퍼졌다.

28장

베이커 가의 화재

난 공포에 질린 채 베이커 가의 화재를 다룬 신문 기사를 읽었다. 기사 내용으로 봐서 우리가 살았던 방들은 몽땅 다 타버렸지만, 허드슨 부인의 거주 구역까지는 불이 번지지 않은 것 같았다. '화재가 발생했을 때 유명한 사립탐정인 셜록 홈즈 씨는 실내에 없었다'라는 구절에서 가슴을 쓸어내렸다. 하지만 기사에 의하면, 홈즈의 귀중한 파일들은 불길에 모두 재가 되어버린 게 분명했다. 난 불이 났을 때 그 방에 모리아티에 관한 주요 서류들이 없었기만을 빌었다. 그것들은 홈즈가 어디에 있건 간에 함께 있을 게 뻔하긴 하지만……. 홈즈라면 그처럼 취약한 곳에 그것들을 내버려두진 않았을 것이다. 그런데 정말로 그런 건지는 알 수가 없어 답답했다. 홈즈가 수집한 증거들이 한 줄기 연기로 사라졌다면 우린 질 수밖에 없었다. 이럴 수도 있다는 걸 생각하자 뱃속을 뭔가가 갉아대듯이 쓰려오기 시작했다.

난 틀림없이 모리아티 교수가 불을 지르라고 사주했을 거라고 생각했다. 어쩌면 교수 자신이 직접 불을 질렀을지도 몰랐다. 이제 모든 걸 다 꼼꼼하게 준비하고 어쩌고 하는 건 한쪽으로 집어치웠을 것이다. 교수는 셜록 홈즈를 잡는 데, 홈즈를 파멸시키는 데 온 힘을 쏟고 있었다. 그리고 머지않아 이미 쓸모가 없어진 내게도 손을 뻗칠 게 분명했다. 지난 24시간 동안에 앞으로 살아가야 할 내 삶의 모습이 변화됐고, 그동안 날 옥죄고 있던 족쇄로부터 풀려났다는 걸 실감했다. 날 꼭두각시처럼 조종하던 자가 실을 끊어버림으로써 그자와 맺었던 계약은 휴지조각이 됐다. 그런데도 이상하게 들뜬 것 같이 기분이 좋았다. 죽음이 곧 닥칠지도 모른다는 실질적인 위협이 머리 위를 맴돌고 있었음에도 불구하고 난 다시 원래의 나로 되돌아가 있었다. 난 이제 본 모습을 찾았고, 독자적으로 행동할 자유가 생겼다.

갑자기 몸과 마음이 허약해진 상태에서 브랜디 병을 끌어안고 쪼그려 앉아 죄악에 물든 미래에 나의 자유를 팔아넘겼던, 아프가니스탄의 그 형체만 남아 음침한 나무가 머릿속에 떠올랐다. 그건 꿈속에서 헤매던 어제의 세계였고, 또 다른 삶의 일부였다. 이젠 괴상한 운명의 장난으로 인해 다시 한 번 나의 자유와 개성을 회복했다. 하지만 내가 더 이상 존 워커가 아니기 때문에 거기에는 차이가 있었다. 워커는 사막의 추운 밤에 희미하게 사라져버렸다. 이제 난 내가 만들어낸 존 H. 왓슨이라는 인물이었다. 난 소설 속의 인물이 됐다. 내가 쓴 소설 속의 왓슨이었다. 그리고 보다 더 중요한 것은, 내가 셜록 홈즈의 친구이자 전기작가이며 대변인이라는 점이었다.

이러한 인식이 내 얼굴에서 웃음이 피어오르도록 만들었고, 뱃속의 찌르는 듯한 고통을 사라지게 만들었다. 난 신문을 집어 던지고 황급히 역에서 빠져나왔다. 2, 3분이 채 지나기도 전에 마차를 집어타고 갈 길을 재촉했다.

권총이 천둥소리를 내며 발사되고, 그 소리가 휼랑 타버린 실내에서 울려 퍼졌다.

셜록 홈즈는 총탄이 살을 뚫고 들어올 고통에 대비하며 마음을 다잡았다. 그런데 아무렇지도 않았다. 그 순간, 스카울러가 총을 발사하지 않았다는 걸 깨달았다. 총소리는 다른 곳에서 들려온 것이었다.

스카울러는 알아들을 수 없는 끙 하는 신음과 함께 두어 걸음 앞으로 걸어 나왔다. 얼굴에는 놀라움과 즐거움이 뒤섞인 표정이 떠올랐다. 스카울러는 다시 총구를 홈즈에게 겨냥했지만 방아쇠를 당기기 전에 무릎이 풀려 조용히 바닥에 고꾸라졌다. 얼굴이 물에 젖은 쓰레기 더미에 파묻혔다. 홈즈는 스카울러의 등 한복판에서 번져나가는 핏자국을 멍하니 바라봤다.

연기가 피어오르는 권총을 손에 든 형체 하나가 어둠 속에서 걸어 나왔다. 왓슨이었다.

"난 사람을 등 뒤에서 쏘는 걸 좋아하지 않지만, 다른 뾰족한 수가 없었네."

왓슨은 대수로운 일도 아니라는 듯 사무적으로 말했다.

"왓슨, 이게 다 무슨 일인가!" 지금의 상황을 전혀 이해하지 못하겠다는 듯 홈즈는 소릴 질렀다.

"화재가 자네를 베이커 가로 되돌아오도록 유인하고 그곳에서 누군가가 자네를 기다리다가 살해하도록 하는, 모리아티의 술책일 거라는 생각이 퍼뜩 들더군. 그래서 최대한 빨리 이곳으로 달려왔네. 다행히도 시간에 딱 맞춰서 올 수 있었고 말일세."

홈즈는 할 말을 잃고 멍하니 서 있었다. 그건 고맙다는 걸 표현하기 어려워하는 그의 성격 때문만이 아니라 왓슨이 하는 행동에 말을 꺼내기 어렵게 만드는 무엇인가가 있어서였다. 왓슨은 자신의 인간성을 이제야 발휘라도 하는 듯이 보다 더 자신 있고, 확신에 찬 모습이었고, 어떻게 보면 좀 냉정해진 것 같았다.

마침내 홈즈가 한 걸음 앞으로 나서며 친구의 손을 따뜻하게 잡았다. 왓슨도 진실한 마음을 담아 홈즈의 손을 잡았다.

"뭐라고 감사의 말을 해야 할지 모르겠군. 자넨 정말 위험한 순간에 내 생명을 구해줬네."

"자네도 날 위해서 똑같이 해줄 것이라고 믿고 있네."

왓슨은 간단히 대꾸했다.

"당연히 그렇게 할 걸세."

잠시 동안 두 사내는 서로의 손을 꼭 잡고 활짝 웃음을 지어 보였다.

"자, 이제 우린," 왓슨은 한참 만에 스카울러의 시체 옆에 무릎을 꿇고 앉으며 입을 열었다.

"되돌아갈 수 있는 다리를 불질러버린 셈일세. 교수가 신뢰하는 부하들 중의 하나를 살해한 벌칙이 무엇인지는 확실히 모르겠지만, 그게 매우 불쾌한 것이고, 교수가 최대한 빠른 시간 내에 완전히 똑같이 하려고 들 거라는 건 충분히 짐작하고 있네." 왓슨은 시체를 뒤집어서 번들거리는 눈길로 멍하니 마주보고 있는 스카울러의 얼굴을 내려다봤다.

"불쌍한 놈 같으니." 왓슨은 조용히 중얼거렸다.

"동정심일랑 그딴 녀석에게 보내지 말고 우릴 위해 잠시 담아두게나, 왓슨." 홈즈는 원래의 사무적인 태도를 회복하며 한마디 했다.

"우리가 머물기에는 런던이 이제 너무 위험해졌어. 패터슨이 이끄는 경찰이 모든 작전을 끝낼 때까지 피신해야 하네. 일주일이면 모리아티의 범죄조직은 더 이상 존재하지 않게 될 걸세."

"어떻게 하자는 건가?"

"나랑 대륙으로 건너가지 않겠나? 외국의 기후 속에서 일주일을 보내면 우리 건강에도 무척이나 도움이 될 걸세. 오늘 저녁 빅토리아 역에서 도버로 출발하는 기차가 있네. 자네 생각은 어떤가?"

"나야 오케이지."

"자넨 정말 좋은 사람일세. 자네의 허락도 얻지 않고 개인침실 칸의 일등석 두 개를 미리 예약해뒀네. 그때가 될 때까지 여행에 필요한 물품과 옷가지들을 챙기세나. 어떤 일이 있어도 자네 집으로 가서는 안 되네."

왓슨은 고개를 끄덕였다.

"뒷문으로 살짝 빠져나가세. 홈통을 타고 정원 벽을 넘어가는 것이니 쾌적한 출구는 아니겠지만, 그래도 앞문보다는 훨씬 안전하다네. 그런 다음에 잠시 헤어지자구. 저녁 여섯 시에 예약된 객실 칸에서 만나도록 하세. 절대로 늦어서는 안 되네."

"절대 늦지 않겠네."

홈즈는 말을 멈추고 한 번 더 왓슨의 손을 꽉 잡았다.

"도움을 준 것에 다시 한 번 감사의 말을 해야겠네, 왓슨. 자네야말로 곤경에 처했을 때 꼭 함께 있었으면 하는 정말 좋은 친구일세. 연극은 이제 거의 다 끝난 셈이지. 마지막 장이 막 시작될 참이니까. 우린 이제 겁을 먹거나 경계를 늦춰서는 안 되네. 우리는 함께 먼 길을 달려왔어. 마지막에 와서 초를 쳐서는 안 되지."

29장

도버행 기차의 B 객실

대륙에서 체류하는 동안 입기에 모자라질 않기를 바라며 새로이 구입한 옷가지들로 가득 찬 옷가방을 들고 셜록 홈즈가 가르쳐준 대로 빅토리아 역의 3번 플랫폼으로 내려가 도버행 기차의 B 객실로 향했다. 근엄하게 생긴 나이 든 이탈리아인 사제 한 사람이 이미 그 객실을 차지하고 있는 모습을 보고 심장이 덜컥 내려앉았다. 내가 객실로 들어서자 사제는 몇 마디 반갑다는 인사를 하고 다시 기도서를 묵묵히 들여다봤다.

낑낑거리며 머리 위의 선반에 짐을 올리고, 다시 플랫폼으로 걸어 나와 친구의 모습이 보이지 않을까 주위를 두리번거렸다. 수많은 여행객들 사이에서 셜록 홈즈의 호리호리한 모습을 찾는데 실패했다. 비슷한 사람도 보이지 않았다. 홈즈가 오지 않는다는 건 낮 동안에 어떤 나쁜 일이 생긴 탓일 것이다. 모리아티가 홈즈를 따라잡은 게 아닌가 하는 생각을 하니 두려움으로 인해 온몸이 으스스 떨렸다.

짐꾼들이 곧 출발하려는 기차의 객실 문들을 닫았고, 승무원은 엔진을 작동시키라고 호루라기를 불었다. 마지못해 객실로 들어가 좌석에 털썩 주저앉았다.

"그리 침울한 표정 짓지 말게, 왓슨. 모든 일은 계획대로 잘 되고 있으니까."

난 놀라움을 감추지 못하고 얼굴을 돌렸다. 나이 든 성직자도 내 쪽으로 얼굴을 돌리고 있었다. 눈 깜빡할 사이에 주름살이 사라지고, 턱까지 늘어졌던 코가 제자리를 잡고, 쑥 내밀어졌던 아랫입술이 들어가고, 입으로는 뭔가를 중얼거리고, 몽롱하기만 했던 눈동자가 반짝거렸고, 축 늘어졌던 몸이 활짝 펴졌다. 휘둥그레진 눈을 비비고 다시 보니 눈앞의 모든 모습들이 허물어지며 홈즈의 모습은 드러날 때와 마찬가지로 순식간에 사라졌다.

"맙소사! 어떻게 이럴 수가! 자네가 날 얼마나 놀라게 했는지 아나?"

홈즈는 씩 웃었다.

"모든 예방조치는 여전히 필요하네. 놈들이 열을 올리며 우리의 뒤를 쫓고 있다고 믿을 만한 근거가 있으니까." 홈즈는 좌석에서 일어서서 조심스럽게 창밖을 내다봤다.

"역시 내 생각대로구만. 왓슨, 저게 보이나?"

좀 떨어진 플랫폼 위에서 두 사내가 이미 움직이고 있는 기차를 잡아타려는 듯 죽어라고 달려오고 있었다. 그 두 사람이 누구인지 금방 알아봤다. 세바스찬 모런 대령과 제임스 모리아티 교수였다. 플랫폼의 끝에 도달하자 두 사람은 자신들의 추적이 헛수고라는 걸 마지못해 받아들였다. 그들은 얼굴이 굳어버린 채 헐떡거리며 멈춰 서서 속도를 올리며 멀어져 가는 기차를 노려봤다.

"아주 간신히 피했네, 왓슨. 정말 간발의 차였어. 사전에 그렇게 만반의 예방조치를 취했는데도 겨우 빠져나왔군."

홈즈는 너털웃음을 치며 말했다. 그는 변장하는 데 사용했던 검은색 카속(성직자의 평상용 긴 옷)과 모자를 벗어 자신의 짐 가방에 쑤셔넣었다.

"어쨌거나 우린 성공했잖나." 이제 그들의 그물에서 벗어났다는 생각에 한결 마음이 가벼워진 내가 대꾸했다.

"이건 급행열차인데다가 대륙으로 가는 배가 바로 연결되어 있으니 놈들을 아주 효과적으로 떨어뜨린 셈이지."

홈즈는 내 말에 대꾸하기 전에 파이프에 불을 붙였다.

"이보게 왓슨, 만약 내가 추격자라면 이처럼 사소한 장애에 가로막혔다고 해서 패배를 인정할 것으로 보이나?"

난 고개를 가로저었다.

"그건 교수도 마찬가지일 걸세. 이 친구는 나와 지적 수준이 거의 비슷하고, 나와 같을 정도로 끈덕진 추격 의욕을 가지고 있다네."

"그 사람이 어떻게 할 것 같은가?"

"이런 상황에서 내가 할 것과 똑같은 일을 하겠지."

"그게……. 뭔데?"

"임시열차를 수배하겠지."

"그렇게 하려면 시간이 꽤 걸리지 않나?"

"모리아티의 인맥이라든가 남을 설득시키기 위해 사용하는 권위나 돈을 고려한다면, 그리 오래 걸리진 않을 걸세. 그리고 우리가 탄 기차는 캔터베리에서 잠시 정차하고, 배는 항상 지연되는 편이라서……. 교수는 그곳에서 우릴 따라잡을 게 확실하다고 보네."

"그럼 우린 어떻게 해야 하는가?"

"캔터베리에서 내려야지."

"그런 다음에는?"

"음, 뉴헤이븐까지 가로질러 가서 디에프로 넘어가야 해. 그런데 모리아티가 이번에도 내가 할 게 분명한 행동을 그대로 따라서 할 거란 말씀이야. 우리의 여행가방을 쫓아서 파리까지 갈 것이고, 그곳 수하물 보관소에서 이틀은 기다릴 걸?

녀석이 그러는 동안, 우린 작은 여행가방 두 개를 사고 룩셈부르크와 바젤을 거쳐 느긋하게 스위스로 들어가는 거지."

"자넨 모든 상황에 대비한 계획을 다 세워놓았구만."

난 활짝 웃으며 말했다.

"물론이지." 홈즈는 담배연기를 짐 싣는 선반 쪽으로 후하고 내뿜으며 대답했다.

우린 캔터베리에서 하차했다. 하지만 뉴헤이븐 행 기차를 타려면 한 시간을 기다려야 한다는 걸 알게 됐다.

난 그날 아침에 구입한 새 옷들이 들어 있는 완전 신품인 가죽 여행가방을 싣고 있는 기차가 재빨리 멀어져가는 걸 못내 아쉬운 마음으로 멍하니 바라보고 있었는데, 홈즈가 내 옷소매를 잡아당기며 손을 들어 철로를 가리켰다.

"벌써 쫓아왔군. 자네도 보이나?"

저 멀리, 켄트 주의 숲 속에서 가느다란 연기가 피어올랐다. 1분 후, 기관차에 객실 한 량만 매단 열차가 역으로 이어지는 탁 트인 곡선 철길을 타고 날 듯이 달려왔다. 우리가 플랫폼에 부려놓은 작은 산더미 같은 가방 뒤로 허겁지겁 몸을 숨기자마자 임시열차가 덜커덩 소리를 내고 기적 소리를 높이며 순식간에 지나갔다. 뜨거운 김이 우리가 숨어 있는 쪽으로 확 밀어닥쳤다.

"그냥 지나치는군." 기차가 전철기(선로 바꿈 장치)를 지나칠 때 좌우로 흔들리는 걸 지켜보며 홈즈가 말했다.

"교수 이 녀석이 날 좀 과소평가하는 것 같은데? 자신이 내 뒤를 쫓아올 거라는 걸 알아차렸을 때 내가 어떻게 행동할 거라는 걸 추리할 수 있을 정도로 대단한 녀석인 줄 알았는데 말이야. 그런데 그렇지 않았다는 건, 녀석이 세운 전략에 약점이, 우리에게 유리한 부분이 있다는 걸 대놓고 알려주는 것과 마찬가지지. 하여튼 간에, 지금 이 순간에 중요한 건 이곳의 식당에서 저녁식사를 하느냐, 아니면 뉴헤이븐에 도착하기 전에 굶어죽을 수도 있는 모험을 해보느냐 하는 걸세."

우린 그날 밤에 브뤼셀로 가서 그곳에서 이틀을 머문 다음, 사흘째 되는 날에는 스트라스부르크까지 갔다. 월요일 아침에 홈즈는 패터슨 경위에게 전보를 쳤고, 저녁에 호텔로 들어서자 그 전보에 대한 답신이 우릴 기다리고 있었다. 홈즈는 전보지를 열어보다가 있는 대로 욕설을 퍼붓고 갈가리 찢어 난로 속으로 던져버렸다.

"이러리라는 걸 알고 있었어야 했는데. 차려놓은 밥상에 숟가락만 얹으면 되는데, 그것도 제대로 못해내니, 원."

난 홈즈가 이처럼 화를 내는 걸 거의 본 적이 없었다. 평소에는 창백하기만 하던 그의 얼굴을 분노의 기색이 가득 채우고 있었다.

"무슨 일인가?" 내가 물었다.

"녀석이 빠져나갔어!"

"모리아티가?"

"경찰은 두목을 제외한 모든 조직원들을 다 잡아넣었다는군. 녀석이 경찰을 따돌린 거야. 물론 내가 영국을 떠나면 그자를 처리할 수 있을 만큼 지적으로 유능한 사람이 단 한 명도 없다는 건 사실이지. 하지만 패터슨의 손에 게임을 마무리 지을 모든 자료를 다 넘겼었다고 생각했는데……. 그게 실수였나 봐. 자넨 이제 영국으로 돌아가는 게 좋겠네."

"뭣 때문에 그래야 하나?"

"그건 이제 내가 지극히 위험한 인물과 대적해야 하기 때문일세. 교수는 자신의 직업을 완전히 잃었네. 런던으로 돌아가더라도 언제 체포될지 모를 정도로 취약한 상태고. 내가 그자의 성격을 제대로 읽었다면, 자신의 남아 있는 모든 에너지를 내게 복수하는 데 쏟아 부을 걸세. 내가 죽는 걸 보는 게 교수가 존재하는 이유가 될 테지. 자네가 당장 마나님과 병원 일로 돌아가길 강력히 권하는 바일세."

우린 스트라스부르크의 어떤 식당에 앉아 30분 동안이나 이 문제를 놓고 논쟁을 벌였다. 난 이제 친구를 버려두고 갈 수는 없었다. 홈즈는 간접적이긴 하지만 모리아티가 조르고 있던 내 목줄을 잘라 자유를 되찾을 수 있도록 해준 사람이었다. 또한 이 악당이 살아 있는 한, 지금은 손발이 끊어져 어딘가에 숨어 있겠지만 홈즈와 내게 여전히 위협을 가할 수 있다는 걸 깨달았다. 만약 이제 모리아티에게 남은 유일한 욕구가 홈즈를 파멸시키는 것이라는 홈즈의 말이 옳다면—그렇다는 걸 난 100퍼센트 믿고 있었다—두 사람의 경로가 겹치는 건 시간문제일 게 뻔했다. 그 일이 벌어졌을 때 난 그곳에 있고 싶었다. 결국 난 막판까지 함께 할 것이라는 점을 홈즈에게 납득시켰다.

그날 밤, 우린 여행을 다시 시작해서 제네바로 향했다. 론 강의 계곡을 따라 걸어 올라가다가 로이크에서 길을 바꿔 아직도 많은 눈이 쌓여 있는 겜미 고개를 넘어 인터라켄을 거쳐 마이링겐으로 가는 일주일이 아주 즐거웠다. 아래쪽은 얌전하게 찾아온 봄기운으로 인해 녹색으로 물들기 시작하고, 위쪽은 아무도 침범하지 못한 겨울의 하얀색이 그대로 남아 있는 광경을 즐기는 정말 멋진 여행이었다. 하지만 홈즈는 자신에게 드리운 그림자를 단 한 순간도 잊지 않고 있는 게 분명했다. 집처럼 아늑한 알프스의 마을에서나 인적이 드문 산 고개에서 홈즈가 우릴 스쳐 지나가는 사람들의 얼굴을 하나도 빼놓지 않고 재빨리 훑어보는 걸로 봐서는 우리가 어디로 가든 간에 우리의 발자국을 바짝 쫓아오는 위험을 벗어날 길이 없다고 확신하는 것 같았다.

한 번은, 우리가 걷고 있던 중에 산등성이에서 떨어져 나온 커다란 바위 하나가 굉장한 소리를 내며 굴러 내려와 우리 뒤쪽에 있는 호수 속으로 빠졌다. 홈즈는 즉시 고개 위로 달려 올라가 정상에 우뚝 서서 사방을 둘러봤다. 하지만 그건 헛수고였고, 가이드가 이와 같은 낙석은 봄철에는 흔한 일이라고 우릴 안심시켰다. 홈즈는 아무 말도 하지 않았지만, 자신이 예상했던 게 실현되는 걸 목격한 사람의 표정을 지으며 코웃음을 쳤다.

홈즈는 이렇게 많은 주의를 기울이면서도 결코 기분이 침울해지진 않았다. 오히려 그와는 반대로, 이처럼 정신적으로 활기가 넘치는 홈즈를 한 번도 본 기억이 없었다. 이렇게 도보여행을 하는 동안 우린 여러 가지 주제를 놓고 대화를 나눴는데, 홈즈는 수많은 지식과 통찰력과 무지로 날 기쁘게 만들었을 뿐만 아니라 놀라게도 만들었다. 범죄를 탐지하는 것과 아무런 관련이 없는 주제에 대해서는 전혀 관심을 보이지 않았고, 따라서 아는 게 하나도 없었다. 지구가 달 주위를 공전하거나 반대 방향으로도 자전한다고 하더라도 조금도 개의치 않는다고 강변할 때는 웃지도 울지도 못할 지경이었다.

"어느 쪽이 맞든 간에 난 내가 하는 일에는 전혀 차이가 없네." 홈즈는 흥분해서 말했다.

"중요한 사실들만을, 자네에게 도움이 될 수 있는 사실들만을 두뇌의 다락방에 저장하는 게 가장 중요하지. 그렇지 않으면 유용한 사실들을 밀쳐내는 쓸데없는 사실들만을 잔뜩 갖게 될 걸세."

우린 마이링겐의 작은 마을에 도착해서 페터 슈타일러 옹이 운영하는 '엥글리셔 호프'에 묵었다. 그날 밤에는 작은 레스토랑에서 저녁식사를 했다. 처음에는 모리아티를 언급하지 않고 말할 수 있는 모든 주제를 다 말해버리기라도 한 것처럼 우리 사이에 대화가 거의 없었다. 하지만 어느 순간, 홈즈가 자신의 와인 잔을 들어 올리며 건배했다.

"사랑하는 왓슨, 자네를 위해서!" 홈즈가 진지하게 말했다.

"마지막까지 자네와 자네의 도움이 없었다면 모리아티의 조직을 무너뜨리는 성공을 거둘 수 없었을 지도 모르네."

난 너무나 감격해서 뭐라고 말을 할 수가 없었다. 난 그저 와인 잔을 들어올려 와인을 꿀꺽꿀꺽 들이켜는 것으로 벅찬 가슴을 표현했다.

"이번 사건으로 인해,"

홈즈는 생각에 잠긴 채 말을 계속했다.

"탐정으로서의 나의 경력이 최고조에 달했다고 느꼈네. 내가 헛되이 살지 않았다고 감히 말해도 되지 않을까? 만약 오늘 밤에 나의 경력이 모두 끝난다고 하더라도 침착하게 그걸 받아들일 수 있을 것 같아. 내가 있음으로 해서 런던의 공기가 조금은 더 맑아졌다고 할 수 있네. 수많은 사건에 적극적으로 개입하면서, 난 단 한 번도 내 능력을 올바르지 못한 쪽으로 사용한 적이 없다고 믿고 있어. 유럽에서 가장 위험하고 뛰어난 범죄자를 소멸시킴으로써 내 경력은 정점을 찍었다고 할 수 있네."

그 '소멸'이라는 단어에 어딘지 음침한 만족감이 스며 있는 것처럼 들렸다.

우리가 묵고 있는 숙소의 주인은 런던의 그로스브너 호텔에서 웨이터로 3년간 근무한 적이 있어 영어를 유창하게 할 수 있었는데, 우리가 식사를 마치자 이야기를 하고 싶은지 다가왔다. 난 몹시 피곤했던 터라 먼저 실례하겠다고 말하고 침대로 향했다. 홈즈는 아직 더 앉아서 헤르 슈타일러와 잡담을 하고 싶어하는 것 같았고, 슈타일러 씨도 영어를 갈고 닦을 기회가 무척이나 반가운 것 같았다.

우린 다음 날 여러 개의 언덕을 가로질러 로젠라우이의 작은 마을에서 밤을 보낼 예정으로 출발했다. 하지만 헤르 슈타일러는 약간 돌아가는 한이 있더라도 장대한 라이헨바흐 폭포를 구경하고 가라고 적극 권했다.

이곳은 정말 무시무시한 곳이었다. 눈이 녹아 불어난 급류가 보기에도 끔찍한 깊은 구렁으로 쏟아져 들어가며 불이 붙은 집에서 나는 연기처럼 물보라를 피워 올렸다. 강물이 뛰어드는 수직통로는 번들거리는 시커먼 바위들이 줄지어 늘어서 있다가 물이 끓듯 거품이 일어나고 있는, 깊이를 알 수 없는 구덩이로 이어지는 거대한 틈새였다. 구덩이는 삐쭉삐쭉한 입술 위쪽으로 물줄기를 뿜어내고 있었다. 영원히 그치지 않을 것처럼 쏟아져 내리는 녹색 물줄기와 언제라도 그럴 것처럼 두툼한 커튼을 뿜어내는 물거품이 끊임없이 보여주고 들려주는 소용돌이와 굉음은 사람을 아찔하게 만들었다.

홈즈와 난 벼랑 가장자리까지 나가서 넋을 놓은 채 아무 말도 하지 못하고 저 멀리 아래쪽에서 시커먼 바위에 부딪쳐 부서지는 반짝거리는 물줄기를 보고, 깊은 구렁에서부터 확산되며 사람의 비명소리처럼 울려 퍼지는 굉음을 듣고 있었다.

폭포를 완전히 볼 수 있도록 좁은 길이 폭포를 절반 정도 둘러싸고 있었지만, 중도에 끊어져 있어 관광객들은 왔던 길로 되돌아가야 했다. 우리도 돌아서서 올라오는데, 웬 스위스 소년 하나가 좁은 길을 따라 우릴 향해 달려왔다. 그 애는 손에 편지 한 장을 움켜쥐고 있었다.

"닥터 왓슨!"

소년은 폭포의 굉음을 뚫고 들릴 정도의 큰 소리로 내 이름을 불렀다. 그 애의 눈은 홈즈와 나 사이를 바삐 오갔다.

"내가 왓슨이야." 내가 말하자, 소년은 편지를 내게 건넸다. 편지에는 '엥글리셔 호프'의 마크가 찍혀 있고, 그곳 주인이 내게 보낸 것으로 되어 있었다. 편지의 내용은 이랬다. 우리가 떠난 지 불과 몇 분이 지나지 않아서 폐결핵 말기인 영국인 부인 한 명이 도착했다는 것이다. 부인은 다보스플라츠에서 겨울을 보내고 이제 루체른에 있는 친구를 찾아가기 위해 여행을 떠났는데, 갑작스런 내부 출혈이 발목을 잡았다는 것이다. 앞으로 두어 시간도 살기 어려워 보이는데, 그래도 영국인 의사에게 진찰을 받을 수 있다면 그녀에게 커다란 위안이 될 것 같다는 것이었다. 그러고는 내가 돌아와 줄 수 있는지를 묻고 있었다. 헤르 슈타일러는 추신에, 내가 그렇게만 해준다면 정말 고맙게 여길 것이고, 부인이 스위스인 의사에게는 절대로 진찰을 받지 않겠다고 우기고 있으므로 큰 책임감을 느낀다고 덧붙였다.

홈즈는 내 어깨 너머로 그 편지를 읽었다.

"가봐야겠군, 친구. 낯선 땅에서 죽어가는 같은 나라 여자 분의 요청을 거부해서야 쓰나?"

나도 홈즈의 말이 옳다고는 느꼈지만, 왠지 그의 곁을 떠나고 싶지 않았다. 홈즈는 손을 내저어 나의 걱정을 묵살했다.

"난 이곳에서 폭포를 감상하며 좀 더 있다가 로젠라우이로 출발하겠네. 오늘 밤 그곳에 있는 '더 골든 콕'에서 만나기로 하세."

난 홈즈의 말에 동의하고, 소년을 앞서 보내 내가 가고 있다는 걸 슈타일러 씨에게 알리도록 했다.

홈즈와 난 악수를 하고 헤어졌다. 막 돌아서서 떠나려는 순간, 바위에 등을 기대고 팔짱을 낀 채 급격히 떨어지는 물줄기를 노려보는 홈즈의 모습이 눈에 들어왔다. 뭔가 한없는 슬픔 같은 것이 그의 얼굴에 떠올라 있었다.

좁은 길을 따라 내려오는 내 마음속은 의심과 의혹의 먹구름으로 가득 찼다. 슈타일러 씨는 내가 의사라는 걸 어떻게 알았을까? 단언컨대, 난 이런 사실을 그 사람에게 털어놓은 적이 없었다. 사실 그 사람과 직접적으로는 대화를 몇 마디 나눈 적도 없었다. 물론 홈즈가 그 사람에게 말했을 수는 있다. 하지만 무슨 목적으로 그렇게 했단 말인가? 나를 불러낼 구실을 만들려고 그런 게 아니라면…….

내리막길을 거의 다 내려왔을 때, 난 뒤를 돌아봤다. 이 위치에서 폭포를 보는 건 불가능했지만, 언덕을 구불거리며 올라가 폭포로 이어지는 좁은 길은 볼 수 있었다. 이 좁은 길을 따라 웬 사내 하나가 급히 걷고 있는 게 눈에 들어왔다. 뒤쪽의 녹색을 배경으로 선명하게 대조되는 그 사내의 검은 형체가 뚜렷이 보였다. 난 발걸음을 멈췄다. 마음속으로 이 사내가 제임스 모리아티 교수라고 단정하고 있었다.

갑자기 모든 게 분명해졌다. 자비심을 베풀라는 심부름은 홈즈가 구상하고 페터 슈타일러의 공모로 수행된 계략이자 헛소리였다. 이건 내 친구가 최대의 적인 제임스 모리아티 교수와 홀로 맞서기 위해 날 홈즈로부터, 위험으로부터 떼어내려는 것이었다. 홈즈는 모리아티가 결국 우리를 찾아낼 시간이 가까워졌다는 걸 알고 있었던 게 분명했다. 어쩌면 모리아티가 '엥글리셔 호프'에 이미 문의를 했었을 것이다. 그리고 슈타일러는 홈즈가 묵을 것이라는 걸 확인해준 게 확실했다. 이제 셜록 홈즈는 모리아티와 대적하고 날 구하기 위해 자신의 생명을 희생할 준비가 되어 있다는 게 분명히 이해됐다. 무시무시한 라이헨바흐 폭포의 가장자리에서 단단히 마음을 먹은 두 명의 사내가 만난다는 것은 결론이 한 가지로 날 수밖에 없었다.

난 당장이라도 터질 듯한 가슴을 끌어안고 좁은 길을 거슬러 뛰어올라가 폭포로 향했다.

30장

제임스 모리아티 교수

셜록 홈즈는 바위에 등을 기대고 광란하는 라이헨바흐 폭포의 물줄기를 사색에 잠겨 멍하니 내려다보는 동안, 차츰 마음이 안정되는 것을 느꼈다. 지난 몇 주일 동안, 그의 정신과 감정은 발 아래쪽의 무시무시한 틈새로 뇌성벽력 같은 소리를 내며 흘러 들어가는 강력한 물살처럼 격렬하고 뒤숭숭했지만, 지금은 갑작스럽게 긴장과 걱정이 몽땅 증발해버린 것 같았다. 자신과 자신의 운명에 대해서도 편안하게 느껴졌다. 홈즈는 불구대천의 원수를 확실히 파멸시키기 위해 자신의 목숨을 내놓을 준비가 되어 있었다. 일단 극단적인 상황까지 받아들일 준비가 되자 가슴속의 혼란과 걱정과 불안이 일시에 사라진 것처럼 느껴지며 편안해졌던 것이다. 어쨌거나 그는 덤으로 주어진 시간을 살고 있었던 것이다. 왓슨이 없었더라면, 베이커 가의 자신의 방에서 스카울러가 쏜 총탄에 맞아 이미 시체가 되어 있었을 것이다. 그때는 상황에 맞는 계획을 세우지도 못하고 급작스럽게 공격을 받은 것이었다. 이번에는 달랐다.

홈즈는 시계를 내려다봤다. 오랫동안 기다릴 필요가 없다는 걸 잘 알고 있었다. 모리아티가 왓슨이 마이링겐으로 돌아가는 걸 목격하면, 바로 모습을 드러낼 게 분명했다.

홈즈의 생각을 알아차리기라도 하듯 좁은 길의 아래쪽 좀 떨어진 곳에서 형체 하나가 나타났다. 짙은 색의 망토를 걸친 키가 큰 사내로 힘차게 걸어오고 있었다. 그자가 가까이 다가옴에 따라 얼굴을 알아볼 수 있게 되자, 홈즈의 심장이 덜컥 내려앉았다. 역시 추리한 대로였다. 홈즈가 예측하고 기다렸던 바로 그 사내였다. 제임스 모리아티 교수였다.

홈즈는 모리아티가 비록 폭포의 물보라에 흠뻑 젖어 모양새가 별로 좋지 않았지만, 그래도 잘생겼다고 생각했다. 탐정을 향해 다가오는 모리아티의 눈에서는 승리의 빛이 반짝거렸다.

"결국 이렇게 만나게 되는군, 셜록 홈즈."

교수가 큰 소리로 말했다. 홈즈는 활짝 웃었다.

"인연이네. 여행은 연인을 만나며 끝난다더니……."

모리아티는 소용돌이치는 격류를 내려다보며 씩 웃었다.

"자넨 이 역사적인 만남을 위해 아주 좋은 장소를 골랐구만. 한 가지 결과만 나올 거라는 걸 물론 알고 있겠지?"

"자네야 수학자이니 하나의 정답만 있다고 여기겠지만, 내가 계산한 바로는 가능성이 있는 세 가지의 방식 중 한 가지 형태로 끝이 날 것 같단 말씀이야. 내가 선택할 수 있는 건 두 가지 중의 하나로 가능성이 좁아지겠지만."

"홈즈, 네 녀석이 이렇게 집요하게 목숨을 부지하려는 것을 보고 동정을 금치 못했다. 그냥 포기했어야지. 그게 네 자신에게도 합리적이고, 네 친구들에게도 도움이 됐을 텐데 말이야. 그건 그렇고, 이번 사건을 다루면서 네가 행한 모든 일들을 지켜보는 게 내겐 지적인 면에서 큰 즐거움이었다. 내 자신이 했다고 해도 그 문제를 더 잘 다루지는 못했을 것이다."

"너의 그 말을 칭찬으로 받아들여야겠군. 하지만 어떤 특정한 상황 하에서는 어떤 행동을 할지 말지를 선택할 수 없는 경우도 흔한 법이지. 내가 달로 날아가는 게 불가능한 것과 마찬가지로 너에 대한 추적을 그만 두는 것도 불가능했어. 문명화된 사회에서 나쁜 짓을 하는 자들, 범죄자들을 찾아내서 말살하는 게 나의 타고난 천성이었단 말이지. 난 그런 운명을 완수하도록 내몰렸다고 할 수 있어. 그건 너도 마찬가지겠지만."

모리아티의 얼굴은 비꼬는 투로 바뀌었다.

"말을 엄청 길게 늘어놓는구만. 시간을 벌려고 하는 건가? 음, 난 그렇게 길게 할 말이 없어. 간단히 말하지. 홈즈, 너와의 대결이 재미있었다고. 온몸을 짜릿짜릿하게 만드는 게임이었지만, 이제는 게임을 끝내고 넌 그 대가를 지불해야 해."

홈즈는 교수의 움직임을 면밀히 관찰하고 있었기 때문에 모리아티가 망토 속에서 권총을 꺼내기 전에 앞으로 뛰어나가 그의 손을 붙잡았다. 잠시 동안 두 사내는 붙잡고 싸웠다. 모리아티가 권총을 하늘로 치켜들고 있는 반면에, 홈즈는 모리아티가 권총을 끌어내리지 못하도록 그의 팔을 꽉 움켜쥐고 놓지 않았다. 두 사람이 상대방을 쓰러뜨리기 위해 안간힘을 쓰는 동안, 진흙 위를 미끄러져 좁은 길의 가장자리 거의 끝까지 나아갔다. 홈즈는 젖 먹던 힘까지 짜내 모리아티의 팔을 맹렬하게 흔들었다. 모리아티가 더 이상 버틸 수 없어 리볼버의 손잡이를 놓아버리자 권총은 호를 그리며 갈라진 틈 너머로 떨어져내려 연기처럼 피어오르는 물방울 속으로 사라졌다.

모리아티는 두 손으로 탐정의 목을 잡고 숨이 막힐 때까지 조이면서 길 가장자리로 밀어내는 것으로 보복했다. 홈즈의 발이 진흙 위에서 미끄러졌고, 홈즈는 힘이 빠져나가는 걸 느꼈다. 모리아티로부터 벗어나려고 발버둥 쳤지만, 악당은 두 손에 더욱 더 힘을 주며 놓지 않았다. 간신히 고개를 돌려 옆을 쳐다 본 홈즈의 눈에 아래쪽에서 가마솥처럼 끓어오르는 물줄기가 살짝 들어왔다. 홈즈는 이제 벼랑 끝에 서 있었다. 한 발만 더 내딛는다면 땅과는 이별하고 물로 이루어진 망각 속으로 휩쓸려들 판이었다.

"잘 가라, 셜록 홈즈." 증오로 얼굴이 일그러진 모리아티가 크게 소리치며 더 세게 밀쳤다.

"영원히!"

31장

원수와의 만남

라이헨바흐 폭포를 둘러싸고 나 있는 좁은 길에 도달하자, 내가 좀 떨어진 곳에서 눈여겨봤던 어떤 낯선 사람, 모리아티 교수임이 분명한 사람과 홈즈가 대화하는 모습이 눈에 들어왔다. 우리가 이곳에 체류하는 동안 내내 느꼈던, 누군가에게 뒤를 쫓기고 있는 것 같은 느낌이 틀리지 않았다는 게 증명되는 순간이었다. 홈즈의 천적이 마침내 그를 따라잡은 것이었다.

난 모리아티가 눈치채지 못하도록 바위 표면에 바짝 몸을 붙이고서 천천히 앞으로 기어갔다. 천둥처럼 울리는 폭포의 물 떨어지는 소리가 그들의 말소리를 삼켜버려서 무슨 말을 하고 있는지 엿들을 수는 없었지만, 두 사람은 행동을 극도로 자제하는 것 같았다. 절대절명의 순간에 마주친 불구대천의 원수들이라기보다는 여행길에 우연히 만나 인사를 나누는 오랜 친구들처럼 보였다. 긴장한 표정이 역력한 그들의 얼굴만이 현실은 그렇지 않다는 걸 나타내고 있었다. 그런데 아무런 경고도 없이 갑자기 홈즈가 펄쩍 앞으로 뛰며 모리아티를 덮쳤다. 교수가 권총을 꺼내고, 다행스럽게도 홈즈가 교수의 팔을 흔들어 권총을 놓치도록 만드는 모습을 볼 수 있었다. 그들은 격렬하게 싸우면서 어쩔 수 없이 점점 더 좁은 길의 가장자리로 이동했다. 재킷 주머니에서 권총을 꺼내들고 좁은 길을 달려 올라갔지만, 두 사람이 워낙 엉켜있는 터라 홈즈가 맞을까봐 두려워서 권총을 쏠 수가 없었다. 그들 가까이 다가가자, 모리아티가 우위를 차지하고 홈즈의 목을 졸라 죽이려는 동시에 가장자리 끝으로 밀어내려는 모습이 보였다.

아주 잠깐 동안이지만 공포로 몸이 얼어붙어 어떻게 할지 몰랐는데, 어느 순간 갑자기, 타고난 본능이 내 행동을 지배했다. 내가 뭘 하고 있는지도 인식하지 못한 채 앞으로 달려 나가 모리아티를 뒤에서 끌어안으며 좁은 길 쪽으로 끌어당겼다. 갑작스런 나의 행동에 깜짝 놀랐는지 모리아티도 자동적으로 홈즈를 뒤쪽으로, 폭포에 떨어지기 직전의 상황에서 뒤쪽으로 끌어당겼다. 두 사내는 모두 땅바닥에 쓰러졌다. 하지만 둘 다 즉시 자리를 박차고 일어섰다. 어떻게 된 상황인지를 깨달은 모리아티의 사악한 검은 눈동자에 두려움의 기색이 살짝 번져갔다. 본능적으로 홈즈와 난 일치된 동작을 했다. 각각 교수의 팔 하나씩을 움켜쥔 우리는 교수를 좁은 길의 가장자리로 다시 질질 끌고 갔다. 모리아티는 자신에게 무슨 일이 벌어지려고 하는지, 우리가 무슨 짓을 하려는지 깨닫고는 공포에 질려, 그에게서는 거의 찾아볼 수 없었던 감정에 휩쓸려 눈을 크게 뜨며 발악하듯 고함을 질렀다. 하지만 그의 고함은 폭포의 천둥 같은 소리에 잠겨버렸다. 모리아티는 격렬하게 저항했다. 단단히 움켜쥔 우리의 손에서 벗어나려고 필사적으로 몸을 비틀고 발길질을 해댔다. 하지만 우린 우리가 하려는 일을 포기하지 않았다.

마침내 우린 모리아티를 가장자리 끝까지 끌고 갔다. 셜록 홈즈와 난 힘을 합쳐 교수를 폭포 속으로 내던졌다. 망토가 날개처럼 활짝 펼쳐져 거대한 박쥐처럼 보이는 모리아티는 어떤 기적이 발생해서 자신을 원래 있던 땅 위로 데려다줄 거라고 생각했는지 죽을힘을 다해 허공을 긁어대며 틈새 위로 날아갔다. 모리아티는 잠깐 동안 허공에 그대로 떠 있는 듯하더니 피어오르는 물보라가 수의(壽衣)처럼 감싸자 눈앞에서 서서히 모습을 감췄다. 그러더니 완전히 사라져버렸다. 우리의 눈앞에서, 우리의 삶으로부터 사라진 것이었다. 라이헨바흐 폭포의 소용돌이치는 급류가 완전히 삼켜버렸다.

홈즈와 난 비틀거리며 무시무시한 틈새로부터 뒤로 물러나와 시간 가는 줄도 모르고 요동치는 물살을 멍하니 바라봤다. 그러다가 괴상하게 이번에도 똑같이 폭소를 터뜨렸다. 그건 불안정하고 비정상적인, 해방감과 죄책감을 동시에 터뜨리는 웃음이었다. 신경질적인 웃음을 터뜨림에 따라 몸이 덜덜 떨렸고, 뺨을 타고 눈물이 줄줄 흘러내렸다. 그때 그 순간을 돌이켜 생각해보며 내 자신이 느꼈던 그때의 감정과 왜 그런 식으로 반응했는지 그 이유를 분석하려고 해본 적이 있었다. 하지만 그런 경험은 특이한 것이었고, 감정적인 면에서의 참고자료를 찾는 게 불가능했다. 어쨌거나 내 삶으로부터, 사랑하는 내 친구의 삶으로부터 짐을 덜어냈고, 함께 힘을 합해 가장 사악한 범죄자 중의 하나를 사회로부터 영원히 제거한 것은 틀림없었다. 하지만 그렇게 함으로써 법률을 우리 손으로 집행한 것도 사실이었다. 우린 정의의 오솔길에서 벗어난 셈이었다. 이런 모순된 감정들이 비정상적인 폭소를 자아내는 원인이 되었던 게 분명했다. 하지만 난 나보다 훨씬 더 똑똑한 사람이 설명할 수 있는 뭔가 다른 요인이 개입됐다고 확신하고 있다.

우린 라이헨바흐 폭포의 거센 급류에 눈길을 고정한 채 잠시 침묵에 잠겼다. 마침내 우릴 어느 정도 정상적인 상태로 되돌아오게 만든 것은 홈즈였다.

"이제 우린 헤어져야 하네." 홈즈가 사무적인 말투로 말했다. "우린 목표를 달성했지만, 우리 자신과 양심을 대가로 지불했어. 아주 잠깐 동안이라도 모리아티와 내가 함께 폭포에서 목숨을 잃었다고 세상 사람들이 믿도록 하는 게 나을 것 같네. 자네도 이번 사건을 그렇게 기록해서 악당의 죽음에 자네는 전혀 관여하지 않은 것으로 해야 하네……."

내가 항의를 하려고 하자 홈즈는 위압적인 태도로 한 손을 들어올렸다.

"난 이제 범죄수사로부터 손을 떼고 쉬어야겠네, 왓슨. 앞으로는 내가 해볼 만한 도전이 없겠지. 모리아티와 비교할 수 있는 범죄자가 나타날 수 있을까? 잠시 동안 곤란한 처지에 놓인 의뢰인들의 푸념에 귀를 닫을 생각이네. 여행하고, 연구하고, 배우는 데 시간을 쓸 생각이고. 자넨 런던으로 돌아가서 나의 죽음을 알려주게. 그리고 자네 자신의 생활을 계속하게나. 때가 되면, 먼지가 모두 가라앉고 축축하고 안개 짙은 런던과 베이커 가가 그리워서 돌아가야겠다는 마음이 들 때면 돌아가겠네. 아마…… 돌아가겠지. 미래는 불확실한 것이고, 나름 재미있다고 생각하고 있네."

"자넨 이 모든 걸 다 미리 계획했던 거로군."

"내 능력이 닿는 범위 내에서 최대한 준비했네. 모리아티를 파멸시키고도 살아남는다면, 마침내 홀가분해진 마음으로 내가 바라는 것들을 추구하고 내 자신의 교육 범위를 더 넓힐 생각이었지. 내가 좀 더 현명해지고 좀 더 많은 걸 성취하면, 다시 확대경을 집어 들고 범죄자가 저지른 짓거리들을 연구할 가능성이 높아지는 걸세. 이제 가게나. '엥글리셔 호프'로 가서 끔찍한 뉴스를 알려주게나."

"그러면 자넨?"

"난 사라져야지. 어디로인지는 묻지 말게. 자네에게 거짓말을 하고 싶진 않으니까."

난 목이 콱 막혔다. 여기에 내가 속였음에도, 아니면 내가 속였다고 믿었음에도, 날 친구로 받아줬던 한 사내가 있었다. 그리고 우리의 우정은 가장 끔찍한 행동을 통해 더 할 수 없을 정도로 굳건해진 지금, 그 사내는 내 삶에서 영원히 사라지려고 하고 있었다. 걷잡을 수 없는 슬픔이 밀려왔다.

홈즈는 내 마음을 다 알겠다는 듯 미소를 지었다.

"친애하는 왓슨, 너무 풀이 죽은 모습을 보이지 말게나. 우린 다시 만날 것이라고 난 확신하고 있네. 하지만 지금은 가게나. 뒤를 돌아보지 말고 가란 말일세."

난 홈즈가 시키는 대로 했다.

존 H. 왓슨 저

'마지막 사건'(《스트랜드 매거진》, 1893)에서 발췌

전문가들에 의한 사건 검토에서, 의문의 여지가 없이 두 사람은 다투다가 서로 껴안은 채 폭포 속으로 떨어진 것으로 결론이 났다. 시체를 건져 올리려는 어떠한 시도도 허사로 돌아갔고, 소용돌이치는 물거품이 분화구처럼 피어오르는 바로 그 깊은 곳에 그 시대를 대표하는 가장 위험한 범죄자와 법률집행자가 영원히

함께 누워 있어야 할 것이다.

편지를 갖다 줬던 그 스위스인 소년은 영원히 찾을 수 없었지만 모리아티가 거느리고 있는 수많은 부하들 중의 하나라는 건 의심의 여지가 없었다. 그리고 범죄조직으로 말할 것 같으면, 홈즈가 수집했던 증거들이 얼마나 적나라하게 그들의 조직을 까발렸고, 죽은 사내의 손길이 얼마나 무겁게 범죄자들을 짓눌렀는지 사람들의 기억 속에 생생하게 새겨질 정도였다. 재판이 진행되는 동안, 범죄자들의 무시무시한 두목에 대해서는 자세한 사실들이 거의 흘러나오지 않았다. 홈즈가 했던 일들을 이제 다 털어놓을 수밖에 없는 것은, 내가 이제껏 알고 지냈던 사람들 중에 가장 뛰어나고 현명하다고 여기고 있는 친구에게 공격을 퍼부음으로써 그를 기억 속에서 지우려고 애쓰는, 모리아티를 무분별하게 옹호하려고 애썼던 자들 때문이다.

에필로그

왓슨은 셜록 홈즈가 제임스 모리아티 교수와 함께 라이헨바흐 폭포에서 죽었다는 소설을 안고 런던으로 돌아왔다. 그는 사랑하는 아내 메리와 다시 만났고, 곧 병원 일을 재개했다. 그렇게 힘든 경험을 하고도 상대적으로 쉽게 결혼 생활로 되돌아갔지만, 홈즈와 탐정 일이 더 이상 생활의 일부가 될 수 없는 지금, 그의 가슴 한구석은 항상 뻥 뚫려 있었다. 왓슨은 자신의 모험을 〈스트랜드 매거진〉에서 출간하는 소설 속에 풀어놓았지만, 그건 실제와는 같은 게 아니었다.

왓슨은 홈즈로부터 곧 소식을 들을 수 있기를 바랐지만, 친구로부터는 아무런 연락도 없었다. 허드슨 부인은 모습을 감췄지만, 마이크로프트는 자신이 사용할 두 번째의 도피처로 동생의 방들을 그대로 놔두고 있었다. 마이크로프트는 모리아티의 모든 조직원에게 전혀 알려지지 않은 몸이라서 홀로 경찰의 수사망을 벗어났다. 어느 누구도, 심지어 탐정인 그의 동생조차도 마이크로프트가 범죄세계의 나폴레옹과 관련되어 있다는 것을 알지 못했다. 심지어 의심조차 한 적이 없었다.

메리가 덜컥 폐렴에 걸려 고생하다가 크리스마스 다음 다음 날에 세상을 떠나자 왓슨의 생활은 한층 더 암울해졌다. 왓슨은 이러한 시련이 지난날의 기만과 잘못한 일에 대해서 하늘이 내린 벌이라고 치부했다.

그러던 중 라이헨바흐 사건이 벌어지고 3년이 지난 어느 날, 나이 든 서적상이 진료실로 걸어 들어왔다. 그 서적상은 변장한 것을 지우고 닥터 존 H. 왓슨의 눈앞에 친숙한 모습을 드러냈다.

셜록 홈즈가 돌아온 것이다!

셜록 홈즈와
베일에 가린 탐정

초판 1쇄 인쇄 · 2016년 1월 11일
초판 1쇄 발행 · 2016년 1월 18일

지은이 · 데이비드 스튜어트 데이비스
옮긴이 · 하현길
펴낸이 · 이종문(李從聞)
펴낸곳 · 책에이름

편집기획 · 이수미, 정인경, 인우리
디자인 · 이희욱
영업마케팅 · 이진석, 임상국
관리 · 최옥희, 장은미
제작 · 유수경

등록 · 제406-2013-000087호
주소 · 경기도 파주시 광인사길 121 파주출판문화정보산업단지(문발동)
영업부 · Tel 031)955-6050 | Fax 031)955-6051
편집부 · Tel 031)955-6070 | Fax 031)955-6071

평생전화번호 · 0502-237-9101~3

홈페이지 · www.ekugil.com (한글인터넷주소 · 국일미디어, 국일출판사)
E-mail · kugil@ekugil.com

• 값은 표지 뒷면에 표기되어 있습니다.
• 잘못된 책은 바꾸어 드립니다.

ISBN 979-11-950000-1-2(03840)